浪奔浪流

丞卫 著

深圳出版社

图书在版编目（CIP）数据

浪奔浪流 / 丞卫著 . -- 深圳 : 深圳出版社 , 2024.
11. -- ISBN 978-7-5507-4055-6

Ⅰ . I247.5

中国国家版本馆 CIP 数据核字第 2024TR3671 号

浪奔浪流
LANGBEN LANGLIU

出 品 人　聂雄前

责任编辑　南　芳

责任校对　张丽珠

责任技编　郑　欢

装帧设计　字在轩

出版发行　深圳出版社

地　　址　深圳市彩田南路海天综合大厦 （518033）

网　　址　www.htph.com.cn

订购电话　0755-83460239（邮购、团购）

设计制作　深圳市字在轩文化科技有限公司

印　　刷　深圳市华信图文印务有限公司

开　　本　889mm×1194mm　1/32

印　　张　12.25

字　　数　300 千字

版　　次　2024 年 11 月第 1 版

印　　次　2024 年 11 月第 1 次

定　　价　68.00 元

生活总是让我们遍体鳞伤，但到后来，

那些受伤的地方一定会变成我们最强壮的地方。

——〔美〕海明威

自序

　　着手写作《浪奔浪流》这部长篇小说，可以说完全是一个偶然，其实更可以说是天意使然。

　　拙作"潮汐三部曲"——《汉水悠悠》《江河激荡》《海潮涌动》全三册经广东人民出版社出版发行之后，本拟动笔创作另外一部长篇小说，相关故事梗概、内容结构和基本人物关系已大体设定，并记下了一些创作随笔、情节要点之类的文字。然某日，在某大会驻地酒店的签到现场，遇到一位曾有交往、颇有好感的深圳本土民营企业家。在热情握手、热烈问候之后，他便邀请我到他的房间去饮杯"靓茶"。没承想，无事闲聊，无题漫谈，竟然是"口水多过茶"，东拉西扯间，这位民营企业家讲到他的出生，他的成长，他的经历，他的传奇，还有他的父母二老爱恨之切却老死不相往来，他的兄弟姐妹自幼分离但最终得以团圆……平淡语言，不成体系，娓娓而述，波澜不惊，却令我听之心潮起伏，情绪跌宕。无独有偶，此后不久，在与另一位亲密交往了二十余年的好友企业家一起"微度假"休闲时，我俩坐在酒店美丽的湖畔品着红酒谈天说地，这位一本正经做生意从来不"八卦"的兄长哥们儿，竟也神差鬼使般前所未有地讲起了他自己的故事，甚至初恋。当他讲到当年下乡当知青受伤差点送命的情节时，居然听得我热泪盈眶。猛然间，我的灵感突现：我要写他们，我要写这些民营企业家！这是冥冥之中的提示，此乃天意也！

忆起二十世纪八十年代，我作为单位"第一个吃螃蟹的人"，从央企机关"停薪留职"南下深圳，在深圳市政府工作期间，或因为工作需要被安排，或利用业余时间被邀请，曾无数次地为经济特区内外的各类培训班讲课，虽然听课者良莠不齐，但是都满怀着提升自我的激情；虽说聆听者需求不同，但是都充满着渴求知识的期待。尤记得在宝安县松岗镇一处简陋的大礼堂里讲"'三来一补'法律问题"和"涉外经济合同法解读"那天，有些人提前到场霸座占位，有些人汗流浃背匆匆赶来，条凳坐满了，走道站满了，讲台下的空地也是席地而坐的人，多数人穿着拖鞋或者直接光着脚，我当时在想：这也许就是"洗脚上田"的村民吧？但他们的神情和目光都同样对讲者充满真诚与崇敬，整场下来，鸦雀无声，认真到令人震撼！我甚至有了想要流泪的感觉。这就是当年被人讥讽为"文化沙漠"的深圳之一角。是的，正是深圳这种沙漠对霜雪甘霖无止境地接纳，才得以如愿变成良田绿洲，正是深圳这棵幼苗对阳光雨露无条件地吸收，才得以茁壮长成参天大树。我相信，当年听我讲课的那些"草根"，现在大部分都应该成为叱咤风云的企业老板、享誉商界的纳税大户了！

大湾区蓬勃发展的主力军，就是这些为改变自身命运而不断奋斗的普通人，其中以企业家最为典型，可以说他们的企业发家史，就是大湾区产业发展史的缩影。从 20 世纪 80 年代兴起的贸易时代，到 90 年代民营企业催生的电子时代，再到千禧年以后的互联网时代，随着时代的发展和科技的进步，现今的大湾区俨然成为国际科技创新中心。改革开放到了今天，大众对民营企业基本形成了一个"五、六、七、八、九"的定律共识，即在我国，民营企业占了税收的 50% 以上；GDP 的 60% 以上；科技进步的 70% 以上；就业的 80% 以上；企业数的 90% 以上——足见民营企业在今日中国的重要性。所以，无论是出于个人情感还是国家需要，我都应当把大湾区的民营企业家当成这部小说的主角。可谓天时地利人和。

中国的民营企业和民营企业家，是改革开放催生的产物，是江河激荡冲击的群体，是波澜潮涌锻造的阶层，是大浪淘沙考验的菁华，在深圳这块民营经济的沃土，若要写他们，俯仰即是，顾盼即见，但要写好他们，写准他们，其实很难很难。成功或失败的企业家的公众评价、社会传说都是趋同的，但企业家成功或失败的心路历程、精神动力则各有各的不同，即使如我在深圳几十年，交往过无数企业家，听闻过他们风起云涌的故事，体验过他们波澜壮阔的经历，触碰过他们爱恨交织的关系，直面过他们恩将仇报的主角……可能是他们的故事太多太杂了，反而选题切入很令人纠结，目前只能写成这个样子，展现这个水平。但我对所有为中国、为广东、为深圳经济社会发展做出贡献的认识和不认识的企业家的感情是真挚的！

借得大江千斛水，研为翰墨宜感恩。

于这部《浪奔浪流》出版面世之际，我要特别感谢深圳出版社编辑团队对书稿的认真把关和专业指导！还要感谢校对人员、责任技编、装帧设计、营销发行等团队的其他各位老师付出的辛勤劳动！最终当应感谢所有关注阅读《浪奔浪流》的各位读者朋友！

丞卫

于 2024 年小满

目 录

第一章

父子偷渡

五月的惠州，迎来了当年的第一场台风。

　　罕见强劲的高压气旋自太平洋生成，以翻江倒海之势，雷霆万钧之力，由东南往西偏北方向横扫而来，疾速掠过大鹏湾、大亚湾的海面，掀起滔天巨浪，激起海潮翻滚。只见那一道道横贯天际的奇异闪电猛力撕裂滚滚乌云，只听得一阵阵由天而降的骇人惊雷轰然击穿浓浓迷雾，仿若在那乱云飞渡的天空之上，乌云遮蔽的神秘某处，有着无数的天兵天将正在手忙脚乱地将那天庭里的深潭积涝不加控制地泄向人间。看哪，似瀑布般倾泻而下的超级暴雨，在闪电的映衬之下，犹如亿万条银蛇在争先恐后地突袭地球，在狂风的助威之中，恰似炸窝的马蜂在前赴后继地肆虐人间。

　　事后有人说，这可是几十年未遇的天象呀！

　　此时的惠州城里，人们搭建覆盖在棚寮阁楼上面的白铁皮或者石棉瓦，皆轻而易举地被风暴掀起，像纸片一般在风雨之中飘飞起伏；有些街巷地势较低的平房或者是住在道路两旁底楼的人家，多已出现雨水倒灌的险情，于是全家老少手忙脚乱地自救抢险；城区内外有多处电线被大风刮断或者被大树压断，众多树木要么断枝折干，要么被连根拔起，横七竖八地倒卧在道路上；市区内为数很少的几栋三四层、四五层的较高建筑，在其稍高处迎向风面的玻璃窗，在疾风骤雨之下破碎或跌落；一些停靠在路边的三轮车、手扶拖拉机、小型货车，或被大风吹动移位，或被直接掀翻，或被大树压坏。而此时的西湖，也是一反往日平静柔美的面容，似有蛟龙趁机兴风作浪，搅得湖水黑浪翻滚……整个惠州城区的条条街巷，只有肆无忌惮的狂风怒吼，只有任性无忌的暴雨狂注，街上没有人影，没有车辆，也没有灯光。

时间还只是下午的三四点钟呢，但却昏暗得看上去恰似晚上八九点钟的景象。

在惠阳地区人民医院二楼妇产科的一间墙体斑驳、摆设简陋的小小病房里，三张靠墙并排的病床上躺着待产的产妇，近门处的 1 号病床上斜躺着的是一位戴着眼镜的年轻小媳妇，陪护的中年妇女正拉着她的手温言细语地说着些什么。中间 2 号病床上的产妇则蒙头大睡，旁边并无人陪护。里面靠窗的那张 3 号病床斜靠在垫高枕头上的产妇叫曾小英，她似乎早已习惯了这种安卧室内听着窗外呼啸风声、雨打芭蕉声的凉爽感。

"姐，我说昨天怎么又热又闷呢，闷得我一整天心里都好难受，而且胎动得也很厉害，还以为要提前生呢。我当时就猜到肯定会来台风的，但没想到是这么厉害的大风大雨。"曾小英边说边看向被阵阵骤雨若机关枪扫射般噼噼啪啪地击打着的玻璃窗户，她似乎想透过那一片一片雨水朦胧的玻璃，看清楚外面那些在狂风袭击中摇曳狂舞的大树，在暴雨冲击下逆来顺受的小草。

坐在床边陪护，被曾小英叫"姐"的是曾小芸，她就在惠州城内靠近西湖边的西湖小学里当老师，教算术，三十岁左右年纪，皮肤白净，神态平和，看上去比小她两岁的这位面庞黑红、皮肤粗糙的妹妹曾小英还要显得年轻一些。她一边给妹妹剥好一根香蕉递过去，一边温柔地说道：

"昨天那样的天气不要说人受不了，就连西湖里的鱼差不多全都给闷死了呢，湖面上密密麻麻地漂上来厚厚的一层，好多人跑去捞，成筐成筐地往家里搬，吃不完就晒鱼干，就这样都还捞不完呢。爸爸说他自从到城里来工作十几年了，从来都没有见过西湖的鱼一下子闷死这么多，浮上来这么多，真的是挺吓人的。"

"那你今天给我煲的这鱼汤是不是从西湖里捞出来的鱼？"

"是呀。昨天阿爸带着你姐夫李家福，还有你的二儿子周正，背了两个竹筐也跑到西湖去凑热闹捞鱼，鱼真的是太多了，来回跑了好几趟呢。你放心，周正还太小，爸爸和李家福不敢让他靠近水边去捞鱼，就让他站在岸边看。不过他看得好高兴哦，拍着手又喊又叫，又蹦又跳，开心得不得了。"出于职业习惯，曾小芸对自己的老公，对他人的孩子，都叫"学名"。

"这捞起来的死鱼能吃吗？跟海鱼可不一样哦。"曾小英笑道。

"很多鱼捞起来的时候还在张嘴鼓鳃甩尾巴呢，才刚刚死掉的淡水鱼当然可以吃啦。爸爸把那些鱼眼发白、鱼鳃发黑、鱼身发软已经有臭味的鱼都挑出来给院子里的猫吃，剩下来的新鲜鱼留几条清蒸或者煲汤，大部分留下来，说是要腌一腌晒成鱼干，等你满月回大澳岛的时候带回去。"

曾小英闻言微笑地望着姐姐点点头表示同意，同时满脸幸福地抚摸着自己鼓起的孕肚。她从内心感谢爸爸妈妈和姐姐想得周到，但并没有在脸上明显流露出感激之情，因为多年来，这一切都是顺理成章、理所当然的。

是啊，自己和老公周亚鹏带着两个儿子在六七十公里外的宝安县一座偏僻的海岛上落户，靠两夫妻起早贪黑在生产队干农活儿挣着那少得可怜的工分养家糊口，无论如何都让她这位在惠州城里出生和长大的初中毕业生感到异常艰难，也让她的父母家人感到非常心疼。所以这些年来，都要靠父母和姐姐姐夫他们时不时地接济一些主粮、副食、粮票、油票、肉票、布票什么的，甚至还有很多家用物件、日常用品等。眼看着这马上又要多添一张吃饭的嘴了，日子将会更艰难，更需要帮衬资助，因而就更不需要讲什么客气话了。

"哎，阿英，这次估计是男仔还是女仔？你家大儿子叫周成，二儿子叫周正，我那个妹夫有没有想好给这个宝贝起什么名字？"曾小芸忽然想起问妹妹这个问题。

"现在还估不出是男仔还是女仔，但我感觉好像还是个男仔。不过阿鹏他想要个女儿，他说爸爸妈妈就我们两个女儿，你和姐夫到现在还没有要孩子，而我们已经生了两个儿子，如果这次我生个女仔的话，爸爸妈妈就可以有个外孙女带带。阿鹏他也觉得这样儿女双全，人生完美有福气了，所以就给女儿取名叫周荃。不过……如果万一还是男仔的话，就叫周全……"

"意思就是说这次无论生男生女都算是完美周全了？无论如何都不想要再生了是不是？嘻嘻。"姐姐插嘴道，随之语气一变，"唉！你不管是生男仔或者是生女仔，姐姐都好羡慕哦，你呢是生到不想生了，竟然都还能再生。而我跟李家福一直想要个孩子，却怎么也生不出来，也不知道是什么原因，到底是谁的问题。唉……"

"姐，你和姐夫都还年轻，肯定能生。两个人都去看看中医调理调理嘛。"

"中医西医都看过了也调理过了，没有效果呀。不过，有些事的确可能是命中注定的！有时候想一想，你和周亚鹏的仔不也跟我自己的仔一样嘛。阿英你说是不是？"

曾小英幸福满足地轻轻抚摸着高高隆起的腹部，温柔顺和地点头笑着。这一瞬间，她突然思念起老公周亚鹏，想念起大儿子周成，不知道阿鹏带着大儿子在家里过得怎么样，懂不懂得照顾自己、照顾儿子，是不是又随随便便地对付一顿是一顿。说起来，周成、周正这两个儿子出生的时候她也是回城里由父母安排在这家医院里住院待产的，那时候阿鹏都是日夜守在医院，守在身边。可这次不知道为什么，他坚持让她带着年幼的二儿子回到城里来，却一定要留下大儿子和他一起守在家里。虽然才离开一个星期，但她真的很想他们了。"唉……"她痴痴地叹了一口气。

刹那间，突如其来的一道金钩闪电几乎垂直般地从天而降，惊心动魄地贴窗闪耀，紧接着便是由远而近的"轰隆隆……咔啦啦"震耳欲聋的一串炸雷声，近在咫尺，炸响耳畔，紧闭的窗户颤抖着发出震动声，似乎将承受不住这猛烈的光波和声波，会被冲开或者爆裂。沉浸在思念中的曾小英本能地吃了一惊，正想要和姐姐说句什么，忽然觉得有些不对劲，手按腹部抽了一口气：

"哎哟……哎呀！姐，快点，快点，赶快叫医生……"

曾小芸闻言，便将正在剥着的桂圆干往床头柜上的搪瓷盘子里一扔，迅即站起身来就往外跑向值班室去叫医生。很快，有两名女护士推着轮床赶到了病房，简单问了问情况，便把曾小英搀扶上轮床，快速而平稳地送往手术室。

曾小芸一路紧紧跟在旁边，念念有词地叮嘱着，一直跟到手术室门口，看到手术室的大门关上，大门上方的"手术中"提示灯亮起，便坐在外边走廊靠墙摆放的木条椅上等候，很是有些后怕地想：妹妹刚才在猛然间受到炸雷惊吓而动了胎气，要提前生产，应该不会有太大问题吧？万一有什么意外情况，这外面风大雨大，车辆停驶，完全没办法通知家里人可怎么办呢？

就这样胡思乱想地等了一阵子，注意听听，手术室里悄无声息，病区走廊也是异常安静，曾小芸忽然恼恨起妹夫周亚鹏来：现在这个时候在那破岛上，又有什么事情非得留着你去做不行呢？生产队里还有什么农活儿非得要你去干不可呢？家里更没有任何急事非得需要你一定留下来处理呀！为什么就不能跟过来守着自己的老婆呢？当年追我妹妹追得那是要死要活的，现在却是这般不重视，真是越来越不识做，太不像话了！

作为姨姐的曾小芸正在心中如此这般地恼恨着自己的妹夫，却在隐约之间似乎听到手术室里传出婴儿的啼哭声。不一会儿，手术室的大门打开，一名护士出来汇报了一声："产妇顺产，是个男孩，母子平安。"随即返身进去，再次关上手术室的大门。

再过了一阵，手术室的大门又一次慢慢打开，产妇和婴儿在同一轮床上被推了出来。躺在轮床上的曾小英看上去一切正常，且没有辛苦疲惫的神态，见到守候在手术室外的姐姐，轻声笑着说："又是男仔。"随即慈爱地瞄了瞄身旁裹在褓褓中的婴儿。婴儿好像听到了妈妈的声音，眼睛试图睁了两下又闭上了，小嘴巴同时嘬了两嘬，似乎是在嘬奶头的样子。

曾小芸高兴地上前审视了一下妹妹的气色，又歪着头开心地盯着外甥说："哇！是靓仔来的哦！还是男仔好！周全，周全，以后的生活都能周周全全，顺顺利利！"

曾小英是在自然分娩之后的第三天出院的，在姐姐曾小芸的陪同下，由姐夫李家福开着惠阳地区供销社运货的卡车被接往父母家。

今天刚刚放晴，风和日丽，但经强台风和大暴雨肆虐后的惠州城区仍旧一片狼藉，道路上的倒树残枝和碎玻璃、破瓦片还没有来得及清理，东倒西歪的电线杆和被刮断的电线正在抢修，有些居民正在自力更生整修自家被风暴损坏的门窗、屋顶……总之，这种景象把关在医院好些天的曾小英看得是目瞪口呆，恍若隔世，似乎穿越到了另一个惠州城。抱着小周全的曾小芸一路给她讲着台风造成的惨状和吓人的传闻。

正在驾驶着汽车，全神贯注、小心翼翼地躲避坑洼积水和横卧在街道上的树干断枝的李家福插话说，他开车到郊区和乡下，看到的情况比城里更严重，庄稼、果树肯定损失不小，老百姓可是受罪喽。说得大家都唉声叹气，满脸忧虑。

曾小芸不想气氛太沉重，便转换话题，笑看着妹妹说：

"阿英，阿爸同阿妈今天在家忙着给你做好吃的呢，有猪脚姜、盐焗鸡、梅菜扣肉，又煲了你爱喝的鲫鱼汤。"

曾小英即刻对姐姐嬉皮笑脸，露出了向往、馋嘴的神色。

曾小芸、曾小英的父亲曾宪强和母亲阮爱珍的老家都在惠阳地区所辖的宝安县龙岗乡下，两家均属耕读小康之家，算是世交，两家大人打小就给他们按照当地的风俗习惯定下了娃娃亲。两人结婚早，生孩子也早，却并不影响这对小夫妻为革命事业做些力所能及的事，甚至还为抗战时期的那场"秘密大营救"护送文化人士进入惠阳游击区做过协助工作。无论是客家族群意识，还是故土情怀见识，都促使他们夫妇二人自然而然地去做自己觉得应该做的事情。曾宪强读过私塾，经常在惠州城、香港、宝安县城和龙岗镇之间穿梭往来做生意，阮爱珍受家庭影响也识些字，所以在新中国成立后，夫妻俩双双进入惠阳地区商业系统。经过十多年兢兢业业的工作，曾宪强由地区商业局商业一科的职员、副科长，晋升为商业局二科的科长，阮爱珍现在则是地区供销社所属西湖百货门市部的主任，大小也算是个干部。两口子就只养育了曾小芸、曾小英两个女儿，女儿都已各自成家，平常家里也没有其他人，好在大女儿和大女婿都工作、居住在市内，随时可以过来看望父母。大女婿在惠阳地区供销社系统开卡车运货，是个好工种，对两边的父母都很孝敬。唯有二女儿初中毕业时和同学周亚鹏激情冲动地响应祖国号召建设海疆，作为知识青年奔赴海南岛，成了橡胶农场职工。就在两个人即将奉子成婚的时候，周亚鹏家中突生变故，便双双回到了宝安县大澳岛落户，亦渔亦农，生计艰难，处境艰辛，因而成了曾宪强和阮爱珍这老两口最大的心病。

在爸爸妈妈热情、慈祥的迎接呵护之下，曾小英怀抱着裹在褟褓里的三儿子周全回到父母家坐月子来了。这是位于地区商业局后院其中一幢宿舍楼二楼靠东的一套房，作为科级干部的曾宪强，按级别和资历分配到的这套住房共有两个房间，其中面积不大的客厅同时也作为饭厅，带有一小间厨房，紧靠小阳台有个窄小的蹲厕洗手间。虽然宿舍楼与前面的商业局行政办公楼都是二十世纪五十年代后期修建的，而且也只是简单的砖墙结构，水泥批荡，预制板搭建，白石灰粉刷，但在当时已是相当令人羡慕的高级楼房了。这次，曾小英自然是又住进了自己和姐姐小时候一直同住的，也是后来和老公、孩子们每次回娘家所住的这间稍小一点的房间，那熟悉的味道，简洁的布置，舒适的氛围，安静的环境，令她颇有安全感和幸福感。

父母和姐姐已经在房间里安置好了婴儿用的小摇窝，还搭上一块防蚊虫的白纱布，给小宝宝准备的奶粉、奶瓶，给月母子预备的红糖、饼干、桂圆干之类的，都已经周到地摆放得妥妥当当的，暖水瓶里的开水也已灌得满满的。

给小周全喂好奶，曾小英把儿子安放在摇窝里掩好白纱布。六岁的周正自从妈妈回到外公家开始，就一直好奇地跟着，此时又紧随着蹲在摇窝边，瞪着惊喜的大眼睛久久地盯视着吃饱喝足然后安然入睡的弟弟。李家福坐在客厅里和岳父聊天儿，曾小芸进来给半躺在床上的妹妹在腰部垫好枕头，让她倚靠得舒服一些。阮爱珍及时给小女儿端来一碗香气扑鼻、奶白浓郁的鲫鱼汤，顺势放下半边蚊帐帘坐在床沿，一边给喝着鱼汤的女儿摇着芭蕉扇，一边轻言细语地问这问那。当然，重点还是关心女婿周亚鹏现在的境况。

眨眼间，半个月就这样舒舒服服、轻轻松松、甜甜美美地过去了，小周全已经可以长时间地瞪大黑亮的眼睛好奇打量着身边的亲人和周围的环境。周正也已经成功地进入哥哥的角色，总是故作举止威武地在弟弟眼前走来晃去，经常以阿哥的身份和摇窝里的弟弟说着话、教育他。当然这个弟弟还不会跟他对话，只会对着他笑，或者舞动着手脚表示开心，表示"收到"。多数时间，周正更是喜欢到姨父姨妈家去，而不愿意回来睡在外公外婆的房间里，因为姨父姨妈完全拿他当亲儿子一样养，甚至比亲儿子还溺爱，况且自己在姨夫姨妈家还有一个独立自由的小房间呢。

天气好的时候，曾小英不但自己要下楼到院子里走走，活动活动筋骨，有时也把小周全抱下楼去晒晒太阳补补钙。每次在院子里都会碰见小时的同学、慈祥的长辈、平和的领导，大家一见到她，必定会过来友好地同她打招呼聊天，逗弄逗弄小宝贝，夸奖着小靓仔，恭喜她福气旺，称赞她气色好。

而曾小英每每在楼下散步走动时，脑子里更多想的是亲爱的老公周亚鹏，感觉这个院子里那些无比熟悉的角角落落、草草木木都和亚鹏有关，虽然两个人按照当地农村的习惯早早结婚，到现在差不多有九年了，大儿子周成也有八岁多了，但她依然还像个怀春的少女那样，脑海中时时都会闪现着亚鹏那英俊的脸庞、明亮的眼睛、挺拔的身躯、健壮的体格。她回忆最多的，是十多年前的那个炎热的周末晚上，亚鹏第一次到地区商业局后院来找她时的情形，那鬼鬼祟祟的神情，紧紧张张的表情，让她至今想起来都会情不自禁地笑出声来。

那时她十六岁，亚鹏比她年长一岁多一点，两个人是惠阳一中的同班同学，他是班长，她是学习委员。他之所以急着到她家来找她，是要和她私下商量初中毕业后的去向，这次就是赶过来问她的最后决定的。

也就是在前几天，学校领导在初中毕业班的动员大会上讲，为了建设一个伟大的社会主义强国，国家已经在制订发展国民经济的第一个"五年计划"，各省各地都在掀起工业现代化的建设新高潮，广东省根据国家的战略布局，在海南岛大力发展橡胶业，橡胶是重工业领域的重要原料和战略物资。随着海南岛上位于琼海县的第一个橡胶种植园建成，又有多个橡胶农场已经上马开发，在不远的将来，一望无际的橡胶林会在海风中茁壮成材，源源不断的橡胶原料会运往祖国的四面八方，因此，需要一大批有知识、有文化、有理想、有抱负的知识青年学生到海南岛去，到祖国最需要的地方去，做一名优秀的橡胶农场职工。当然，学校领导也说了，原则上是自愿报名，服从分配，一颗红心，两手准备。

周亚鹏和曾小英本来计划是要继续升读本校的高中班的，成绩完全没有问题，各科老师也都看好他们俩，并且抱有很大的希望。但这两个人在开完动员大会后，顿觉热血沸腾，深深感觉不把自己壮丽的青春献给祖国的橡胶事业，确实枉度此生。于是，不约而同地在动员大会后找到对方，表示要到美丽的海南岛去做一名光荣的橡胶农场职工，建设海疆，巩固国防。周亚鹏虽然是家里唯一的男丁，有个姐姐也才刚刚嫁去香港，但他曾经见过世面的父亲完全信任并支持自己的儿子去闯世界。曾小英倒是也有决心，不过她得回家做做父母的工作，探探父母的口风。

周亚鹏今天"冒险"到家里来找自己，就是来催问结果的。

可以想见，曾宪强和阮爱珍对于小女儿的这个"决心"实在难以接受。好好读书，读更多的书不是更能为国家做更大的贡献吗？况且才是个十六岁的小姑娘，真是想到一出是一出，要漂洋过海到海南岛去当橡胶工人，辛苦且不说，谁的父母能放心呢？不过，毕竟有过参加革命的经历，都是共产党员，知道国家需要高于一切，虽然没有态度激烈地表示反对，但是也没有松口表示同意。

而在激情冲动中的这一对少男少女几乎是用"私奔"的决

绝，双双义无反顾地奔赴海南岛。这种冲动的激情，既有青春献祖国的激情冲动，当然也有青春两相悦的激情冲动。冲动作为情感起伏特别强烈的心理现象，也是理性控制特别薄弱的心理现象，往往会导致始料不及的人生转折和生活经历，也往往会产生出人意表的人生境遇和曲折故事。但冲动中的当事人哪还管这些呢？

此时站在父母家楼下的小院子里，已经是三个儿子的母亲的曾小英，却依旧在满腔柔情地回忆着当时的情境，追忆着当时的心境，仿佛又回到了那个浪漫无忧的岁月，仿佛又看到了那个风华正茂的少年，竟然不由得一阵心跳，满脸桃花泛红地笑出声来。

小周全已经满月了，父母和姐姐都不断劝说小英让她在城里再住些日子，多补一补，多养一养，最好是过了端午节再走。但曾小英时时惦记着大儿子，挂念着丈夫，说什么也要回到大澳岛的家里去。而且这段时间社会上的形势好像突然之间有了新变化，父母在各自的单位大小也算是个领导，平常总是安排别人做这干那的，但现在却是不分早晚地随时被戴着红袖章的人来家里通知，口气强硬地要求必须立刻去单位，开会读报学文件搞揭发。对于这些，曾小英觉得很不可思议，而当她下楼去前后院遛弯散步的时候，看到地区商业局大楼不断贴出了一些新标语，语言内容很新奇也很激烈，自己虽然并不特别明白这是何因何故，但看得出来，每个人都像吹足了气那样激奋，动静弄得也是很闹腾。

姐夫李家福开供销社的货车跑运输，在没有出差运货任务的情况下，一般都是在司机值班室休息待命，现在也被通知在不出车的时候，多了些学语录、贴标语、刷大字报的任务。姐姐曾小芸眼下正在忙着为学生们准备期末考试的复习辅导，同样被要求在上课之余还另有政治学习、写心得体会的任务，周末也必须到校。

总之，大家现在都没法陪母子三人回家。曾小英说，只需要在一大清早把他们送去汽车站赶上头班长途汽车就可以了，他们坐车到惠阳县淡水镇，再想办法赶去澳头码头坐海船回大澳岛，路上总会碰到熟人帮忙，应该没啥问题。

于是，曾小英背着装满咸肉、咸鸭、活鸡、鸡蛋、粽子、鱼干、苦笋干、梅菜干、桂圆干，还有奶粉、饼干、红糖甚至还有一小壶客家黄酒的竹筐，抱着周全，牵着周正，满心喜悦地踏上了归程。

这娘儿仨一路上其实并没有遇到什么熟人，也没有任何人帮忙。在淡水镇到站下车之后，曾小英又背上那装满东西的竹筐，抱着周全，牵着周正，顶着烈日，沿着荒凉少人、弯弯曲曲的丘陵土路，慢慢朝着澳头码头走去。途中，在上扬生产队一处小山坡的荔枝林的树荫底下乘凉休息，父母预先备好的卤蛋和煮熟的粽子成了她和二儿子周正的美味中午饭，再给小周全喂奶后哄他入睡，一路走走歇歇便到了澳头码头。

就这样，经过大半天的舟车劳顿，曾小英母子三人在下午五点左右回到了大澳岛，回到了自家所在的浪沙围生产大队第三小队。

大澳岛在惠阳地区算是一座较大的半岛，隶属于宝安县。从散布在岛上各处的族姓祠堂可以看出，这里的主要姓氏构成并不复杂，袁姓、李姓、钟姓、陈姓、黄姓、曾姓为岛上的大姓，其他还有莫姓、阮姓、冼姓、周姓、林姓等，相传大多数是宋末和元明时期从福建南迁的客家人，并在历年争地冲突中、历朝分化组合中，形成了东涌村、西涌村、上沙村、下沙村、观塘村、北角坑村、浪沙围村这七个规模较大且人口相对集中的自然村落。在浪沙围村西南方向，有一座隔海遥遥相对的小岛被叫作小澳岛，划归浪沙围村管辖，岛上常年居住着几十户渔民，也经常有大澳岛或者其他地方的渔船在此避风或补充淡水、给养。据说，岛上的某个隐蔽处，还是蛇头常年组织偷渡和走私的中转交接点。

二十世纪五十年代末，大澳岛上的大澳乡政府下文改称"大澳人民公社"，公社党政机构所在地位于大澳岛中部的观塘村，这里也是整个公社的政治、经济、文化和集贸中心。各村的正规名称随后也相应改为东涌生产大队、西涌生产大队、上沙生产大队、下沙生产大队、北角坑生产大队、浪沙围生产大队和观塘第一生产大队、观塘第二生产大队，传统管辖范围没有变，各大队的生产特点和劳动重点按照传统来说，上沙大队、下沙大队、北角坑大队和观塘一、二大队是纯粹的农业生产大队，而地盘规模最大、人口最集中的观塘，则又是大澳岛上唯一的街圩集镇，除了有十几位吃公家饭拿工资的公社干部、供销社职工和学校公办老师以外，还保留有几户商品粮户口的住户，主要是开小吃铺、手艺铺、小卖部之类。浪沙围和东涌、西涌则属于亦渔亦农的所谓渔农生产大队，但这些年以粮为纲，要求海岛"没有条件创造条件也要发展粮食生产"，号召"海上学大寨"，只有根据上级计划安排指定的部分生产小队才有权下海捕鱼。

浪沙围大队第三小队被按照计划确定为农业生产队，将其原有的大网船、小渔船都象征性地有偿划拨，归并到了其他生产小队，本生产小队只保留了一条木船，仅仅是为了有时要完成必需的运输任务，向沿岛海岸线运送农作物、种子、化肥之用。

其实曾小英从淡水的澳头码头刚登上渡船，就碰见了好几个熟人，但却没有一个人和她打招呼说话，似乎故意视而不见。想着可能人家只是似曾相识却并不很熟悉的缘故吧。不过呢，按照岛上的民风习俗，哪怕只是一面之缘或者并不熟悉的人，见到她抱着刚出生的小宝宝，也一定会随口恭喜，逗逗宝宝，问问是男仔还是女仔什么的。但是，都没有。渡船抵达大澳岛，离船登岸，上得岛来，半晌后太阳依然高挂西天，在土石路上投下行人长长的影子。离家越来越近，真正的熟人甚至族人越遇越多，却仍然没有人理睬他们母子三人，甚至远远见到都赶紧避开，更不用说走上前来打招呼问候、关心恭喜或者帮帮什么忙。

曾小英感到异常奇怪，她不知道发生了什么事，更不知道为什么会这样，但她内心深处曾经是城里人的自尊心，曾经是初中毕业的知识青年的自尊心，曾经是海南国营农场职工的自尊心，令她陡然升起别人不理我，那我也没必要去理睬任何人的傲气。她埋头走路并催促着东张西望的周正，只是偶尔扫一眼道路两边村民家的外墙上刷着的"严厉打击走私偷渡行为！""走私就是卖国！偷渡就是叛国！""偷渡外逃严惩不贷！"这些老的标语口号，但也看到地区商业局办公楼上贴着的"炮打资产阶级司令部！""横扫一切牛鬼蛇神！""千万不要忘记阶级斗争！""抓革命促生产促工作促战备！"等等内容相似的新标语，意识到岛上也有了新变化。难道大家邻里之间突然不理睬自己，跟这个新变化有关？

自己的家越来越近了。这是位于浪沙围第三生产小队最南端坐西北朝东南的一处典型的岛上民居，石块垒墙，青砖点缀，灰瓦覆顶，一排三间，前有芭蕉树、簕杜鹃，后有荔枝林、香蕉园，面朝大海，生机盎然，看上去相当不错。周正远远地看到一个多月没有回来的温暖的家，撒腿就往前跑去，曾小英也不由自主地加快了脚步，并且在不知不觉的心跳加快之中，伴随着一种羞涩的期盼。

突然，小周正兴奋跑动的双脚猛地刹住，从他那瞬间僵直的背脊就能想象到小孩惊骇不解的表情。曾小英此时也发现了异样，自己家原本干干净净的石头外墙被人用白石灰刷上了大大的标语，门左边是"打击偷渡分子"，门右边是"严惩叛国行为"，在"偷"和"渡"，"叛"和"国"之间，都分别被左右两边墙上小小的窗户隔开，窗户上两扇好像被人忘记关上的窗板随着海风吹拂，忽开忽关，像极了两只不断眨动的诡异嘲笑的眼睛。尤其还发现，家里的大门竟然毫无保留、怪异地敞开着，像极了惊恐大张的嘴巴，家里家外都异乎寻常地寂静。

"不对……"曾小英来不及多想，不顾一切地奔进家门。"啊？啊？啊……这是怎么回事？"大门的两边门扇没有了！堂屋里吃饭的八仙桌和椅凳没有了！中堂摆着的雕花实木神台没有了！平时靠在门内停放着的自行车没有了！还有……还有自己卧房、小孩卧房、偏房的房门每张门扇也都没有了！家里忽然变得空空荡荡、了无生气、死寂破败。曾小英的脑袋嗡地

第一章 父子偷渡

017

就炸了，顾不上放下背了一路的沉重竹筐，先冲进自己和老公的卧房，啊？双人大床、梳妆台和樟木大箱同样没有了！摆在窗户下面的缝纫机竟然也不见了踪影！她又疯了似的冲进小孩卧房，两张单薄的木架小床还在，但被什么人把床板踩垮在地上。偏房里原来是公公婆婆睡的那张破旧木架床也还在，但被弄断了一条床腿，丑陋地歪斜着垮在地上。

"这到底是怎么啦？这到底是怎么回事呀……"曾小英嘶哑的嗓音像母狼般地狂吼一声，旋即冲出家门，跺着脚朝向四周猛喊："亚鹏……亚鹏……老公……""阿成……阿成……仔呀……"

丈夫周亚鹏和大儿子周成倒是没有被喊回来，只见第三小队的生产队长周力强和民兵排长莫建明满脸肃穆庄重地朝这里跑了过来。

年龄稍大一些的周力强一见到曾小英，就气喘吁吁地喊道："阿婶，你可回来了！阿鹏叔闯下大祸了！他自己偷渡叛国不说，还拉上你大儿子阿成，还有袁正德和他大儿子海龙，还……还……"

背着一支半自动步枪、稍显年轻的民兵排长莫建明截住周力强语无伦次的话头，蹙着眉头口气严厉地说道："周亚鹏携儿子周成，袁正德携儿子袁海龙，就在一个月前，趁着月黑风高，台风即将来袭之际，趁着巡逻民兵和人民群众的革命警惕性放松之际，猖狂盗走生产队唯一的渔船，偷渡叛国，这是疯狂至极的反革命行为，性质非常严重，造成的影响非常恶劣。公社和大队领导非常重视，成立了公社、大队和我第三小队组成的三级专案组，同时决定对偷渡叛国者的家庭采取严厉手段，没收家庭财产，弥补集体损失……"

　　曾小英已经完全明白是怎么回事了。她顾不上听完莫建明的"宣判"，匆匆返身进屋，把手中抱着的正在大哭不已的婴儿周全放在儿子们的卧房泥地上的一张小床板上，从肩上卸下一直背着的竹筐，从竹筐里拿出一块小棉布把襁褓中的小周全盖上掖好，严厉地对二儿子周正低吼了一声："在这儿看住弟弟。"说完，她不顾背上汗水湿透，转身冲出家门，撇下立在门口的周力强和莫建明，像一阵风似的向生产队平日拖放渔船的海边沙滩跑去。

　　这片海滩名叫崖角滩，就在她家屋场的坡地下面，沿斜坡垂直下去的距离不到 300 米，由一条人们自由踩踏形成的"之"字形土石路，上下连接着村子和沙滩。曾小英来不及顺着这条土石路往下跑，也顾不上布满刺人绊脚的马鞭草还有筋杜鹃等各种荆棘灌木和攀藤植物的斜坡，疯了似的直线往下面的崖角滩冲去，好像这样还能追得上亚鹏和大儿子。绵延的沙滩上，海沙细腻，海浪轻拍，生产队锚锭搁船的那处浅滩此时哪里还有渔船的影子？放眼往海上望去，海面上也见不到任何船身帆影，只有一阵阵寂寞的波涛在深沉地上下起伏，只有一只只逐浪的海鸥在深情地发出鸣叫。曾小英拱着腰，跺着脚朝向大海深处猛喊："亚鹏！阿成……亚鹏！阿成……"回应她的只有吻湿她脚面、溅湿她裤脚的浪花飞沫，还有不远处峭壁陡立的崖角岩反射的凄厉的回声。

　　曾小英愣愣地盯着"回应"她的崖角岩呆望了片刻，扭身奔上土坡，踩着崎岖礁石往崖角岩的岩顶跑去，站在崖壁边缘，对着大海，对着天空，又是一阵撕心裂肺的呼唤。然而，连一丁点儿的回声都没有了，只有崖角岩下嶙峋怪石间激起的浪花飞溅，响起轰然鸣空的浪涛声，像是要无情地击碎她那无助的呐喊。曾小英伤心欲绝地瘫坐在岩顶的礁石上，眺望大海，一动不动，一动不动……在落日的余晖中，就像一块凄美的望夫石。

就这样，不知道坐了多久，四周暗黑得几乎看不到灯光，只有夜空中的星星同情地眨着眼睛；身边寂静得几乎听不到人声，只有岩脚下的海浪呜咽着拍打岸边……曾小英猛然间想起被扔在家里的刚刚出生的小周全，还有年幼尚不懂事的二儿子周正，蓦然回过神来，赫然站起身来，刚一转身扭头，惊讶地看到在离自己不远的黑暗处，背着枪的莫建明和垂着手的周力强正警惕地抑或是关切地注视着自己……

第二章

孤儿寡母

毫无征兆的剧烈变故让曾小英顿时坠入恐慌无措、茫然无助的状态之中无法自拔，突如其来的意外打击令她瞬间深陷肝肠寸断、身心疲惫的恍惚之中难以抽离，她真的不知道自己一个女人带着还是幼年的周正和襁褓中的周全，将来的日子要怎么过下去。

　　家里原本就不多的存粮吃食，还有一只黑白相间的半大花毛猪，另有十几只已经能够生蛋的鸡和鸭都没有了，都已经被"专案组"的人没收，作为赔偿周亚鹏他们盗用渔船的损失，只剩下一些拉拉杂杂的烂番薯、瘪玉米之类的杂粮，难看得散堆在厨房的角落处，估计是没有被看上眼。好在有她从娘家背回的那一竹筐食物，能够暂时解决娘儿仨的一时之困。

　　到了晚上，只好用大儿子周成原来睡的那个小床架挡在门口，就像是有些广东人的家里安装在房屋大门处的趟栊，再用一块小床板斜斜地顶住，算是起到了"关门闭户"的作用，虽然海风挡不住，雨水挡不住，大风大雨更是长驱直入，但总能象征性地防防人吧。好在二儿子周正还可以在自己原来房间的小床板睡睡觉，曾小英则把公公婆婆原来的那张断腿破旧的老床拖到自己房间里，用石块垫住那条断掉的床腿，好歹可以哄着小周全睡在床上，算是这个家里目前唯一像样的家具了。看着小周全在爷爷奶奶睡了几十年的这张老旧床上甜甜入睡、安然入梦的幸福模样，曾小英有时会笑容凄苦地想：真不愧是周家血脉。

　　面对如此重大变故与沉重打击，无论怎样束手无策，无论何等惊慌失措，也要赶紧告诉父母，告诉家人。失魂落魄了好几天的曾小英最终强迫自己渐渐冷静下来，极力平复一下心情，尽量理清一些思路，随后便语无伦次地给爸爸妈妈和姐姐写了一封信，不胜其悲地如实汇报了所遇到的灭顶之灾，不厌其烦地据实反映了所面临的现实惨状。写完信之后，又不得不迎着村民的怨恨眼神，看着族亲的疏离表情，面对众人的指指点点，头顶烤人的烈日骄阳，赤着一双脚跑到观塘街，朝邮筒里丢下了这封并没有直接向娘家表明求助内容的求助信。

　　说实话，在曾小英的心中，其实她并不怪这些村民、族人甚至亲友的冷淡与疏远，在这个岛上，哪一个家庭没有家人、嫡亲、姻亲在香港呢？这几年又有几个家庭没有发生过逃港谋生的情况呢？并且是越来越司空见惯了。虽然岛上到处都写有打击偷渡逃港的标语，大会小会也都在三令五申地宣传强调严禁偷渡，但当地人对偷渡逃港的人是理解和包容的，有些社队干部也是睁一只眼闭一只眼的，甚至有的人还佩服那些能够逃出去的人，称他们是"叻仔"[1]，是"能人"。什么集体扑网闯关、结伴冒死泅渡呀，又比如说花钱找蛇头坐船偷渡、赴港探亲滞留不回呀等等，乡亲们都还能理解，但你怎么着也不能盗窃集体财产，损害大家伙儿的利益呀，那可是生产队仅剩的一条渔船，也是最值钱的固定资产啊，一年到头需要运货送人搞运输，每年仅有的几次偷偷摸摸出海捕鱼私下给社员们谋福利，都只能靠它啦，但周亚鹏、袁正德为了个人私利，盗用偷渡而给生产队全体社员造成重大损失！在这个问题上，曾小英也觉得老公的所作所为的确不可原谅，兔子还不吃窝边草呢。当然，最不可原谅的是你这个周亚鹏对自己老婆密不透风的隐瞒！

---

① 广东话，意为聪明的男生。

而在惠州城里，眼下政治学习任务紧张的父母和教学工作任务繁重的姐姐，在接到曾小英并非报平安的来信之后，于惊恐、愤怒、着急、担心之余，却是谁都没法离开工作岗位和阶级斗争的第一线到大澳岛来探望、安慰她，只有赶紧安排李家福趁着给惠阳县淡水公社供销社和宝安县龙岗公社供销社开车送货之际，"顺路"拐进大澳岛，"顺带"给曾小英家送来了一些米、面、河粉、奶粉、鸡蛋、副食、日用品之类的应急的必需品，还有那个周成、周正、周全三兄弟小时候都用过的旧的小摇窝，另外，竟然还考虑周到地捉来一头小猪崽。作为姐夫的李家福心细且有经验，在装完货后又往车厢缝隙处塞进了几块木板和几根木头，与押车送货的兄弟一起，在曾小英家里忙活了半天的时间，叮叮梆梆地装上了两扇入户门，钉起了两副小床架，还把那张老旧破床的断腿也接好了。小周正看到姨父的到来，亲热开心得不行，手忙脚乱地凑在旁边"帮忙"。

这些个门扇、床架虽然简陋粗糙不好看，但是应急实用很结实，居然就这样对付着用了十几年。当周正、周全两兄弟长大了外出打工赚了点钱之后，第一次翻修扩建这处祖屋时，才都换上新的。

回家后的头一个月，曾小英每天要给周正喂奶，要看护着在屋前屋后、海滩礁石四处野跑的周正，并没有随生产队的社员们下田干活儿，当然也没法去挣那每天八个工分的报酬，生产队长周力强也没有过来派工。民兵排长莫建明带领基干民兵每天在岛上、海边巡逻之后，会背着枪走过来观察一下。曾小英趁着这个空闲机会，重新把又破又空的房子尽量整理得看上去像个家，同时抽空把门前小院里的杂草清理掉，种上一点儿菜呀瓜呀什么的，猪圈里喂起了小猪，被人抓走鸡婆鸡公后空着的鸡笼，现在又关进了几只毛茸茸的小鸡雏，一天到晚唧唧啾啾，很有了些生机。

虽然曾小英每天都在操心忙碌着，其实是刻意给自己找事干，不过，她常常会突然停下手中正在忙活儿的事情，莫名其妙地发起呆来，而且通常是两眼呆滞地面朝大海长时间发呆，有时候周正在身边不停地叫妈妈，周全哭着闹着要吃奶，她都没有反应。很多个晚上，她会在哄睡两个儿子之后，走到坡下的海边，坐在沙滩上，久久望着深邃的星空，痴痴盯着暗黑的海面，总是伴着那哗哗的涛声而情不自禁地深深陷入那些回忆了无数遍的往事之中。

当年，曾小英和周亚鹏以及另外几名惠阳一中的初中毕业生，如愿与一批同校的高中毕业的师兄师姐被批准奔赴海南岛，从此成为光荣的知识青年农垦战士。初到橡胶农场不久，还没有等到开始进入集中忙碌的割胶季，还没有真正尝到割胶工人的艰辛，曾小英就因为她脱俗的气质和清丽的相貌而被招录到地处五指山脚下、位于通什镇的海南黎族苗族自治州第二招待所当服务员。这家招待所的工作人员几乎全部是从岛外来的知识青年，以广州、惠州和湛江来的初、高中毕业生居多，因而也被人称为"知青招待所"。在这里，虽然每天不用起早贪黑，不会风吹日晒，而且工作轻松，环境清幽，但她朦胧的少女情怀总是若隐若现地想念着同学周亚鹏，尤其在夜深人静之时，这种思念更为炽烈。

两个人相互之间正所谓心有灵犀一点通，交情通意心相印，事实上并没有什么事前约定和通信相约，周亚鹏每逢在难得的休息日，一定会风雨无阻地从几十里以外的橡胶农场步行到通什镇来看望曾小英。说起来，这批知青中也只有他俩是同班同学，而且还曾是配合默契的班干部，两个人私底下关系也最好，在海南岛无处可去的周亚鹏到镇上来看望她也是情理之中的事。曾小英常常都会掰着手指头计算周亚鹏的休息日，每次看到周亚鹏来到自己身边总是激动得无法自拔，一定会在中饭时把招待所最好最贵的荤菜买给他吃，甚至把自己饭钵里的哪怕是一点儿肉丁都挑给他吃。看到周亚鹏毫不客气地狼吞虎咽，看到此前的白净靓仔现在逐渐变得皮肤黝黑，双手粗糙，但却仍不失英俊洒脱，且越来越有男子汉气概的体格和肌肉，少女之心不免按捺不住地狂跳。

每回见面时心灵感应的交融，每次交往中情感火花的碰撞，终于在两年之后，使得始终相互依恋、相互牵挂并渐渐成熟起来的曾小英和周亚鹏，在海南岛上，在五指山下，顺理成章地正式谈起了恋爱。那爱情的炽烈，爱恋的热烈，就像海南岛漫长的炎炎夏日。当然，依旧还是周亚鹏在每个休息日风雨无阻地来通什镇的这间招待所跟曾小英约会相聚，而曾小英最多也就回过橡胶农场一两回，主要是路途荒凉且崎岖，大集体的通铺宿舍条件艰苦又不方便。

考虑到两个年轻人感情的炽热、爱情的成熟，周、曾两家的老人正式见了面并开始商量婚期，曾宪强和阮爱珍对这位已经担任割胶突击队队长的未来二女婿也相当满意，筹划着干脆利用春节的探亲假为大女儿、二女儿同时举办婚礼，热闹喜庆还节约。

然而没想到元旦刚过，却突然接到周亚鹏的父亲突发重病的电报，慌里慌张请假回到家后的周亚鹏很快就给曾小英写来一封信，随后又从大澳岛邮电局打长途电话到招待所，告知其父亲虽经住院抢救留住了一条命，但现在生活不能自理，母亲体弱力虚难有护理之力，姐姐业已外嫁香港，若要办个回乡证，手续多，太麻烦，所以回不来，而乡亲族人也难以长期帮上这个忙。母亲则坚持要求自己唯一的儿子必须回去家乡撑起这个家，尽到这个孝。可以说，没有任何其他办法，也没有任何商量的余地。

　　并没有经过太多的权衡考虑和思想斗争，曾小英当即就果断地做了个简单明了的决定：亚鹏到哪儿我到哪儿！

　　在周亚鹏十万火急地返回橡胶农场以最快的速度办理离职返乡手续的同时，曾小英也义无反顾地迅速从招待所离职，双双同时离开为之奋斗了三年多的海南岛，就像来时那般果决。

　　周亚鹏带着大儿子周成弄出来的偷船逃港这件事，对曾小英的打击，不是外人对她的白眼，而是内心受到的伤害，她怎么都不明白，老公在做出这个决定的前前后后，在她面前竟然根本没有任何异常表现和迹象流露，他应该是和那个老友鬼鬼①的袁正德共同密谋策划了很久的，一直都在寻找机会，只是从头到尾完全都在瞒着她。而自己作为全副身心地关注两个儿子和怀孕待产的幸福妈妈，竟然是一丝一毫都没有意识到或感觉到。所以她现在思来想去都搞不清楚，自己在亚鹏心目中是什

---

① 广东话，意为死党。

么样的地位，也不知道亚鹏毅然决然地把老婆丢下，把二儿子丢下，甚至都等不及见上未出生的孩子一面，到底是出于什么原因让他如此决绝？

当然她至少知道，周亚鹏携子出逃的后果，就是自己这一辈子可能再也见不到无比疼爱的大儿子和曾经深爱自己的老公了。虽然天气好的时候站在崖角岩上可以看到香港外围的几座小岛和那边边境巡逻线的灯光，但她真真切切地体会到了什么叫咫尺天涯！

尽管想不明白，尽管心存恼恨，但曾小英依然在心里默默祈祷，只要周亚鹏和大儿子在香港那边过得好，那就阿弥陀佛了！她甚至想象着此刻的周亚鹏带着阿成，已经顺利地和嫁到香港的家姐还有婆婆团圆欢聚，并且每天享受着天伦之乐。这么想着，反倒心里很安慰。

然而，不久之后，从小澳岛那边似而非地传来消息说，周亚鹏和袁正德趁台风来临之际偷了生产队的渔船出海逃港，过了小澳岛进入香港海域后，恰巧正面迎上台风的风头，出事了……甚至更有人活灵活现地说，后来有渔民看到海面上漂浮的船体碎片，好像写的就是"浪沙301"，应该就是浪沙围大队第三小队的那条渔船。

这个传闻，简直让曾小英完全无法承受，甚至可以说彻底击碎了她心中侥幸的幻想，她可以忍受此生再也见不到老公，她可以忍受大儿子永远也回不到自己身边，但她完全无法接受老公和大儿子已经遇难而不在人世的说法。于是她好像是换了一个人，整天神情恍惚地出出进进，一忽儿去海边沙滩远眺，一忽儿在房前屋后转悠，每每心陷往日的幸福幻觉而时时露出羞涩的笑容，或是因为纠缠难解的痛苦心结而往往显现呆滞的表情。

当年曾小英随同周亚鹏从海南岛径直回到大澳岛，并没有顺便回惠州城去看望父母和家姐，而是直接住下来就不走了，没日没夜尽心尽力地协助周亚鹏护理病重失能的父亲，照顾体弱多病的母亲。年轻貌美、有知识、有文化并曾有正式工作的曾小英，当时在大澳岛一些人的嘴里，简直就成了孝道菩萨的化身。

深知女儿人格秉性的曾宪强和阮爱珍没有埋怨、没有阻拦也没有干预，而是不动声色地按原定计划在春节为两个女儿举办了婚礼，并且一碗水端平地给两个女儿陪送了同样的主要大件嫁妆：一对男式女式手表、一台"华南牌"缝纫机和一辆"红棉牌"自行车。这套嫁妆在当时的惠州城里都是会引起轰动的"壮举"，更不用说在这个偏远的大澳岛上了。一个普通人家居然能同时拥有衣车和单车，新郎新娘还各有手表，从哪个方面比较，都说得上是难得一见的嫁女条件，的确会让人无比羡慕，当然也有内心嫉妒和冷言冷语的人。不过，这场带有"冲喜"意味的婚礼并没有让周亚鹏父亲的病情有所好转、生命有所延缓，老人家几乎是完全按照那位放弃对其抢救的医生的预测，刚过完年就撒手人寰了。

再到了下一个春节，婆婆以过年探亲之名赴港与嫁到香港的女儿团聚，便再也没有返回大澳岛。此时的周成才刚刚半岁。

曾小英记得，周成周岁生日的时候，婆婆也并没有从香港赶回来为自己的长孙隆重地庆生做"周岁"，只是收到了孩子姑姑从香港写来的信和港币汇款，算是作为周成的生日礼物，并在信中说，妈妈自己不方便回内地也不想再返回大澳岛了，决定就在香港生活终老，一切都好，请他们放心，不必挂念。

曾小英还清楚地记得，当时曾多次颇感迷惘地与周亚鹏讨论过，既然是转眼之间也就这么一年的光景又变回他们的二人世界，只不过多了一个在海南岛就已经怀上的孩子，那么，他们俩当初不顾一切地放弃青春的梦想，不管不顾地丢弃信念的追求，毅然决然地从海南岛回到大澳岛，完全舍弃了各自正式的工作，到底是为什么？难道就是为了用那几个月伺候病重的公公，最后为其送终显示孝心？难道就是为了让婆婆最后能够轻松地赴港去与女儿团聚令其安心？难道就是为了让小两口留下来将来与子女们共同继承这里的"家业"？而周亚鹏呢，似乎也未曾想到会是这样的结局，无从解释甚至无言以对，在和老婆同样迷惘的同时，更是流露出了无法释怀的怅然若失。这种怅然若失就是因为在这转眼之间，崇高的敬老行动的目标消失了，感人的尽孝奉养的对象没有了，意义何在？

其实细细想来，周亚鹏的突然偷渡逃港并非没有任何诱因，也并非毫无迹象。曾小英不断地在回忆和分析：父亲的突然离世和母亲的滞港不归，使得周亚鹏顿时觉得完全失去了从海南岛辞职返乡的感人动机和崇高意义，并且他认为曾小英是被迫跟自己回到这座偏远荒凉的大澳岛的，是属于迫不得已而为之，因此他老是感到对不起自己的老婆并且愧对自己的仔。问题还在于，他这位有知识、有能力，曾经充满朝气、满怀抱负的割胶突击队队长，自从回到自己的家乡后就一下子变得毫无价值了，除了得到疏离的客气、表面的礼节之外，不要说生产大队的什么职务，就是在本小队担任队长、副队长、民兵队长、会计员、保管员的任何机会都没有。关键是他完全搞不明白的事还有：为什么现在的自己，既融入不了自家固有的族人亲戚圈子，也融入不了自己曾经的发小玩伴圈子，村人邻里完完全全把他当成了跟他们格格不入的"有钱的城里人"，把他看成了临时来大澳岛待一阵子就会随时离去的条件优越的外来人。而唯一和他真正关系融洽、交往密切的就只有袁正德。

再后来，大澳人民公社、浪沙围大队根据上级"学制要缩短，教育要革命"的指示精神，决定在有条件的生产队兴办半耕半读性质的初级小学，需要能够代课的老师，同时，公社原有的学校也在招用不占编制、不转户口、拿工分加少许补贴的民办老师。但周亚鹏和曾小英这两口子作为岛上唯一从惠阳地区第一中学这所名牌学校毕业的高才生，不要说一点儿机会都得不到，甚至始终连一点儿信息都不知道，那些被选中的人各方面条件都比不过他们。那些人有什么关系、有什么后台就不言而喻了。即使是作为普通劳动力在生产队里被派工干活儿拿工分，也多有被打入另册之感。

无所作为又无所适从的周亚鹏，思想越来越消极，情绪越来越低落，脾气越来越暴躁，言行举止也常有失控的表现，虽然他从来没有直接针对自己的老婆和孩子，但温柔贤淑的曾小英知道，周亚鹏的这种变化是在表达他追悔莫及的苦闷心情，却是有苦难言，而且对于无法预知的未来也不知道何去何从，找不到其他任何出路，唯有宣泄苦闷。也正因为如此，曾小英不想也不敢再刺激老公，也就把想说的话都憋在了心里，绝不再和老公讨论离开海南的对与错，更别说去埋怨了。两个人只要能待在一起，在哪儿不可以和和美美地生活呢？

但是，眼下，把曾小英拉回到严酷现实的则是，自己返回城里娘家生仔，一转眼再回到家里，老公和大儿子突然消失了！此时这周家，没有一个成人留在这处"祖屋"里，只剩下她这个外地人、外姓人，带着周家还需要抚养长大的种，孤零零地留了下来，除了凄凉悲苦，哪有和和美美可言？自己期望得到的最简单的幸福就是"只要能待在一起"。

但是，那个需要"待在一起"的人又在哪儿呢？难道这就是前世的缘、今生的情？或者自己是来周家还债的？

俗话说，嫁出门的女儿，泼出去的水。惠州城的娘家肯定是回不去了，即使是回一趟娘家，也只能算是探亲小住。只有这里，只有大澳人民公社浪沙围生产大队第三小队才是曾小英的家，她和儿子们的户口在这里，无论老公在还是不在，她必须坚强地生活下去，更何况还有一个整天围在身边叫妈喊饿的二儿子，一个钻在怀里吃奶酣睡的小儿子，无论如何也得好好地活下去，把他们抚养大。

只是如何生活下去，这才是人生在世最大的问题，也是人活一世最大的学问。

曾小英坐完月子回到岛上已经有两三个月了，生产队的农活儿也忙起来了，她必须随其他社员下地干活儿，不然说不过去。只不过每个上午和下午她都得从田里赶回家来给小周全喂奶，中午放工后还得回家给孩子们做饭，如果干活的地方远，紧赶慢赶也要花不少时间，顶着大太阳来回气喘吁吁满身大汗不说，若是遇到骤雨雷电或是台风突袭则更辛苦。但即使如此，还是会遭人白眼，听人闲言，难免说她是偷奸耍滑又在占生产队和其他社员的便宜，好像她们这些个女社员都没有生过孩子奶过娃似的。自尊心很强的曾小英受不了这些闲言碎语的无端非议，想办法用旧床单做了个背囊兜，既可背在背后，也可护在胸前，每天带着小周全出工干活儿，这样就省去了上午和下午往家赶着奶孩子的时间，就可以跟其他社员一样，只是中午一起收工回家做饭。这样的话，大家也好像无话可说了。

才几个月大的小周全，就这样每天颠簸在下田劳作的母亲背后或胸前，一同经受风吹日晒雨淋。

而没有了看护弟弟的任务，解除了责任约束的周正，一天到晚都和村里的其他孩子打飞脚似的玩，在海滩撒欢儿，在山坡疯跑，在礁石上打"坏人"，在树林里捉"特务"，有时候到了吃饭的点也没有回家。问题的关键是，没有父亲做靠山，没有哥哥来撑腰，周正现在总是被其他小孩欺负，这让曾小英很是心疼，但也没有办法。小孩子嘛，总是记吃不记打，打完架，受了伤，回家换下撕破的衣服，丢下饭碗又跑出去跟其他孩子凑到一起去了。也许就是小时候这段受欺受辱的经历，养成了日后周正倔强正直的性格。

元旦这天恰好是星期天，曾宪强、阮爱珍老两口终于有机会在大女儿曾小芸的陪同下，坐着大女婿开的车，捎带了一些吃的、穿的、用的，到大澳岛来看望二女儿和两个外孙。老两口以前到大澳岛来的次数并不多，多数都是二女婿、二女儿带着外孙去惠州城看望老人家，这次到大澳岛也差不多是两三年来的第一次，就这还是因为二女婿偷渡外逃出现巨大变故的原因，的确需要来看看二女儿这个家到底成什么样子了，二女儿和这两个外孙到底是怎么过的。老两口一直以来从内心深处都不赞同二女儿和二女婿贸然辞掉正式工作回到乡下的这处海岛上，并不是这两位老革命看不起乡下，而是他们知道这小两口一旦回到乡下，什么才华呀、理想呀、抱负呀、追求呀，一切都将无从谈起，失落、失衡、失望的心态必定会冲击小两口的幸福和希望，甚至还会影响到未来的生活。但年轻人总是容易冲动而且先斩后奏，在他俩毅然决然地落户到大澳岛，搞得木已成舟、米已成炊的情况下，再说些啥意见、啥想法又有什么意义呢？即便小两口尊重两位老人而事先请示，恐怕也不一定能听得进去老人家的意见。果不其然，回到老家后的周亚鹏逐渐变成了破罐子破摔的样子，无所事事，无所用心，当然也是无事可干，无所作为，只有在迷茫中放任，在悔意中逃避，最后竟然别妻弃子，抛家偷渡。你说这算怎么回事啊？

曾宪强和阮爱珍看到二女儿原本就不咋样的这个家，现在更是家徒四壁，破门烂窗，歪桌斜床，缺米少柴，愈加显得凄凉破败，心里更不是个滋味。好在周正见到外公外婆和姨父姨妈的到来，便欢天喜地地跑进跑出，已经半岁的小周全也是个"人来疯"，手脚乱舞，哇哇乱叫，一时间倒也给这处周家祖屋增添了不少生气。老两口屋里屋外四处查看，边看边摇头叹息，唉声叹气，老人已经知道，生产队分得的主粮和瓜、菜、油等物，有很大一部分还要减扣下来折抵赔偿偷盗渔船的损失，现在猪圈里喂的那头猪长大后也要用来还债的，并且额外还要再上缴一笔"偷渡费"，好在那几只鸡鸭和下的蛋，还可以偷偷摸摸地自由支配，自己享用。所以，不要指望二女儿家有什么值钱的东西，有什么足够的食物。

接近中午，曾小芸从惠州带来的肉菜食品中拿出一小部分，和妹妹曾小英一起有计划地精确定量开始准备午饭；阮爱珍抱上心爱的小外孙周全，陪着老伴到坡下的海滩上去散步、说话；而周正则拖着大姨父的手不知道跑到哪里去猎奇，或者是向小朋友炫耀他这位开着大卡车的姨父去了。

午饭后，曾小芸帮妹妹收拾碗筷，洗刷干净，和老公一左一右牵着周正的小手，欢笑雀跃地跑到崖角岩上看风景去了。阮爱珍把酣然入梦的小外孙安顿在大床上之后，严肃地指派阿英搬了几张椅凳摆在门前的小场院里，并叫她给父亲泡上一杯茶。

这是要与老伴一起跟二女儿郑重其事地谈话了。

"唉……"坐下来沉默了一会儿的母亲先是沉重地叹了一口气，沉默片刻，先行发话了：

"阿英啊！已经过去的事我们就不去说它了，已经发生的事也没有必要再提它了，但对这眼下的生活你有没有什么打算？将来的事你有没有什么考虑呢？你不能就这个样子这么混吧？以后的日子还长着呢，这样对付着过也不是长久之计呀。"

曾小英疑惑地望着母亲，又迷惘地看向父亲，没有说话，其实她是不明白母亲想要说什么，因而不知道如何接母亲的话。

父亲蹙着眉头深深地吸了一口烟，弹弹烟灰，说道：

"是啊，阿英，你妈妈的担心和我的担心是一样的。按照现在的政策，亚鹏偷渡是大罪，盗窃生产队的渔船偷渡更是罪上加罪，即使在那个台风天，他……他们没有出事，这辈子他跟阿成也肯定是回不来了，也不敢回来了。你就这个样子拖着两个孩子过得这么辛苦，的确也不是个办法……"

曾小英一下子涨红了脸，急急打断父亲的话：

"哦不……不！爸爸你说什么呀？我和亚鹏他绝不可能……"

母亲知道女儿的心思，立刻截住她的话头：

"阿英！你爸爸不是要说你跟亚鹏的事。不要急，慢慢听你爸爸和我把话说完，你再发表意见好不好？"

曾小英强忍着不情愿，憋住了想要说的话。

曾宪强悠悠地吐出烟雾，理解地看着女儿：

"爸爸我最了解自己的女儿了，不可能说出你所想的那个意思的话。我和你妈是在操心你每天又要下田干活儿，又要打理家务，又要管两个孩子，身边却没有一个帮手，怎么顾得过来呢？这个阿全你可以带在身边，边干活边喂奶算是有个照顾，那个阿正呢？你管得过来吗？放任自流吗？任人欺负吗？将来怕是会毁了这孩子呀！"

"这里的条件，这里的环境，还有你自己家里的这个状况，对孩子的生长发育和受教育的确都是大问题呀。"母亲附和道。

曾小英听明白父母原来是在关心两个外孙的事，便放下心来积极回应道：

"辛苦也得过呀。小孩子们扯个皮打个架，也欺负不到哪里去，这也是没办法的事，我会交代阿正尽量少跟那些坏孩子混在一起，多守在家里看家。好在再有八九个月就可以想办法让他进大队办的耕读小学去读书了，这样就会好很多，至少有老师管。我们这个家的情况也就是这个样了，有您二老和姐姐姐夫帮衬，也差不到哪里去，我绝对不会让您两个外孙饿肚子的，有好吃的先就着他们这两个细路仔①，我是大人好对付。总之呢，等到两个……三个儿子长大了，我就享福咯！现在吃点苦怕什么。"

---

① 广东话，意为小男孩。

"嗯。但你有没有想过，阿正在你们这个大队办的学校能学到什么东西，能得到什么培养？他们这些老师的水平连你水平的一半我看都跟不上，能教出什么样的孩子来嘛。"妈妈说。

"那我就多抽出时间来辅导辅导他。阿成的功课我不是也辅导过吗？"

曾宪强把烟蒂丢在地上用脚踩熄，接过女儿的话说：

"那个时候有亚鹏在家里，当时是个什么情况，现在又是什么情况？嗯……不说那么多了，是这样，我和你妈妈商量了好久，意思呢……就是干脆把阿正过继给你家姐做儿子……"

"这样的话，阿正的户口迁到城里就可以在你家姐的正规学校里读书受教育，多方便啊！你家姐和姐夫一直把阿正当亲儿子看待，他们家庭条件又好，还有我们老两口可以顺带照顾他，关键是减轻了你的负担，你呢也就不用这么辛苦了。"母亲急急地接上老伴的话，罗列出理由要说服小女儿。

看到曾小英异常惊异的表情，曾宪强呷了一口茶，悠然地劝导：

"除了你妈说的这些好处之外呢，就你们姐妹俩的感情，将阿正过继给你家姐做儿子，跟他本来就是你自己的亲生儿子又有什么区别呢？阿正还是你和亚鹏的亲儿子嘛，谁也改变不了。但这样却改变了阿正将来的前途，减少了你自己的负累，又解决了你家姐和姐夫没有子女的遗憾，一举多得呀，女！"

"可是……可是……这个……"曾小英还没有醒过神来。

坐在旁边的母亲慈爱地轻柔抚摸着女儿的手说：

"阿英呀，这个想法我和你阿爸考虑了好久好久，也商量过好多回。这次过来大澳岛看到你家这么困难，你自己又这么辛苦的情况，更坚定了我们的想法，我们心痛啊！不能撒手不管啊！而且你家姐和姐夫知道要把阿正过继给他们当儿子，真是求之不得呢，早就把阿正经常住的那个小房间又重新布置了一遍。他们两口子那么宠着阿正，肯定比你养得好啊。阿英你想想看，自己的亲姐姐帮自己养儿子，有什么不好？有什么担心的呢？"

曾小英不是担心，而是没想到，更是舍不得！尽管去一趟惠州城并不是特别远，尽管只要愿意的话可以经常去看望自己的仔，但过继给别人当儿子之后，总归会觉得母子俩的感情隔了一层。难怪饭后家姐和姐夫赶紧拉上阿正远远地跑到崖角岩上去玩呢，原来是有意回避呀。她知道大家都是好心，没有恶意，都是为了减轻她的压力，让她少些吃苦受累。但是，她下不了这个决心，做不出这个决定。所以，她并没有答应下来。

没有答应下来不等于不会去考虑这个问题。

生活是艰难的，现实是残酷的，每次遇到令她欲哭无泪的事情，每当碰到让她束手无策的困境，她就会不期然地想起父母恳切的话语，想起家姐期待的目光。扫视着一贫如洗的周家祖屋，她的思想在犹豫；观察着活蹦乱跳的儿子周正，她的情绪在纠结。怎么办呢？

转眼间春节到了，带着两个仔回惠州城里给父母拜年，给姐姐姐夫拜年，身心暂时轻松了些。曾小英看到周正跟他姨父同出同进亲热欢闹情如父子，听到周正天天腻在姨妈家而宣称不愿回到外公外婆那里住，心里说不出是什么滋味。虽然家姐和姐夫什么也没有提，啥话也没有说，仍然一如既往地疼爱着周正，亲吻着周全。父母这边依旧锲而不舍、很有耐心地瞅机会就做工作，劝说将周正过继的事。那么，看来这个问题必须面对，也是个必须解决的现实问题，没法回避。其实曾小英也知道，过完年之后回到大澳岛，青黄不接的日子将更加难过，生活会更加艰难。

就在过年这几天，经过难以抉择的反复权衡，彻夜难眠的痛苦思考，姐妹俩又专门约了个时间单独见面，在倾诉沟通，相拥而泣之后，曾小英终于下决心将二儿子周正托付给姐姐姐夫抚养。

由于事前早已由父母和姐夫跟相关部门疏通了门路，打通了关节，所以，过继手续没有任何阻碍，户口迁移也办得很顺利。一切的一切，都交由李家福马不停蹄地去处理办妥，包括开车赶到宝安县公安局办周正的户口迁出手续，基本上都是一次过。

周正得知自己将要永远在惠州这个城市里过下去，而且姨父姨妈家的那个小房间完全是属于他的，并且可以一直住下去，高兴得就快翻了天。

过了正月十五元宵节就是完完整整地过完了年。曾小英又是背上那个装满咸肉、咸鸭、活鸡、鸡蛋、米粉、汤圆、点心、鱼干、苦笋干、梅菜干、奶粉、红糖，同样还有一小壶客家黄酒的竹筐，抱着周全，坐上长途汽车，踏上了归程。

一路上，想起半年多前回大澳岛，抱着褓褓中的周全，牵着周正的手一起回家的情景，曾小英意识到：大儿子已经不在身边了，二儿子以后不可能一天到晚围着自己跑前跑后了，而老公肯定是再也不会回来了，每天陪伴在身边的亲人只剩下这个还不会讲话的阿全了。想到这些，曾小英不知道自己做得对还是不对。

第 三 章

备受欺侮

周正对姨父姨妈改变称呼而叫爸妈，首先是从姨妈开始的。

毕竟，把一直以来已经叫习惯了的"姨妈"改称"妈"，只需要含含糊糊地省掉一个字即可，更何况，他打小到城里来基本上都是住在姨父姨妈家里，总是被姨父姨妈走到哪儿带到哪儿，而他也特别喜欢跟姨父姨妈粘在一起，感情深厚，情同父子，状若母子。此前外公外婆和爸爸妈妈也曾经逗他说"你干脆去给你姨父姨妈当儿子吧"，那时的周正居然就会脆生生地爽快回答"好！"

没想到现在还真的就给姨父姨妈当儿子了。

过完年之后就可以算作七岁的周正，完全知道自己的亲妈是在大澳岛的家里，只是他完全不明白自己的亲爸和大哥为什么忽然间就不晓得到哪里去了，既然现在外公外婆一再要求他叫姨父姨妈为"爸爸妈妈"，其实在心理上并没有太大障碍，很快也就叫顺口了。不过，在他的内心深处很清楚地区分得出来，这是城里的爸爸妈妈。因为他已经能够懵懵懂懂地意识到为什么要这样改变称呼，妈妈和还不会说话的弟弟回到乡下家里去了，自己却留了下来，留在了城里，留在了姨父姨妈家里。是的，现在每天再也不用过那种经常拿番薯叶、南瓜叶当菜，用红薯、玉米、沙葛当饭的苦日子了。在大澳岛的家里，好不容易吃上一顿白米饭却不敢放开肚皮吃饱，好不容易炒个鸡蛋却全部都被妈妈拨到了他的碗里、喂到了弟弟嘴里。而在城里的爸爸妈妈这里，起码两天就能沾上一点儿荤，吃上一点儿肉，或者是有点儿猪肉，或者是有点儿牛肉，或者是鸡肉，或者是鸭肉，甚至还能吃上烧鹅、叉烧，最起码也会有鸡蛋吃。而无论是馒头、河粉、米饭还是炒米饼，总是可以由着自己的性子吃饱。到了星期天，还能去外公外婆家又吃上两顿好吃的。

刚开始的时候，每当吃到在大澳岛的家里吃不上的好东西，周正就会想到妈妈和弟弟在吃什么，就会想起在大澳岛的家里那个歪歪斜斜的小饭桌上摆着的少盐没油的野菜杂粮。但随着时间的推移，虽然没有淡忘，也不再经常去想它了。

过完年之后不久，周正就被外公外婆安排进了商业局幼儿园，也说不上是进的大班还是中班，总之就是每天跟着商业系统家属的小朋友们一起，在幼儿园阿姨的带领下，不是唱歌、跳舞，就是游园和做各种游戏，幼儿园的阿姨有时还会教孩子们认些简单的字。刚开始的时候，周正还认生、胆怯、躲避、不合群，但慢慢地就适应了，跟小朋友们完全融合在一起了，而且越来越活跃，越来越自信。因为这里既没有大人呵斥他，也没有小朋友欺负他，更没有人撕破他的衣服，幼儿园的阿姨对他和对所有的小朋友一样，都照顾得很好，并且因为周正比其他小朋友的年龄稍微大一点儿，个头也略显高一点儿，因而还会让他带头搞些活动或者管管其他小朋友，让他幼小的心灵得到极大的满足。这其实也是外公外婆让他先到幼儿园适应集体生活，适应城市生活的计划和目的，也就是说，要让他由内而外真正成为一个城里人。

正因为这么一次人生的重大转变，成人之后的周正无论是和一直在大澳岛乡下成长起来的弟弟周全回忆小时候的生活，感慨着兄弟俩的分离，还是和后来结识的一些朋友茶余饭后聊起这段"过继"的历史，竟然都会非常少见地拽起文来，每次都会用"近水楼台先得月，向阳花木易为春"这样的诗句来感叹自己少时短暂的幸运，但却几乎没有跟弟弟提起过自己也曾受过的苦。

半年后的秋季开学，周正顺利进入姨妈任教的，也就是城里妈妈当老师的西湖小学读一年级。西湖小学绿树成荫，环境清幽，校园充满着鸟语花香，洋溢着欢声笑语，这让小小年纪的周正从到校报到的第一天起，就喜欢上了这所学校。而且学校的学生大多都是一些机关事业单位领导和职工的小孩，同班同学很多也是同住在一个家属院里相互熟悉的小伙伴，或者是曾经在同一所幼儿园常常一起玩耍的小朋友，这更让周正感到亲切与舒心，再加上城里妈妈就是这所学校的老师，于是在心中就有了一种主人翁的自豪感，因而也就表现得很是轻松自在、活泼好动，这首先就给班主任留下了很深刻的印象。所以，在指定班干部的时候，直接就任命周正为劳动委员，与班长、副班长、学习委员、文艺委员、体育委员共同组成六人班委会。

劳动委员的主要职责就是根据周一至周六的排班表，安排、指挥并监督当天当值的小组打扫教室内外的卫生，以及在上劳动课的时候，协助老师对全班同学进行分工排活儿、组织管理。周正非常重视且珍惜自己所担任的劳动委员的这个职务，不管是不是本人所在的小组当值打扫教室内外搞清洁卫生，都喜欢加入进去，亲力亲为直接参加劳动，也就是说，每个星期之中几乎有六天的时间，周正都会和各组的同学一起摆桌椅、拖地板、擦窗户、扫走廊。当然也包括平日上课的过程中，在必要的时候，主动跑上讲台去帮老师擦黑板。

本来上课的时候帮老师擦黑板，一般来说是学习委员要做的事情，但学习委员是个女同学，一上课看书听讲即沉浸其中，意识不到也把握不准何时应该上去擦黑板，主动性、自觉性和灵活性都不太强，而且在众目睽睽之下上讲台擦黑板还有些拘谨和害羞。周正则很有担当地认为，擦黑板是劳动委员应当付出的劳动，也是他作为劳动委员当仁不让所享有的"特权"。所以，每当老师讲课时的板书占满了黑板需要擦黑板的关键节点，周正都会及时冲上讲台为老师擦黑板，同时也就理所当然地为学习委员顶了档①、解了围。而此时此刻，他背着身子都能感受到全班男女同学向自己投来的注目礼，很享受这种感觉。因此，各科老师都异口同声地称赞他说：这个醒目仔②真是不错哦！

城里妈妈听到后当然很高兴，总是讲给外公外婆听。外公外婆庆幸他们老两口对周正的人生规划是正确的。

周正在城里爸爸妈妈溺爱万分的呵护养育下，在外公外婆宠爱无比的关爱关照下，吃得饱，穿得暖，营养够，个头也比同龄人要高一些。学习成绩虽然说不上是出类拔萃，但是在班上属于中等偏上而且持续在稳定中进步。关键是他的性格很好，和同学们相处交流大多都是笑着说话，很少发脾气或者有不高兴的时候。每当他带着一脸宽厚柔和的笑容，微微拱着背并略带俯视地和同学们对话时，很自然地就给人一种在这些同学中间他是一位大哥哥的感觉。

也许是清楚地知道自己不是城里爸爸妈妈的亲生儿子，也许本就是个人天生的性格使然，周正虽然活泼好动，但是不属于调皮捣蛋型的孩子。虽然学习成绩只是中上，但是依然属于喜欢读书学习的学生。有城里妈妈进行必要的辅导，总是能及时完成家庭作业和假期作业，从不含糊，和其他年龄不相上下

① 广东话，意为顶替。

② 广东话，意为聪明的小孩。

的同学们一样，尤其中意到处去找课外少儿读物，去购买或是与同学交换连环画，或者邀上几个最要好的同学到家里看故事书。周正有自己独立的小房间，城里的爸爸妈妈又比较宽容，同学们都喜欢到他家里去玩，看故事书如果看得闷了，还可以在楼下院子里做游戏、捉迷藏。周正只觉得阳光灿烂，无忧无虑。

这天是星期六，下午放学时间比较早，周正跑去老师办公室跟城里妈妈说自己要去外公外婆家。外公外婆家离学校不远，周正跟着商业局大院的几个同学一路上蹦蹦跳跳、打打闹闹，很快就到了。

一群孩子兴高采烈地跑进商业局的大门，直接冲到办公楼正门处，又看到像往常一样，正门前的小广场上聚集了一些人在喊口号，开批斗会，于是孩子们一窝蜂地拥过去看热闹，看看又是谁家的大人在出丑挨批。这次周正却意外地看到，外公和外婆的脖子上居然也被挂上了纸板，虽然没有被人扭住、摁住，但是也弯着腰站在办公大楼门廊下的台阶上。再一看，外公外婆的身旁竟然凶神恶煞地站着一位自己认识的叔叔，而且还是外公特别关爱培养的部下，也是一直对外公外婆很恭敬、很亲热的门对门的邻居，此时他正满脸愤怒、口沫四溅、指手画脚地怒斥着外公外婆，甚至扬手做出要打人的样子。周正能够认出挂在外公外婆脖子上的纸牌上白纸黑字写着"历史反革命"这几个字，上面还用红墨水打上了大大的"×"。他并不懂得这几个字的全部真意，但至少知道"反革命"是很恶毒、很反动的，再在这几个字上面打上红叉叉，那是非常非常吓人的。

一瞬间变得惊慌失措的周正又发现，一起跑回来的同学都在以奇怪的眼神看看自己又看向外公外婆。在一分钟之前还是神采飞扬的周正，顿时感到难堪至极，无地自容，于是他咬了咬牙，转身发疯似的跑出大门，跑上大街，跑向……跑向家里，他要躲起来，躲进他自己的那个小房间，他不要见任何人，也不要任何人见他。

曾小芸在办公室批改完学生们当天的作业后，和同事们聊了聊教学上的事情和一些家常琐事，此时天色已黄昏，她要赶去爸爸妈妈家和儿子一起陪老人度周末。

来到商业局后院爸爸妈妈的家，推开半掩着的门，家里没有灯光且毫无声息，好不容易适应了客厅的昏暗，只见爸爸妈妈腰身佝偻着紧紧偎依地挤坐在实木长椅的一侧，老两口的手握在一起，神情黯然，气氛明显不对，但曾小芸一时并没有多想，只是奇怪地自语道"这么暗怎么不开灯呢"，便去找到电灯开关拉绳开了灯，扫视了一眼客厅，顺口问道："周正不是回来了吗？周正呢？"一边问一边又去打开两间卧室的灯寻找。

"什么？阿正回来了？阿正啥时候回来的？"老两口神色大变，异口同声地反问道，同时站了起来，但握着的手没有松开。

"两个多小时前就和家在商业局的几个同学一起回来了。"

曾宪强和老伴对视一眼，似乎明白是怎么回事了，陡然精神一振，急急地对女儿说："走走，赶快去找。到你家里去找找先。"说完，老两口不由分说地扯上女儿就走，门和灯也没有顾上关。

在路上，迈着匆匆忙忙的脚步，曾宪强和阮爱珍气喘吁吁地给女儿轻描淡写地讲了讲下午发生在老两口身上的事情，推测是被放学回来的阿正看到了不该看见的一幕，孩子的心灵肯定受到了打击。

赶到女儿家里，只见女婿李家福正在焦急地敲着小房间的门：

"阿正！阿正！到底发生了什么事？你打开门先，你已经是男子汉了，有啥大不了的事都可以跟爸爸说嘛，把自己反锁在房间算怎么回事嘛……"转眼看到老婆陪着岳父岳母正急急忙忙走进家门，又加重了敲门的声音，"阿正，快开门！妈妈跟外公外婆也回来了。快点开门……"

曾小芸看到这种情况，知道儿子回到家里了，因而松了一口气。

曾宪强和阮爱珍则抢上前去，用手慌乱地拍打着房门：

"乖仔！你在里边做什么？快开开门！"

"外公外婆现在什么事都没有，现在来看你来了。"

"你有什么事跟我们好好讲嘛……"

房间里传出歇斯底里的喊声："我谁都不要见……"

一直在大澳岛长大成人并且终身都没有离开大澳岛的周全，后来无论日子过得怎么样，事业发展得怎么样，只要是和二哥周正在一起饮茶、喝酒，或者是节假日哥俩回到家里与母亲欢聚，或者是为母亲祝寿过生日时，总是聊着聊着就会讲起小时候的事情，谈到自己和妈妈在大澳岛生活的遭遇，末了，还总爱总结性地说这么一句话："唉，我小时候记忆中最深的印象就是一个字：饿！"

作为哥哥的周正其实全都知道，也都能体会，但他后来只是不想让话题总是显得太沉重，就笑弟弟翻来覆去地老讲这句话，"简直就像那个祥林嫂"。

周全说他自己小时候记忆中最深刻的印象和刻骨铭心的感受就是"饿"，这没有错。只不过在他还没有完全能记事之前，母亲无论是在哺乳期间还是在他断奶之后的一段时间，却真并没怎么让他挨过饿，或者说还能够做到尽量不让他挨饿，因为除了家里可能还有些为数不多的细粮之外，另有外公外婆和姨父姨妈不时帮衬的奶粉和一些副食，当然还有粮票、钱，基本都是优先满足他的小胃口。甚至可以这么说，当时这样的条件要比大澳岛绝大多数有小孩的家庭都要好得多，这也让一些知道她家以往情况的村民和亲戚很有些忿忿不平之言。

只是这样的日子并没有过上两年，外公外婆突然间不知道被商业局的什么人揭发说这老两口是"历史反革命"。随后不久，两个人又同时被撤职，外公被下放到远在惠阳县淡水镇的供销社接受改造，成了一名仓库保管员，白天打扫场地卫生，晚上就在仓库里打地铺守夜，倒也没有受到太多刁难。外婆则就地被下派在西湖供销社杂货柜台接受人民群众的监督，当了售货员，白天站柜台卖货，只不过晚上还能够回到自己家里。问题是，两个人都没有了正常的工资收入，每人每个月只能领取差不多二十块钱的生活费，而且所在单位的其他任何福利待遇和额外油水都没有他们的份儿。这样一来，就大大影响了周全和妈妈在大澳岛的生活质量。从此之后，原来能得到的额外帮衬补贴就变得时有时无了，而且质差量少，有很长时间甚至完全没有，只能是生产队分啥吃啥，家里有啥吃啥。

而在这段时间，曾小英不便也不敢像过去那样经常带着小儿子回娘家。周全记得有好几年都只是在过年的时候才会去惠州城里给外公外婆和姨父姨妈拜年，跟二哥团聚，住上几天，但却很难说得上有往年那种非常欢乐甜蜜的感受。

　　曾小英在二儿子周正过继给家姐姐夫当儿子之后，更是将全副身心都投入到对小儿子周全的养育之中，可能是要接受二儿子周正老是被村里大人呵斥羞辱、被其他孩子欺凌伤害的教训，为尽量避免在周全尚未完全懂事的幼小心灵里留下孤儿寡母遭欺负的阴影，也可能还担心幼弱的周全发生什么意外和不测，这几年基本上都是寸步不离地看管呵护着小儿子，因而也就影响了在生产队下田干活儿的出工率和劳动量。这样一来，其他社员尤其是女社员们都不愿意被派工和曾小英一起搭伙下田，即使在一块田里干活儿，也是冷言冷语，这也看她不顺眼，那也看她不对劲，有时候甚至吵了起来。

　　实在没有办法，队长周力强就把生产队放牛的活儿派给了曾小英。这是个单干的活儿，不需要跟人搭腔，也不需要他人配合，只要看好那几头牛，放养吃草，不要丢失，不要祸害庄稼就行。

　　曾小英早已明显感觉自己跟生产队的社员们隔阂越来越大，关系越来越不堪，实在弄不明白为什么会搞到被孤立甚至被敌视的地步，难道就是因为老公周亚鹏偷渡？但其他人的家里也有人偷渡呀？那么，应该就是因为周亚鹏偷了船，从而导致生产队唯一的那条渔船有去无回吧？但是，跟周亚鹏一起盗船偷渡的袁正德的老婆却并没有被排斥呀，他们跟她在一起还是有说有笑相处融洽呢。曾小英想不明白，最后她也不想弄明白了，就这样随它去吧。自从她跟随周亚鹏落户到大澳岛那天起，就没有跟当地的社员、本族的亲戚真正融洽过，他们一直都把她视为格格不入的外来人、城里人。现在周亚鹏偷渡走了，同为周家血脉的周正、周全却总是被族人乡亲欺负、歧视，就更不可能跟大家融洽相处了，其实已经没有必要再努力去融洽相处了。好在周力强作为生产队长，还看在本族叔侄的分儿上，给她派工放牛，跟其他社员之间是眼不见心不烦，又可以自由自在地看管好周全，好差事，一举两得。

只是，放牛的活儿虽然轻松自在，但是只能算是半个劳动力按每天五分来计工分，使得原本每天出工的工分定得并不高的曾小英，一年到头就更加挣不到多少工分了，分得的粮油瓜菜是越来越少，受到的闲言碎语却越来越多，并且依然要被生产队从细粮中扣减老公周亚鹏偷渡时盗用渔船的赔偿，而且每年还得根据公社的文件规定，上缴一百多块钱的"偷渡费"。关键是，这真金白银的"偷渡费"可是不小的数字。父母在没有被打成"历史反革命"之前，还能帮衬贴补缴上这笔"偷渡费"，父母被监督看管并失去正常工资收入之后，每年的"偷渡费"就无论如何也缴不齐了，曾小英因此就成了生产队里的欠债户，到了年底算账分红，不但分不到一分钱，反而要在生产队会计的账本上签名确认越欠越多的账。每到此时，围观的社员皆会嘘声四起，这也是曾小英最难堪的时刻。好在她已经习惯了，并不把这些放在心里，只认定一个目标：儿子为大！忍辱负重也要把小儿子周全拉扯大，让他成才。

小周全自从跟着妈妈一起放牛之后，不知道有多开心啦，可以一天到晚跟着妈妈到处自由地奔跑，可以一门心思地看着牛群埋头不停地吃草，可以一动不动地观察牛儿安卧不动地认真反刍，可以一本正经地骑在牛背上怡然自得地远眺。而妈妈现在的心情也舒畅了许多，笑容也灿烂了许多，每天还能挖到不少的野菜，采到不少的草药呢。

这天中午，按往常的习惯又把牛群赶到离家不远的崖角岩下一处长满竹林和灌木的荒草地，妈妈吩咐周全拿着一根竹竿在一旁看住牛群吃草，不要乱跑，自己赶紧回家去把剩饭剩汤热热，拿来做母子俩的午饭。

匆匆忙忙拎着饭钵瓦罐返回到坡下的崖角滩，远远就听到儿子周全"哇哇哇"大哭的声音，同时夹杂着什么人在大声地吼叫。

"不对！"曾小英顾不上汤泼饭撒，深一脚浅一脚地朝着放牛的荒草地那边奔去。

"我没有啊！"只听到与四五岁的周全那稚嫩嗓音不相符的歇斯底里的哭喊声。

"不是你们干的是谁干的？你妈是不是躲起来了？快说……"一个男人的斥责声。

"我没有啊！"周全只会喊出这么一句，嗓音更加嘶哑。曾小英清楚地看见儿子拱着背、弯着腰使劲喊叫的样子，这是为了加大力气，提高嗓门儿，表达无限委屈。曾小英还看清了背着枪的民兵排长莫建明领着另外两个民兵围在小周全的身旁，另外这两个民兵竟然还是周亚鹏的远房堂侄。站在坡上看热闹的一群同村的孩子，兴奋得一边乱喊乱叫，一边往下面的牛群里扔着土石块。

"你们在干什么？"曾小英扔掉装着饭钵汤罐的小筐，扑了上去，一把推开莫建明，弯腰把儿子抱了起来，两眼喷火地逼视着那三个大男人，然后又昂头对着坡上的小孩怒吼道："你们在干什么？"

坡上的小孩一哄而散。

"干什么？你说干什么？"莫建明抖了抖左肩上背着的半自动步枪似乎要提提气，"你放的牛吃了有半亩田的稻谷，破坏农业学大寨！还有脸问我们？"

"是啊！还专门放牛去吃生产队就要收割的成熟稻谷。"另外两个民兵斩钉截铁地作证道。

"不可能！我们根本就没有到里边的稻田地里，我们一上午都在前面海边的山坡下。"

"你自己跑回家偷懒，你儿子把牛赶到稻田里啃光了稻谷。你这是破坏生产加失职，要扣工分，还要罚款！"莫建明的言词不容置疑。

"绝对不可能！我才离开我儿子不到半个小时回家去热饭，就这点儿时间绝对不可能把牛赶去那么远的地方去啃稻谷。到底是哪块田？你们带我去看看……"

另外两个民兵像变戏法似的，各自抖弄出手中拿着的还带着泥水的没有稻穗的稻草秆，打断曾小英的辩解说："看什么看？这就是证据！还不承认？"

…………

就这两把稻草秆的证据，就这三个巡逻民兵的证词，社员大会不由分说地一致认定并通过了对曾小英的处罚，曾小英不但没有分到一粒本季的稻米，又额外增加了一笔罚款。似乎大家都乐得看到这个有钱的城里女人被罚。

曾小英在年老之后，每每提及此事，依旧气愤不已，总是翻来覆去非常肯定地跟两个儿子周正、周全说，她后来到稻田的现场去仔细看了，绝对没有牛群踩踏啃嚼的痕迹，而是镰刀割的，成熟的稻穗被人齐刷刷地割去了。

周全好不容易熬到去浪沙围大队第三小队的耕读小学上学，之后的感受，就不仅仅是之前那种刻骨铭心的"饿"的记忆了，还增加了一种难以承受的孤独感。这种孤独感，对于刚进小学的小孩子来讲，一开始还只是说不清道不明的朦朦胧胧的感觉，而随着心智慢慢地成长，感受就越来越明晰，越来越沉重。只不过，"饿"是可以诉苦，可以抱怨的，而"孤独"则不宜向人申诉，不好跟人鸣冤的，甚至都无法去跟母亲说，没法去跟哥哥谈。周全在成年之后，甚至在成名之后，只是在和极少数被他认为有思想的朋友交心深聊时，才会掏出那份孤独，描述那种孤寂。

妈妈为了避免孩子受到伤害，遭受欺负，就不得不让周全多待在自己身边尽量推迟报名上学，而在上学后又一再告诫周全不要跟其他孩子在一起玩耍、打闹，更要躲避冲突，必须按时回家。所以，周全的幼年就是在母亲羽翼的呵护下，在和母亲一起放牛的日子中度过的。他在上学之前，跟同村同族的小孩子并不熟悉，可以说心里一直都没有什么总角发小的概念。而同村的大人好像也不怎么跟他家来往，周家同族相互之间也没有走过亲戚，可以说在感情上也始终没有同乡亲友的概念。在周全的心目中，家里的亲戚朋友就只有远在惠州城里的外公外婆、姨父姨妈和哥哥周正，这个大澳岛就是老天爷很随意地把他和妈妈搁在这儿不管不顾的地方。

上了小学，小孩子之间的关系看似单纯，貌似简单，但却有一种直截了当的复杂与残忍，无论他们是不是受到大人的影响或者教唆，他们会很自然地毫不遮掩地形成统一战线排斥他，几乎每天都会有事没事地挑逗他、招惹他：

"你老豆①呢？你自己怎么没有老豆呢？你阿妈没有老公咩？"

"哦，对了，你爸爸是叛国投敌的坏人！"

"你老豆偷生产队的船，是小偷，是反革命！"

"你老豆到香港去讨老婆仔去了，不要你们了，你的两个大佬也不要你们了，丢人！丢人！"

"你和你阿妈不是城里人吗？跑到我们这里来做什么？"

"你们家不是很有钱吗？为什么欠我们生产队的钱不还？"

…………

说什么的都有，问什么的都有。小孩子童言无忌，口无遮拦。

总之，一上学，周全就很明显地感觉他跟他们难以相容，这些小孩子也都很自然地表现出他们跟他格格不入。

每当在上学的路上看到同学们的兄弟姐妹一起跑跑跳跳往学校走去，而他自己只能独自而行；每当在校园的操场上看到同学们凑成一团一伙打打闹闹做游戏，而他自己只能孤独旁观，他就非常思念在惠州城的二哥，还有那个听说过但从没见到过的大哥。每当在放学的时候看到有些同学的爸爸放工路过学校拉着自己孩子的手欢声笑语地一同回家，每当在放假的日子里看到有些同学的爸爸把自己的孩子扛在肩上在海滩上奔跑戏耍，

① 广东话中对爸爸的称呼。也写作"老窦"。

他也会非常想念从没有见过面的爸爸。而每当他想要把自己的苦恼和思念去跟妈妈说，但看到妈妈那辛勤忙碌的身影和悲戚忧愁的脸庞，便把想说的话、想诉的苦都咽在肚子里，埋在心里。幼小的他本能地觉得要为妈妈分担这磨难，不能再给妈妈添乱。

同学之间的直白相问，同村大人背后的窃窃私语，都认为周全家里很有钱却欠债不还，母子俩居然还在占生产队集体的便宜。而周全每天看到妈妈这么苦、这么难，不知道为什么那些人却总是认为自己家里很有钱，家里的钱到底在哪里呢？家里的钱是从何而来的呢？自己怎么不知道家里的钱长得是什么样子呢？但是他心里清楚，自己不能找妈妈要钱，省钱不花总是对的。每个学期，除了妈妈亲自前往学校交学费和书本费，周全很少向妈妈要钱买文具，而买笔、买作业本时省下的每一分钱，他都会很慎重地秘密攒下来，从来没有像很多小孩子那样去花一分钱买两颗水果糖来吃。铅笔总是用到不能再用，笔头无法手握的地步，而在写作业时，总是把字写得尽量工整，能小则小，不乱涂乱画，写完每一格，用足每张纸。这种近乎吝啬性的节约习惯，周全保持了一生，即使在后来被人们戏称"周半岛"，已成为有名的企业家之后，依然没有改变。

当时学校的老师们除了一再要求他要像个男子汉，尽量把字写得大一些之外，对于周全认真干净的作业总是赞不绝口。

在第三小队耕读小学一年级期间，周全觉得最宝贝的东西，就是惠州城里的二哥送给他的作业本。二年级之后进入浪沙围大队小学，二哥则是既送作业本又送圆珠笔，圆珠笔在班上周全是第一个用上的。尤其是姨妈送给他的"备课本"，淡黄的牛皮纸封面的上方简简单单地印着"备课本"三个大红字，下面是"惠州市西湖小学"一行小红字，这是周全感到最得意和自豪的礼物，时不时有意无意地摆在课桌上炫耀，这可是其他任何同学，包括学校的老师都没有的东西，简直就是身份的象征。这么一来，周围的同学就更加嫉妒了，有些男同学就气不愤地偷偷在这"备课本"上胡写乱画，或者是恨恨地撕坏一张半张纸。

多年后，当地的人们在介绍周全的"创富传奇"的时候，都会说这位周老板会赚钱那是因为他首先特省钱、能攒钱、会抠钱，所以才会成为"周半岛"。而事业有成的周全听到这些传闻则会呵呵一笑地说，那倒不至于，人家专家都说金钱货币是流通物，你不让它流通，光靠省、靠攒、靠抠，这些都是不可能创造财富扩大再生产的，当然，提倡节约、强调节流、杜绝乱花钱是必须的。

不过周全也很得意地回忆说，他在整个小学期间最省的其实不是作业本的钱，而是鞋钱，他说他基本上一年四季都光着脚，不穿鞋，因为穿不起鞋。夏天岛上的砂土砾石烫得他双脚直蹦，冬天岛上的阴冷风雨冻得他两脚乱跳，但他都忍过来了，并练就了一年四季都可以光着脚丫子的本事。他要为妈妈省钱还债，只要不再被村里人骂，吃点光脚的苦算得了什么呀？

周全一年到头都光着脚而不穿鞋的"秘密"终于被妈妈发现了，妈妈心疼地骂他，要打他，流着泪问他：外公外婆过年时给你买的胶底鞋为什么不穿？二哥把他穿过的半新的球鞋送给你为什么不穿？还有夏天买的拖鞋呢？为什么也不穿？

从此以后，为了让妈妈省心，更是为了让妈妈开心，周全便会在每天去学校之前整整齐齐地穿上鞋子给妈妈检查，然后在跑出一段距离之后，估计到了妈妈不可能看见的地方，就脱下鞋子，用废报纸包好塞进书包里。就这样，无论是在烈炎灼地的夏天，还是在冻土泥泞的冷天，他依旧光着双脚奔向学校。

于是，有些村民族人就又开始冷言冷语地议论：

"哇！这在城里读过书的有钱女人真是有心机啊，用这种办法来向我们大家哭穷叫苦呢。"

"就是哦，你们看看这女人可真是心狠哦！忍心拿自己的儿子受这种罪来跟生产队说她没钱还债。"

"这是故意做给周家看的，是在拿这个儿子惩罚他偷渡的老公，也是在骂我们周家。"

…………

周全作为小孩子，并不知道这些风言风语，依然一年四季我行我素，乐此不疲地继续光着脚丫子奔跑在上学、放学的路上。

十月的大澳岛正是沙葛收获的季节，这种在当地又被称为"凉薯""番葛"的农作物既可以煲汤，也可以炒菜，还可以当主食，甚至据说还有药用价值，尤其适合在大澳岛这种沙壤不肥、地力不足、表土高燥的地方种植生长，因而既是岛上的居民赖以生存的主要杂粮食物之一，同时也因其具有经济作物的功用而可以拿到集市上偷偷地卖掉换钱。

这是个星期六的下午，放学虽早，但周全先是在教室里做完老师布置的作业之后，才和同村要好的同学袁海丰，也就是和他爸爸当年一起盗船偷渡的袁正德的二儿子即袁海龙的弟弟一道回家。在和袁海丰分手后走到离家不远的一棵荔枝树下，正靠在树干上擦脚穿鞋呢，似乎听到有吵吵嚷嚷的声音从自己家那边传了过来，而且声音越来越大，越吵越激烈。周全疑惑又警惕地侧耳倾听片刻，便匆匆套上鞋子往家里跑去，老远就看到有三四个人堵在家门口和妈妈争吵着什么，其中有三个人背着枪，枪上的刺刀在斜阳照射下晃动着刺眼的光点，反射着不断变幻的光线。认出来了，这三个人又是那个民兵排长莫建明和那两个远房堂哥，这使他的脑海里即刻浮现出几年前同样是这三个人诬陷他放牛啃掉生产队成熟稻谷的场景，知道这些家伙肯定又是来找事的。

　　周全加快脚步冲了上去，挡在妈妈的前面，怒视着这三个背枪的家伙，同时扫了一眼旁边那个畏畏缩缩地抱着一捆脏兮兮的旧竹竿的人，这是同村被打成坏分子的"五类分子"黄淦昌，不知道他怎么也会在这里，是干什么来了。

　　"看！看！我家阿全现在回来了，就在你们面前。他什么时间去偷了生产队的沙葛，你看他这是去偷了沙葛的样子吗？"听到妈妈这句大声的质问，周全吓得一哆嗦，怎么又跟自己扯上了？什么事呀？于是扭头询问般地仰望着妈妈。

　　"看到了吧？我说你看到了吧？他就是偷了沙葛之后刚跑回来的。学校早都放学了，老师和学生都回家去了，他现在才回来，不是去偷沙葛去做什么啦？不是你问我们，而是你要问你这个偷东西的仔。"莫建明说完，又是习惯性地抖了抖左肩上的那支半自动步枪。

　　妈妈似乎也意识到今天是星期六，学校一般都会提前放学，周全现在回到家的时间是晚了些，便质问起自己的儿子："你放学后到哪去了？为什么现在才回来？"

周全已经明白这些人是在诬陷自己偷沙葛，便恼怒地大喊："我留在学校和几个同学一起做完作业才回来的，是跟袁海丰一起回来的，刚刚才跟他分开。不信你们现在就去问他！"

"呵呵，问袁海丰？他老豆跟你老豆是一路货，你们这些仔也都是一路货，都是偷集体财产的一路货……"

曾小英怒不可遏地挺身冲到莫建明面前："不许你污蔑人……"

"我污蔑？我有证人！"莫建明以不容置疑的口吻打断曾小英的怒斥，权威般地转身指着黄淦昌，"看到没有？黄淦昌怀里抱的这些都是沙葛藤的支架，就是他远远看到被你家这个仔偷沙葛的时候拔掉扔在田里的。是不是？是不是？黄淦昌你跟她说，说！"

黄淦昌胆怯地瞟了曾小英一眼："……是……是……"

"看！拔掉了这么多支架。他家的仔偷了多少？说！"

黄淦昌又求救似的斜瞟了莫建明一眼："嗯……这……"

"是不是有一百多斤？"

黄淦昌头低得更低了："嗯……是……"

曾小英把儿子往前面一推："你们好好看看，这不到十岁的孩子偷得了一百多斤沙葛吗？我倒想问问他是怎么偷的？偷到哪里去了？"

莫建明得意地左右看了看另外两个民兵一眼，理直气壮地对曾小英说："人证物证俱在，还想抵赖不认账？哼！等着开社员大会宣布赔钱罚款吧！"

看到莫建明领着几个人扬长而去，周全冲着他们大喊："我没有啊！"曾小英此刻又看到儿子拱着背、弯着腰、跺着脚、扯着嘶哑的嗓子喊叫，表达着无限委屈的样子，便心疼地把儿子搂在怀里。

周全想到肯定又会被生产队不分青红皂白地要赔钱，要罚款，便挣脱妈妈的怀抱，跑进自己屋里翻出那些一角、两角、几分的零钱攒下来的一块多钱，双手捧着递给妈妈："阿妈，他们要罚我们的钱，就用我攒的这些钱赔给他们吧。"

曾小英一把把儿子手中的零钱打落在地上，气恼地吼道："我们没有偷！我们没有偷！根本不关我们的事，为什么要赔他们钱？太欺负人了！"说完，又把委屈流泪的儿子搂在怀里，难以抑制地哭出声来，瞪着远去的莫建明他们，气愤得胸脯上下起伏，两眼冒火。

不知道是什么原因，也可能是因为这次的诬陷太荒唐了，最后也就不了了之。

但是，周全对这件事记了一辈子，不是最后赔钱还是没有赔钱的问题，而是这些欺侮所带来的屈辱，多年之后还历历在目，多年之后还内心隐痛。

第四章

意外变故

再有一个学期，周正就要从惠阳一中的初中班毕业了。

过完年之后还没有开学呢，外公就不再去惠阳县淡水镇的供销社扫地守仓库了，官复原职，回到地区商业局办公大楼里上班。而外婆也已于元旦节前就调到了在阳历新年"开业志庆"的惠城中心商场担任革委会副主任，这个商场比原来的西湖供销社要大上两三倍呢。而且，两个人在"下放改造"期间欠发的工资也都补发了。

这下好了，城里的爸爸妈妈的欢声笑语也多了起来，每个周末又可以一起到外公外婆家去吃好吃的了，而且吃的东西比原来更丰盛。关键是，学校的老师和同学们对自己的态度又突然变得友好起来，尤其是班上的女同学也愿意和自己说上一两句话，而且在开学后的新学期进行班委会改选时，个头瘦高的周正被推选为体育委员。如此一来，每当站在体育老师面前气宇轩昂地指挥全班同学"立正""稍息""向左转""向右转"整队操练时，每当接受体育老师委托吹着铜哨带领全班同学"一二一，一二一"步伐矫健地跑操时，他其实已经感觉有女同学对他投来温暖的注目礼。他心里很温暖。

作为初中生的周正也敏感地注意到，大街上虽然还有一些旧的口号标语，但却新刷上了"抓革命、促生产、促工作、促战备""鼓足干劲，力争上游，多快好省地建设社会主义""为在本世纪末实现四个现代化而努力奋斗"等等相当鼓劲内容的标语。商业局办公楼和大院里已经没有了那些乱七八糟的大字报、小字报，清理后的外墙重新刷上"发展经济，保障供给，增加生产，厉行节约"的红色大字。而从外公外婆口中听到的，更多是"抓管理、抓效益"等新词，从城里爸爸口中听到的更多是"多拉快跑挣奖金"言辞。总之，很多事情似乎在不经意间逐渐转向，整个氛围也变得相当宽松。妈妈在大澳岛辛苦一年，到头来还倒欠生产队累积的欠债，也因为外公外婆补发工资而还清了，但那一百多块钱的"偷渡费"以后每年还是得按时缴。当然，他们在大澳岛的生活应该说是得到了不小的改善。

五月，是各地供销社的商品销售旺季，也是即将来临的台风季。这天，李家福开车前往宝安县的深圳东门老街供销社配送货物，这家供销社的采购员蔡文亮跟李家福多年来交情很深，称兄道弟，不分彼此，说是碰巧今天家有喜事，专门在这里等着李家福过来卸完货，一定要请李家福到他在沙头角的家里去喝喜酒。李家福本是个重情重义的人，又是个爱热闹的人，更何况今天的送货任务就只有深圳，任务完成后顺便到兄弟家贺喜，喝上一杯，何乐而不为呢？于是便爽快地答应了，驾驶室里坐上蔡文亮和押车的助手洪援朝，开车往沙头角驶去。

出了东门街墟往东，便是坑洼不平的泥土路，道路两旁的田野中散落着村舍和耕作的村民，很是祥和。驶过黄贝岭，翻过一个小山坡便进入莲塘，莲塘是一处位于梧桐山下的小村落，东、北、西三面环绕着大小高矮各不同的高山坡地，南面敞开着朝向香港，开车经过这里可以很清楚地看到在南边不远处的边防线有两道铁丝网，远处那道更高一些的铁丝网是香港的，相互间隔着一定的距离蜿蜒并行，随地势起伏。隔着铁丝网，就是香港连绵起伏的山峦和几处山顶上矗立的墙体涂成绿色的碉堡式岗亭，还有旗帜随风飘扬。

"你们看，那边香港的铁丝网修得比我们这边的铁丝网要高、要坚固，说明人家还是在防我们这边的人偷渡。"蔡文亮随口评论道。

　　李家福和押车助手多次跑过这条路线，早就熟悉了边境的状况，没有了好奇心，所以只是专心地开着车目视前方，只有洪援朝顺着蔡文亮的手势随意看向香港方向，随口应了一句：

　　"那也没办法，有那么多人想要往那边跑，怎么拦也拦不住。"

　　随后便开始攀爬梧桐山。从宝安县深圳东门街墟去沙头角，必须翻过梧桐山，那坑坑洼洼起伏狭窄的土石山路依山势往上盘旋，这种路况如果遇到对面有车过来，双向会车还是很困难的。李家福不断地轰着油门，这辆老旧的卡车不太正常地费劲喘息着，虽经修理过无数次，引擎还是会突然出现咔咔咔的异响，排气管冒着黑烟。早已听惯了这种声音的李家福，熟练地操纵着车子加大油门往山上冲啊，冲啊。开这种破旧卡车在盘山道上爬坡很容易溜车，右边还是悬崖，绝不能松油门，一松油门可就麻烦大了。

　　从驾驶室打开的车窗所听到的风声、嗅到的空气，凭着李家福的经验，他感觉一场不算小的台风就要到来，最迟大概是明天赶到，也可能就在今天晚上。他已经透过汽车的前风挡玻璃发现天上开始出现了台风云，形状各异且瞬息万变的云朵像是得到了谁的号令，正急匆匆地赶往同一个方向去集结待命，而那高悬天空的骄阳则固执地躲过乱哄哄赶路的云彩，不断透过云缝把阳光洒向大地，射进驾驶室。被台风云追逐挤压的光线显得更加聚光夺目，五彩缤纷，漂亮极了，魔幻极了。此时的李家福好像并没有在看路开车，而是任随身体追逐着灵魂，正沿着太阳光线飞升，飞升，向着太阳飞升。他紧盯着太阳的绚丽光线，猛轰油门往上冲，感到了一种从未有过的自在与畅快，还有一种说不清道不明的神往。

车子到达盘山公路的最高点，便是个急转弯。急转弯的崖口处有一座小小的吊脚楼式的边防检查值班岗亭，岗亭紧挨着依悬崖峭壁而建的铁丝网，下临狭窄深幽的小小峡谷，对面香港边境巡逻线的铁丝网上部斜向外端伸出的部分，看上去几乎快要和内地这边的铁丝网靠在一起了。

洪援朝盯着这处两边距离最近的铁丝网，笑着说：

"我每次路过这里都在想，就在这个地方找机会从铁丝网顶上随便爬就能爬过去，甚至从山上往下助跑，跳远就能跳过去。"

"所以，这个地方是内地和香港两边都特别注意的防范偷渡的重点位置。"蔡文亮应道。

值班的边防战士跟蔡文亮很熟悉，礼貌地打着招呼，相互随口说一些问候语，但依然认真地检查了三个人的证件。

随后便多是持续下坡的盘山路，下陡坡时明显觉得刹车不太灵。"回去后要检查一下刹车系统，估计要换刹车片了。"李家福在心里琢磨着。

沙头角的蔡家，于正午十二点开始了婚宴，在紧靠海边的场院摆了十几张围台，热热闹闹地持续到下午三点多，前来随喜赴宴的其他亲朋好友都已经酒足饭饱，陆陆续续地离场散去了，只剩下蔡文亮和李家福、洪援朝他们这一桌没散，照样还是在斗酒的斗酒，赌狠的赌狠，勾肩搭背的勾肩搭背。蔡文亮的同村伙伴和同学发小们都不愿意就此结束欢聚，更不愿意轻而易举地放过惠州城里来的李家福和洪援朝。久经沙场，但已混杂着喝了不知道多少杯九江双蒸米酒和客家黄酒的李家福此时依然还惦记着要赶回单位去交车，却又根本无法脱身离席，一桌人七嘴八舌闹哄哄地劝他俩留下来，住一晚，明天一早赶回去肯定来得及。

从来没有违反过单位规定的李家福据理力争，毫不妥协，坚持当天开车当天赶回去交车，押车助理洪援朝也不同意住下来。最后大家各让一步，休息休息，吃完晚饭再走，反正是当天回去交车嘛，晚一点儿就晚一点儿，不能算违规。

晚饭虽已不是婚宴，但还是在堂屋里摆开了两大桌，布满席面的多为鱼虾蟹贝蚝蛏蚌螺，这些是海边人家待客的家常菜肴，更何况蔡文亮的父亲是大队干部，子女多，且都已成人，有挣工分的，也有挣工资的，家庭条件优裕，丰盛待客更不在话下。再次入席落座，大家又是举杯相劝，说正是因为中午喝多了，这"回魂酒"更要喝。推杯换盏之间，预示台风逼近的台风雨已经临空而降，蔡文亮和他的兄弟们试图再次说服李家福不要走了，住下来吧。

洪援朝突然想起来，并提醒李家福，明天要给博罗县供销社送货，仓库的搬运工要在一大早装车。李家福一听更急了，匆匆吞下一碗米饭压压酒，不顾任何人劝阻挽留，和洪援朝冒雨开车而去。

沿着海边的砂石公路向北疾驰，风越来越急，吹得整个车身嘎嘎摇晃，差点造成打滑侧翻。雨越下越大，砸得风挡玻璃砰砰作响，雨刮根本不起作用。有好几处地势低洼的道路已经被狂风掀起的海水淹没了路面，只能凭感觉涉水而过，好在李家福的驾驶技术一流，多次逢凶化吉，转危为安。洪援朝坐在副驾驶位置上紧张得冷汗直冒，酒都吓醒了。

　　过了大梅沙，又过了小梅沙，再往前就是背仔角，那里有一处山嘴急转弯连带着下陡坡，右边就是海岸峭壁，李家福对这里了如指掌，一草一木一坑一坎都记得清楚着哩，但还是打起了十二分精神，全神贯注。刚刚弯过山嘴，风雨弥漫中，车灯迷蒙中，李家福隐约发现前面不远处的下坡路面似乎有塌陷，于是本能地急踩刹车，刹车没有反应！再次猛力地急踩刹车，刹车丝毫不起作用！卡车顺着雨水横流、湿滑的下坡道，极速往下冲。李家福一边摇下车门玻璃冒雨探头观望，一边再次猛刹……再次猛刹……再次……随着李家福一声绝望的吼声和洪援朝那惊恐的哭喊，卡车从塌陷处冲出路面，冲下峭壁。

　　朝向东南伸进大海的大澳岛，首当其冲地迎来了今年的第一场台风，而地处半岛偏东最南端岛嘴处的崖角岩附近的曾小英家，更是首当其冲地迎来了风头。那两扇经由姐夫李家福和他的押车助手并不专业的手艺所打制的粗糙的房门，毫无悬念地难以挡住被台风横扫的雨水，雨水顺着并不密实的门缝直往屋里吹灌，屋内的干土地面业已被积水透湿浸润，好在房屋本身建在地势较高处，并无水淹之患。在海岛生活了好多年的曾小英已经很有经验地在台风到来之前，对屋里屋外、猪圈鸡笼都做了必要的防范措施，早早就吃了晚饭，眼见着暴风雨逼近之际，就及时关门闭窗，并把周全叫到自己房间的大床上将他护住，打起精神留神地倾听着台风的强弱、雨势的大小。至于从门缝里灌进来的雨水，那只能算是小问题，每次台风来临都是这样的，只是程度不同而已，可以说是司空见惯。等到风一住，雨一停，灌进来的雨水就会慢慢渗到屋内地面下边去，天晴后就干爽了。

　　周全在妈妈的守护下，躺在妈妈的大床上，在黑暗中瞪大眼睛，饶有兴趣地听着狂风的呼啸、海浪的咆哮、暴雨的喧哗、雷电的怒吼，他觉得这样很热闹。他有妈妈相守，听着风声、雨声、海浪声，反而很有安全感，还有安逸感。所以，他很快就进入了甜蜜的梦乡，而且开始做梦，并且在梦中，竟然梦见了好久未见的姨父，姨父突然开车来到了大澳岛家里，一如往常般笑呵呵地一手牵着二哥周正一手拉住自己，迎着风雨跑上了崖角岩去看大海，并在台风中乘风而飞，迎风翻腾，三个人手拉手在空中简直就像风筝一样，好自在呀！俄而，姨父猛地一下子松开了他们兄弟俩，独自往高处飘去，往高处飘去……周全俯瞰着下面站在自家门前，冒着台风焦急而紧张地朝他们挥手呼喊的外公、外婆、姨妈和妈妈，他觉得好玩极了，得意极了，乐得哈哈大笑，居然在梦中笑出声来。

　　这场台风来得迅猛，去得也快。暴风雨肆虐到第二天上午就趋于减弱，风一阵间隔一阵地吹，逐渐也变温柔了些。雨不甘寂寞地时下时停，时大时小。太阳挣扎着寻找一切机会从乌云翻卷的缝隙中露一下脸，极力想显示它的存在，但瞬间就又被乱哄哄的云团无情地遮住。崖角滩的海面依旧是波涛翻滚，逐浪奔涌。

　　午饭后正在洗碗刷锅的曾小英听到生产队长周力强急匆匆跑进院子，站在门外焦急地喊道：

　　"阿婶，阿婶，电话！紧急电话！快点！快去大队的电话室接电话！是惠州打来的电话，很急！"

曾小英毫无来由地心中"咯噔"了一下，心脏不明所以地狂跳起来。阿爸阿妈也好，家姐姐夫也好，从来没有打过电话到岛上来，肯定是有什么突发的急事，而且肯定是有什么大事发生，会不会是阿正？她有些慌，顾不上擦手，顾不上叮嘱儿子周全一声，光着双脚就冲出家门，泥水四溅地往大队电话室方向疾跑而去，甚至经过周全的身边都没顾上说句话。

　　自妈妈这么不管不顾地跑出门去，就一直焦急害怕地坐在门墩上等着的周全，在过了好一阵子后，又看到妈妈竟然浑身泥水，披头散发，脸色发青，失魂落魄，眼神茫然，步履不稳地回来了，她好像根本没有看到小儿子一般，自顾自地冲进房间，很快拿出一个小包袱，反身锁上房门，扯上周全就走。

　　"妈妈，我们去哪儿？"同样光着双脚在烂泥路上被母亲拉扯得跟跟跄跄的周全，从来没有看到过妈妈这个样子，很是害怕地问道。

　　妈妈没有回答。

　　周全看着整个神情就像完全变了一个人似的妈妈，想再问却又不敢问。

　　快到码头，疾行赶路的妈妈嗓音沙哑地冒出一句："去姨妈家。"

　　哦，去姨妈家。只去姨妈家？那我们不去外公外婆家吗？……应该也会去的。总之，到了惠州城里就可以见到二哥了，就可以吃到好吃的了，嘿嘿，还可以到处跑着玩不用去上学了，太好了！但是，去姨妈家就是开开心心地走亲戚嘛，妈妈怎么是这个样子，不高兴呢？周全很纳闷儿。

　　到了渡海码头，售票处的工作人员告诉曾小英，现在风力虽然减弱了一些，但是台风警报还没有解除，渡船是否能开航要等上级的通知才能决定，估计起码要再等一两个小时才知道。

曾小英似乎是带着哭腔在跟工作人员解释着，哀求着。其中一位女售票员满脸同情地安慰了她几句，便起身离开售票室，好像是有事走开了，也可能去找领导汇报，帮忙说情去了。

曾小英在售票室外一会儿顿足，一会儿发呆，一会儿蹲下，一会儿站起。一直在售票室外等着的周全，全然不明白妈妈为什么会这样一反常态地焦躁不安。但他很快就被码头上的锚锭、锚链、缆绳和废旧浮标吸引住了，看看这个，摸摸那个，然后盯住一个锚锭骑上蹦下地玩耍着。也许是跳累了，也许是玩腻了，便骑在锚锭上饶有兴趣地观察海浪由远而近前仆后继地冲击摇晃着停泊在港口的船只，就像一拨接一拨的不知疲倦、调皮嬉闹的孩子。

渐渐地，大海似乎也闹腾得疲乏了，折腾得无趣了，只见海涛冲击护坡堤的速度越来越慢，浪头越来越小，力量越来越弱。

"可以买票上船啦！"那位女售票员欢快的喊声似乎是专门对着曾小英，也好像是特别为曾小英感到高兴。

一脸无助、靠墙而蹲的曾小英应声跳了起来，以最快的速度冲到售票窗口，堵住卖票的小窗哆哆嗦嗦地掏钱。其实，此刻正在候船的只有四五个人，没有人跟她抢，也不用排队。第一个买到票的曾小英转过身来又着急忙慌地招呼还骑在锚锭上玩耍的周全，拉上他赶紧检票上船，生怕渡船又不开航了。

台风刚刚过去后的海浪，从大海的表面看上去是渐渐平静下来了，但海面之下暗潮涌动的力量还是很大的，偌大的渡海船上没有几个客人，也没有载货，几乎算是空载，摇晃得很厉害。周全说，这是他第一次晕船，也是唯一的一次。

在澳头码头上岸之后，母子俩紧赶慢赶，算是侥幸地赶上了淡水镇汽车站最后一班开往惠州城的长途汽车。

好不容易折腾到惠州城里，天色已经暗下来了。母子俩还没有走进姨妈家的宿舍楼呢，一心想着马上就能见到二哥，马上就能吃到美味晚餐，急着往前赶的周全，猛然间听到走在身后的妈妈突然号啕大哭起来，着实吓了一大跳。但同时，也听到楼上——好像就是姨妈家里——传出哀伤的哭声。周全吓得忙转身，艰难地搀扶着痛哭得全身瘫软、步履不稳的妈妈走上楼梯，楼道里汇聚的哭声更大了，姨妈和二哥已经迎了下来，同样哽咽悲哭的姨妈冲上来紧紧地抱住了妈妈，两个人哭得更加惊天动地。二哥一把扯住弟弟，大声地哭着，正处在变声期的哭音显得愈加沙哑。

被弄得一头雾水却有些胆战心惊的周全，随着张嘴大哭的二哥走进姨妈家，迎门便看到姨父的黑白照片上缀着白花，吊着黑纱，外公外婆在客厅的座椅上哭得已经站不起身来了，屋里还有其他几个人也在陪着哭泣，似乎明白是怎么回事了。不知道是因为平素跟姨父的感情深厚还是受现场沉痛的氛围感染，周全愣在那里望着遗像上笑呵呵的姨父，情不自禁地张大嘴巴"哇"地哭喊了起来……

后来据九死一生侥幸保住性命的洪援朝回忆，车子从塌陷的路面缺口冲下峭壁，好在有山体塌方淤泥的缓冲，没有栽进海里，而是车头朝下猛地撞在礁石上，朝左侧翻倒，车头变形卡在了怪石嶙峋之间，一片突出的礁石尖角猛力撞进车门玻璃已经打开了的驾驶室司机位，李家福头部遭受猛烈撞击，当场就失去了生命。

"好彩①翻车后还有一只车头大灯亮着，好彩我坐在右手边的副驾驶位，翻车后我的头直接撞上风挡玻璃，就什么都不知道了，两条腿被卡得死死的。最后是顶着台风还在巡逻的解放军战士发现了我们，我自己总算是捡了一条命。"在医院里被抢救过来，脑袋包扎得只剩下双眼，胳膊和双腿都打着石膏绷带的洪援朝心有余悸地介绍当时的情形。

押车助手洪援朝幸运地捡回了一条命，但李家福却再也没能回单位交车，再也不能跟家人相聚了。曾小芸完全无法接受这突如其来的打击，一直深爱自己而自己也无比钟爱的老公突然就这样离开了自己，连一句话都没有留下，幸福甜蜜恩爱相依的日子再也不会有了，她感到天塌了！

曾宪强、阮爱珍夫妇则完全无法相信这毫无征兆的变故，两个女婿之中的一个冒险逃港生死不明，本来庆幸还有这么一个女婿在身边孝顺相守，但却说没就没了，老两口感到地陷了！

周正更是完全无法理解这生命无常的人生，自己的亲爸爸孤注一掷地抛弃家人不知去向，好不容易有了一个不是爸爸却亲如爸爸的姨父能够和自己朝夕相处，竟然就在早上出门时跟自己说了再见，晚上放学回家却再也见不到了。他在哀痛无比之中感觉自己长大了，是的，自己也应该长大了。

还有一个多月就要初中毕业的周正，无论是各科的学习成

① 广东话，意为幸运、运气好。

绩，还是在学校里的种种表现，他在老师和同学们的心目中都算得上是"又红又专"，再加上有城里妈妈在惠州城区教师队伍里的良好口碑，各方面条件都被看好，继续升读惠阳一中的高中班那是板上钉钉的事。然而自从城里爸爸突发意外不幸离世之后，自信乐观、友爱待人的周正突然间就像变了一个人，变得沉默寡言，显得孤寂冷漠，上学失去了往日的积极，上课不能集中精力听讲，对自己一直以来无比自豪和珍惜的班干部职责也是消极应付，关键是学习成绩直线下降，单元测验的结果竟然从班上的前三名直落在倒数十名以内，让各科老师大跌眼镜。曾小芸得知这个情况后很是痛心，回到家里多次专门抽出时间跟他谈心。但周正每次都是心不在焉，满不在乎，沉默以对。这可是他从来没有过的对待城里妈妈的态度啊。

　　曾小芸作为一位尽心尽责的老师，对教育学生的事从来都是不灰心，不放弃，更何况是对待自己外甥加养子的周正呢。然而，虽经她多次煞费苦心地预设话题，从不同角度苦口婆心地劝解，推心置腹地诉说，要他一定从又一次失去爸爸的痛苦和打击中摆脱出来，不要胡思乱想，必须重新振作精神，集中精力搞好学习，期末考试争取考出好成绩，迎接即将到来的下学期高中学习生活，只有把自己培养成为一个对社会、对家庭的有用之才，这样才不会辜负自己亲爸爸的生养之恩，这样才对得起家福爸爸的在天之灵。说到动情处，触及伤心处，曾小芸会情绪难抑地流泪，甚至失声痛哭。但是，周正却毫无改观，不为所动，每次都是乖乖地坐在那闷着头，好像在听，也好像没有听，既不接话也不交流，完全没有任何反应，更不做任何回应，简直就是对牛弹琴，鸡同鸭讲。

从没有对周正发过脾气的曾小芸终于忍无可忍，流着泪吼道：

"你大澳岛的亲妈还没有死呢！我这个养了你多年的妈也还没有死呢！你这样要死不活的样子到底要怎样？"

"我不要再上学！"

周正终于冒出了一句话。但这句话是曾小芸预想了各种可能的对话都没有想到的一句话，噎得她愣了好一会儿，好像没有听明白：

"你不要再上学？那你要去做什么？"

"我要去打零工，挣钱养家。"

曾小芸终于听明白了：

"你要去打零工挣钱？你才多大呀？这个家需要你挣钱养家吗？外公外婆需要你来挣钱养活吗？你大澳岛的妈妈和弟弟也不需要你现在去挣钱养他们，有我们呢！"

"我已经十五岁了，我要去打零工挣钱养家。"周正固执地说。

"十五岁还是个孩子你知不知道？再说有哪个地方会让你这个小孩子去干零工活儿？乖，听话，好好去读完高中，高中毕业我们能找到更好的工作，有大把的机会挣钱，我们都交给你来养。"

"我不是小孩子了！我已经长大了！我爸爸不也是初中毕业才十五六岁就去海南岛橡胶农场当知青工人了吗？我妈妈那时候不也是才十五岁吗？还是个女生呢。我有两个初中同学，半年前就退学到盖房子的建筑工地上当小工去了，和石灰、筛沙子、搬砖、拎水泥包，说是一天能挣一块多钱呢。他们俩还没有我个子高，还没有我能干……反正我不想读书了，我要去打零工挣钱。”

曾小芸惊讶地望着正在抽条长个并显得瘦瘦高高、手大脚大、嘴边已蹿出一圈黑黑绒毛的周正，疑惑自己为什么现在才发现儿子的确像个大小伙子了，而且也发现多年来百依百顺的养子还有自己没能认识到的一面——有自己的想法，固执而坚决。她发觉这个在大家心目中还是孩子的周正想问题已经想得很细了，想法也似乎深思熟虑，应该是酝酿了很长时间的计划，并不像是一时冲动，更不像是小孩子信口开河，估计自己很难改变这孩子的决定。她有些束手无策了，便想到去搬救兵。

然而，周正一直恭敬孝顺、唯命是从的外公外婆出马相劝，也照样是铩羽而归。亲妈曾小英得到消息后也带着小儿子周全赶到惠州城来做工作，结果竟然是被二儿子给说服了，反而转过头去做自己父母和家姐的思想工作。

是的，曾小英自己和老公就是在初中毕业十五六岁时走上了社会，那时是叫“走上了革命道路”，虽然那是响应国家号召，是组织安排，但是在实际出力干活儿问题上，本质上是一样的，说明这个年龄的孩子也是可以干活儿挣钱的。当然，她和孩子同样都有个内心的想法，就是不想再给家姐曾小芸增加负担。去世的姐夫那点儿一次性的抚恤金解决不了什么问题，以后就只有家姐一个人的工资收入了，自己在大澳的家还需要家姐和父母的接济呢。

外孙周正的固执，加上小女儿曾小英的支持，曾宪强和阮爱珍老两口便不再坚持必须让周正去读高中的意见，觉得这年月多读那两年书也起不了根本性的作用，实际上也学不到什么真材实学，还不如遂了孩子的心愿，早些到社会上去闯荡，所谓社会是一所大学校，让孩子在社会的大风大浪中锻炼成长嘛。因此，也劝解大女儿曾小芸放弃原来的想法，放手让周正出去打零工挣钱。正好靠近东江的厦角街五眼桥附近的东江商场在开工建设中，安排个小工过去肯定没有问题，而且还能拜托项目负责人关照关照。

周全听说二哥居然不用再去学校辛苦读书，可以出去打工挣钱了，羡慕得不行。

没想到"初生牛犊不怕虎"的周正却谢绝了外公特意嘱咐的项目负责人的好心关照，不想去当那个什么质量巡查员兼施工现场统计员，虽然这是个轻松活儿，不用汗流浃背风吹日晒磕磕碰碰。周正认为，只拿个固定的临时工工钱没啥意思，因为他早就了解到，承包一架人力板车到江边去拉沙、拉砖、拉水泥、拉钢材，是按每一车的重量或者数量来算工钱的，只要你有力气多拉多干，就可以多劳多得，并且不管你是自己单干还是给自己配多少帮手。于是，周正跟这位负责人叔叔提出，自己要承包一辆板车拉建筑材料，而且不需要配任何帮手。

这位项目负责人听后非常惊讶，完全不敢相信这小孩的话，他打量着细嫩白净并略显纤瘦的周正说：

"你外公同意你来打零工可不是让你拼命来的，一车一车的沙子，一车一车的水泥，一车一车的砖瓦石头你知道有多重吗？一个人在前面拉一个人在后面推，都已经是很辛苦、很艰难的啦，你一个学生仔一个人搞得定吗？挣钱不是这个样子挣的哦，阿正！现在学生们都在放暑假，你自己叫上一两个同学来给你当帮手，然后随便给他们算点工钱，他们都会很高兴的。

而且你现在正是发育长身体的时候，你要是累伤了身子，我可没办法向你外公交代。"

但周正固执的劲又上来了，最后软磨硬泡达到了目的。

刚开始几天，自己驾着板车去拉东西还牢牢记住项目负责人的劝告，量力而行，少拉快跑。那头装货的师傅们看他还是个孩子居然一个人拖着板车来拉材料，也不给他多装，并一再叮嘱他小心。但很快，他就掌握了拉车用力使巧劲的要领，熟悉了哪一段是坑坑洼洼的泥土路，哪一段是磕磕碰碰的石子儿路，哪一段是滚烫发软的柏油路，哪里是上桥，哪里是下坡，如何发力，怎样刹车。不过，他首先发现在这条路上拉板车是个很费鞋子的活儿，城里妈妈专门给他买的耐磨的解放鞋，没穿几天，鞋底就磨歪了，鞋带也崩断了，鞋帮都变形了，鞋头也顶穿了。所以，有些路段，他就脱下鞋子拉车干活儿。很快，人就晒得黑红黑红的，皮肤也变得粗糙了，甚至手和脚都龟裂了，不过整个人好像显得健壮了一点儿。

也许是艺高人胆大，也许是不满足自己过往的业绩，这天他突然之间豪气横生，一再坚持要让装货的师傅给他多装几袋水泥。

然而，拉上路之后不久，他就发现这多装的几袋水泥就像多加了千斤，要比平常多使一倍的力气都不止，相当吃力。他当然不懂得这是一根稻草压死骆驼的道理，不懂得载重量与牵引力之间的物理关系，只是觉得很不可思议，只好拉一段歇一歇，阳光猛烈，汗如雨下，大有喘不过气来的感觉。

到了每次必经的一座桥，他停下来看了看坡度不小的引桥上坡，知道这里是对自己最大的考验，便深深地吸了几口气，往上拉了几步试了试，不行！汗水浸泡的脚在鞋子里打滑，用不上力，拉不动！于是脱下线手套，把此前准备好的旧帆布带子像打绑腿一样把两只脚与鞋子紧紧地捆在一起，再次戴好线手套后，把车背带紧紧地挂在肩上，扶稳车把，深深吸气鼓劲，拱背蹬腿发力，想一鼓作气地冲上桥顶。不错！脚下着力很好。可是，刚上到引桥上坡的三分之一处就完全拉不动了，车子开始下滑……后退……周正赶紧转身扬起车把，使劲用肩膀顶住，试图增加钉有旧车胎的车尾车托的摩擦力来刹住车，但载重的板车还是缓慢地顺坡下滑，周正怎样使劲猛顶都起不了太大作用，而且鞋子里汗水漉漉的双脚又开始打滑用不上劲儿。

绝望之间，周正忽然发觉板车停止了下滑，而且有人在大声叫：

"阿正，我们来帮你。"

正拱背挺腰使劲顶住车把的周正扭头抬眼一看，原来是自己的同班同学也是好朋友的赖宏亮和沈建军，他们俩本是在引桥旁边的空地上学骑自行车呢，无意间看见周正拉着板车上桥，而且眼看就要控制不住冲下坡了，便不约而同地丢下自行车跑上来帮忙。在赖宏亮和沈建军一左一右力顶猛拽的帮助下，三人齐心合力，一次就成功地把车子弄到了坡顶，上到桥的平面。

停稳车子，站下擦汗喘息，赖宏亮和沈建军匆匆问了几句周正在建筑工地打零工的事，说是他们俩也不想再去上学读书了，也想找个机会去打零工挣钱。就是这么说了说，并没有要征求周正意见的意思，说完就急忙跑下引桥继续学骑自行车去了。

周正疲乏地背靠住桥栏杆深蹲下去，歇息了好一阵子才艰难地扶着桥栏杆站起身来，拖车下桥。其实重车下坡也难以掌控，更何况比平日的载重量要大，只能更费劲地用肩膀时重时轻时紧时缓地顶住车把，以此来控制车尾部木托上钉的车胎产生的摩擦力，再靠两只脚用劲后蹬起到刹车缓速作用。

终于平安下桥，可惜那双解放鞋已经被蹬得鞋帮鞋底脱胶了。

这一车水泥好不容易拉到了卸货点，累得几乎脱水的周正不管不顾地直奔那个为工地的工人准备的饮水处，抄起喝水的竹筒舀子，从水缸里连舀好几竹筒凉水灌进肚子里，随后就瘫坐在水泥预制板下的阴凉处，一动也不能动了。随身带来的城里妈妈给他精心准备好的当作中午饭的煮鸡蛋、炒米饼配梅干菜，则是碰都不想碰，直到下午都完全没有力气再去拉车。

这一天算下来，反而比过去干得少，工钱也少了。

通过这次体力透支的超重冒险，周正真正体会到了什么叫量力而行，什么叫眼高手低，什么叫欲速则不达。当天晚上躺在床上，浑身酸痛得像散了架一般但却大脑清醒的周正，翻来覆去，无法安睡，年少的他第一次尝到了失眠难熬的痛苦滋味。不过这次失眠的结果，使他当即决定明天就拉上赖宏亮和沈建军一起合伙干，有钱大家赚，分工配合，多拉快跑，多挣多分。

在此后差不多两个月的时间里，三个小伙伴每天一早按时碰头拉车干活儿，下班收工各自回家，既没有星期天也没有节假日，一天之中，满载拉货的时候通力合作，配合默契，车子放空的时候互为车夫，飙车嬉戏，不仅过得快乐开心，干得轻松畅快，而且工钱算下来每个人分到手的，还是比一个人单干要挣得多。

这个偶然的经历，成为周正踏入社会上的人生第一课，而且是刻骨铭心的一课，那就是：一个好汉三个帮。

第五章

下乡插队

暑假过完，进入下一个学期。周正果真坚持不再去上学继续当什么高中生，而学习成绩还不错的沈建军和那个本是干部家庭有条件进高中的赖宏亮居然也都辍学不读书了，三个人天天在一起合伙打零工挣钱，简直挣出味道来了。自由自在有钱挣有钱花，快快乐乐干一天活儿赚一天钱，不仅能够减轻大人的负担还可以帮衬家里。他们觉得这就是自己想要的生活，这样一辈子干下去也挺好。

再过些天就要过国庆节了。曾小芸忽然很正式地向周正交代说，国庆节那天不要有其他的安排，哪儿也不要去，要带他到外公外婆家过节，还有重要的事情商量。周正这才想起来已经有两个月没有到外公外婆家去了，国庆节放假没事，正好可以用自己打零工挣的钱买些礼物去看望外公外婆，以便向外公外婆展示一下自食其力的劳动成果，顺便还能放松休息一天。关键是，好久都没有吃到外婆做的各种各样好吃的客家美食了，很馋。

当然，周正怎么也没有想到，曾小芸去外公外婆家要商量的重要事情竟与自己有关，而且是影响和改变自己人生的大事。

原来，曾小芸所在的街道居委会主任陪着市知青办的工作人员已经找过她两次了，得知周正初中毕业后没有继续读高中，而是在建筑工地上打零工，属于街道待业青年的划线范围，按知青政策是应当安排上山下乡的说服对象，而今年市里还有一批知识青年上山下乡的指标需要安排落实，周正和那些初中、高中毕业或者辍学之后没有正式工作的小青年，都必须根据要求尽快到知青办去办妥上山下乡手续，到农村插队落户，接受贫下中农再教育。

不过，由于这位居委会主任的好几个子女，还有知青办的这位年轻的工作人员，都是曾小芸先后教过的学生，所以他们在给曾老师做动员工作的同时，也当场送人情似的透露，这批上山下乡分配的去向有到偏远山区的，也有去靠近海边的，有远在海陆丰、龙川、龙门等地方的，也有近在惠阳县淡水、宝安县盐田、惠东县巽寮湾那一带的，并好心地提示曾老师去找找关系，要挑就挑选海边的公社插队，条件相对好一些。而他们在分配知青名单的时候，一定会照顾满足曾老师的要求。

　　"不是听说原来的插队知青现在可以有条件地允许返城了吗？怎么还在强制性地要求上山下乡呢？"听完女儿絮絮叨叨地介绍完街道居委会动员周正上山下乡的前前后后，阮爱珍不解且不满，她可不想让自己的外孙到乡下去吃苦受罪，她知道这些孩子在农村插队是怎样的情况。

　　"我也是这样跟居委会主任和知青办的同志说过您这个话了，但是谁也拿不出知青返城或者是不必下乡的正式文件呀，而他们手里反倒是有知青办根据国家政策继续严格执行知识青年上山下乡的红头文件，里面的条条框框线线杠杠都说得很明白，划得很清楚，列得很严格，说是我们家阿正就在必须下乡的指标范围内。"曾小芸也只能这样给母亲解释。

　　阮爱珍用怀疑的眼光看着女儿，似乎认为她没有尽力争取：

　　"我好像也听说独生子女可以不用下放到农村去，有几个兄弟姐妹的，可以留一个在父母身边，甚至还可以照顾进厂当工人。你没有跟他们说阿正是独子，而他……他爸爸李家福是因公殉职的呀，这些条件都是按政策可以照顾的呀？"

　　"他们说阿正是……是……是养子……不属于真实条件的

独子。"曾小芸为难地看向父亲，"阿爸，您看能不能想想办法找找关系？"

一直在听着母女俩对话的曾宪强在客厅里来回踱步，没有插话，此时他看了一眼愣愣地傻坐在旁边的周正，说：

"据我所知，近一年来呢，知识青年上山下乡的政策好像有所松动，但并没有下正式文件改变国家现行的政策，听说各地的确都有些不同的做法，也有一些鼓舞人心的传闻。不过说老实话，那些能够返城的也好，可以不用下乡的也好，其实都是些有后台、有靠山的青年仔或者是关系户。像阿芸你只是个小学老师，人家能帮你提供选择条件比较好的地方下乡已经是很给面子了。我和你妈呢，只是个商业系统的普通干部，有没有人脉呢？有。有没有关系呢？有。但还到不了可以改变政府规定、不执行国家政策的地步，而且人情大如天啊，欠个人情若是有用的话呢还说得过去，关键是，我的那些关系找了也是白找，没用的。"曾宪强说完，和自己的老伴、女儿都一起看向坐在椅子上一直在走神发呆的周正。

周正完全没想到，不去读高中还非得下乡不可，就是不让你痛痛快快自由自在地随着性子到工地上去打零工挣钱。本来辍学打零工挣钱养自己并补贴家用，既可以减轻城里妈妈的经济负担，还可以让外公外婆全力资助大澳岛的妈妈和弟弟，看来这个才实施了两个多月的生活规划即将面临着破灭。而且周正也知道，那些在农村上山下乡的哥哥姐姐们，实际上不但不能为自己家里减轻压力，反而还常常需要家里倒贴帮衬，甚至在乡下还时不时会有令人想不到的状况发生，更会有一些不好的传闻和不堪的说法，实则额外加重了家长和社会的负担。现在自己也面临这样的局面，而且看来是无法改变和扭转的了。嗨！管它呢！只有听天由命了，下乡插队就下乡插队吧，别的哥哥姐姐们能去我也能去，别的哥哥姐姐们能活我也能活，况且我小时候就生活在大澳岛的乡下，没有什么不能适应的。去农村插队还是要争气的，真的不能再给外公外婆和城里妈妈添麻烦添负担了，一定要自己养活自己。想到这里，又见大家都朝着自己看过来，便梗着脖颈说道：

"在工地打零工是干活儿，到乡下种田也是干活儿，反正只要是能自己养活自己，到哪儿都一样，不用担心我。"

"唉！仔啊，就怕你自己养活不了你自己哟。"外婆坐到他身边来疼爱地抚摸着外孙，叹了一口气。

周正心里赌着气，认为反正都是个下乡，到山区插队或者到海边插队又有什么区别呢，没必要还挑来挑去的，难道还能挑出一个像在城里一样挣工资的地方来不成？好笑！

而外公外婆和城里妈妈则坚持认为山区和海边还真是不一样的，甚至是有很大区别的。

最后，几位长辈便不再理睬周正那种事不关己、听天由命的态度，很快就达成了一致意见：争取把周正分配到惠阳县的霞光人民公社插队。一方面，这个地方离惠州城和大澳岛的距离都差不多，过年过节休息时回到两边的家去探亲都可以很好地兼顾；另一方面，曾宪强在淡水镇的供销社下放劳动改造期间，跟淡水当地包括霞光人民公社一些有头有脸的人都建立了很好的人脉关系，这样也便于在必要的时候对外孙阿正有所照顾；再就是周正小时候有好几年都是生长在大澳岛，对海边的生活、气候、习俗、饮食和当地人的干活儿营生都比较熟悉，不需要太长的适应过程。

　　这边商定妥当，那边便由曾小芸在适当的时候去跟居委会主任和市知青办的她的那位学生经办人直接沟通联系，确定了下来。

　　当周正知道自己注定要成为下乡知青之后，便对自己要到哪个具体地方去插队已经完全无所谓了，既不关心更不过问，反倒只想抓紧机会，利用还没有被送到乡下之前的这段宝贵时间，更加玩命地干活儿挣钱。于是，他每天天不亮就出门，天黑透甚至很晚才回到家里，从早到晚都泡在工地上，有活儿就抢，绝对多拉快跑；有班就加，绝不讨价还价。而且每车的水泥要比过去多拉几包，每车的盘钢要比别人多压几盘，每车的红砖要比平时多码一些，每车的瓷砖要比平常多堆几捆。一天下来，往返来回拉货的次数再比别人多两趟，一方面是自己多挣了一些钱，另一方面也在很大程度上保障了工程进度所需的建材物料，搞得项目负责人大加赞赏，但却弄得赖宏亮和沈建军叫苦连天。他们俩本来只是说跟着周正一起干活儿好玩，赚点零花钱就行了，并没有想到每天要这么辛苦玩儿命地干，所以他俩也老是表达不满甚至抗议周正的这种不要命的干法。但他俩也不得不承认，这些天挣的钱的确比往常要多一些。

　　当然，周正除了白天装货拉车需要三个人齐心协力地配合，做到了有苦同吃、有钱同挣之外，一旦到了晚上不同的工程班组需要加班的活儿，比如泡石灰，拌水泥，提灰桶，递砖瓦，抬水泥板，协助捆扎钢筋，以及辅助干些水磨石、水刷石的活儿，周正则从不勉强赖宏亮和沈建军跟自己一起加班，只是自己单独向项目负责人或者班组的领班师傅申请留下来再继续干，干到多晚都行，的确是做到了勤勤恳恳，埋头苦干，并且从不叫累叫苦，深得各个班组师傅们的赞扬，一有加班的活儿，都想把周正叫到自己所在的班组来干。

周正一门心思只想多挣一些钱，并且要把这些钱攒下来，以便日后到了乡下有应急的活钱用。他已经了解到，下乡插队能不能喂饱自己都很难说，更别指望年终分红领钱了，而且当了下乡知青之后还能不能再回到城里，他也完全没有把握，也许一辈子都会是乡下人了。这样的话，难道一辈子都要城里妈妈和外公外婆贴补养活，成为他们的累赘？所以，尽量多干活儿、多攒钱是他这段时间的奋斗目标，也是他拼命苦干的动力。

这些日子，曾小芸看到儿子每天都是起早贪黑两头不见光地跑去建筑工地打零工，人累得又黑又瘦，浑身上下的衣服总是沾满了泥土，渗透了汗渍，整个形象和神态完全不像一个十五六岁的孩子，有时候晚上回到家里已经累得困得顾不上冲凉，倒头就睡，推都推不动，叫都叫不醒，简直心疼得不行。于是，她专门找了个机会和儿子谈话，告诉他虽然爸爸因公殉职失去了工资收入，但妈妈自己的工资加上爸爸的抚恤金，母子二人的生活费用是完全没有问题的，更何况还有外公外婆呢，没有必要这个样子拼着命地挣那些个辛苦钱。将来即使到了乡下插队落户挣不到工分，分不到口粮，也不用担心，妈妈和外公外婆每个月都可以寄去生活费。

周正却坚持自己的想法和做法，他说自己长大了，必须自力更生，自食其力，作为家里顶梁柱的爸爸出了意外离开了，自己就应该像个男子汉，不能再继续依靠外公外婆和妈妈养着自己。将来到了乡下之后，别人过得下去自己也能过下去，不仅要过下去，还一定要活出个样子来。他要求城里妈妈跟外公外婆说，谁都不要给他寄生活费，况且到了乡下也不一定用得上，有他打零工攒的这些钱应急备用就行了。既然上山下乡是锻炼成长，那就踏踏实实地锻炼自己，总有一天会锻炼出头的。

周正和城里妈妈说这些话的时候，语气坚定，目光坚毅。曾小芸发现这个正值少年的儿子那副神情气概既有些像妹夫周亚鹏，又有些像自己的老公李家福。"儿子真的长大了！有出息了！"曾小芸心中感慨万千，同时也为自己的妹妹曾小英感到高兴。

很多年后，周正跟朋友回忆起他当年作为一个初中毕业生而被当作知识青年送到乡下插队落户出发时的情形，并不像电影电视剧里演的那样，敲锣打鼓，口号震天，夹道欢送，红旗招展，领导讲话，拍照宣传。可能是已经到了知识青年上山下乡运动的后期，并不再是人民战争式的群众性运动，也不再大规模强制动员年轻人成群结队下放到农村广阔天地，去接受贫下中农再教育，而是零零星星地分别动员、区别对待、分散安排。原属知青办日常政治性的工作任务，变成了常态化事务性的操作程序，并可因人而异、因时而异地机动性、选择性地进行差异化安置。对于街道上的年轻人，有些照顾参军入伍，有些安排招工进厂，有些调剂到街道企业，而对有些已经下乡插队的知青也可以因各种理由照顾返城，或者被批准推荐成为工农兵大学生。

当时，周正这一批被略带照顾性质地安排到惠阳县靠近海边的霞光人民公社插队的男女知青一共有六个人，是由一部下乡送物资的卡车顺路捎带把他们送过去的。

赖宏亮是和周正一起被分配到了霞光人民公社，而沈建军跟其他几个辍学待业的街道青年则被分到了博罗县的罗浮山区。听说沈建军也曾闹着想办法要跟周正、赖宏亮一起到海边的公社去插队落户，但苦于没有背景关系，无法调换。

周正总是会记起，在大澳岛的妈妈听到自己的二儿子要作为知青下乡插队的消息，就带着弟弟周全急匆匆地赶来惠州城。那些天，他就没再去打零工，而是从早到晚都陪着妈妈和弟弟，故作轻松地带他们去逛西湖散心，到街上喝冷饮、吃冰激凌，好不容易有了这样一个机会能跟妈妈有说不完的话，跟弟弟有道不尽的亲热。而妈妈对于过继到城里家姐家已经成了城里人的二儿子，现在竟然又要重新变成农村人回到农村去，甚感忧虑，来到惠州城的这些天都没有露出过笑容，总是翻来覆去地说，早知道是这样，还不如就一直留在大澳岛，留在自己身边还放心些。现在倒好，一个才十几岁的细路仔就这样孤苦伶仃地被弄到一个陌生的地方去当农民干农活儿，洗不会洗，涮不会涮，饭也不会做，没人管又没人疼，真的都不知道阿正以后的日子该怎么过哦。

其实，周正自己对于将来下乡插队如何生活，心里也没底，但却故作镇定地反过来安慰母亲，说自己不仅已经长大了，而且是如何如何能干，还把他在建筑工地上打零工的得意之事，绘声绘色且不乏夸张地讲给母亲听，并略带炫耀地把他打零工挣的工钱大部分都塞给了母亲，还说剩下的钱足够自己在乡下插队的时候应急花销。

那几天的晚上，周正和弟弟周全住在城里妈妈家那间属于自己的小屋子里，兄弟俩躺在那张挂着蚊帐的床上，枕着凉席但却都难以入睡，兴奋地说说这，聊聊那，好像要把这几年不在一起生活而没能说上的话都要聊个够。周正记得很清楚，当时非常奇怪的是，十六岁的自己和才十一岁的弟弟居然非常认真地谈起了对未来的梦想，虽然想法很是空洞，并没有什么具体的内容，但目标信念——是的，周正后来一直都是用的"目标信念"这个词——却是很明确的：就是兄弟俩将来不论干什么，一定不要怕吃苦受累，一定要努力多赚钱、赚大钱，一定都要争取成为有钱人、大老板，手里要有大把的钱去好好孝敬和报答外公外婆和妈妈，当然，周正还说要报答城里妈妈。也可能是深埋于心的潜意识里对父亲的血缘情感，兄弟俩竟然不约而同地第一次提到了多年来一直都是下意识回避不提的爸爸，说将来一定要活出个人样来给爸爸看，绝不能给爸爸妈妈丢脸。

兄弟二人脱口而出"爸爸"两个字后，忽然地，就都不说话了，很心酸地互相望着对方，慢慢地，眼泪溢出了眼眶。

离开惠州城出发去乡下插队的那天一大早，周正和弟弟周全跟着城里妈妈一起，拎上一个大大的黄色帆布旅行袋，背着铺盖卧具和一应用品，按照事先约定，先到外公外婆家里会合吃早餐，然后就在商业局大院等车来接。

卡车到达商业局大院的时候，赖宏亮已经在车上了，另外还有两男两女，都是这批分配到惠阳县霞光人民公社的知青。外婆看到来接外孙的卡车驶进院子就要把外孙接走了，顷刻间便控制不住自己的情绪，随即扯住身旁周正的胳膊，抬头紧紧地瞅着孩子消瘦、黝黑但俊俏的脸庞，慢慢就流出了眼泪，忽然又想起什么，哆嗦着掏出了十块钱，不顾周正的拒绝，硬塞到他的裤兜里。

曾小英也含泪上去拉着儿子的左手，语无伦次地叮咛：

"仔呀，下田干活儿要悠着力气做，一定不能太累，你还小，会伤了身子的。"

"要跟那些知青哥哥姐姐们搞好关系，干祈唔好打交[1]。"

"有事就给我们写信，需要什么东西就告诉我们。"

"放假就回家来休息，阿妈给你做好吃的。"

"一定要学会自己煮饭啊仔，要自己照顾好自己……"

而曾小芸呢，站在旁边也是恋恋不舍地看着自己的外甥也是养子的周正，但并没有凑上去再说什么话。该说的话都反复说过了，该交代的事项都一再叮嘱了，虽然谈不上是什么生离死别，但是毕竟这孩子还是少年啊。

作为外公的曾宪强倒是始终面含微笑地看着这一切，只是到了最后才招呼大家说："好了，好了。让孩子上车吧，莫耽误他们的行程。"这时的外公，的确没有什么家长里短的感情波澜，他觉得外孙终归是要成为一个男子汉的，无论是早一点儿经历人生苦难还是晚一些经受社会磨难，这一关总是要过的，是祸也好是福也罢，反正是躲不过去的，这就是人生，还不如勇敢迎上去，坦然去面对。

听到外公的招呼声，正在难为情的周正趁机挣脱外婆和妈妈，朝着弟弟走去，他揽了揽弟弟的肩膀，悄悄而迅速地把城里妈妈之前给的十块钱，还有外婆刚才硬塞给自己的十块钱都塞到弟弟手里，低声说："交给阿妈。"随后过去把自己的旅行

---

① 广东话，意为千万不要打架。

袋、行李背包等物品递给车上的赖宏亮和其他知青，攀上车厢护栏，翻身跃进车厢。

车厢里还放着两台柴油发电机，是随车运去霞光人民公社的。

霞光人民公社办公地所在的霞浦镇紧靠海边，不大，就只有一条临海的窄窄的街道，串联起几条更窄的背街巷和通往镇外的小路。卡车抵达镇上已接近中午时分，可能今天不是赶集日，整个小镇显得冷冷清清，面朝海湾的供销社、国营食堂和几家手工艺铺子、小吃店、小杂货店都没有什么人，低矮的街道建筑上略有空余的墙面，都刷上了标语和语录："破除资产阶级法权！""反对自由主义回潮！""抓革命，促生产，促工作，促战备！"等等。内容倒是跟惠州城里风格一致。

周正对这些标语口号不感兴趣，好几年没有回到海边大澳岛的他，嗅到的是熟悉的海腥味，吹到的是温润的海潮风，听到的是哗哗的海浪声，吸引他眼睛的还有在海面上劈波斩浪的渔船。车上的知青只有周正曾经在海边生活过，所以他向其他几位好奇而兴奋的伙伴自豪地介绍大海，介绍潮汐，介绍渔船，介绍城里人通常难以见到的海货，讲解只有生活在海边的人才会知道的关于海的趣闻。

卡车开进公社大院，已经有两个生产大队的人在这里等着把发电机拉走呢，周正和几位同车的知青便齐心协力搭手帮忙，把两台发电机分别卸装在两辆手扶拖拉机上。这算是下乡伊始就在公社领导面前的第一次劳动表现，是主动劳动。

此时，从惠州市城区、惠东县城、宝安县城、东莞县城、还有汕头市城区等地相互对调分配到霞光人民公社的知青，男男女女有二十多名，皆已先后抵达，在此集合聚齐，于是被一起招呼到公社食堂吃午饭，由主管知青工作的公社副主任曾爱华同志陪同就餐，饭菜很丰富，有梅菜扣肉，有当地出产的质量很好的咸鱼，有客家酿豆腐，还有虾酱炒青菜，紫菜虾米蛋花汤随便喝，米饭随便吃，这是专门接待下乡知识青年前来报到时的招待餐。

午饭后，日理万机的公社干部要午休片刻，知青们被临时招呼安顿在下午将要学习培训的会议室里，让他们也稍事休息。年轻人精力旺盛，没有午睡休息的习惯，彼此一见面，便是自来熟，相互之间询问贵姓、贵庚、来自哪里，是初中毕业还是高中毕业。若经交谈即相互顿生好感者，便很自然地各凑一拨、各聚一处地高谈阔论起来。是啊，保不定谁和谁很快就会被分到同一个知青点，弄在一个生产队成为搭档伙伴了呢，多一个朋友多一条路嘛。

下午的学习培训当然是由主管知青工作的曾爱华副主任主持。

会议室那面曾经粉刷得雪白但现在已成灰白的墙的上方，挂着伟大领袖毛主席像，领袖像的上面，拉着一条标语为"广阔天地大有作为"的红布横幅。曾副主任背墙而立，站在一张似乎永远都包裹着红布的讲桌前，激情满怀地开始了讲话："毛主席教导我们说：'看一个青年是不是革命的，拿什么做标准呢？拿什么去辨别呢？只有一个标准，这就是看他愿意不愿意，并且实行不实行和广大的工农群众结合在一块。'毛主席还教导我们说：'知识青年到农村去，接受贫下中农再教育，很有必要。要说服城里的干部和其他人，把自己初中、高中、大学毕业的子女，送到乡下去，来一个动员。各地农村的同志应当欢迎他们去。'"在熟练地背完伟人语录之后，曾副主任说，公社从早些年在大礼堂里组织大规模的知识青年上山下乡誓师大会，到今天在这间会议室里安排为数不多的知青同志进行简短的政治学习，虽然形式上有所不同，人数规模有所减少，但是继续走知识青年上山下乡的正确革命路线始终没变。曾副主任鼓励大家，知识青年需要到农村广阔天地接受贫下中农再教育，农村也需要有知识的一代新人去改变那里落后的面貌。总之，知识青年作为无产阶级革命事业的红色接班人，就是要经风雨见世面，勇于在社会的大风大浪中锻炼成长！

随后由公社秘书带领知青集中读完"两报一刊"①的社论，便按照事先研究安排确定的名单，正式宣布这批二十几名男女知青不同的分配去向。周正和赖宏亮很幸运地没有被分开，和另外一名同是惠州城来的女知青黄亚芬分在了沙涌生产大队第一生产小队知青点。

在知青们闹哄哄地结伴离开之时，曾爱华副主任再次现身，与大家亲切地握手告别。轮到和周正握手时，曾副主任悄声说道："你外公以前是我的领导，我就是被你外公先调来霞浦供销社又被推荐到公社来任职的。安排你去的知青点离这里镇上不远，以后有什么事可以到公社来找我。"周正在诧异的同时觉得心里很温暖。

沙涌生产大队第一小队到镇上来买农药化肥的小船一直泊在码头等候，因为是事先得到通知，专程来镇上送完货，在这

① 《人民日报》《解放军报》和《红旗》杂志的合称。

里等着接几位新来的知青的。周正、赖宏亮、黄亚芬即时就结识了驾船的老知青庄建设，还有另外两位一同驾船送货的社员。上船坐定，解缆开航，转过一处小河涌的入海口，便沿着沙涌河向上游划去。周正羡慕地看着庄建设熟练地驾船划桨，听着他得意地介绍这条沙涌河和沙涌生产大队，一边听介绍一边欣赏着河道两岸的农家田园和自然风光，心里想：这里的生活也可能没有想象中那么苦，不一定会比我在工地上打零工干活儿累呢，现在听庄哥开心幽默的介绍，到乡下来插队落户也没有什么可怕的嘛。他甚至开始默默筹划起未来的农村生活来了。

不过，周正此时却完全没有想到，只不过两年的时间，就是在这条河道上，受伤失去知觉的他，又被人紧急送回城里去了。

周正是个不怕吃苦的人，也是一个处在任何环境都能努力适应，遇到任何事情都会认真对待的人，他是抱着一种"既来之，则安之"的心态，安之若素地在沙涌生产大队第一小队知青点安顿了下来。

这个知青点在最热闹的时候，曾经同时入住有八位男女知青，但在近几年，参军的参军，招工的招工，顶职的顶职，推荐上学的成为工农兵学员在大学、中专深造，自然也有病休返城的，目前就只剩下庄建设和一位女知青冼丽霞还在此地暂时留守。

说是暂时留守一点儿不为过，毕竟一位是惠阳县农办副主任的儿子，一位是惠阳地区人民医院医生的女儿，离开是早晚的事，轮也该轮到了，或许很快就有返城的机会呢。更何况，现在的社会形势也反映出知青回城的条件有所松动，上山下乡插队落户政策的执行力度有所减弱，所以，暂时留守的庄建设和冼丽霞很是乐观，早都已经做好了随时走人的准备。现在这里一下子又来了三位新人成为他们的接班人，二人当然是满心欢喜，诚心欢迎，因为这意味着任何一个返城的指标，任何一次离开的机会，都肯定当仁不让是他们这两位老知青的了。知青队伍也要吐故纳新，促进新陈代谢嘛。

　　周正自己呢，对于被安排下放到沙涌生产大队第一小队还是比较满意的。这个知青点与其他社员们的民居有一段距离，位于临近沙涌河的地方，站在知青点的小场院放眼望去，箣杜鹃鲜艳怒放，芭蕉树优雅挺立，四季竹随风飒飒，还有荔枝树、龙眼树以及更多叫不出名字的花草树木点缀在村庄四周与河涌两岸，那远方不高的山峦和近处整齐的农田，如画一般远远近近错落有致地衬托着缓缓流淌的沙涌河，安详静谧和谐的景象给人以与世隔绝世外桃源的感觉，也使周正一扫下乡之前的忐忑与失落。虽说这知青点是一处土坯青瓦的破旧房屋，并且有一股潮湿霉味混杂着旁边生产队的牛栏、猪圈飘来的牲畜粪便气味，但毕竟曾经安顿过八位知青居住多年，现在才住了五个人，很是宽敞。更觉开心的是，知青点有自己独立的厨房，可以自主解决吃饭问题，想做什么东西吃，几个年轻人商量着来，调剂着来，自由自在。基本上每天晚饭之后闲着没什么事干，会些武术套路的庄建设就教周正和赖宏亮打拳、摔跤。冼丽霞和黄亚芬往往就在旁边笑眯眯地观看。

　　在周正因为意外——应该说是因公受伤——而被送回城里之前这两年的时间里，生火做饭的活儿都由冼丽霞和黄亚芬两位女知青包下来了，周正不仅没能遵从外婆和妈妈让他到乡下后一定要学会自己做饭的嘱咐，而且一辈子都没有学会做饭。

但周正永远都记得刚刚来到沙涌生产大队之后不久的那顿中午饭。

这一天近午时分，知青组长庄建设去大队革委会不知开了一个什么会议，返回到知青点时竟然与平常稳重沉着的风格完全判若两人，显得异常兴奋甚至有些手舞足蹈。只见他火急火燎般地跑回知青点，不由分说地一把扯上正在和黄亚芬一起择菜准备做饭的冼丽霞，把她拉到不远处的芭蕉树旁，指手画脚，激动万分地说着什么。冼丽霞开始是一头雾水不明所以的表情，随即便是满脸红晕地拍掌跺脚，似乎还亲昵地扯着庄建设的手臂摇了摇。

正在小场院的一角，互相配合着给拖车轮胎打气的周正和赖宏亮见此情形，好像是明察秋毫般地做着鬼脸，相视一笑。

此时又见冼丽霞对庄建设果断地点点头，转身跑到一棵荔枝树下，抄起靠在树干上晾晒着的绑在竹竿上的网兜，迅速向河滩上的几只散养的鸭子冲去，手脚麻利地网住了一只"嘎嘎"乱叫的白鸭，一边往回走一边对黄亚芬喊着："阿芬，快点过来帮帮手。"

庄建设也很快走过来，拿起放在门前罩鱼捞虾的竹筐，又喊又叫地招呼着周正、赖宏亮向沙涌河跑去，很有经验地指挥他们在河道的回流处罩到了几条杂鱼，又捞到了不少贝壳，还抓到几只螃蟹，掏到几条黄鳝，然后欢天喜地地将这些战利品送去厨房。冼丽霞已经在做她拿手的红焖鸭，黄亚芬蹲在灶门前往灶膛里添柴火。

很快，色香味形诱人的几碗菜肴摆上了小木桌。一直傻傻等着吃饭的周正和赖宏亮兴奋得直往肚里咽口水，不知道今天的饭菜为什么要搞得这么丰盛，又见庄建设神神秘秘地跑回男生宿舍拿来一个小陶罐，打开瓶盖，夸张地对着瓶口嗅了嗅扑鼻的酒香，说：

"这是我珍藏的客家老黄酒，一直不舍得饮。但是今天，为了庆祝我们国家历史性的伟大胜利，也为了我们所有人终于迎来了希望，我请大家喝了它。"边说边双手颤抖地朝五个饭碗里斟酒。

"庄哥，国庆节不是已经过了吗？今天是我们国家的什么伟大胜利？打仗了吗？解放台湾了？"赖宏亮不解地问了一连串的问题。

周正也赶紧插嘴问道："是啊庄哥，是啥大喜事这么高兴，又是有了什么希望值得请我们喝酒庆祝的？"

冼丽霞显然已经告诉黄亚芬是怎么回事了，但她俩依然两眼炯炯发光期待地看着庄建设，等他宣布。

庄建设端起酒碗，一身豪气："上午去大队开会传达了重要文件，真的没想到啊！谁也没想到啊！我们国家一举粉碎了祸国殃民的'四人帮'！打倒'四人帮'这不是天大的喜事吗？天亮了！国家有希望了！我们所有的人都有希望了！等着吧，我们还会有更多的喜事、更大的希望，好日子就要来了！来，同志们，为了我们的生活充满希望，干杯！"说完，仰面朝天，一饮而尽。但同时，泪水淌满了脸颊。

周正当时是第一次听到"四人帮"这个词，根本没有弄明白，也完全不知道"四人帮"是什么东西，但他看到满桌的好菜和激动的庄哥，至少能够理解到，"四人帮"这个坏东西现在被打倒了，被粉碎了，我们就有好日子过了，就有好东西吃了，就能开开心心地喝酒了。国家有希望了，每一个人肯定都有希望了。只是，此时的周正还想象不出会是些什么样的具体希望，但作为课外书籍读过不少、语文成绩还算不错的初中毕业生，又经历过起早贪黑打零工挣钱的高中弃读生，当然能用其切身的体会去理解，每个人的希望，就是有全家人吃饱穿暖的奢望，有大家能够继续生存的指望，有支撑自己无论在任何情况下都有活下去的欲望，还有一种等待着看到明天早上的太阳的期望。

一个人如果没有希望或者失去希望，无异于行尸走肉，跟已经死去又有什么区别呢？

周正说，这是他第一次尝试着学喝酒，喝得晕晕乎乎的，觉得飘飘然然的，也不知道是不是醉了，反正从这天下午一直睡到第二天早上。起床之后，竟然神清气爽。他因此就喜欢上了酒。

沙涌的河还是那条河，沙涌的田还是那些田，好像本身没有什么改变，但老百姓的精神面貌却发生了很大的变化，欢声笑语多了，干活儿积极性高了，男人们扎堆喝酒议论时事的场面也多了起来，人们的脸上都洋溢着喜色，相互之间也突然变得仁爱友好起来。这也许就是因为庄建设那天举起酒碗祝酒时说的，因为人们的心中充满着希望吧。而且说来奇怪，自此而后，不要说沙涌的家家户户逢年过节时摆上饭桌的饭菜越来越丰富，就是平时饭菜饮食，也无端地丰足起来了。

难道这些都是希望带来的？周正在观察，在琢磨。

周正和赖宏亮在庄建设的指点下，很快就熟悉了耙地、施肥、播种、插秧、薅草、间苗、打药、扬场、割水稻、刨番薯等不同季节的农活儿，而且每一种农活儿都干得像模像样。当然还有捕鱼、捞虾、逮雀仔、掏鳝鱼、捡贝壳、捉螃蟹什么的，这些更是一学就会，甚至还非常上瘾。稍有空闲，周正就拉上赖宏亮去爬树、下河、钻灌木丛，到处去找吃的东西，并且从不落空。负责伙食的冼丽霞因而乐得有机会经常显摆她的厨艺，让大家伙儿大快朵颐。

也许是在工地打零工掌握的专长，或者是"专业"习惯，周正和赖宏亮一到知青点就盯上了场院里的那辆人力拖车，随即就当仁不让地将它霸占成为两个人的"专车"。这两年，生产队拉粮食、送肥料、运秧苗、搬东西，多数都由他俩拉车承包了。

沙涌作为农业生产大队，其地理位置和土壤、气候，决定了这里主要适合播种水稻，尤其利于番薯的广种高产，所以每年有很大一部分的口粮乃是以番薯为主，其他部分农作物还有玉米、花生、粉葛以及各种不同节令的蔬菜瓜果。和广东省的绝大部分地方一样，人多地少且土地并不肥沃，还因傍山近海，沙涌适宜种植农作物的可耕地面积有限，由于人均耕地面积偏低，因而人均分配口粮不足就可想而知了。于是沙涌的老百姓既尽可能地靠山吃山，也尽可能地靠海吃海，把可以填饱肚子维持生命的资源发掘到了极致，能吃的食物，残渣碎料也绝不浪费；没有吃过的东西，要想办法把它变成可以吃的美食。好在这些年到沙涌插队落户的知青们基本都是城里干部职工的子弟，没有像其他地方传闻的那样，在分口粮、分瓜菜、分鱼虾等事情上刁难生产队，或者发生丢鸭少鹅偷鸡摸狗的难堪事件。

粮食不够吃，这些知青多多少少都有家里补贴的粮票和钱，可以到霞浦镇上去买吃的，去打牙祭，或者直接从家里带些米面拿到知青点来，互相调剂，互不计较。这样一来，大家还可以把番薯杂粮集中凑在一起，用船运到霞浦镇上去卖掉换钱，搞活经济，丰富生活。

周正对于挣钱搞活经济，赚钱丰富生活尤为感兴趣，他不仅有干活挣钱的切身体验，还有手头有钱的幸福感受。所以，在这两年的时间里，只要是知青点里想要拿到霞浦镇上换钱的杂粮、花生、水果、瓜菜，周正都一定要跟着去打下手帮忙，而且能起到很大作用，卖上好价钱。当然，每次都是利用为生产队去公社运化肥、农药、种子等机会而顺路带过去的，这样来回都不跑空船。

又是一年入秋，第一茬收获的靓番薯还有刚晒干的新鲜花生，已经按人头分到了知青点里，大家除了留下一点儿当零嘴吃，以及准备带回家去给父母家人尝鲜之外，剩余的那些全都凑在一起，按照往年惯例，准备运到霞浦镇去卖掉换钱。正巧，冼丽霞幸运地得到了今年的返城指标，终于结束了四年多的知青身份，成为惠州市饮食服务公司招录的正式工，要赶紧回城报到，十五号之前报到上班，还可以领一个月的工资呢。所以，庄建设、周正和赖宏亮都说要去送行，并随船把这些东西送到镇上去卖，返回时，顺便再给生产队运回农药。于是，留下黄亚芬一个人在知青点看家。

冼丽霞归心似箭，其他人也想要赶个早集卖出好价钱。

东边海上的天空刚刚泛出鱼肚白，大家就匆匆吃完早餐，兴高采烈地撑篙离岸，摇桨起航，一路行船，但见两岸晨雾缭绕中的芭蕉树，随风摇曳着的翠竹林，伴着此起彼伏的雄鸡啼鸣和林木深处的晨鸟婉转的歌声，好一个美不胜收的乡村早晨。

心情愉悦，双手抱膝坐在船头的冼丽霞情不自禁地吟道：

万树绿杨垂，千般黄鸟语。

庭花风雨余，岑寂如村坞。

依依官渡头，晴阳照行旅。

坐在船头甲板上，双脚吊在船帮外边的周正，平日里经常听阿霞姐在知青点朗读小说、背背诗词，但今天的这首诗是他第一次听到，虽然不知道是谁写的，却能听出其中的离情别绪。正在掌舵摇桨的庄建设似乎深受触动，停下了手中的桨，痴痴地呆望着前方半空中的某个地方，似乎在体会，似乎在回味，似乎在感受诗情，似乎在沉浸画意，呆立不动的神态被渐渐泛起的朝霞映照得如同一尊红铜雕像。周正见状，心里调侃道："庄哥的心中充满希望呢。"

"看！太阳升起来了！"庄建设猛地一声欢呼。

大家抬头从正前方的沙涌河口看过去，已经接近入海口了，海浪翻滚着与沙涌河水冲撞激荡，远方初升的朝阳像一枚咸鸭蛋黄，正缓缓地现身海平面，一跳一跳地跃出海水，瞬间把海面染得霞光斑斓，金光闪耀。每个人都看呆了，好像把自己都融进了霞光之中，任由小船顺流自漂。

突然，船底好像撞到了什么东西，船体猛地倾斜，大家不约而同地惊叫起来。庄建设瞬间反应过来，本能地举起竹篙插向河床，意在稳住船体。但是，船体还在继续慢慢地加大倾斜度。

"快点！阿正，阿亮，快点帮忙！"庄建设使全力撑篙，大喊。

赖宏亮和冼丽霞手忙脚乱地去搬扶那些翻倒的番薯筐，并一起往翘起的一边加重压力，试图帮忙平衡船体。双脚吊在船外边，身体有些失去平衡的周正即刻想到的是，这船只要一翻，这几筐番薯和半袋子花生就完了，马上到手的钱就打水漂了，一年就白辛苦了！

　　说时迟那时快，周正纵身跃进水里，一边扑腾双脚，一边死命地将船头朝向另外一个方向推、顶、扛……死命地推、顶、扛！

　　"好！再来！使劲！阿正，再使把劲！"庄建设一边兴奋地大喊，一边使出全身的力气在船尾点篙猛撑。

　　船体终于脱离了船底触碰到的什么障碍物，刚刚恢复了平衡，但却在庄建设和周正的共同用力过猛之下，借着海浪，顺着水势，朝着河口的另一个方向斜冲过去，还没有等船上的人反应过来，船头的另一边又撞上一处突出的礁石，即刻被倾斜着又反推了回来，恰遇入海口又一阵海浪逆向翻卷而来，船尾不受控制地一扭，船头猛地加速一摆，猝不及防地撞向还在水中的周正。毫无防备的周正一下就被撞晕，径直沉入水中。随之，缕缕殷红的鲜血漂上水面。

第六章

逃港遣返

周全于一年多前已经从浪沙围大队的小学毕业了，现在已经去大澳人民公社——不，现在应该叫东风人民公社——所在地的观塘镇东风中学读初中。而且值得高兴的是，他和袁海丰几个关系比较要好、学习成绩也比较靠前的小学同学都被东风中学选拔上了，虽然并不是在同一个班，但是可以在上学放学早出晚归时，结伴同路而行，课间也可以时常见面。其他有些同学被调剂到另外的学校读初中，有些同学则辍学不再读书，被家长留在家里干农活儿挣工分。

　　虽说之前在本大队的学校上小学离家近，而且大部分同学不仅姓周而且还多多少少都沾亲带故，小学老师也有两个是周家族人，本来应该更亲切些、更觉得有依归感才对，但周全自从一年级入学直到小学毕业，却始终都处在一种被排斥的状态，加之母亲在他满月后回到大澳岛家里，受到父亲偷偷带着大哥盗船偷渡不知下落，以及家里被罚得一贫如洗的精神压力刺激，奶水的质和量都受到很大影响，从而导致周全在婴儿期便营养不良。所以，周全与两个哥哥不同，显得体形瘦弱，个子矮小，因而，不管是学校还是班级举办任何一样文体活动都轮不到周全的头上，连大多数同学都能加入的红小兵，也没有他的份儿，再加上其他那些莫姓的同学更是不问青红皂白地时时处处与他为敌，使他一直都处在无法排遣的孤独无援之中。于是，在学校课后埋头读书，回到家帮忙放牛，成为他童年最主要的课外活动、最有意义的校外生活。这些年来，周全也就是和袁海丰作为袁家的孩子王所带领的几个袁家小孩比较要好，并成为他一生中很有价值的感情依归。

　　曾小英似乎早已料到自己的儿子在本大队小学会有这种境

遇，所以她推迟一年让周全上学读书的决定应该是有道理的，至少，男仔的年龄比其他同学大一点，欺负他的学生就会相对少一些，受的委屈也会少一些。不过，曾小英自己这些年在生产队的遭遇也好不到哪儿去，只是这些成人之间还不至于那样直接和公开化，而这位老资格的初中毕业生因其内心的孤傲和自身的不妥协，在老公周亚鹏携仔偷渡逃港之后所受到的处罚和待遇，使她原本还想要融入当地村民、族人之中的意愿和姿态则是连装都不想再装了。她乐得不用再与其他人虚与委蛇地讨好应付，而是把自己包裹得严严实实，用淡淡然然的态度、平平静静的交流、规规矩矩的言行、认认真真的出工，把日子过下去。好在这几年给生产队放牛的这个活儿可以不必跟人打交道，实实在在地把这几头牲畜喂饱管好就行了，虽然还是那句话，每天的工分是成年劳动力里最低的，但自在。

自从小儿子周全到观塘镇去读初中之后，曾小英好像觉得自己对儿子的担心减少了，一则是儿子已经长大一些了，二则是这所学校慧眼识珠，认可自己的儿子并把他选拔进去就是可以信赖的，再就是，在新的学习环境中，更少熟人之间筋筋绊绊的关系是非，更少隔壁邻居鼻子眼睛的家长里短。毕竟，这是一所规模更大、层次更高、老师更多、素质更好、同学之间可交往范围更广的学校。

也的确如母亲所想，周全自打入读初中之后，性格开朗了许多，精神状态看上去像是换了一个人，不知道为什么，他特别喜欢观塘街。其实他和妈妈经常去惠州城到外公外婆家住，不是个没有见过世面的孩子，但他就是喜欢观塘街。他也特别喜欢现在就读的东风中学，喜欢的理由很奇怪，是因为有好多不认识的学生，有好多不认识的老师，走在上学放学的路上还有好多不认识的人，让他觉得亲切极了，舒坦极了，在这里再没有人闲着没事骂他没有爸爸，骂他家欠生产队的钱不还，镇上也没有人在他路过的时候指指点点。的确，有很多时候，人和人之间不认识、不了解，反而是安全的。

所以，他不再像原来那样每天怀着抗拒的心态磨磨蹭蹭地去学校，并且总是盼望过星期天，总是期盼着放假，甚至还幻想自己总是生病，这样就可以不去上学了，不用去见同学，不用去见老师。然而这一年多来，虽然上学放学要跑的路比在本大队上小学要远很多，中午也不能回家，但他却总是每天天不亮就精神抖擞地起床，给妈妈做帮手烧火煮饭，开开心心地吃完简单的早餐之后，带上妈妈放在铝制饭盒里准备好的午餐，不用催促，不用代劳，自个儿把书包收拾得妥妥帖帖，准时出门，并顺路叫上袁海丰他们，结伴高高兴兴上学去，一起快快乐乐放学归。风雨无阻，从不迟到早退。

这天中午和往常一样，周全和袁海丰他们几个要好的同学，相互分享了各人带来的午饭后，跟几位聊得来的不同班级的同学正在操场上交谈玩耍，忽然看到班主任老师陪着从来没有进过学校校园的妈妈，急匆匆地朝操场这边走来，而且妈妈的脸色显得非常难看。于是，周全在诧异的同时心里不由得一阵紧张，不知道自己犯了什么错误，班主任竟然直接就把妈妈叫到学校来了。

"我好像从来都没有违反过组织纪律呀？"作为连续两个学期都是三好学生，本学期又担任学习委员的周全皱着眉头，满怀忐忑地一边努力回忆自己是否曾有什么言行过失，一边硬着头皮跑步迎了过去。他不想在同学面前被老师批评，被妈妈斥骂。

"周全，快！快点过来！你妈妈已经找我给你请好假了，我先批你一个星期的假，万一不够的话，回来再补假也行。喏，我去教室里把你的书包也给你拿来了。"周全听到班主任温和的话语，看到班主任递过来的书包，蒙查查^①不知所谓，妈妈专门来学校给我请假？老师这么爽快就批我一个星期这么长时间的假？不够还可以回学校补假？到底是什么情况？

在周全一头雾水发蒙的当口，班主任和气地朝妈妈挥了挥手，说了声"保重"，转身离去。妈妈向班主任老师鞠了个躬，转身不由分说地拉起周全就朝校外走去。

周全扭头看了一眼莫名其妙望向这边的袁海丰和那些同学，踉踉跄跄地跟上妈妈的步伐。

随着妈妈奔向码头，乘上海船，赶去车站，坐上长途汽车，一路上只见妈妈满脸悲伤，满腹心思，一言不发，拼命赶路。周全不知道发生了什么事情，妈妈不说，他一声也不敢吭，一句也不敢问，直到在惠州城的长途汽车站下车，径直赶到惠阳地区人民医院，才似乎恍然明白：难道是外公或者是外婆病了吗？

但到了医院急救室的走廊，却一眼就看到外公外婆还有姨妈，另外还有三四位不认识的年轻男女，他们个个神情悲戚地迎了上来。妈妈茫然而急切地问，"怎么样？怎么样啊？"

外公、外婆、姨妈和其他人都不约而同地扭头望向走廊尽头的急救室，急救室大门上方"手术中"的红灯，亮得好刺眼。

周全一边扫视着周围的一帮大人，一边在心里想："到底是谁呀在这里急救？"突然，心头猛然一颤：难道……难道是二哥？二哥不是在乡下当知青吗？他到底怎么啦？怎么会在医院里急救？大件事①啊！顿时之间，周全感到手发麻，腿发软，悲痛地拉着外公哭问：

"是我二哥吗？里面是我二哥吗？他是什么病？我二哥他会什么样啊？医院能救我二哥的命吗？呜……呜……"

外婆赶紧过来抱住周全，控制不住地哽咽起来。

外公爱抚着周全的头，叹了一口气，既是跟外孙周全说，也是跟小女儿曾小英说：

"阿正被船撞沉到水里，他们同船的这几位知青赶紧把他救了上来，但他一直昏迷不醒，流了很多血，霞光公社卫生院没有能力抢救，只是简单地处理了一下，拦了一辆卡车，跟了一个医生，直接就送到地区医院来了。到现在已经在里面抢救了两个小时了……"曾宪强用忧虑的眼神看了看急救室依然紧闭的大门，接着说，"霞光公社的曾爱华副主任当时就打来电话通知我，并代表公社领导一再表示慰问和关心，市知青办也特地给医院打来电话，要求全力抢救，还派来个年轻仔到现场来跟进了解情况呢。"说着，他指指其中一位穿着白衬衣、黄军裤的年轻人，那小伙子拘谨地点点头。

顺着曾宪强的话头，一路护送周正来到地区人民医院并且提心吊胆守到现在的庄建设、冼丽霞和赖宏亮，这才围到曾小英身边来，怯生生地叫声"阿姨"，并各自做了自我介绍，随即讲述了大家在知青点都是亲如手足的兄弟姐妹，阿正如何一直表现良好，这次如何为了保护集体利益而奋不顾身，如何为了

① 广东话，意为很重要、很严重的事情。

避免财产损失而光荣负伤，庄建设和赖宏亮当时是如何不顾一切地跳下水去救阿正，冼丽霞当时是如何撕破自己的衬衣想办法给阿正止血……

正七嘴八舌低声说着呢，急救室的大门打开了，两名护士把轮床推了出来，满身疲惫的医生沙哑着嗓音对曾宪强说：

"您请放心，手术还算成功。但这孩子伤得太厉害，头部缝了三十多针，不排除脑震荡的可能。断了一根肋骨，脊骨也受伤错位，不是那么容易就能恢复很好的，能不能完全恢复得跟原来一样，要看病人本身的体质，也要看养伤养的情况，更何况伤筋动骨一百天哪。那么现在呢，病人要先在无尘病房封闭住院治疗观察几天，所以你们也没有必要守在医院，现在还不可以进病房陪护，大家还是都先回家去吧。"

周全看到躺在轮床上满头满身缠满绷带还在麻醉中沉睡的二哥，转眼却又被推到不知道是哪个地方去了，惊恐得浑身打战。

这场意外，导致周正身体上多个部位受到伤害，并留下一定程度的后遗症。此事对于身体没有受伤的周全而言，在他的内心深处造成了心理上的伤痛，并在心中留下了挥之不去的阴影。他总也忘不掉在四壁惨白的医院走廊里，轮床上缠满惨白的绷带根本看不出是不是二哥的人，从自己面前被推过去又被推远的情形。有很长一段时间，无论是在学校还是在家里，无论是白天上课还是晚上睡觉，这个场景总会时不时地在脑海里闪现，往往令他莫名其妙地就会满怀心事般地走神发呆，如此一来，必然会影响到他，让他难以安下心来学习。其实令他受到触动的不是二哥受伤这件事本身，而是总让他不由自主地在想一个问题，那就是二哥好不容易成了城里人，读书也读到了初中毕业，而且学习成绩还很好，但是，二哥自己想要去打零工挣钱帮忙养家养活自己都不可能，还是被送去乡下当了知青。不然，就不会无端端地受伤差点儿把命都丢了。这样的话，自己有没有必要再在学校继续读书呢？而且，多读几年书少读几年书又有什么两样呢？不还是会在乡下干农活儿吗？还不如……当然，他并没有想好"还不如"去干什么。

虽然他后来知道二哥的身体恢复得还可以，虽然他在寒假期间到惠州城去陪二哥时也知道，二哥因公受伤而受到地区和市知青办的表彰，被批准提前返城并安排在供销社工作，过完年就上班。外公、外婆、妈妈和姨妈还有二哥对这个回城待遇、工作安置都挺满意的。但周全却有自己的想法：这不是跟几年前二哥在工地上打零工一样吗？只不过换了个什么"正式工"的称呼而已，听说现在每个月的工资是定死的，就那么一点儿，还没有打零工挣得多，有啥意思呢？而且不读书也照样可以干嘛——总之，这段时间周全的心思都放在不想再去读书上，什么事都在为"不读书"找依据。

不想读书这个令人消极的想法，实际上周全两年多前听说二哥被送到乡下当知青时就已经在心里萌芽，而这次二哥下乡插队受重伤的事，更加触动他在内心明确地得出了"读书没什么鬼用"的这个结论。尽管这两年社会上到处都涌动着高考的热情，社会有志青年、学校应届毕业生都在夜以继日地补习、自习、复习，每个人都满怀着考大学、考中专、考技校的激情与希望。大家也曾鼓动周正去参加考试，哪怕是报考技校也行。但是，一方面周正的大脑受伤造成了一定程度的脑震荡，时不时会头疼，没法过度用脑复习功课；另一方面则是周正依然坚持几年前就形成的执念，自己要挣钱帮衬家里，养活自己，不想再读书了。周全则从内心深处非常地赞成二哥的决定，只要能挣钱，别的都不重要。因而，这当然也就更加影响自己对上学读书的认知，导致学习热情持续减弱，学习成绩不断下降。

1979 年这个春节的惠州城，听南海潮声，得风气之先，已经有了熙熙攘攘的商品一条街，已经有了琳琅满目的各色舶来品，已经有了此起彼伏的流行音乐声，已经有了眼花缭乱的广告宣传画。但对于这个年纪的周全，其印象最深的，是在除夕团年饭美食愈加丰盛的餐桌上，外公外婆神神秘秘地从柜子里拿出来让大家都尝尝的那种进口饮料，它有个好听的名字叫可口可乐，关键是太好喝了，就这么一尝，让他和二哥自此欲罢不能，一辈子都喜欢上了这一口。至于外公一支接一支吞云吐雾抽的洋烟，叫什么万宝路、555，还有外公吱吱有声地喝着的什么洋酒，从包装上看就是让人觉得非常稀罕的靓货。

外公在享受中略带得意地跟大家介绍说，这些烟酒饮料都是朋友熟人送的"年货"，现在的正规商场里根本见不到，目前地区商业局也没有办法和能力通过正规渠道进口，全部都是渔船从香港走私进来的东西，只能去那些背街背巷的小屋黑店，找到熟人私下交易才搞得到手，"嗨！现在的渔民都不打鱼喽，专跑香港走私烟酒，走私手表，走私服装，还走私电器，大把的钱都被这些走私搞地下交易的黑店赚去了，好多人都靠这个发达喽，国营商场反而没有办法、没有渠道赚到这些钱。不应该哦……"外公悠悠喷出一口烟，若有所思地呷了一口洋酒，"国家早晚应该允许光明正大正正规规卖这些货的。"

周正和周全两兄弟听到"香港"两个字，不约而同地对视了一眼，他俩也都同时想起了十几年前偷渡去香港的爸爸，还有大哥周成，他们在香港那边的日子是怎么过的呢？是不是想要什么就有什么？想吃什么就有什么？是不是天天都有可口可乐喝？爸爸是不是每天都可以抽洋烟、品洋酒？这么多年也不回来看看我们，连信都不写。周全想得更多的问题则是：香港那是个什么地方呢？那边竟然有那么多的好东西，只要用船偷偷摸摸地运过来，就可以大把大把地赚钱……想到这里，在他小小年龄的内心，竟然莫名其妙地产生了几下不明所以的悸动。

　　晚上，周全和二哥挤在一张床上，睁大一双眼睛盯着天花板，半天也睡不着，于是便试探地叫了声"二哥"。

　　而周正好像也在想什么心事，只是蹙眉闭眼假寐，便回应道：

　　"你怎么还没有睡着？"

　　周全知道二哥也没有睡着，便兴奋地侧过身去，问道：

　　"二哥，你是不是也在想爸爸和大哥？你说爸爸和大哥现在是不是还在香港？香港那么好，我好想去香港找他们哦。"

　　"大哥现在都有二十几岁了，长得有多高，变成了什么样，我都不知道，估计见到面都认不出来了。而且，你和爸爸、大哥见都没见过，怎么去找？"

　　"我就是想去香港找他们。虽然我没有见过爸爸和大哥，但是我从小就很想念他们，特别是村里那些人欺负我和阿妈的时候，我就特别想爸爸和大哥……"周全的眼眶有些湿润。

　　"唉……我比你还要想爸爸和大哥呀，阿妈肯定也想。"周正叹了口气，"不过听说香港比我们惠州城大得多，人也比我们惠州多好多倍，而且楼房都是密密麻麻的见不到太阳，人在街上跟蚂蚁一样，没有地址你到哪里去找呢？还有啊，去香港是要到公安局办证件的，很难办到，你这么小的年纪更不可能给你办证的啦。"

"哎，二哥你说，如果坐我们岛上的渔船出海是不是就可以去到香港？外公不是说那些渔船都是到香港装货走私的吗？这是不是好简单，就不用办什么证啦？"

周正反手拍了一下弟弟，有些意外地教训道：

"阿全你胡说什么？他们去走私，你也去走私？那是犯法的！而且逃港也是犯法的！你是不是要像爸爸和大哥那样再给阿妈惹麻烦？坐渔船出海也是很危险的你知道吧？听说爸爸和大哥他们当时过去的时候遇到大台风……现在是怎么样……我也不知道。"说着，背转身难过地蜷缩起来，片刻，回转身来斩钉截铁地对弟弟说，"你才多大？不准胡思乱想啊，静下心来好好学习，一定要考高中，考到地区一中来，还要考大学呢。不要像我一样。"

周全不置可否地"唔"了一声，平躺身体继续睁大眼睛盯着天花板，他还在继续想着：从未谋面的爸爸和大哥到底是什么样子呢？香港那个地方难道真是天堂吗？居然比惠州城还大还热闹还繁华？要想个什么办法才能够到香港呢？不管找不找得到爸爸和大哥，要想办法先到香港再说，对，一定要去香港，一定……

周全后来回忆说，这是他第一次失眠，而在这个"少年不识愁滋味"时期的失眠，不像成年之后失眠那么难受和痛苦，反而有一种莫名的亢奋，一种冒险的期待，一种幻想的幸福。

这一时期的大澳岛，从公社、大队到小队的干部们，早都风闻好多省份的一些地方的农村在搞联产承包责任制，甚至包产到户。在经历了很长时间的犹豫、观望、摸底、争论和权衡之后，东风人民公社终于下了决心，在过年之前向宝安县委县政府报送了拟启动部分生产大队和生产小队进行农业、渔业试点改革的报告。令他们没想到的是，县委县政府很快就给予回复，不仅批准支持，而且鼓励他们在全岛范围内全面推行农业、渔业生产方式的改革。只是这个远离县城，地处偏僻的大澳岛上的大部分干部都不知道的是，此时县委县政府领导和各部门根据中央和省的安排，早已夜以继日地筹备重大的行政组织改革，并且即将迎来更大的经济体制改革。

春节过完，时不我待，公社督促，大队推进，小队实施，快马加鞭，要赶在春耕大忙之前把土地承包经营责任制落地完成。此刻，恰巧迎来了国家批准在宝安县的基础上设立省辖深圳市的大喜日子，已属深圳市的大澳岛可谓双喜临门，公社所在地的观塘镇彩旗招展，锣鼓喧天，舞龙舞狮，鞭炮齐鸣，游行队伍在春风吹拂中精神昂扬，男女老少在春日暖阳下笑容绽放，个个眼中放射出希望的光，人人周身蕴藏着无穷的力量，等待着散发，等待着释放。

周全和同学们也被学校统一安排加入游行庆祝的队伍中，他在人们欢天喜地的氛围里开心地想着：哇！我们这里居然是叫深圳市了，大件事哦！那我以后是不是就和二哥在惠州市一样，是城里人了？这样的话，我们是不是也可以过城里人想吃啥就有啥的生活了？而且，将来我们深圳市就跟香港一样会有很多很多好东西？还有，爸爸和大哥是不是就可以回来，不用再去香港跟我们分开了？

　　其实在土地承包到户之前大半年，曾小英就没有再为生产队放牛了，这个轻松自由的活儿，已经由从民兵排长升任为第三小队队长的莫建明安排给了自己的儿子莫怀文和侄儿莫怀安，因为他俩学习成绩太差，都没能上初中，回家闲着没事干呢，便顶替了曾小英。虽然这两个人每人每天的工分跟曾小英一样也是半劳力的待遇，但二人加起来则是原来曾小英所得的两倍，牛却依旧还是那几头牛。曾小英则无所谓，干啥都是干活儿，况且小儿子现在已经在镇上读初中，不需要再担心害怕，也不需要时时刻刻在身边看住他，现在每天不声不响地按时随大家一起下田，不言不语地按时跟大家一同收工，也挺好。而且因为二儿子周正在知青点受了重伤，需要时不时赶到惠州城里去看望、看护，这么来来回回地在惠州城和大澳岛之间奔波照顾两头，也有好长时间没能正常在生产队随集体下田劳动了。

　　这次第三小队是由队长莫建明主持分配各家各户的承包田，曾小英照旧抱着听天由命的无所谓态度，她并不指望能分到好地。事实上也是如此，第三小队最后分给曾小英的责任田又偏又远又荒又瘦，属于原来生产队撂荒不愿打理的边角料，是其他社员看都不看、去都不去的地块，甚至很多人还不知道第三小队有这么一块地，估计在这块地上一年到头劳作的收成，还不如曾小英房前屋后随便拾掇拾掇的价值。但面对大家或深表同情或感叹不公或事不关己或幸灾乐祸的议论和表情，曾小英坦然地在承包协议上签字，什么都没有说。

　　分到责任田的曾小英带着小儿子到这个地方去看了看，既是要先熟悉走到这里没有路的路，也是要先了解分给自家这不算田的田。当周全看到这处位置偏远、杂草丛生、沙石夹杂的荒地，便奇怪地问妈妈这是什么地方，来这里干什么。曾小英简洁地回答：

"这以后就是我们家的地，阿妈以后就在这里种田。"

曾小英深知，承包耕作这块责任田，不要指望靠任何人帮忙，哪怕是调剂借用农具，当然，她也没有想着要去求任何人。于是，便将打理、耕种这处荒地所需的基本必要的农具都购买置办齐了，屋里屋外摆放了不少，计划着先除荒草灌木，后清乱石碎渣，再平整土壤田垄，考虑好种什么庄稼之后，才好有的放矢地施什么肥料。但这里远离水源又地力贫瘠，适宜栽种什么作物真的颇费思量。

周全本来已经对读书起了反感，这些日子时不时就闪出一堆怪诞念头，琢磨好多稀奇想法，总想找借口不去学校，他看着妈妈每天不辞辛苦地到"自家地头"忙碌劳作，便一再提出要留在家里帮忙干活儿，给妈妈打下手。曾小英对儿子的"好意"一口回绝，先是耐心说服儿子要在学校认真学习，争取考高中、考大学，最后更是对纠缠不清的儿子少有发火地呵斥他"不懂事""找打"。

周全为了不再让妈妈不高兴，便依旧每天按时离家上学，晚上随放学的同学按时回家，但实际上，他却是经常性地旷课、迟到，或者中间偷偷早退溜出学校，像独行侠似的有目的地跑到岛上某处或是几处码头上，偷偷打听有没有渔船要出海"运货"。真还别说，机会居然让他给撞上了。西澳渔船码头上的一位船老大早就注意到多次鬼鬼祟祟在码头上乱窜的周全，看这小家伙浓眉大眼、双目灵动、能说会道，而且小孩子不大会引人注意，觉得有用，就试着逗了逗他，没想到两人还都相互对上眼了。于是这船老大就跟周全说，过些天带他出海去运货玩。

班主任发现本学期周全的变化太大了，学习成绩从名列前茅急剧下滑到全班倒数几位，迟到、早退、旷课、不交作业成了家常便饭，各科老师都分别找他交心谈心甚至批评教育，但周全却是屡教不改甚至变本加厉，同学们对他继续担任学习委员意见很大，各科老师也认为他已经不能胜任，因而在"五一"的前一天下午放学之前，班主任临时决定启动改选，撤换班上的学习委员。

周全完全没有料到，居然从老师到同学一致通过撤掉他学习委员职务。他表面上好像显得满不在乎，内心却感到很掉价，非常没面子，拿起书包就冲出教室，鬼使神差地一路跑向西澳码头。

正在渔船甲板上跟一伙人神神秘秘地商量什么事情的船老大，无意间望见急匆匆奔跑而来的周全，咧嘴一笑，向那些人交代了一句什么，便顺着跳板走到码头上，笑容满面地朝周全迎了过去：

"你这细路仔很醒目嘛，不用我去找你就来了，来得正好！定在今天晚上后半夜我们就要出海去运货，你如果跟我们一起去的话，现在就不能回家去了，也不能跟任何人讲，马上上船，准备出发。"随之又悄声对周全说，明天就是"五一"，大家都放假，正好方便出海去运货，而且只要到了香港海面就比在内地海域要宽松得多。船老大又考试性地问周全："我此前跟你说的在船上负责帮忙做什么事情，装货、运货的时候要注意观察哪些方位都记住了吗？如果撞到我们内地的海上公安或者是香港水警登船检查问话，你应该怎么回答？这些都记住了吗？"

周全非常肯定地点点头。但他只是没有想到机会来得这么快，马上就上船，今晚就出海。他想着总得回家去说一声吧，免得让阿妈担心，但是现在看来这是不可能的了。由此他想到，当年阿爸和大哥逃港就是背着阿妈和其他人盗船偷渡的做法不是没有道理的。其实他心里还有自己的小九九：早就打听到找人帮助偷渡去香港是要交很多钱的，自己根本没有钱交。也曾想到跟发小袁海丰一起游泳偷渡到两三海里外的东洲岛，那是香港的外岛，然后再想办法进入香港本岛找各自的爸爸和哥哥。但最后也被自己否决了，一是袁海丰不一定会跟自己去偷渡，万一传出去则鸡飞蛋打；二是虽然自己在海边长大，风里来雨里去在海里游水是家常便饭，但在夜里独自偷渡游那么远的野海，还是没有那个勇气。而现在自己想到的这个帮船老大走私运货的点子，却不用花一分钱，还安全，到了香港帮船老大装完货就想办法溜下船去找爸爸和大哥，等找到爸爸和大哥，一切都不成问题了。

想到这里，周全坚定地说："没问题！走，上船。"

船老大满意地拍了拍周全的头，乐呵呵地说："叻仔！有料！放心，赚到钱也会分给你一份。干得好干得多就赚得多，知唔知？"说完，接过周全的书包，拉着他的手，走上了跳板。

周全走上不断摇晃着的渔船，看着远处天空中奔走翻卷的乌云，同时感觉船下的海浪暗潮涌动的力度在逐渐加大，便担心地说："可能要下暴雨、刮大风、起大浪了哦，还能出海吗？"

人群中的一个人"嘎嘎"一笑："这样的天气出海运货最好啦。"

周全是在渔船剧烈地摇晃和人声嘈杂中，迷迷糊糊很费劲地睁开了眼睛，一时有些心慌不知道自己身在何处，直到听见甲板上船老大在低声而威严地给什么人下指令的声音，才隐隐约约地记起来，昨天傍晚上船后不久就开饭，自己就着肥肉咸鱼和青菜吞下两大碗米饭，撇下还在喝酒笑闹的大人们，径自到舱里睡觉了。但现在是怎么回事？

　　船老大下到船舱叫道："阿全，阿全，醒着没？"看到已坐起身来的周全揉着眼睛"唔"了一声，就告诉他，"风浪太大了，约定装货的时间还没到，不能这样子在海面上去等。现在我们绕过小澳岛已经到了东洲岛，先停靠下来避避风，这里是香港地头，也是我们经常停靠等货的地方，可以放心休息。走吧，别在船上睡了。"

　　周全一听，哇！这么轻而易举地就到了香港的东洲岛？心里一阵狂喜，扶着船帮摇摇晃晃地到了甲板一看，四周漆黑一片，海浪起伏翻卷，水手们互相协助点篙把舵，将渔船泊向一处礁石背后的隐蔽荒滩。周全扶着船帮蹲在甲板上，帮不上任何忙。

　　跟随大人们跳下泊好的渔船，蹚过一段浅浅的海水，走过一片沙滩，钻进一处好像早就搭建预备好的竹棚，大家轻声嬉笑着松了一口气，各自找个地方或坐下抽烟或躺下休息。睡过一觉的周全则在黑暗中紧张地琢磨着，已经在香港地头了，是现在跑掉呢还是在帮船老大接货之后离开他们呢？如果到时候是在海面上又如何跑得掉呢？要是现在偷跑的话是往哪个方向跑呢？

　　万籁俱寂中，突然间，四周闪耀刺眼的手电光柱射向竹棚，同时响起警告声："里边的人听着，我们是香港警察，请走出来配合我们检查。不要试图进行不必要的反抗！"他们用粤语和普通话不断重复。

船老大叹了一口气，跟大家说："出去吧。跟他们走吧。"

周全后来经常毫不避讳地跟一些朋友讲述这次没能成功的逃港历险记，叹惜道："还没看到香港是个什么样子呢，就被遣返内地。"

内地一方的公安武警根据船上搜查的书包证实他还是当地的学生，又听他辩解说只是上船玩耍，在船上睡着了，就被糊里糊涂带到东洲岛上了。于是便把他跟其他人分开，送回观塘街的东风人民公社，要求加强教育。公社干部对于此地成年人偷渡逃港搞走私倒是司空见惯，而一个在校初中生独自随陌生人到了香港外岛，觉得不可思议，而且这属于偷渡逃港呢还是协同走私，真还把不准。毕竟是第一次遇到，就在教育教育后准备通知东风中学来领人。但周全坚决无比地表示绝不再回学校，公社只好派人送他回家。

焦急万分的曾小英见儿子完好无缺地回来了，打也不是，骂也不是，又见这个倔儿子表现决绝，坚持要退学，死活不愿再读书，想到如果是把他硬送回学校或者是关在家里，保不定又弄出啥事来呢。无可奈何之中，一边咬牙切齿地说着"报应啊"，一边决定干脆把他送到惠州城里，让他到周正上班的建筑公司去打零工，也许兄弟俩在一起既可以互相督促，也在相互间有个照应。

第七章

承包石场

周正因其奋不顾身地保护集体财产受伤的英勇事迹，经由庄建设、冼丽霞之手写出来逐级上报，得到市、县、公社、大队的表彰。

在经过三四个月的护理调养，身体基本痊愈之后，市知青办特批"知识青年先进代表"周正提前返城，并且为了照顾他，特地与曾宪强商量，意在把他安置到商业系统的供销社工作，这可是很多返城知青和干部子弟都梦寐以求的岗位，并且对周正而言，既可以说是占用了市里正式工的特殊名额，也可以说是在为其因公意外去世的养父李家福顶职。曾宪强觉得如此安排很恰当。

但周正执拗地坚持不到商业系统去工作，他不想天天在外公外婆的眼皮子底下混日子，也不想在供销社的营业大厅里站柜台，对顾客笑脸相迎搞得婆婆妈妈的，更假如，若是让他接养父的班去学开车，以后给辖区各地的供销社运送商品货物，则其心中的阴影会让他无法正常工作。这也是他终身都不学开车甚至都不摸方向盘的根本原因。所以他坚决"不服从组织安排"。

了解他性格的城里妈妈耐心地征求他的意见，问他到底想去干什么工作，他简洁明了地回答："建筑公司。"

外婆觉得这傻孩子是不是脑袋真的被撞残废了，轻轻松松舒舒服服的单位不去，非要去干那个整天风吹日晒灰头土脸的工作，因而在全家人一起团聚过年的那段时间里，每天都在不停地絮絮叨叨翻来覆去发表这一观点，并坚持拉上两个女儿一定要说服这个外孙。作为教师的城里妈妈已经了解并尊重既是外甥又是儿子的选择。亲妈曾小英则认为儿子的这个决定肯定有他的道理，应该遂儿子的意愿。外公则无条件地支持周正的选择，认为这个外孙既然熟悉建筑工地并且曾干过工地上最苦最累的活儿，那就说明他真的热爱建筑行业，并且有不怕吃苦的勇气，不经历艰难困苦的磨炼哪里能成长为真正的男子汉呢？更何况，根据目前经济发展的形势就可以看出，仅仅是惠州城内就有不少的基建项目，市政设施在不断开工建设，附近乡镇的很多港商都陆续回到家乡投资设厂，首先就是在拿地后需要建筑公司来修建厂房。听说新成立的深圳市已经把成建制转业安置的基建工程兵大部队，改制为城市建设工程的主力，并且还在其他省市招揽引进高资质的建筑公司承包各类建设工程。搞建筑工程这一行呢，虽然苦是苦一些，累也累一些，但是看来很有发展前景。周正这小子还挺有眼光，好！

而周正自己却并没有外公所说的什么眼光，也没有那么多的想法，他只是因为手里的第一份钱是在建筑工地上赚到的，就因此深深地爱上了工程建筑这个行业，他不仅仅只是熟悉工地上的生活，最重要的是，不知道为什么，他特别喜欢工地上的尘土飞扬、卷扬机的上下来回、搅拌机的隆隆轰鸣、脚手架的层层上升，而且他对刷墙、找平、灌浆、布线、批腻子、盘钢筋、水刷石、水磨石等工序尤其有感觉。他认为最让人值得骄傲的是，经过一帮人的努力，可以从无到有，由旧而新，变丑为美地建起各种造型、各类用途的高楼大厦。所以，他就是要到建筑公司去工作。

东江建筑公司的经理区伟德跟曾宪强、阮爱珍年纪相近，都是那个年代过来的当地工农干部，彼此也都熟悉，关系也还不错，事前也了解到周正在下乡的时候因公负伤的事迹和受伤治疗后的现状，因而便理所当然地、带有照顾性地分配他到质量安全股上班，安排他坐办公室看报表、做统计。然而还没有去上几天班呢，周正就对天天在办公室扫地、擦桌子、打开水、喝茶、翻报纸，无所事事按时上下班的工作烦了，觉得这样的工作太无聊，于是就一而再，再而三地找到股长和公司领导，坚决要求去项目工地，到施工现场。

这事被区伟德经理看成是有觉悟、有理想、有抱负的表现，不愧是知识青年中先进分子的一员，因而在宣传了周正抢救集体财产光荣负伤的英勇事迹之后，又在公司内部小报《东江建设报》上登载了一篇《放弃舒适岗位积极投身施工一线　深入项目工地誓与工人打成一片》的宣传报道，称赞他是要用革命的阳光晒黑一身皮肤，要用辛勤的汗水洗涤一颗红心，号召东江建筑公司的全体干部职工向周正同志学习！这样一来，倒让本来不是那么回事的周正自己感到非常难为情。

接下来的事情，首先，周正是被公司团支部通知来到一间会议室里，面对团旗宣誓，从此周正便成了一名光荣的共青团员。周正后来总是说，自己从没写过入团申请书，至今也不知道怎么写，就糊里糊涂地成了一名共青团员，觉得很对不起团组织。随后，则是由公司人事股下发红头文件，通知周正的岗位职务是"项目质量安全检查员"。周正自己对这个岗位职务不甚了了，但只要能让他到工地现场去，怎么安排都行。然而，公司上上下下包括工地上的工人们却都对这个岗位安排议论开了，这么一个一年试用期未满，还没有按规定转为正式工的青年仔，竟然被人事股下文安排只能是那些表现好、有经验的正式工才能承担的职务，不简单啊！什么来路？

还有一部分在公司机关了解基本情况的人则在私下嘀咕，这个阿正看来真有可能脑袋被撞得留下后遗症了。

周正被指派在兴华电子厂厂房建筑工地上担任质量安检员。该项目是惠州籍港商廖兴华先生回乡投资兴办的一家程控电话机生产厂，建筑图纸是从香港带过来的由英国设计师设计的规划图、平面图、施工图等，以及一整套建筑规范和质量要求，林林总总，事无巨细，这可与东江建筑公司此前一直是边施工、边设计、边改进的所谓自行设计、自行施工、自行安装的自力更生传统做法大相径庭，这些图纸、规范等等的玩意儿，也使得一贯是按照老套路、旧做法，自认为是或者自认为否的主观标准来搞质量安全检查和认定的老员工，完全不能适应，甚至本能地抵制，难以接受。基础工程的施工还没有完成呢，公司原来的质量安检员就和港方人员的关系搞得剑拔弩张，矛盾重重。只是因为港方人员严守标准，紧盯施工，绝不妥协，才勉勉强强促使基础工程分部验收达到合格标准，质量基本算是过关。但那位老资格的质量安检员坚决要求离开这个香港资本家折腾人的项目，调到其他建筑工地去。公司其他两名质量安检员听说香港资本家不好伺候之后，也找各种借口，打死不去。

一筹莫展的区伟德经理和其他领导都一致认为，这位初来乍到的初生牛犊周正倒是个最佳人选，没有既定的条条框框，不存在既有的习惯性思维，追求进步，工作认真，是安排到兴华电子厂项目工地担任质量安检员的不二人选。

而周正呢，也确实是不负众望，不负此任，他从内心把港方要求的规矩、规范和规则当成是难得的学习机会，认为这一系列要求那可都是人家香港的先进技术、先进经验呢，不学白不学。因此，周正不像公司其他的质量安检员那样，每天只是揣个小本本到工地走两趟，象征性地做做登记、搞搞统计、查查进度、翻翻记录之类的，而是首先把这个港商项目的所有建筑标准和规范要求都学通吃透，不懂的地方，就谦虚诚恳地向港方派驻工地的项目经理和技术人员请教，也不管他们耐烦还是不耐烦，反感还是不反感，瞧得起还是瞧不起，总之学到手就是自己的。更何况，这些东西的确属于项目质量安检员应当掌握的常识。

慢慢地，此前一直抱有对立情绪甚至不屑一顾的港方人员，逐渐感受到了周正的诚意、认真和责任心，这是港方最看重的专业素质。于是，相互间的关系越来越融洽，越来越亲密。

周正进入兴华电子厂项目工地时，已经是地面正负零以上的施工工程，针对此后的环节，他的工作内容不只是每天定时到现场巡视性地检查，被动地查看记录和统计报告，而是全天候沉浸式地深入工地的各个角落，动态跟进各个环节，随时有问题随时介入讨论解决，随时发现问题随时指出进行整改，不但勤快，而且很负责任；不但内行，而且"把脉"很准。很多时候，周正完全忘了自己项目质量安检员的身份，总是不由自主地直接动手参与干活儿，习惯性地给工人师傅们打下手，甚至给临时小工们搭把手。时间不长，周正就得到了项目工地上上下下工友们的认可，而且走到哪里都受到欢迎。这也是基于他几年前在建筑工地干临时工的时候，除了和赖宏亮、沈建军多拉快跑地用板车运输建筑材料之外，还在下班后自己为了多挣钱又再去加班，分别给不同工种的师傅当过小工，几乎把建筑工地上的每个环节都干过而养成的习惯。所以，周正对每道建筑工序虽然不能说是了然于胸，那也是比较熟悉的，因而他能够很快上手、胜任项目质量安检员的工作。当然，关键还在于他对工地的师傅和工友们有那种同甘苦、共命运的感情。

周正并不仅仅是因为感情，或者是为了搞好关系而跟工人师傅、临时小工们打成一片，这是他与人为善、尊重他人的天性使然。关系融洽是一方面，但对本职工作却恪守职责，不讲情面，丝毫不马虎，绝对不应付，无论是对各类送进到项目工地的建筑材料的厂家品牌、规格型号、质量、数量的抽样检查，还是对施工质量的分部工程检查、隐蔽工程检查和工程进度检查等，都非常严格认真，不徇私情，而且权威内行，使得施工人员、建材供应商、工程协作单位都不得不服，对这个青年仔更加尊重。如此一来，无论是建筑公司还是现场施工人员，跟港方之间的矛盾和摩擦反而越来越少，即使出现一些问题也容易协调解决，再没有因为施工质量问题、违反设计规范问题等造成争议和返工，大大提高了效率，成为东江建筑公司有史以来没有返工、没有纠纷的项目工程。

当时的确很少有人能认识到，高效管理必然会带来高效益。

当兴华电子厂的港方老板廖兴华自基础工程竣工之后，再一次从香港过来巡视项目工地时，明显感觉现场的风气变好了，双方的关系改善了，也发现东江建筑公司新派来的这位质量安检员从早到晚都在工地各个角落来回忙碌，不时在跟施工人员讨论方案，与此前那些"顶心顶肺"的质量安检员总是不好好配合、经常要闹别扭的风格完全不同，便向派驻工地的己方代表询问了解，周正竟得到他们的一致好评和赞扬。加之每次大家在工地相遇，周正总是笑脸相迎，彬彬有礼，谦虚请教，耐心倾听，便对这个青年仔颇有好感。于是在厂房提前竣工验收，建筑质量又被评定为"优"的"一九八〇年庚申猴年迎春酒会"上，廖兴华老板高兴地举起大额支票模板传递给东江建筑公司经理区伟德先生，依合同约定向东江建筑公司支付提前完工奖和质量奖，并感慨万千地说道："我能用我在内地投资的第一间厂来迎接 1980 年代，一是要感恩国家的改革开放政策，二是要感谢年轻有为的周正先生，正是因为他认真而优秀的表现，令我对回到家乡投资更加有信心。"边说边现场掏出几张崭新的千元港币，再次举起来向全场展示，然后郑重地奖励给周正。

没想到周正礼貌地双手接过之后，当场就转交给区伟德经理，并万分感谢地对廖老板说，自己是在公司拿工资的员工，已经得了这个项目的一百元人民币的大额奖金，廖老板的额外奖励应该依然是对公司的奖励，这钱也应该是属于公司的钱。

此举令廖兴华对周正更加刮目相看，因而在庆功会结束之后，郑重其事地向周正提出聘请他到兴华电子厂担任部门经理，工资绝对是在东江建筑公司的好多倍。

周正对电子厂这个行当完全是一窍不通，也不感兴趣，他感兴趣的还是建筑行业，有感觉的还是建筑工地。所以，他当即在鞠躬感谢廖老板抬爱的同时，也婉言谢绝了这一诚聘之邀。不过，这并不影响他们俩从此成为忘年交。

前几年闹出个坚决不升学上高中的外孙周正，现在又冒出个打死不回学校读书的外孙周全，同样搞得外公外婆无可奈何、无计可施，只好通过建筑公司区伟德的关系，请他帮忙把这个不听话的半大细路哥安排到兴华电子厂项目工地去当临时工，这样也好有个正式工的哥哥看住他，管着他，也能有所照应。此时的周正，已经在兴华电子厂的项目工地上树立起形象，建立起权威，但却并没有向项目经理请求给自己的弟弟分派轻松活儿，而是建议周全去干最脏最累的泥水小工，每天抛砖头，搬瓷片，和水泥，拎灰桶，拧铁线，协助搭脚手架，帮忙浇制楼板，学习水刷石、水磨石等各种技术活儿、体力活儿，先磨炼磨炼他，想要让弟弟和自己一样，先能舍得吃苦，忍得辛苦，耐得劳苦，再通过泥水工每个环节能参与到不同工程环节的作业，来熟悉土建工程的主要工序、重要环节。这样的话，至少将来可以吃建筑这碗饭，保不定还会有助于兄弟俩将来在建筑行业有所建树，大展身手呢。

　　周全自己是什么样的想法倒不知道，毕竟还小，又是第一次踏入社会，他一切都听二哥的安排，一切都听师傅的指挥，反正干啥都是赚钱，有钱赚就是他的理想。所以，年纪虽小但能埋头苦干，个头虽矮但能刻苦耐劳，绝不偷闲躲静，更不偷奸耍滑。而且周全现在感到很满足，因为每天从工地下班之后，就能和二哥一起回到姨妈家，吃得好，住得也舒服，比起那些出伙食钱吃着工地食堂最便宜的饭菜，晚上挤睡在工地简陋的工棚里的其他临时工伙伴，自己过得简直就是神仙般的日子。而且，每天回到姨妈家都可以清清爽爽地洗头冲凉，还有二哥帮忙搓澡，外公外婆也时不时会过来关心看望，送些吃用之物，并定期把他们叫到家里犒赏一顿美餐。尤其是在辛苦劳累之后的晚上，懒散地躺在床上有二哥陪伴聊天儿，聊着聊着就进入了梦乡，这种幸福感他认为是其他人没有的，只有自己才拥有。所以，在工地上干活儿的那个辛苦也就不叫什么苦了。更何况，二哥每天都在工地上来回巡查，周全很有安全感。

兴华电子厂的厂房于竣工验收合格之日起，按合同约定还有一年的保质期需要跟踪维护保养，以及其他的善后工作。廖兴华在春节后从香港过来新厂区，特地向东江建筑公司提出，要求由周正跟进维保工程，与此同时，又主动提出把厂房、宿舍的装修工程和厂区的美化装饰工程也发包给东江建筑公司。这些装修装饰设计方案，完全不像原先其他的内地工厂那样，自行随意地在厂区空地上铺一些草、栽几棵树就完事，看来廖老板他们有信心，做足了长期投资经营的准备，并且非常注重环境美化，提升工厂品位。

廖兴华很认真地跟东江建筑公司领导们说，无论是质保维修善后还是装修装饰工程，都在于对细节的认真把握和责任心，而他对东江建筑公司的信任都是冲着周正来的。只要有周正在现场负责，他们就放心，只有周正跟他们沟通协调，他们才有信任感。

东江建筑公司一直以来的传统业务，就是建筑项目的土建工程和与之配套的统一化、单一化的内外简单装修，简单绿化，既没有搞过港商要求的个性化设计装修和特色化装饰业务，也从没有搞过厂区、庭院的美化装饰工程。尤其是后者，听说这将会是社会上需求比较高的工程业务，而且利润丰厚诱人。区伟德和几位公司领导已经在动脑筋琢磨着向上级主管部门打报告，申请编制和招工名额，拟成立"项目工程第六股"，专门承揽厂区、小区、庭院美化设计和装饰业务。既然廖兴华老板直接点名要周正负责跟进他们厂的土建工程质保期内的维修保养工作，并且还明确表示必须由周正担纲负责管理承包厂区和庭院的美化装饰工程才放心，如此，既可以拿下一项新的工程，又可以做一个顺水人情，何乐而不为呢？况且，周正还确确实实是本公司的标兵人才。

因此，在等不及上级主管部门批下"项目工程第六股"的编制之前，就计划以原先负责内粉白墙、外砌瓷砖、打家具、做木门、刷油漆的泥瓦工、油漆工和木工师傅组成的"项目工程第五股"里头，挑选调派了一些做工精细、手艺精湛、为人精明的精干之人，先行组建"兴华电子厂装饰设计项目组"，拟以此作为起步，开始时代化、现代化新潮装修装饰业务的学习探索和拓展。这个项目组经理即为刚满二十岁的周正，并且还要用公司红头文件下达正式的任命，该文件报送上级主管部门，再抄报给兴华电子厂。此举令廖兴华老板感到很正规，很正式，很有仪式感。

用周正后来调侃自己的话说，这是他"步入仕途"的起点。

在《兴华电子厂装饰装修项目承包合同书》及其《工程技术要点备忘录》的谈判过程中，周正得知，廖老板投资兴办的这家兴华电子厂拉进了日资股东，他要利用日本当时在家电、民用通信方面的先进技术及其国际市场影响，以及香港的转口贸易优势，主要搞程控电话机及其衍生电子产品的来料加工、来样加工和来件装配。所以，根据日方董事的提案所做出的董事会决议，对兴华电子厂筹备管理层的要求是：厂房、厂区和庭院美化设计的风格主要是日式的，在花草树木假山水池之中，主要装点装饰物都必须是麻石雕刻的各种具有日本文化元素的雕塑品和装饰物，而这些，只需要东江建筑公司装修项目组负责开采符合质量要求，并提供规定尺寸和大致形状的麻石初加工石料即可，后续工艺加工则交由日方处理。原材料验收后，另行委托个性设计和精细加工的其他海外承包方做出成品再运回工厂，装修项目组必须依照平面设计图和工程技术要点进行施工。

这样一来，在东江建筑公司原先精心调配的师傅之外，很难再找得出堪用的石材师傅了，但合同必须签，项目必须做，周正必须把担子担起来。这是他第一次独立担当大任。

其实在装修项目合同等系列文件签订之前，廖兴华就曾私下跟周正透露，麻石开采和粗加工石料由东江建筑公司提供这一项条款内容，是他跟日方股东提出建议争取来的，因为如果直接从日本、东南亚等国或者香港等地进口那些成品的雕塑品和装饰物，成本非常高。而按照他的这个建议来搞呢，一是能为家乡这里很多荒山野岭里的石料开采利用创造经济效益，东江建筑公司也多了一条赚钱的门路；二是这样一套工序操作下来，看上去好像是多绕了一道弯，但兴华电子厂可以省不少钱，日方股东自然很愿意。

"双赢！双赢！"廖老板重复说了个新词。当然，他也坦诚地告诉周正，装修项目组开采、提供的麻石粗料只能赚个辛苦钱、原料钱，只能是人家造型设计和成品加工利润的几十分之一甚至百分之一。周正听到廖老板介绍的成品利润率，着实吓了一跳，没有想到同是一块石头，利润差别竟然大到天差地别，不由得心里一动。

兴华电子厂的日方股东办事很认真，亲自到各个备选地点选料勘验，直到五一劳动节前夕，才最终选中了距惠州城区比较远，属于惠阳县，紧邻深圳龙岗的一座乱石荒山作为他们认定的采石场，说是此处的石料样品带回日本，经检测石材品相品质符合要求。

眼下东南沿海的各市各县各镇各村都在如火如荼地招商引资，人们通过各种渠道，想尽各种办法，吸引外商投资办厂，甚至有些乡村不计后果地突破上级文件规定精神，居然各自为战地颁布"土政策"，宣布"土措施"，以此来招揽各色各路的外商前往投资。而兴华电子厂选中的这座荒山所属的名叫石窝坑的小山村，既偏僻落后，又没有任何海外关系或港澳关系，此前只能眼巴巴地羡慕邻乡近村纷纷建厂招工而无所作为，现在突然看到有人主动找上门来，提出承包荒山，采石取料，而且还说是为港日合资厂提供装修原材料，这无异于是为本村引进了外资，办起了产业嘛。尤其是，这座荒山怪石嶙峋，灌木稀疏，贫瘠少土，突兀丑陋，除了占据着村里的位置，算进了村里的面积，几乎没有任何作用和价值，现在竟然有外商公司为这荒山出钱，当然是天大的好事，求之不得。石窝坑生产队赖队长说经过慎重研究，提出两点要求：一是至少要承包开采十年，价格不变，承包费按月支付；二是必须招用本村一定数量的石匠和炸石头、抬石头的劳动力，并按规定付工钱。

如果仅仅是为兴华电子厂的装修装饰工程之所需开采石料，最多三五个月的时间便已足够，但假若能够以此为契机拓展装修石材的开采基地和供货渠道，则属东江建筑公司从未有过的经营突破，不仅可以为公司正在申报成立的"项目工程第六股"无意间增加了一项业务，而且为自建项目装修自用的石材和为市场所需石材原料的供应创建了一个根据地。再就是从未来十年的原材料石材市场趋势可行性研究分析看，也是乐观的。现在赖队长一口价固定十年的承包价格非常优惠，确实大大有利可图。至于村里的第二个要求，更是东江建筑公司求之不得的事，因为公司内部的石料师傅本就奇缺，其他的正式工也根本不愿意到远离城区的荒山野岭跟石头打交道、干苦力，更不可能去给你打炮眼、填炸药、点引线。村里有现成的石匠和有经验的村民当民工，不用再费心向社会招工，所谓"按规定付工钱"也就是按临时工的标准付工钱，村里同意，村民高兴，东江建筑公司当然更没有意见，而且明确告诉周正，可以根据采石场工作量的大小和生产需求的实际情况，招用临时工的自主权由其自行掌握，但须报公司备案核查。

这让周正很有大权在握的感觉。

也正因为有这个自主权，使得周正第一次独当一面就首先面临一个用什么人、如何用人的难题：项目组必须分管协调兴华电子厂厂区施工现场和采石场两大摊子事，而且战线还拉得很长，一处是在惠州城区边缘，另一处却在惠阳县的偏僻山村，相距几十公里且交通不便，自己作为兴华电子厂的项目经理，工作重心还得放在兴华电子厂厂区，廖老板他们随时要找他开会沟通维保情况，讨论设计草图，敲定施工方案，分身乏术。而采石场是建筑公司拓展的新的业务领域，也是电子厂日方股东很看重的石料产出地，然而，既没有现成有经验的管理人员可以派驻采石场，更没有建筑公司的正式员工愿意帮周正去顶这个档。光是这个事，就搞得周正左右为难。

但区伟德经理说了，公司完全支持周正自行解决采石场的选人用人问题，不一定非得在内部正式员工身上打主意，并说这是公司学习深圳已经推行的先进经验，在采石场试点经营管理目标责任制，还特别强调不是农村搞的那一套承包经营责任制，而是生产目标责任制，无论如何，第一要务是满足电子厂的石料需求。

就在周正为找什么人进驻采石场管事而大伤脑筋，而且是几近一筹莫展的时候，赖宏亮的出现为周正解了围。

据赖宏亮说："今年春节过后，庄建设就没有再回知青点，他已经返城被分配在西湖供销社上班。对，就是你外婆原来的工作单位，而且是跟着师傅学开卡车搞运输，天天随车到处兜风，我们都羡慕死啦！"赖宏亮还告诉周正，自从庄建设走了之后，知青点就只剩下自己和黄亚芬两个人，而沙涌村上上下下都在忙着跟周围其他村子有样学样，天天不是动员大家去鼓动港商亲戚回村投资，就是催促大家去联系海外亲戚回来办厂，而村里现在根本就看不到年轻人，几乎都跑到深圳打工去了，好多田都撂荒没人种，知青点已经变得可有可无，剩下的他们这两个人也没人管，没人理。

"其实我发现，人家沙涌村从一开始并不是真的需要我们，欢迎我们，国家政策要求他们接受知青下乡插队，他们也就只得按政策要求办。现在他们更加顾不上我们了，问都不问。我和阿芬在知青点没事干，待得实在没意思了，就自己收拾东西回城。当时村里没有其他人，只有陈阿伯划船送我们俩到霞浦镇。"赖宏亮说，他现在来找周正是想征求他的意见，到底是留在惠州城里找工作，还是和黄亚芬一起随大流到深圳去打工。"因为我跟阿芬已经在谈恋爱了，我们两个都不想分开，必须在一起。"赖宏亮最后红着脸解释道。

周正听完赖宏亮的絮叨，禁不住内心大呼："天助我也！"

周正既不赞成他俩在惠州城找工作，也不建议他俩去深圳打工，而是在描绘了他的业务蓝图后，征询赖宏亮是否愿意到他负责的项目组去管理采石场，认为有他这样一位曾在工地上一起流汗打零工，在知青点一起同住同劳动的伙伴帮忙打理采石场，绝对令人放心。同时还建议，让黄亚芬在采石场负责食堂伙食，自己的弟弟周全也被派去采石场协助黄亚芬搞食堂采买和帮厨。

　　赖宏亮一听，这才刚刚一回城，工作就有了着落，不仅跟兄弟在一起，还免除了恋人分开之忧，而且工作起步就是管理人员，尽管不是什么正式工的身份，关键是又能够和既有想法又有办法的同学好友在一起并肩战斗了，何乐而不为呢？

　　就在赖宏亮带着恋人黄亚芬准备走马上任管理采石场之际，沈建军也从罗浮山脚下那处名存实亡的知青点自行解散回到了城里，一回来就约上赖宏亮也来找周正征询谋生之路。

　　周正建议沈建军也到自己负责的项目组来做有一定职责权限的临时工。这个建议安排，一方面是考虑到对兴华电子厂厂房维保善后工作基本上都是专业性判断和技术性处理，归属不同工种的师傅们点对点解决，但厂区美化施工的挖坑、刨土、堆山、垒石、铺沙、植树、种草等这些非技术性的工作，按惯例一直都是招收临时工来干，自己正好缺少一个"工头"现场监工，沈建军正合适。另一方面，得到公司授予招用人自主权的周正，内心隐隐约约有一个还没有完全清晰成型的小目标，这个小目标其实就是廖兴华老板曾经跟他提到的毛坯石料与石材成品之间的高倍利润差给刺激出来的，所以周正把赖宏亮和沈建军拉到自己身边一起干，就是本能地奔着这个小目标去的，那就是有朝一日，从采石选料到石材雕塑雕刻成品，一头一尾都能了解学习和掌握。用周正的心里话说，"他们是怎样把这些个乱石头变得那么值钱的呢？我也要做到"。

就像当年三个人在建筑工地上拉车运料配合默契一样，这次在兴华电子厂装修装饰项目工程的整个实施过程中，赖宏亮和沈建军更加卖力地配合服从周正的指挥调度，采石场严格按计划、按进度采石选料、提供毛坯石材；兴华电子厂厂区现场认真按规划、按要求组织施工、美化环境、布置石雕饰物。这样一来，令周正完全能够腾出时间和精力来，有效协调处理与厂房善后保修和厂区装修装饰相关的各方面关系和出现的问题。如此，各方面环环相扣，井井有条，依合同按部就班，按章办事，即使如兴华电子厂严格和挑剔的日方股东，也难得地露出了赞许的笑容。廖兴华老板更是为自己独断专行地将项目指定发包给东江建筑公司而庆幸看准了周正这个人。

合同约定五个月施工期的装修工程项目如期完工清场，如期验收交付，如期结算付款。廖兴华老板高兴地说，东江建筑公司首次承包的这个装修装饰工程项目，几乎可以用没有瑕疵、无可挑剔来形容。而作为东江建筑公司经理的区伟德却觉得不可思议的是，兴华电子厂日方股东最看重也最不放心的，也是本公司最没有把握的新业务即装修石材供应问题，居然在公司只派出了周正和一名技术员助理这两位正式工，主要薪酬开支只是临时工和民工的工钱，并大大低于正式工工资，支出成本更低反而施工效率更高，工程质量更好。关键还在于，这个项目的利润收益率远远超出了财务股最初的预算，公司自己基本没动用什么人、财、物，反而赚了更多的钱，这是公司成立几十年来从没有过的业绩。

区德伟经理只是感叹着"周正嚟个年轻仔真系犀利①"，却没有去思考这一新的生产经营模式更深层次的改革问题。此时，恰逢公司申报设立"工程项目第六股"的批准文件下达，区伟德当然是力排众议，提名周正担任这个新设部门的负责人，公司管理班子进行了认真研究讨论，会上有所争议。最后因强调学习深圳的改革经验和创新精神，要敢于起用新人，才算达成了共识。于是，公司下达红头文件任命周正为第六股副股长，括号内注明"主持工作"。

二十出头的周正成为东江建筑公司有史以来最年轻的股级干部，开始管理这个新组建且意在开拓新领域、拓展新项目的业务部门。但上任伊始的周正，眼下考虑更多的却并非是如何当好这个股领导，而是在琢磨怎样能做到既能够让采石场不违约，对石窝坑不背信，又能够持续经营石料业务，按约定期限继续承包下去的问题。

兴华电子厂装修项目工程完工之后，采石场沉寂了一段时间，石窝坑生产队赖队长和那些"失业"的石匠、民工都找到周正，要求他转告东江建筑公司领导，在强调这座山的承包合同期是十年的同时，更多是请求继续开山炸石，造福村民。而赖宏亮、黄亚芬、沈建军他们当然也等着采石场继续开工才有工钱领，同时还有一个个人因素，黄亚芬当时在完成采石场工地食堂任务的同时，还在食堂工棚旁边摆了个杂货摊，既方便

---

① 广东话，意为周正这个年轻人真是厉害。

了工友和村民，自己还有外快，现在采石场停工了，不仅在工地食堂做饭的工资没了，外快也没了。

东江建筑公司的领导其实也在操心这个问题，毕竟当时因为兴华电子厂日方股东的选定，装修装饰项目工程急需，并且承包价格优惠，而不得不依照石窝坑村的要求约定承包期为十年，现在若单方解除合同则要承担违约责任，若不解约却又荒废采石场而没有产出，随后漫长的九年多，还得给人家石窝坑生产队按月支付承包费，公司在经济上会造成损失，管理责任上也无法交差。

采石场本就属于工程项目第六股管辖的业务，区伟德经理和管理班子拿不出更好的主意，于是便找周正商议如何处理，毕竟他相信周正这个年轻仔脑瓜子灵，点子多，有办法。

周正在考虑石窝坑生产队的要求，在考虑采石场的去留价值，在考虑赖宏亮、沈建军他们几个人的去向的同时，曾经多次向廖兴华老板请教香港等地和日本包括东南亚等国石材市场的供求情况，以及对石雕工艺的设计要求和技术条件，同时也在追踪了解中国东南沿海一带，广东尤其是深圳建筑装修市场对石材的需求趋势。后来他知道了这就叫作可行性研究的市场调研。廖老板不仅支持周正把采石场继续承包下去，而且系统提供了日本和东南亚的一些国家和地区对于石料雕塑产品的需求趋势和质量信息，还帮他找来很多高档石材产品、石雕作品的资料和杂志，并提出以他在香港的贸易公司为渠道，可以协助搞石雕、石刻产品出口，如此，利润会相当可观，但强调，工艺条件和技术要求必须达标。

所以，在跟赖宏亮、沈建军经过反复讨论，得到这两位朋友很有把握的肯定和支持之后，周正便把思考了很久的想法，琢磨了很久的方案，向区伟德经理和盘托出：以个人名义向公司承包石窝坑采石场，自收、自支、自养、自主管理、自主经营、定额缴费、超额自主支配，也就是自己只保留工职，不在公司领工资和劳保福利，采石场的所有费用、成本和人员工资、福利都由自己承包负担，并保证公司的业务和需要优先，优惠供给，每季度向公司定额上缴规定的承包管理费，上缴之外的盈余由周正自己说了算，公司应承认其合理合法。当然，亏损也由周正全部承担。对于采石场的经营管理自主权、招人用人自主权等，公司不得以任何理由介入和干预。

区伟德虽然在报纸、收音机和单位学习文件里以及社会传闻中，已经知道和听说过一些地方在搞企业改革，进行定额承包、目标经营责任制等各种各样的尝试，邻近的深圳改革形势更是轰轰烈烈，但没想到在自己这个国营企业里由周正首先提了出来，而且还是承包经营采石场这个烫手的山芋。

不用说，周正的这个承包经营方案在公司管理班子会议上得到了一致通过。毕竟，除了算经济账，不再花费一分钱，不用再支付违约金，还能有承包管理费收入之外，又腾出了一个股级职位，少了一位股级干部的工资支出。另一方面，这里作为改革开放前沿深圳经济特区的邻居，不可能不受到深圳一系列改革浪潮的波及，而这一承包石窝坑采石场的改革举措，也令东江建筑公司成为惠州城区国营企业中"第一个敢于吃螃蟹的人"而被宣传报道。

担任副股长不到半年的周正也因此又被一些同事纷纷议论：这个阿正看来真有可能是脑袋被撞得留下后遗症了。

第八章

父亲归来

春节前后，农闲时节，曾小英照例是回到惠州城的娘家来过年，二儿子和小儿子也都在城里，阖家团圆，其乐融融。

大年初三，曾爱华来给自己曾经的老上级、现任商业局副局长曾宪强拜年，一是感恩老领导当年推荐自己从商业系统走上了地方领导岗位；二是汇报自己现在的工作动向，已于元旦之前由惠阳县霞光人民公社副主任的位置，调任深圳市宝安县大澳岛的东风人民公社做"一把手"主任。曾宪强、阮爱珍夫妇当然为这位本家老部下能调入深圳并得到荣升而高兴，自是设家宴祝贺。

但周正、周全得此消息想到的则是：现在有"自家人"到大澳岛去做领导，应该不会再有人欺负我们家了吧。

闲谈之间，曾爱华听说周正放弃新任不久的股级干部职位，停薪留职承包了建筑公司的采石场，并以采石场为基地，开发石材品种，主攻建材市场，大为赞赏，非常支持。她既对周正曾经是属于自己管理下的下乡知青中的先进分子感到骄傲，更对周正紧紧追随改革浪潮，大胆做出改革尝试的举动感到惊喜，她同时指点周正，千万不要错过深圳经济特区全面开花的建筑市场，并说自己虽然不在那里任职，但是应该也能提供一些力所能及的帮助。

谈话中，曾爱华开始注意到老领导的另一位身材不高，但浓眉大眼的小外孙，不仅看上去精明能干，而且口齿伶俐，脑子灵活，得知他目前临时在周正手下打零工，便忽然想起来一件事，当场就提了出来：成立深圳经济特区之后，城区内外各方面新事物层出不穷，新问题不断涌现，新政策应接不暇，工作量大幅增加，异常繁忙，东风人民公社现在正需要招录一名通信员，主要工作是收发文件、接打电话，并做好相关记录转报给公社不同的分管领导，工作中根据需要，会跟另一位通信员轮流值夜班。但现在大澳岛的青年男女基本上都涌进"关内"打工去了，甚至一些正在上学的中学生都辍学而去，眼下在岛上连找一个像样合格的通信员都比较难，她觉得周全这孩子很不错，不知道周全是否愿意回大澳岛到公社去上班。

　　周全到工地上打零工，本来就是个为了躲避上学的权宜之计，在建筑工地做泥水小工，在采石场干采买帮厨，这些他都不感兴趣，他不喜欢这类又脏又累、汗流浃背的工作，更不喜欢这样尘土飞扬、噪声隆隆的环境，但他一直没敢跟二哥说，也没好意思跟阿妈讲。更何况，停工了一段时间没活儿干的采石场被二哥承包经营之后，毫无疑问就是要长期在那个荒山野岭待下去了，他当然不情愿，而这采石场承包下去有没有赚钱的希望还得两说呢。现在听说有机会回到大澳岛的家里，回到他所喜爱的观塘街上，而且是到公社的办公室里坐机关，属于有正式名额的机关工作人员，觉得这样的工作"好威水"①，以这种身份回到浪沙围村一定也很威风，更重要的是，他可以经常陪在阿妈身边，这样的好事怎么可能不愿意呢？

　　看到阿全当即兴奋地向曾主任表态，愿意回大澳岛，愿意当公社通信员，家人们也都表示支持。曾爱华觉得自己利用给老领导拜年的机会，顺便解决了一个人事安排问题，既可以说是给老领导报恩解决了实际问题，也可以说是工作效率高的表现。在吃完年饭离开的时候，曾爱华再次叮嘱周全，记住元宵

---

① 广东话，意为很威风。

节过后的正月十六一早，就到公社去走个面试程序，面试过关，即时上班。

于是，大家商定，去大澳岛过元宵节，预祝阿全面试成功。

正月十五早上，煮好汤圆，又按大澳岛当地风俗端上一盘白灼生菜寓意"生财"好意头，再配些其他小食美点作为节令早餐，完美。

享受完热闹的节庆早餐，曾宪强独自悠闲地走去崖角滩海边抽烟散步，阮爱珍在阿芸、阿英两个女儿的配合下，开始在屋里屋外忙活着杀鸡、剖鱼、煮腊肉、泡虾干、洗梅干菜，她们要给大家准备一顿丰富的元宵节大餐。母女三人笑语欢声，不亦乐乎。

周正和周全无所事事，于是商量着到村里的小卖部去买一些烟花爆竹，吃饭时在场院里放一放，晚上再到海滩上放一放，图个热闹喜庆。兄弟俩说说笑笑地刚走出院子，就看到从对面走来一位中年男人，左手夹着烟卷，右手拖着一个时髦的行李箱，高高的个头，油亮的头发，西装革履，戴着金边眼镜，一副港商派头，但却似乎又带有些许谨慎胆怯而小心翼翼的表情，一边慢慢地走来，一边伸着脖子往曾小英家的方向望去。

"这里是村头，前面是海边，附近没有其他人家，难道他是到我们家？"周正这样想着，就礼貌地问道："先生，请问您是……"一瞬间像是嗓子眼儿突然被什么东西噎住了一样，戛然而止。

周全也满腹狐疑地注视着这位陌生人，见二哥突然停住没往下问，便接过话头继续问："先生，请问您是来找谁的？"扭头看见二哥愕然呆滞的表情，很是奇怪。

来人看看周全又看看周正，再看了看周全，便定定然盯住周正，脸上的表情不断变化："你……你是……周正，是……阿正吗？"

　　周正胸膛起伏，喘着粗气，脸庞涨红，脱口喊出了一个字："爸……"便转过身往家里跑去。

　　"爸？"周全疑惑地重复着二哥喊出的这个字，盯了一眼来人，便紧跟在二哥的身后也往家里跑去。

　　周正跑到院子里，对着屋里语无伦次地叫："阿妈！阿妈！快出来，快出来。那个……那个……"下面的话就是说不出来。

　　正蹲在院子里木盆边上用开水煺鸡毛的外婆和姨妈，看到周正失魂落魄的样子，就"咯咯"地笑着学他的腔调："那个……那个……那个什么吗？真是。"随之又看到前脚跟后脚跑进来的周全，便都赶紧站起身来，警觉地问道，"怎么啦阿全？你们看到谁啦？"

　　听到异样喊声的曾小英还在一手拿着一条鱼一手拎着一把刀呢，就忙不迭地走了出来，顺着阿正手指的方向，曾小英看清了跟在周全身后走进院子的来人，难以置信地脸色突变，浑身发抖，双手不由自主地一松，鱼和刀掉在了地上。与此同时，来人手中的行李箱和烟卷也跌落在地上，双手抬起来伸向曾小英做拥抱状，口中喃喃道："阿……阿英……"两眼开始泛红。但突然像是意识到什么，双臂随即颓然垂下，想要往前迈出的腿也犹犹豫豫地收了回来，但却执着地透过泪眼，痴痴地望着曾小英。

　　曾小英见状，似有所悟，只是无语呆立，尽量控制自己的情绪。

阮爱珍和曾小芸此刻也已认出了来人是谁，惊诧的同时，两人分别脱口叫出"阿鹏""周亚鹏"。

来人正是十几年前携子偷渡逃港的周亚鹏，只见他双手微微颤抖地侧过身来，躬身叫道："阿妈……家姐……"

阮爱珍有些忙乱，疼爱地望着女婿，嘴里却责怪着两个外孙：

"阿正、阿全，快，快叫爸爸呀，这是你们的爸爸。你们不是总在想爸爸吗？"话音未落，又催促道，"阿全，快去把外公叫回来，快！"接着指挥两个女儿，"阿芸，去给阿鹏搬个凳子过来，坐下休息休息。哎哟，阿英，别傻站着了，快去给你老公泡杯茶先……"

曾小芸走过曾小英的身旁，扯了扯妹妹的衣袖，说了句什么。

等周全陪着外公从下面的崖角滩急匆匆地赶回家，周亚鹏已经坐在凳子上毕恭毕敬地和阮爱珍、曾小芸说话，周正站在父亲身边。曾小英端出一杯泡得浓浓的茶水，递给周亚鹏时双手仍有些发抖。周亚鹏接过茶杯时，激动得干哑了嗓子说声"唔该"①，并仰头深情地注视着她。但曾小英始终没和他对视。

阮爱珍向周全招手道："阿全，你出生后还没有见过你爸爸呢，快过来叫爸爸。"又对周亚鹏介绍说，"这就是你没见过面的小儿子，叫周全，还是你在他出生前就取好的名字呢。"

周亚鹏欠身站起来并朝小儿子伸出手去，欣喜地说："这就是周全呀？靓仔来的哦！"周全既没有回应父亲，也没有叫

---

① 广东话，意为谢谢。

"爸爸"，只是看了父亲两眼，反而朝旁边挪开两步。周亚鹏有些尴尬，转眼看到曾宪强，即刻躬身说了一声："阿爸，阿鹏回来了……"

曾宪强对周亚鹏上下审视了两遍，然后正色说道："哦，没错，真是阿鹏啊。你周亚鹏忍心抛妻弃子突然消失，十几年了，连一点点音讯都没有，我们和阿英以为你……你和阿成……唉！你现在突然又冒出来了，怎么？衣锦还乡来了？你知道你当年那么干，不仅仅是偷渡的罪名啊，你跟那个什么袁正德把生产队唯一的船给偷走了，生产队的社员们会放过阿英跟你的儿子们吗？啊？你今天回来还能找到这个家？还能看到这间房子？算是你福大！也是阿英他们命大……"手抖着说不下去了。

阮爱珍看见老公情绪激动，又看到女婿难堪至极，有些不忍心，就赶紧插话打圆场：

"好了好了，老曾，孩子刚回来还没来得及喘口气呢，先不说这些好不好？今天正好是元宵节，阿鹏好不容易回来团圆了，十六七年了哦，阴功①啊。今天先好好吃顿团圆饭吧，我们去煮饭煮餸②。老曾，你倒是去看看酒水够不够先。"

周亚鹏很是巴结地抢答道：

"不用，不用，我带着酒过来的，是在香港免税店买的正牌洋酒，正好请阿爸品尝一下。"

说着，便手忙脚乱地打开行李箱，拿出两支人头马和一条555送给曾宪强，又送阮爱珍和曾小芸每人一条金项链，送给

---

① 广东话，意为可怜。
② 广东话，意为菜。

姐夫李家福的一块电子表，带给曾小英的是一块金光闪闪的英纳格女式腕表，还有珍珠项链、金手镯，以及丝袜、衣料、力士香皂之类的日用品，一堆东西。但曾小英没有接，还是曾小芸帮她捧过来放进屋里去了。周正和周全两兄弟得到的礼物是每人一块漂亮时髦的电子表，见都没见过啊，估计眼下在惠州城也找不出有几个人戴过。周正高兴地双手接过，说了声"谢谢阿爸"。周全犹豫了片刻，接了过来，但没有叫爸爸。

趁着大家围坐一桌吃饭喝酒的机会，周亚鹏既像是解释也像是汇报，断断续续地讲述了逃港以来的大概经历。

当年为了尽孝，和曾小英从海南岛辞去公职回到家乡不久，周亚鹏就意识到了自己人生道路的抉择错误，他觉得对不起阿英，又无力改变命运，越往后越发感到走投无路，渐渐就产生了一种无法抑制的逃避心态。袁正德多次找到他商量跟人有样学样，逃港谋生，但他一直都下不了决心。偷渡之前收到家姐的香港来信，透露当地报刊的报道，说是内地又要发生一些重大事件，由此促使他下了拼死一搏的决心，要带上大儿子周成到香港去找出路，但又不敢有丝毫流露，如果阿英在身边，那就更加走不脱了，只得利用她回娘家生孩子的机会出走。而当天夜里周亚鹏父子与袁正德父子刻意选在台风来临之前，偷了生产队的船划了出去，刚抵达小澳岛，就已经感到风激浪卷的危险，只得弃船登岛找蛇头帮忙。最后付给蛇头的钱还是偷渡到香港后由家姐和姐夫垫付的，但家姐姐夫和两个孩子一家四口本就住房逼仄，母亲只能睡在狭小的外厅，根本无法再挤下任何人，姐夫就介绍他们父子俩到新界郊区的一处小农场的朋友那里做工，既解决吃住和收入问题，还能避开警察查证件。

总之吧，慢慢安顿了下来之后，也终于通过家姐姐夫申请到香港身份，周成这孩子争气，去年从香港城市大学毕业就被录取到英国留学。也正是因为偷渡逃港是犯罪，还会牵连到家人，所以，这些年他一直不敢跟这边的任何人联系，前两年母亲突然因病去世也不敢通知。现在得知内地政策发生了翻天覆地的变化，可以平安往返，不予追究，所以，一办好回乡证就赶紧回来了。

周亚鹏在断断续续时急时缓的讲述过程中，已经注意到阿英几次欲言又止的样子，心里明白她要问什么问题，于是在大家饭后收拾碗筷的时候，就悄悄约曾小英跟她出去走走。阮爱珍和曾小芸表情关注地目送着他俩走上崖角岩。

大约一个小时后，曾小英两眼红肿地跑回家来，对着迎接她的阿妈和家姐，只说了一句："他……他在香港成家了……"就冲进了自己的卧室，"咣当"一声，把门给闩紧了。

泪流满面的周亚鹏看着曾小英抽泣着，跟跟跄跄往岩下跑去，往家里跑去，他追也不是，不追也不是，顿感无所适从。站在崖角岩顶上，俯视着那处曾经的自己的家，甚至还看见了周正和周全兴高采烈地把饭前没有放完的鞭炮又拿到院子里来燃放，他知道，这兄弟俩见到了日思夜想的父亲回到家来是多么高兴啊！但是，自己却不能再回到这个家了，也不敢再回到这个家了。而且，他在酒饭之间毫不知情地无心一问，得知姐夫李家福的意外遭遇，顿时唏嘘流泪，现在想来，阿英姐妹俩都十分命苦，姐姐的老公离世而去，妹妹的老公虽然还活在世上，但在她们的心目中跟死去了又有什么区别呢？所以，他觉得更是无颜面见岳父岳母。

周亚鹏迎着海风，呆呆地站着，长久地站着。听了刚才阿英的哭诉，他完全能够想象得出，亲爱的阿英曾经有很长时间，每个傍晚就站在这岩顶上眺望大海，遥望香港方向，期盼丈夫回家。想到这些，他的心都碎了。

他焦躁地在崖壁边站了好一会儿，又在岩石上坐了好一会儿，不知道怎么办才好。毕竟，自己是在香港另有家室的人了。

周亚鹏在跟大家吃团圆饭的时候，面对曾经的岳父和岳母，面对曾经的妻子和姨姐，尤其面对自己的两个儿子，他对自己这十几年经历的叙述，的确只是个大概，而且只是在这个场合才好讲出来的主要经历，更多的经历和细节则没法在饭桌上讲。

当年偷渡到香港后，家姐和姐夫一家无法安顿这父子俩，但值得庆幸的是，父子二人在新界郊区的那处小农场算是遇到了个好东家，而作为曾经在海南橡胶农场担任过知青割胶突击队队长的周亚鹏，本身也会干活儿，肯学习，能吃苦，而且懂感恩，令小农场的欧阳老板简直觉得自己捡到个宝，所以他尽心尽力地教这个精明能干的内地仔学习先进的作物种植技术、嫁接技术和施肥技术，特别是这家农场培植食用蘑菇的绝活儿，使得曾是割胶高手的周亚鹏很快就得心应手，而且还通过观察和琢磨，对原来的养殖栽培技术做了改进，进行了研究改良。巧的是，欧阳老板有个侄女阿珍，带着个七八岁的女儿，比周亚鹏他们父子俩早一年通过蛇头从内地偷渡来到香港，就在叔叔的这家农场做帮手，批发出货、写单记账，一来二去，阿珍对周亚鹏就有了意思。在欧阳老板的撮合下，深感回内地无望的周亚鹏就与阿珍成立了新家，并很快和阿珍又生了一儿一女，夫妻俩无论是对各自带来的孩子还是共同生育的子女都一视同仁，所以周成也是在宽松慈爱的环境里健康长大的，学习成绩一直很好。

看到曾经不死不活的农场在侄女婿阿鹏的帮助下，经营红火，生意兴隆，欧阳老板就想着将来把这家小农场的经营权传给侄女和侄女婿，因为他虽然有个儿子，但儿子从港大毕业之后就进入港交所成为白领，根本都不想再回到这个乡下地方。而周亚鹏自己呢，虽然对欧阳老板深怀感恩之心，但他并不想接手这家小农场，主要是吃嗟来之食，脸面无光，他暗暗打定主意想要自己创业。没想到阿珍也很支持他的想法，并且建议他在香港做土特产贸易，生意比较顺手，能跟叔叔小农场的产品对接起来，而且比辛辛苦苦地搞农产品种植要赚钱。再就是，经营叔叔的小农场终归不是自家的产业产权，而自己也买不起搞作物种植所需要的大片土地。

几年后，借助于阿珍对香港各区域市场行情和客户渠道的掌握，在阿珍的策划帮助下，周亚鹏先是尝试在大埔墟开了一间小小的"周记特产行"，专营直销欧阳老板小农场的土特农产品，由于品质好，服务好，人缘好，价格优惠，加之经常在周末或节假日时搞些赠送活动，很受邻里街坊的欢迎，人人称赞，口口相传，让远在尖沙咀、油麻地、荃湾的人都搭港铁或者乘小巴到他店里来选购、订货。于是，周亚鹏在保证品质、保证服务、保证标准的前提下，稳扎稳打，逐步在尖东、荃湾、沙田、元朗、油麻地乃至港岛的铜锣湾等处，都开设了"周记特产行"连锁店，在继续直销欧阳老板小农场产品的基础上，进一步将经营品种扩大到经销内地各色土特产，经营方式既做零售也做批发还做酒楼专供，经营渠道也已扩展到参与转口贸易。就这样没过几年，不仅完成了资本积累，并且在竞争激烈的香港市场打出了一片自己的天地。

　　不过，生意做得越成功，周亚鹏越是想念十六七年前台风肆虐的那个夜晚，被他丢在内地的爱人曾小英和二儿子周正，更有还没出世的老三——是儿子还是女儿呢？"阿爸对不住你们啊！"周亚鹏总是会在夜深人静的时分从内心深处发出深深的自责和歉疚，更加渴望能够有机会回去看望他们，哪怕只看上一眼也心安了。当内地形势发生翻天覆地的变化，开始实行改革开放政策，紧邻香港的深圳——这个自己生长的家乡还设立了经济特区，周亚鹏便时时刻刻都在关注内地对当年偷渡逃港人员的态度，对港澳人士回乡探亲、投资开厂的政策，当听到他最终确认可以放下心来的利好消息时，就在第一时间迫不及待地申请办理回乡证。

　　这次如愿以偿地赶在元宵节这个意味着团圆意头的很吉利的日子回家，终于了却了周亚鹏压在心头十几年的心愿，让他欣慰也让他羞惭的是，阿英一直养着他俩的儿子守在家里等着他，但让他痛苦也让他无奈的是，自己再也不可能回到这个家了。两个儿子都已长大了，虽然他对阿正和阿全都没有上高中而觉得遗憾，但作为国营企业正式员工的二儿子周正，竟然颇有胆略地在试水承包做生意了，小儿子还被公社领导看中，成为机关工作人员，皆属可喜可贺。但这些可都是阿英的功劳啊！自己愧对两个儿子。

　　不过，周亚鹏此次回乡的目的还有一个，就是想回来选择一个合适的地方投资，冀望能为家乡搞个项目，做点事情，做点贡献。这件事，他没好在饭桌上跟大家说，也不便跟曾小英说。他计划投资建立一个蘑菇种植基地，主要出口供应香港市场，一是作为他在香港的"周记特产行"连锁店自主供应的主打特色商品，二是策划将部分产品通过转口贸易打开国际市场。这个想法是他从众多港商回到老家开办"三来一补"企业，实行"前店后厂"模式得到的启发。而在家人中，第一个知道他回家乡搞投资信息的是周全。

　　周全作为公社通信员，是在统计汇总各大队、各小队招商引资简报信息中看到的，知道自己的父亲意在浪沙围投资现代农业项目，试验开发食用蘑菇新型品种，推广种植食用蘑菇优质品种。但现任浪沙围大队的大队长莫建明要价太高，限制太多，且合适的地方不予转租，由大队指定的地方则完全不适宜搞蘑菇栽培种植，双方未能达成协议。于是，周全便把这个消息告诉了二哥周正。

　　周正与采石场所属的石窝坑生产队在方方面面的关系都处得很好，而且对石窝坑东西南北的环境也相当熟悉，他觉得采石场旁边有一处灌木与树木夹杂生长的荒丘应该适合种植蘑菇，而且此处僻静，没有其他工业污染，生产队的赖队长要价也不会太高，说不定以自己的面子还能争取到更大优惠呢。其实，他还有个内心的秘密，他非常想跟十多年没见面的父亲能够有更多的时间相处，弥补这多年憋在心中难以言说的思念之苦。如果能促成这个项目，那么父子俩就会经常见面，甚至自己还可以抽出时间帮父亲照应照应他的项目，两全其美。想到这里，他便即刻专程赶到观塘街的公社招待所找到父亲，推介投资地。周亚鹏也迫不及待地跟随二儿子周正来到石窝坑进行现场考察，甚为满意，夸奖周正眼光独到。

赖队长这次可是第一次接待真真实实的投资港商，第一次讨论真真正正的港资项目，激动得不知道该怎么办才好，但也只能在自己的家里接待。他的这个家也不怎么样，然而总比生产队的仓库要干净些吧。他把小队会计、民兵队长、妇女主任都叫来和周亚鹏见面，当他们得知这位来自香港的周老板就是承包采石场小周老板的亲爹，且其选中的投资地点只是村民们砍柴的荒丘，而不像其他村那样被外商占用少得可怜的耕地甚至是宅基地来盖厂房的情况时，觉得他们周家父子实在是石窝坑的贵人，总能变废为宝，于是无比兴奋地表态说，政府对引进港资有优惠政策，他们一定会比国家的政策还要优惠，总之，生产队的领导们都无条件地支持。

但当周亚鹏提出建议，要和石窝坑生产队共同成立合资经营企业，由石窝坑生产队以荒丘土地入股，香港方出资、出人、出技术、出市场渠道并负责包销产品，年底按利润分红的基本方案时，四位生产队干部几乎异口同声地予以否决，提出就依照小周老板承包采石场的搞法，按季度向生产队支付固定的承包费就行了，简单！其他什么合资呀、合作呀的经营之事不想去管，也不懂怎么管。事实上，他们只想每个季度都能见到现钱，即时兑现，干脆利落，至于所谓年底分红，能分多少，能不能分到手，心里没底，也没法相信。

周亚鹏提出，石窝坑生产队已经有一部分青壮年劳动力和石匠师傅安排在采石场工作，而他投资的蘑菇种植基地主要是需要另一种类型的劳动力，也就是有农活儿经验、干活儿细心认真的女社员和少数年纪大的男社员，正好用的是剩余劳动力，跟采石场互补。这些人在经过选拔培训合格后，作为公司员工从事基地的种养生产活动，公司根据出勤率、工作量以及劳动能力的强弱等相关指标计算支付工资。说得这几位生产队干部情不自禁地鼓起掌来，并七嘴八舌地介绍起其他一些劳动力的能力、特点，生产队原来给他们分别评定的工分多少等等，以便让周老板事先了解更多的情况。

赖队长这位淳朴的客家汉子，最后是在家里用一碗梅菜扣肉为主菜"宴请"了周亚鹏父子俩，他举起一茶杯客家黄酒感慨地说："两位周老板把石窝坑没人理也不入眼的乱石山、荒山包变废为宝，既给生产队创收，也叫社员们挣钱，让这偏僻的穷山窝几乎每家每户都有人领工资，这是行善积德来了。真没想到石窝坑这个鸟不拉屎的地方居然还能吸引港商，引进资金，这在原来是打死都不敢想的美事。国家的改革开放政策把石窝坑变成了宝石坑啊！"

曾小英很快就知道了周正和周全在帮他们的父亲，但她什么都没有说，更没有阻拦。只是当她得知周亚鹏在香港另有家庭之后，就开始虔诚地烧香拜佛，直到离世。

鉴于石窝坑生产队根本不想搞什么入股分红、参与管理，至于共享利润，共担风险，更是提都别提，只想干干脆脆地拿固定承包费——现钱，于是，周亚鹏就考虑自己搞一家独资企业。但到有关部门咨询得知，国家现行的法律政策只允许搞合资经营企业，必须要有内地股东，而且内地股东的股权比例必须达到法律规定的要求。不得已，只好再找赖队长协商。但协商来协商去，赖队长还是那句话，不管什么股东也好，比例也好，规定也好，只要你让生产队每个季度都能收到现钱，怎么配合都可以。周亚鹏思来想去，灵光一闪，借鉴香港股份公司中"优先股"的思路，便在合资合同和章程中规定，石窝坑生产队作为内地股东每个季度收取固定金额作为优先分红，而无论合资公司盈亏与否都不再参与分红也不承担任何亏损。这个擦边球侥幸在审批登记中"蒙混"过关，顺利领取到批准证书和中外合资华鹏现代农业开发有限公司营业执照。

周亚鹏把香港欧阳老板的小农场也拉进华鹏现代农业公司做股东，不必出资，纯粹以技术入股，股份比例不高。这样做，主要是借助欧阳老板的技术力量，使用欧阳老板手下的技术人员，并对石窝坑生产队的社员劳动力进行简单的培训。而欧阳老板和赖队长一样，既不参与也不干预公司的管理。这样一来，华鹏现代农业公司蘑菇种植基地的布局，从土地使用到管理人员，从技术力量到品种研发，从员工招用到生产过程，全部都在三家股东之中内部消化解决，暂不跟社会上的任何第三方发生任何关系，也与产品销售、客户推广、促销渠道、外贸出口等外围事务界限分明，互不牵扯。整个公司的经营管理思路，完全由周亚鹏按照自己的思路和规划来推进实施，减少了很多不必要的麻烦。

周正从父亲成立和管理合资公司的操作中，以及在和父亲见面聊天儿对一些问题的探讨和请教中，学到了不少的管理知识和经营方法，也得到了很大的启发。他首先对采石场内不同工种、不同岗位的工作人员分别实行计时工资、计件工资辅之与绩效工资相结合的薪酬模式，刺激劳动生产积极性，这在当时的内地应该是非常超前的打法。但父亲说这是香港公司早就实施的正常模式，司空见惯。其次是受到父亲提及的"前店后厂"的启发，于是安排赖宏亮继续直接抓采石场的管理，同时向区伟德经理申请暂借东江建筑公司大门口一侧的一间小门面，由沈建军坐店经销石材产品并负责随时了解市场动态，以使采石场的生产规模与市场需求紧密挂钩。

此时的周正集中思考的重心，主要是如何尽可能地提高石材、石料的经济附加值问题。廖兴华老板此前所告诉他的，日本和东南亚地区大量使用的石雕、石刻等庭院装饰艺术品的利润是销售石材原料几十倍甚至百倍以上的信息，深深地刺激了他，既然别人能做，自己也应该能做。所以他下决心要开发石雕、石刻产品，一定要在建筑装修石材市场的高端产品中打出名头来。

决心下定，周正便经常和赖宏亮、沈建军凑在一起研究如何落实的问题，又反复在兴华电子厂的厂区观摩、琢磨那些用自己的石料而被别人加工成高价值作品的技术难点在哪儿。他们还专门出差到广州、深圳等地正在兴起的建材市场去了解需求、了解行情、了解品种档次、了解主打产品，尤其从深圳田贝建材市场茅棚里堆放的林林总总的石雕、石刻产品中，让他们了解到了受香港地区及日本和东南亚各国市场需求影响而出现的石材开发趋势：作品理念创新，石材品质多样，外形设计新颖，突出产品个性，并以中高端采购供应为主流，而麻石在广东依然是主打原料。这让他们三人很受鼓舞，于是买了几个重点样品运回去研究、参考。

周正把东江建筑公司建材股的技术员和采石场的石匠师傅请到一起，连续好多天围绕着这些买来的样品，研讨它们打造的不同特点和关键技术，并用采石场现成的石料开始模仿试验，但都没有成功。技术瓶颈主要在各种镂空雕琢和打磨，各类立体雕刻和打磨，造型越复杂越难搞，要么石料碎，要么石材废。这个小山村里祖辈相传的石匠手艺，只是简单地取石为柱，垒石为墙，凿石为板，架石为梁，再就是石锅、石磨、碾子、碌子，最多雕刻出吉祥动物和镇宅神兽大概形状的粗浅造型，这就已经令村里人敬仰无比了。

所以，得出的结论是：必须派人出去学习工艺技巧，掌握雕刻诀窍，必须购买那些能够做出这些石材产品的切、割、钻、镂、刻、雕、打磨、抛光的工具和机械。

结论得出，即刻行动。周正早就看好石窝坑的石匠师傅里手艺最好且又精明好学的赖永光、赖永辉两兄弟，决定把这两位能干的年轻人派到福建泉州去拜师学艺，所有学习费用和生活补贴都由采石场支付，必须学会闽南石雕的浮雕、凿刻、镂刻等各种工艺技术，鼓励他俩早日学成回来，日后做成的产品则按件提成发奖金。

所拜的闽南石雕师傅，是周亚鹏介绍的香港朋友在泉州的亲戚。周亚鹏还跟二儿子说，工欲善其事，必先利其器，所以建议使用进口的生产石材产品的工具、机器和电机，这些都属于政策文件清单中所列的生产器具，可以用华鹏现代农业公司的名义和指标进口，并说据他所知，日本的这些器械和工具的质量可以信赖，而且比较好操作。至于购买这些进口器材的费用和外汇问题，由他先帮周正解决，就算是采石场的借款。

一切按部就班。一切如意遂愿。

赖永光和赖永辉兄弟俩果然不负众望，三个月的时间，不仅学会了闽南石雕的所有工艺技巧，掌握了雕刻加工的所有机械操作，并在拜师学习期间还给泉州新潮石艺场的工艺改进和效率提高做出了额外的贡献，泉州新潮石艺场的老板对他们甚为看重，多次想要极力挽留，但这两兄弟信守着对小周老板的承诺，一定学成归来。

回到周正身边的赖永光、赖永辉，熟练地使用已经到位的进口新器械，现场汇报学习成果，先是做出了周正最想批量生产的日式镂空石灯柱造型，又向周正展示了他颇感兴趣的狮子滚绣球的内雕工艺，再就是完成了一套蛟龙吐水的风水动物作品。就这几样，看来已经是把周正所知道的并想要拥有的主要技术都学到手了，兴奋之情不言而喻。时不我待，马上开始生产，同时要求赖永光、赖永辉分别培训其他有一定天赋的年轻师傅和学徒，做好辅助工作。

周正受到泉州"新潮石艺场"名称的启发，首先把这处藏在深山人未识、无名无号的石窝坑采石场，正式取名为"东江建筑公司正品石艺厂"，名正言顺地作为东江建筑公司的下属企业，并正正规规地办理了营业执照。这也是父亲提出的建议，他跟二儿子说"名不正则言不顺，言不顺则事不成"；其次就是不放过市场上、公园里和街道巷口的任何一个石头工艺品来找灵感、做参考、做仿照，并在采石场的加工工棚里，正儿八经地挂上红布标语——"产品质量是正品的生命，产品创新是正品的未来"。周正一再跟全体员工强调，这个标语就是正品石艺厂的厂训，请大家牢记于心。

在第一年承包期的技术瓶颈、经营瓶颈、资金瓶颈、市场瓶颈、发展瓶颈突破之后，否极泰来，经济效益突飞猛进，周正切实理解到了"艰难困苦，玉汝于成"的内涵，于是顺势而为，不但还清了父亲垫资进口机械器材的借款，还逐步提高员工的工资待遇，加大创收提成的奖励力度，又把原来属于免费暂借公司大门口那间小门面的租金给补上，并且再向公司扩大租赁闲置的空仓库作为"正品石艺产品展示厅"，仍由沈建军坐镇经营，开发市场，扩大影响，创造效益。当然，东江建筑公司承建的所有建筑项目、装修项目需用的石材、石料和石艺产品肯定都是保证优先供给，不需要公司再到市场上去另行采购。仅此一项，就让公司的承建成本大大降低，项目利润显著提高，公司连续三年都无一例外并毫无争议地给周正颁发了"先进工作者""优秀员工"的证书和奖状。

　　周正对采石场承包经营的成功，员工待遇的丰厚，经济效益的持续提高，再也没有人说他是"脑袋被撞得留下后遗症了"，这些当然也会让不少人眼红。

　　采石场承包期进入第三年，"正品石艺厂"的产品名气越来越大，影响越来越广，尤其是深圳经济特区的建材市场需求量不断加大，订单越来越多，经常需要连续加班赶工才能交货，周正已经在考虑是否到深圳罗湖找个合适的地方，开间建材店，专用于直销当地的石材产品，以减少中间环节，更有竞争力。但无论是开店直销还是分批运送，眼下都必须解决运输成本问题，因为现在的情况是，不管客户要的货多货少，请外边的车送货的运费都太贵了。看来只有自己有车运货才是最节省、最主动的办法。

　　周正通过外公了解到，商业系统正好有几辆准备淘汰的卡车要处理掉，经过讨价还价，当然主要还是外公这个副局长的面子，以相当便宜的处理价买下了一辆二手卡车。周正随即将驾驶室两边车门醒目地喷上"东江建筑公司正品石艺厂"几个白色大字，开动起来穿街过镇，简直就是流动的广告宣传。

车到手了，当然需要称职的司机。通过周正的游说，原来知青点的大哥庄建设便从西湖供销社被"挖"了过来，做了正品石艺厂的专职运货司机。其实庄建设身边早就有很多同事和朋友辞掉了"正式工"，去给私人老板或外资企业打工，或者干个体户自己给自己赚钱，所以他也一直在犹豫心动，外面风传周正仅仅是请的农民工的每个月工资待遇都比他在供销社开车要多十几二十块钱呢，还不算奖金提成，又说周正请司机还有诱人的出车补贴。所以，周正一向他伸出橄榄枝，庄建设即刻就辞职过来上班了。

"周正现在成暴发户了，都买私家车了！"

在当年那个很多事业单位、国营企业都极少拥有汽车的年代，一个破采石场的承包人居然都能买车！这个消息使得东江建筑公司上上下下炸开了锅，人们议论纷纷，"贪污""挪用""侵占公司财产"等说法甚嚣尘上，个个群情激愤，人人义愤填膺。区伟德和公司的其他领导都清楚，周正没有拖欠公司一分钱的承包管理费，还经常想方设法给公司让利创收，而采石场承包盈利无论多少，如何分配，依据承包合同，公司无权过问，人们议论的这部便宜得不能再便宜的二手旧卡车，还是用人家自己的承包利润购买的，而且登记在东江建筑公司正品石艺厂名下，属于公司财产，并不是私家车。但抗不过舆论，尤其是顶不住公司管理层多数人的压力，只得安排公司财务股进行审计，查了一个月查不出问题。有人将情况捅到了上面，上级主管部门再次组织人员进行专业审计，账目清晰简单，查了三个月依然没有查出问题。于是又有公司领导强烈建议向检察机关报案，坚持要司法机关立案审查，因为他们收到群众举报揭发，说周正私分奖金，擅自提成，中饱私囊，是贪污犯罪。

根据少数服从多数的民主原则，东江建筑公司做出决定：撤销周正的副股级职务和待遇；提前解除与周正签订的采石场承包合同；采石场的经营权、管理权、财权和人事权收归公司，即时移交财务账簿、现金、存款，暂停银行账户往来；将东江建筑公司正品石艺厂营业执照上的负责人予以变更登记，另行派人接手管理。同时通知周正于年底之前办完一切交接手续返回公司接受审查，除了向公司退回前两年在采石场领取的三万多元承包奖之外，要详细交代给员工私分奖金，向员工滥发提成，违反政府关于工资制度的相关规定而擅自提高员工工资待遇等违法违纪问题。

至于是否由司法机关追究其经济和法律责任，则等候上级部门进一步的处理决定。

第 **九** 章

客运竞争

周全已经工作了三年的东风人民公社，现在又改回原有的称呼大澳岛乡政府，他也因此由公社通信员变身为乡政府综合办文员。这三年，周全在公社主任现在是大澳乡党委书记曾爱华的关心指导下进步很大，不仅报读了一个中专函授文秘专业，取得了函授中专毕业文凭，而且光荣地加入了团组织成为一名共青团员。周全文化水平的提高，内在气质的提升，办事能力的增强，以及方方面面的不断进步，被乡政府领导一致评价很有培养前途。

但是，周全渐渐感觉自己不适应待在机关从早到晚按部就班地干些事务性的工作，特别是他近一年数次陪同曾爱华书记到市里参加各种会议和活动，只要通过边防检查站过了"二线关"一进入经济特区，就看到热火朝天的建设场面，令人振奋的标语口号，小跑办事的干部，更有会议上不断更新的规划蓝图和日新月异的发展变化，使他越来越不认识那个多次到过而且相当熟悉的曾经被叫作东门墟的原宝安县城，他在感到热血沸腾的同时，内心的躁动也在逐渐增强。他倒没有想过要像其他男女青年那样，也涌到"关内"来打工寻找机会，他喜爱大澳岛，尤其喜欢待在观塘街。他想，难道"关外"的大澳岛就不能像"关内"那样发展吗？

言谈交流和日常观察中，曾爱华书记了解到周全的心思，在当下所谓"农民洗脚上田，干部辞职下海"的经济大潮中，有任何想法、任何行动都是正常的，乡政府不是另有两位年轻有为的干部已经辞职应聘到经济特区的外资企业去了吗？而且她深知周全不安于现状的性格，若是加以引导并使用得当，定会发挥巨大的正能量。恰好近日乡政府领导班子在研究客运服务站的事，当时成立这个客运服务站，本来是乡政府专为解决大澳岛内的民众交通往来采取的便民举措，为此，还从少得可怜的财政中挤出钱来购买了几辆国产小巴，设立站点，招收司机和工作人员。但这两年多运营下来，效果不佳，持续亏损，乡政府还得不断地往里面贴钱，影响财政收支，成了烫手山芋。鉴于目前在全国范围内已经推行的经济发展多元化态势，全省各地改革经验业已证明的成功实践，大澳岛还这么穿新鞋走老路，在改革问题上无所作为肯定是不行的，乡政府班子成员提出干脆将客运服务站承包出去。曾爱华即刻就想到了周全。

周全确实是在琢磨"辞职下海"的事，但一直没有考虑成熟，主要是没有找到合适的"海滨游泳场"下海。此番听曾书记给他介绍客运服务站的情况，并征询其是否愿意承包的意见时，不禁灵光一闪，他想到了二哥承包采石场的成功，而且那还是在偏僻的小山村呢，比在岛上搞客运服务可艰难多了。而且，这个客运服务站的情况他从乡政府的简报中也有所了解，自己还有不少次乘坐客运小巴的切身感受，认为的确应当通过承包来改善经营，提高效益。为此，他专程去了一趟石窝坑，找父亲和二哥征求意见，商量是否可行，并请教承包经营中有哪些可供借鉴的经验和教训，尽量避免走弯路。

虽然得到了父亲和二哥的指点和支持，但是在机关磨炼了几年且又了解基层状况的周全确实稳重成熟了不少，他并没有贸然地跟曾书记应承下来，而是依葫芦画瓢地套用政府文件中经常提及的"市场调研""可行性研究"的概念，用了两个星期的业余时间，有意识、有目的地分不同的时间段、不同的线路、不同的站点，乘坐客运服务站的小巴来回考察了几次。他发现：

这个客运服务站基本是按照传统模式搞起来的，固定设站点卖票并配置固定工作人员；固定营运线路并设定固定票价；固定停车站点上下车，中间不允许停车载客；等等。这么个营运模式就不怎么便民，自然不会受到欢迎，当然也就没法招揽乘客。而且，车上就开车的司机一人，是否在途中送人情顺带免费拉客，或者是中途拉客私自收钱并不知道，既没法控制，也没法杜绝，必然会人为地造成亏损。

一番考察调研，发现问题所在，周全做到了心中有数，在跟乡政府谈判提出承包条件时，着重强调了以下三个关键条件：一、人事权。现有司乘人员和其他工作人员接受承包经营方式的可以留用，并与承包人签订协议；不同意的，由乡政府另行安置，承包人所需职工均由承包人自主招聘。二、经营权。小巴的营运线路和服务方式，承包人根据乘客需要和大澳岛内的实际情况，有权自主设定，完全因地制宜，甚至因时而宜，随时灵活变动，乡政府不得干预。三、定价权。承包人有权按照市场需求、线路状况和乘客的特殊要求等因素，票价随行就市，自由浮动，提供包车服务的，还可以再另行协商定价，乡政府不得干涉。在以上三项条件满足的前提下，其他条款均按乡政府领导的意思签订承包协议。

乡政府有心通过改制改革摆脱困境，因而对周正提出的三大权限要求和承包经营思路，不但全部接受，而且全力支持。

协议签订，证照移交，万事俱备，只欠东风，但引进专业内行的技术管理人员之事是首要的。恰遇二哥周正此刻正是陷困境、走麦城之际，被提前解除了承包合同，并要求在配合查账、移交工作之后，回公司参加"学习班"等候审查处理，采石场员工人心浮动，无所适从。周正本人倒是很坦荡，基于对公司、对区伟德经理负责的做人原则，在公司政工保卫股工作人员的贴身监视下，分别找了在采石场有重要影响的职工和石匠师傅谈话，交代赖宏亮继续管理好采石场，正常完成市场订单和优先保证公司工程项目所需的任务；要求黄亚芬在安安心心地做好采石场食堂饭菜，保障职工就餐的前提下，可以继续摆小货摊方便职工和村民；吩咐沈建军继续通过石材展厅打开市场，掌握市场动向，而且不要因为他受审查的事影响和公司的关系。只是刚刚从供销社辞职到采石场开车不到半年的庄建设深感不公，去意已决，满不在乎地在政工保卫股监视人员虎视眈眈的注视下，梗着脖颈蔑视地睥睨政工保卫股的人，故意吼了一句"此处不留爷，自有留爷处"，便直通通地向周正提出离职，说要应聘去帮个体运输的老板开长途客车，自由自在地赚大钱。

已知弟弟周全有承包客运服务站打算的周正，便建议庄建设去大澳岛加盟周全承包的客运服务站，帮帮自己的弟弟。

庄建设先是到华鹏现代农业公司的蘑菇种植基地拜见了周亚鹏，并在周亚鹏的引荐下见到周全。经过一番交流沟通，两个人一见如故，一拍即合，庄建设觉得周全比他二哥周正更灵活，鬼点子更多，很是欣赏。周全则佩服庄建设大哥为人正直，心地善良，不仅专业过硬，而且见多识广，当即决定请庄大哥担任运输总调度兼技术顾问。由此开始，这两个人成了一辈子的搭档。

周全带着庄建设对大澳岛上现有的县道、乡道、村道进行了认真勘察和评估，采取了如下改革措施：一是对现有的几部小巴分别规划了不同的营运路线，根据岛上不同村落民众的实际所需，变更了原来的固定路线，在保证有客源、有钱赚的前提下，尽量延伸到小巴可能到达的村子；二是撤销和拆除了原有的固定站点，也不再安排站点的固定工作人员，只保留观塘街上原有的总站点，将其变身为总调度室；三是在小巴的车身两侧喷上"招手即停，随时上落"几个字，乘务员跟车服务，按段收费，改变固定站点售票、固定站点上下车的经营方式；四是司机和随车乘务员可以自由组合，自由确定出车和收班时间，但均须共同对所在车辆实行定额目标责任制的再承包模式，每天按时到总调度室足额向服务站财务缴纳额定的承包票款，由此杜绝收钱不给票、钱票不一致的漏洞；五是提供团体包车服务，主要满足旅游、婚庆、会议和有关单位的需要，所有车辆服从统一调度，价格协商议定，收入按比例分配。在以上服务性改革措施之外，又确定了其他一些管理性改革措施。

客运服务站的小巴服务创新改革的举措，让人们感到周到贴心、耳目一新，体验过的民众奔走相告，有些人还不相信或者不适应这样先上车后买票的搞法，小心翼翼探头探脑地还在犹豫，就被热情地招呼上车，果然言之不虚。于是便作为一件新鲜事，一传十十传百。人们为了亲身体验可以自己决定在任何地点随时上下车的感受，走在路边，看有车来，本来可能并不想坐车，但也要招手试试，上车坐一程。不得不说，这样一来确实方便顺当，切切实实地便利了挑担背筐抱孩子赶集的村民，尤其是老人、妇女和上学的小孩。

在已经进入二十世纪八十年代中后期的这个时期，周全的这些改革模式其实在广州，在深圳经济特区，包括其他地区一些跑长途客运的私人老板，早都已经是这么干开了，并非什么新生事物。大澳岛内原来并没有公共交通，乡政府好不容易落实一项便民措施，投资开设了第一家客运服务站，的确只是从政府所谓"正规管理"的立场出发，拍脑袋想当然地制定了一整套自认为严谨规范、有板有眼的运营方式，且又因为当地老百姓首先接触的便是这样刻板的服务模式，虽然并不觉得怎么方便，但是也都认为理所当然，习惯性地适应了这一套。而当有人打破这个旧的框框，改变这个落后的做法，稍微朝着老百姓的立场倾斜了一些，稍微让老百姓觉得方便自在了一些，他们就立刻表现出很高的认可度，并用实际行动来表达支持。

　　一个月下来，连周全自己都没有想到，初步的改革想法和举措刚推行实施，便立竿见影，一炮而红，收入可观。

　　曾爱华书记在大会上向乡、村两级干部传达深圳市"对外开放对内搞活经济工作会议"精神时，就举例讲到了承包后的客运服务站，就提到了周全，她语重心长地启发大澳岛的各级干部："同志们，事实胜于雄辩啊！乡政府本来好不容易从财政上挤出一点儿钱来，投资了一家客运服务站，最后怎么样呢？从经济效益上讲，亏损！一分钱没盈利，乡政府还得继续往里面填窟窿。从社会效益上讲，失败！老百姓不买账，连你们这些干部也都意见很大。今天到乡政府开会的各位村干部同志也都是坐小巴来的吧？怎么样？大家有什么新的体会和感受没有？车还是那几辆车，为什么感觉就完全不一样了呢？这是因为管这几辆车的人换了！现在由我们乡政府原来一位年轻的普通干部周全同志临危受命，进行承包经营，仅仅由于思想观念的转变，服务模式的改变，改革了运营方式，盘活了岛内的交通线路，不仅受到全岛老百姓的欢迎，而且经济效益实现了开门红，承包第一个月就向乡政府足额缴纳了承包费，并且有了盈利。这说明什么？说明改革就是出路，改革就是效益。由此看来，蛇口工业区公开提出'时间就是金钱，效率就是生命'的口号，是不是能够启发我们大澳岛的全体干部呢？"

客运服务还有没有进一步改革的空间呢？客运业务还有没有进一步拓展的可能呢？周全并没有像个小财主那样，天天钻在钱眼里小富即安，只是天天坐在总调度室里等着收钱、数钱或去银行存钱，而是在不断思考并时不时约上出车收班回来的庄建设，利用在一起吃消夜、喝啤酒的机会，持续不断地讨论业务改革、服务改进的这些话题。白天的很多时间，周全也总是会抽空随车体验、现场考察，寻找突破口看看如何改进服务，改善经营，拓展业务，扩大营运范围。因为在措施改革后，一下子就饱满的客运量顿时使他意识到，就现有的这几部旧小巴，完全不能满足岛上民众和越来越多的外来人员的交通需要，再往深里说，是根本不能满足自己内心的发展目标和想要达到的经营目的。他和庄建设更没有料到的是，团体包车服务一经公布，婚庆包车业务应接不暇。是啊，就当地民俗民风而论，一生也就这么一次的嫁女娶妻，这个排场还是要摆的，这种面子还是要挣的，况且现在大家手头都多多少少有些钱了。

第一个顾客包租一辆布满彩带气球的喜庆小巴，上门接亲，一路上从车窗向外面撒着糖果，丢着鞭炮，播放流行音乐，顿时引起路人围观，引发乡邻轰动，让人羡慕，让人嫉妒，也让人向往。那么，你能租一辆，我就包两辆。于是，婚丧嫁娶、庆生祝寿、踏春野游等各种需求的包车成为时尚，很快就在大澳岛上流行开来。仅婚庆包车这一项业务，就让担任总调度的庄建设很难将仅有的几辆小巴进行游刃有余地调度。

这天，周全登车跟随顶着运输总调度名头的庄建设所承包驾驶的线路小巴，在一群扛着行李准备外出打工的乘客拥挤包围中，到达惠大公路上的长途巴士旅客聚集地。早就听说这个自然形成的长途候车点乱象丛生，各地来的长途客车之间常常为拉客抢客打架斗殴，有些客车的司乘人员往往趁机抢走旅客的行李后绝尘而去。并且还听说这条路上随意宰客的、中途卖猪崽的、在荒山野岭把乘客赶下车的事件比比皆是，甚至公开抢劫乘客财物，骚扰、侮辱女乘客的恶性事件也时有耳闻。这不，庄建设驾驶的小巴刚刚驶近这个长途巴士候车点，就看到那里停了好几辆大巴，人群乱成了一锅粥，一片嘈杂的尖叫声、吼叫声、哀求声传了过来。

庄建设咬牙切齿地说了一声："他妈的！又在搞事！"挂上快速挡，加速冲了过去。

此时，周全注意到其中一个脖子上挂着一条金灿灿粗项链的黑皮肤大汉，正在拉扯一位戴眼镜女生的行李箱往什么地方拖，这位看似柔弱的女孩死死拽住行李箱不放，并尖声大叫。

眼看女孩已经支撑不住，并被拖倒在地，庄建设打开车门咒骂着跳出驾驶室。周全也紧跟着冲下了车，朝女孩那边跑去。

率先冲到现场的庄建设一把摁住黑皮肤大汉拉扯行李箱的脏手，低声而威严地吼道：

"嚟搞咩嘢^①？欺负女仔？放手！"

黑皮肤大汉猛然间一怔，看清楚庄建设后把手一紧，眼睛一翻：

"嚟系咩料^②？关嚟咩事？滚开！"

庄建设闻言不再搭腔，甚为生气地右手顺势一砍，黑皮肤大汉负痛松开了握住行李箱拉杆的手。恰好赶到的周全即刻趁机左手夺过行李箱，右手拉起半跪于地的女孩就往小巴方向撤离。

黑皮肤大汉恼羞成怒，摆开架势要跟庄建设打架，庄建设根本不给他机会，抬腿一脚就把他踹倒在地：

"嚟咩科啊^③？找死。滚！"

远处一辆大巴上的司机见势不妙，拼命地招手大喊："走啦！走啦！快点走啦！"黑皮肤大汉连滚带爬上车而去。

回到小巴上，看到惊魂未定、喘息不止的女孩，周全关切地问她是从哪里到这儿来的。女孩说她从广州车站广场搭乘中巴，说好是到深圳的，但到东莞就被赶下车，说是要换车，上车后又要求重新购买到深圳的车票，没想到却被送到这个荒凉的地方，谎称这里就是深圳了，想进经济特区还得另外再换车。更没想到的是，刚下来问路，就被那个黑皮肤大汉冲过来抢行李箱。

周全见这个女孩皮肤白皙，文静漂亮，言谈之中觉得应是

---

① 广东话，意为你干什么？

② 广东话，意为你是什么东西。

③ 广东话，意为你算老几。

个有一定文化层次的人，再看她这身比较有气质的打扮，还有随身携带的这个款式时髦的行李箱，感觉这女孩的家境应该不错，同时自己也不知道为什么，第一次有些异样心动。于是他就试探着问：

"你老家是哪里的？是从哪个学校刚毕业的学生吗？"

女孩没有回答周全的问题，打量着此刻还没有乘客上车的小巴，迟疑地问道："请问这里是哪里？是深圳吗？你这辆车……"

"这里的确是深圳市的地盘，但属于'关外'，离经济特区内的市中心还有点儿远。这个地方叫大澳岛，我原来就在大澳岛乡政府工作，是普通干部，刚辞职下海创业，这小巴就是我现在承包的。"

女孩听后眼睛一亮，情绪放松，兴奋地轻声喊了一句："哇！这里就是大澳岛啊？我们上导游课的时候学过的，有很美丽的大海！有很漂亮的沙滩！太好了！"转眼看到带着几位乘客上车来的庄建设，赶紧站起来又对庄建设说了声："谢谢大哥！"

随后，女孩坐下来跟周全聊开了，她是刚从湖北一所旅游学校旅游财会专业毕业的中专生，父母都是这所旅游学校的老师，作为独生女，父母亲肯定不放心她离家外出闯荡，但她被报纸电视里报道的改革开放热土深圳吸引，也被同学来信中描述的热火朝天的年轻深圳吸引，认为只有到深圳才有机会，只有到深圳才能发展。最终，她得到了父母的理解和支持。这是她第一次离家远行。

她想了想，又对周全说，自己就是想来深圳，但不一定非得进经济特区不可，而且她从来没有看过大海，因此特别向往辽阔的海洋和美丽的浪花，所以，现在决定在大澳岛停留下来，先去看海踏浪，投入大海的怀抱畅游一番。"我可是在长江边长大的哦。"女孩恢复了调皮而妩媚的本来性情。

周全一边听她讲话一边仔细观察，这女孩虽然戴副眼镜，略显柔弱，但是明眸皓齿，眉清目秀，五官精致，身材匀称，打扮得体，善于谈吐，这让年仅二十岁的周全顿时心猿意马，浮想联翩，心驰神往，他明白自己为什么刚才一见到她就有些异样心动了。忽然听她说想先在大澳岛待下来找机会，又听见她说特别想扑进大海去游泳，于是心花怒放，忙不迭地表态说：

"好好好，完全没问题，这个我来帮你安排，到乡政府招待所住下来先，想到哪里去玩，我来安排，反正大澳岛的交通小巴都是我承包经营的，方便。但是我告诉你哦，想下海游泳可不能单独去，岛上都是野海滩，有的地方很危险，一定得我陪你去，因为我是土生土长的大澳岛人，哪里好游泳，哪里最好看，我最清楚。"

坐在驾驶室的庄建设听到周全老弟急巴巴的表态，忍不住偷偷做了个鬼脸。

当天在乡政府招待所登记入住时，周全知道了这女孩叫刘佳。

随后几天，周全便以随车考察调研之名，带着刘佳把岛上小巴通勤的各条线路都走了一遭，各个村落都到访一次，各处海湾、沙滩也都看了一遍，每到一处，每经一地，周全都会如数家珍地给刘佳介绍当地的风土人情、民俗习惯、传闻轶事、恩怨情仇，当然肯定会推荐特色美食并请她品尝。周全也毫无疑问地把刘佳带到了自己从小长大的地方——浪沙围村，登上崖角岩，俯瞰碧波翻滚的蔚蓝大海，眺望层峦叠嶂的香港群山；走在崖角滩，追逐喧闹不息的朵朵浪花，感受暖湿温润的阵阵海风。在这两个地方，周全给刘佳讲述了父亲和大哥的故事，讲到了母亲，讲到了二哥，也讲了自己。

周全对刘佳说，他认为崖角岩和崖角滩是整个大澳岛最漂亮的位置，崖角海湾更是游泳最舒服的地方。只说得刘佳两眼放光，跃跃欲试想要扑进大海的怀抱，说她早就随身带好了游泳衣。

当这两位年龄相仿，一见如故的年轻人分别换好事先携带的游泳衣裤，各自从隐秘处走出来时，周全完全被刘佳四肢匀称、凸凹有致的绝佳身材彻底地惊艳到了，一瞬间竟有一种头晕目眩、口干舌燥的感觉，这可是他以前从来没有过的。

投身大海，刘佳一开始面对波浪滚滚前赴后继扑向沙滩的浪头，条件反射地惊叫了一声。周全担心不适应海浪的刘佳出意外，贴身跟随，做好了随时救生的准备。然而，紧随其后的周全却没有料到，躲过了浪头的刘佳竟是如鱼得水，挥洒自如，在大海里游出了长江的感觉，游出了游泳池的感觉，那标准的泳姿、那淡定的划水、那规范的起伏、那游动的速度，使得在海边游野泳长大的周全大开眼界，自叹不如。与此同时，内心腾起的一种炽热情感愈加难以自抑。

在大海里尽情挥洒、嬉闹之后，周全便把刘佳带到岸坡上自己的家里，让她冲凉更衣。换洗停当的刘佳出来后，把周全家的房前屋后看了个遍，不断大惊小怪地发出"哇哇"的赞叹声，对他居然生长在如此紧靠大海的地方，简直羡慕得无以复加，出门就能看大海，听海浪，吹海风，随时可以上到崖角岩看日出、观日落、望香港，分分钟都可以下到崖角滩散步，下到海里游泳，真是太幸福了！

从自家责任田收工回家的曾小英，看见小儿子把这么一位温婉可人的靓妹带回家来，高兴得手忙脚乱，赶紧说留下来在家里吃饭，接着便不由分说地忙乎开了，刘佳说要在厨房帮忙也被拦住。吃饭闲聊中，曾小英特地问这位讲普通话的刘佳是哪里人，当得知她的父母都在湖北时，这位老牌的初中生当然知道湖北，但觉得那是广东以北很远的地方，是"北方人"，于是便由最初的亲亲热热变成了客客气气。此时的周全正深深陷入自以为的初恋冲动、情感幻想之中，完全没有注意到这些。而刘佳目前对周全并没有其他什么想法，只是觉得和他们母子俩相处很自在，根本无所察觉曾小英的态度变化。

周全的年龄不大，但对事业的发展有很大的抱负、很深的思考，因而也有比较远的布局设想。自从承包经营客运服务站以来，就一直在想，绝不能像现在这样只做个个体户小老板，守着五辆承包的旧小巴在岛上跑跑客运，每天等着收取、登记基本固定的租车管理费这样来过小日子，必须有更大的发展才行。而这些天通过与刘佳的接触、交谈，特别是带着她在对不同线路进行了解、熟悉过程中的对话，发现刘佳还是一个很有独立见解，颇有经营眼光的人，于是就下决心想把刘佳留在身边协助自己，计划首先是从管财务入手，这无论是对现在还是对将来长远发展都很有必要，何况刘佳本来就是财会专业毕业的。更重要的是，自己可以腾出精力来谋划怎么能够做大、做强。

刘佳对于周全的挽留聘任欣然同意。一方面，她对年纪轻轻的周全能够毅然决然地抛弃"铁饭碗"，"下海"搞承包的胆量相当佩服，也对周全承包得法、经营有方、改革得力、野心够大的胆略甚为赞赏；另一方面，初次离家外出闯荡的她，在危急时刻遇到了周全和庄建设大哥这样的好人，不仅仅是缘分，而且跟他们在一起相处很有归属感、安全感。所以，她甫一入职客运服务站，就把目前业务单一、收支规律、往来不多、账目简单的财务工作，无论是收付款签名、存取款单据、支出款报账，还是科目列项、账簿列支、财报列表，均按照在学校所学的专业知识，进行规范化、正规化整理，并且在每个季度都非常认真地向周全提交一份财务报告。这份报告不仅仅是罗列财务流水、资金明细、收支清单，而且进行财务分析，提出财务建议，比如，刘佳在第一次财务报告中就建议增加固定资产投资，也就是通过增加营运小巴数量来带动提高经营效益。这个建议，一下子引起了周全的强烈共鸣。

随着深圳经济特区改革措施的不断深入，开放力度和范围的持续扩大，深圳提出了"两头在外，大进大出"的口号，新的浪潮必然波及并影响到"关外"的大澳岛，港商投资在涌进，项目考察在增加，旅游热情在高涨，而随着岛上民众的生活水平的不断提高，对于交通提质升级的需求也越来越多。作为民用经营性项目，基层乡政府已明确不得有行政再参与的职能，更不可能再由财政投资购买车辆，因而，外资内资将投资大澳岛内交通客运项目的传闻也越来越接近现实。

周全承包经营的客运服务站何去何从以及如何发展，已经成为迫在眉睫的问题，甚至可以说是刻不容缓，必须抢占先机，否则，业已打下的江山将会被他人摘取果实，给他人作嫁衣，前功尽弃。由于受到刘佳在惠大公路长途客运候车点的遭遇所刺激，已经有了一定资本积累而且血气方刚的周全，立志拿下由大澳岛直达罗湖东门的这条线路的客运专营权，并下决心要把那些客运交通的害群之马挤出这条线路。刘佳理性地阻止了周全对这一计划即时实施的行动，她分析道，如果现在申请拿到大澳岛直达"关内"的客运专线，那么，这个专营权就属于客运服务站的，也就是属于大澳乡政府的，除了专营权不是自己的，投资的主动权、资产的所有权、资金的支配权、利润的分配权也都不是自己的，还会衍生出更多问题来。总而言之一句话：先改制！收购客运服务站之后再谈其他方案。

一番话如醍醐灌顶，瞬间点醒梦中人，令周全茅塞顿开，对刘佳更加刮目相看，愈发认定她是可以助自己一臂之力的人。

曾爱华书记其实也早有改制之意，她早就决定要抛开所有非政府职能的羁绊，让政府能够轻装前进，全力以赴地解决大澳岛的战略发展和民生实事谋划等重大问题。经与班子成员达成共识，最终形成了客运服务站的改制方案：向社会出让客运服务站经营权，价高者得，但有附加条件，即尚在承包期内的周全不仅有优先收购权，而且应获得折算抵偿提前解约的违约金。

好在当时对这几辆旧款的国产小巴感兴趣的人几乎没有，也不想去蹚这滩替乡政府代付违约金的浑水。于是周全便当仁不让，一举实现了对客运服务站收购改制的目的。基于对现时经济能力和经营能力的衡量，也考虑到将来业务扩张能力和营运发展能力，周全欲请父亲周亚鹏作为港资股东入股。然而，此时的"汽车客货运输"虽然不属于禁止外商投资领域，但是被列入"限制领域"清单，在获取审批手续时也会有一定的"限制"。好在基于大澳岛偏远落后的实际，有当地政府鼎力相助，有市政府的大力支持，终于获批成立了中外合资金鹏客运服务有限责任公司，公司名称所用"鹏"字，当然有以父名为尊的意思，也寓意成为鹏城客运的金字招牌。

周亚鹏建议周全同时担任合资公司的董事长兼总经理，自己只做副董事长辅助工作，因为自己还有香港和内地的众多投资业务要操心，分身乏术，无暇兼顾。但在随后的实际经营过程中，周亚鹏却在相当长的一段时间里，把主要精力都放在金鹏客运公司的业务规划上，放在与周全研究公司经营发展与管理对策上，并根据合资经营企业合同、章程的规定，依法申报进口了十辆日产中巴车作为投资的一部分，及时增加岛内客运线路，大大改善了大澳岛的交通营运条件，金鹏客运公司也因此扩大了市场份额，填补了原有市场空白，让原先意欲进入大澳岛客运市场的外资和内资觉得再也无利可图，皆知难而退。

改制尘埃落定，基本目的达到，周全乘胜前进，着手谋划落实曾被刘佳喊了"技术性暂停"的发展计划，迅即形成股东会决议：向政府申请投资大澳岛直达东门长途汽车站的客运专营权。

大澳岛乡政府的领导确实没有想到，本来纯粹是卸掉乡政府客运服务站这个包袱的改制行为，竟然被周全这小伙子策划成一步到位地改制为合资企业，而且切切实实地引进了港商现金资本和进口车辆实物投资，实力大增，形象刷新，也成就了乡政府招商引资的业绩，可谓一举多得，局面多赢。所以，收到金鹏客运公司呈报投资大澳岛直达"关内"客运专线的专营权申请后，立即表示全力支持，并作为扩大对外开放，吸引外商投资的重要事项，以乡政府名义向深圳市政府提交了专项报告。深圳市交通管理部门审查认为，此线路硬件条件差，交通乱象丛生，但政府目前尚无法顾及，现由民间力量搞专线专营，一可借此规范和改进这一带的交通环境，二可解决偏远地区和海岛的交通条件。何乐而不为呢？

很快，189客运专线获批。

金鹏客运公司简陋的办公室里一片欢腾，真是比此前改制成功，领取了中外合资经营企业的营业执照还要高兴。

刘佳兴奋地对周亚鹏父子和庄建设大哥说：

"我终于可以从简单地收钱记账，单纯地当财会出纳，进入真正做企业财务的角色了。现在才有了专业感觉，可以把学校里学的本事贡献出来了。"

周全笑着看了一眼父亲，口头宣布道：

"经董事会研究决定：刘佳小姐任总经理助理兼财务部经理；庄建设先生任公司业务总调度兼经营发展部经理。"然后又笑眯眯地对刘佳说，"你的作用和才能可不能仅仅体现在财务方面哦，客运服务站改制没有留下尾巴，成立金鹏客运公司，189客运专线申报成功，你都是功不可没啊。将来公司内部如何加强管理，还需要你多动脑筋呢。"

西装革履的周亚鹏接过小儿子的话说：

"根据我们合资公司的进口指标和海关许可，港方决定继续追加投资，先引进三辆四十座以上的进口大巴，并将根据189

专线经营效果和盈利情况，再予以考虑是否增加营运车辆。同时，我和周全董事长商定，即时公开招聘持有 A 牌驾驶证的客车专职司机和长途客车的乘务人员，完善公司经营发展部、客运业务部、车辆维保部、安全生产部、人事部等内设部门，并招录相关部门的负责人和文员。总之，一定要全管理链条的正规化运作。"

庄建设对于自己的任命和职责没有异议，但他分析这条客运专线打开局面和巩固阵地的难度还是挺大的，那些"黑大巴"绝不会轻易丢掉这块肥肉，甚至不排除跟这些家伙之间有暴力流血事件发生。因此，他建议专线客运的头班以及刚开始的几个月，由他亲自驾车带班，并随时应对"黑大巴"暴力竞争抢客和其他突发事件。

果然不出庄建设所料，这条专线运营权"码头地盘"的争夺战，在这山高皇帝远、行政辖区接合部的特殊位置，持续上演了好几个月，几乎可以用各方混战、血雨腥风这些词来形容，确实可以说庄建设他们是用血肉之躯打下了 189 专线营运"江山"，这个"江山"被周全守了几十年，守到现在还在坚守。也正因为如此，即使是在庄建设年纪大了，干不动了，从公司退休了，周全每年都给庄大哥过生日祝寿，逢年过节的礼节从不马虎，平时的探望问候也从不疏忽。

好在有庄建设的提醒，事前有预计，提前有部署。那处自发形成的经常发生抢客混战的长途客车候车点，正好是三条线路的外地长途汽车进入深圳辖区后的会合点，也正好属于大澳岛的管辖范围，金鹏客运公司在此搭建了一排"金鹏客运候车室"并配建一间"安保值班室"，以安全生产部为主，组织新招聘的男性员工手持棍棒、铁器，戴上藤条安全帽和红色袖章，夜以继日地在这个候车室轮流值班执勤，所有未经政府批准的外地长途客车到此皆不得再予前行，落客后必须返回，不得抢客，不得斗殴，若遇欺负乘客的事，必管。

多年已经习惯于横冲直闯、肆意妄为的这些"黑大巴"哪会轻易就范，哪能束手听令？于是，吵闹、挑衅、冲卡，甚至暴力对抗、大打出手的情况随时发生。早有防范对策的金鹏客运公司员工立即行使"正当防卫权"，挥舞着棍棒、铁器一拥而上，混战之中，砸坏车窗有之，打破车灯有之，扎破车胎有之，"失手"打伤人的情况就更不用说了。落荒而逃的外地"黑大巴"也有部分不服气的，带着人马杀回来"讨说法"，但大澳岛有更多的村民、渔民闻风前来"增援"。所谓好汉不打码头，强龙压不过地头蛇，这些前来报复的"黑大巴"根本占不到便宜，并且还被列入了"黑名单"。金鹏客运公司对其提前实施拦截，不准其越雷池半步进入大澳岛地界，更不允许其进站上下客。慢慢地，外地客运车辆守规矩了，金鹏客运候车室从此秩序井然，大澳岛直达"关内"东门路深运大厦的 189 专线因而逐渐风平浪静，有序经营，从此成为一条几十年如一日的模范客运线。

清除掉"黑大巴"欺客恶行，排除了无序竞争乱象的金鹏客运公司自此名声大振，也因此效益大增。于是，岛内找周全托情进入金鹏客运公司任职、打工的人络绎不绝，这些人中当然有浪沙围村的现任村支部书记莫建明等乡村干部，也有突然冒出来的周家亲戚。

对儿子们的事从来不予过问的曾小英，听说有浪沙围村的人找周全找工作开后门的事，只是交代了一句："带眼识人。"

第十章

特区打拼

无论有人怎样反复地向有关部门投诉和举报，周正承包经营采石场期间的事根本不可能在司法机关立案。但无证据的诬告和无来由的举报，其成本也就是八分钱的邮票，周正却因此付出了在东江建筑公司"学习班"被限制了近一年自由的代价，强制接受内部审查，无休无止地交代问题，过年都没有让他回家。当然，基本工资照发，可以在公司院内四处溜达，外公、外婆、妈妈、城里妈妈和弟弟周全都可以到公司来探望、送东西，甚至还允许家人春节期间到学习班来聚餐吃年饭，但就是不准出公司的大门，更不允许有港商敏感身份的周亚鹏来看望儿子。这些无聊措施虽然不知所谓，但是举报者的目的基本实现了，心理大体平衡了，"有油水"的采石场承包人安插了自己的人，"有权势"的一把手经理位置变成了自己人的座位。这在当时整个广东迈开大步改革开放，举国上下强调法制的形势下，确实属于并不多见的特例，但是被周正撞上了。

在周正被送进"学习班"不久，公司原经理区伟德在无可奈何之下走人，应聘到深圳一个区的建设局去担任副局长。在走之前，区伟德专门把周正叫到经理室谈话，主要意思就是让周正一定要肯定自己、相信自己，对自己要有信心；外面的世界很大，发展很快，要放眼往外看，往前看；要多学习多思考，正好利用这段时间想好自己将来要走的路；人的一生遇到不公，遇到挫折，是坏事也不是坏事，关键是要总结经验教训。当然，有些事、有些人能躲开就躲开吧，毕竟还有其他更重要的事情要去做，带眼识人很重要。

这一年，周正了解到外面的世界，尤其是邻近的深圳经济特区在不断发生着翻天覆地的变化，也知道了比自己小五岁的弟弟周全在父亲的帮助指点下，连续干成功了好几件令人佩服的大事。

周正感到时不我待，岁不我与。

这一年，周正了解到东江建筑公司慢慢出现了经营不善的败象，已经无法在本市和周边地区铺天盖地的基建工程市场中参与竞争，听说石窝坑采石场的承包也难以维持下去了，要解约打官司。

周正体会到世间诸事，因人而异。

这一年，身体失去自由但却有大把时间看书学习、自由思考的周正，沉下心来读了不少书，并认认真真地考虑了自己人生的道路、将来的出路、择业的去向、事业的方向。

周正最终做出了一个决定：只有去深圳发展才是出路！

差不多一年前被无缘无故地关在学习班"学习"的周正，后来不明不白地给放了出来。看到东江建筑公司苟延残喘不死不活的样子，他完全失去了找现任有关领导讨说法的冲动，只想赶快离开这个是非之地，把失去的时间和机会赶紧抢回来。

周正第一时间就赶到石窝坑，他第一个要找的人是父亲。周亚鹏今天恰巧在石窝坑蘑菇种植基地，正与前来基地现场考察订货的几位香港客户，商谈签订不同品种的蘑菇销售合同事宜。

三年来，周亚鹏利用石窝坑便宜的种养用地、适宜的环境气候、优惠的投资政策，以及当地廉价的劳动力，借助其在香港了解和掌握的培植技术、研发团队、市场行情和营销渠道，针对不同的消费群体和市场需求，根据价格档次和利润大小，种植了香菇、草菇、平菇、花菇、杏鲍菇、茶树菇、牛肝菌等种类众多的可食用菇种菌类，并且根据海内外客户的订货要求，鲜货、干货皆可供应。华鹏现代农业公司旗下种植基地的质优价平、品种丰富的菌类产品和蘑菇制品，一炮走红，令周亚鹏迅速占领了香港食用蘑菇市场50%以上的份额，而且还有继续扩张的趋势，"蘑菇周"名声在外。近期又听说广播电视报纸上有不少专家在做猴头菇养胃健脾营养价值高的宣传，他便紧跟形势，及时开发了猴头菇的培育种养。这不，已经有很多家香港高档大酒楼来跟周亚鹏签订了常年订货合同。

周正很高兴看到父亲在内地的事业不仅走上了正轨，而且蒸蒸日上。在父亲送走客户之后，父子俩坐下来喝茶并进行了深入交谈，周正向一年未见的父亲系统汇报了自己的想法和决定：从东江建筑公司辞职，自己组织工程队去深圳经济特区搞基建工程承包，按自己的想法做事，自己给自己赚钱，不怕从小做起，争取从无到有，慢慢起步，脚踏实地，闯出自己的一片天地，干出自己的一番业绩。

"在内地，国营企业的正式职工可是'铁饭碗'啊，好多人还在抢呢，你就这样丢掉了，不觉得可惜吗？"

"我不要'铁饭碗'，我要的是金饭碗。何况这个'铁饭碗'已经生锈了，会不会漏汤漏水也好难讲。"

"你现在有队伍吗？有技术吗？有现成的工程给你做吗？"

"有赖宏亮、沈建军这两个好朋友给我做帮手，如果采石场的师傅们愿意跟着我干，就有了基本的技术骨干，可以先从简单的土建小工程做起，有机会再找关系求人，总会给点事做的。只要我们肯吃苦，肯吃亏，实实在在地把活儿干好，不愁没活儿干。"

"肯吃苦，肯吃亏，这句话说得好！嗯……那么你们有启动资金吗？你这几年的奖金、提成，还有补贴都被没收上缴了，白干了。听说现在有很多工程都是需要垫资施工的。"

"这个……这个……"

周亚鹏知道，儿子真正的软肋在资金。他完全不怀疑自己儿子的人品、能力、做事的判断力和努力的韧性，最终肯定会成功，但眼下的难题就是资金困难，这是个客观限制条件，必须得有人帮助化解。于是他明确表示要像支持周全一样来支持帮助周正，先解决起步资金，其他有什么困难可以随时提出来。

接下来，周亚鹏又跟二儿子深入地分享了识人、待人、用人、管人的经验，并提了些建议，分析了可能会遇到的困难。

得到父亲支持和指点的周正马上赶到旁边的采石场，只见现场一派凄凉景象。始终遵守对周正的承诺，勉强还坚持留守的赖宏亮夫妻俩还有赖永光、赖永辉兄弟俩见到周正像是见到了救星，他们告诉周正，公司派到采石场的承包负责人不仅经常三天打鱼两天晒网，而且完全不知道如何管理和经营，最近已经很长时间没再过来了，村里的石匠师傅和其他民工没有活儿干，基本上也就不过来了。

周正便让赖永光、赖永辉兄弟俩分头去村里，把石匠师傅们和其他在采石场干过活儿的民工能叫到的都请来，然后又趁这个时间空当，先跟赖宏亮交流了一些情况和基本想法。

听说周正回到采石场来了，村里的人来得可真不少，他们争先恐后地向小周老板表达真诚的问候，当然，更是希望周正能给他们出点子，谋生路，有机会再次把大家带上挣钱致富的路。

与赖宏亮交流之后的周正心里更有底气了，他开门见山地把自己想要组织工程队进深圳经济特区承包建筑工程的计划和盘托出，希望得到老乡们尤其是技术骨干师傅们的支持，能够跟他一起闯江湖、打天下。当然，他也向大家如实坦陈了面临的三大困难：没有现成的工程项目等着我们，能不能拿到工程哪怕是给别人砌围墙、挖厕所、刨土坑的小工程目前都没有把握，没有活儿干，只能空手而归；目前手头没有资金，更没有可以垫资施工的资金，即使最后能找到活儿干，一开始也不一定就有收入、有利润，如果最后没有钱赚没法发工资，大家只能打道回府；刚开始很难找到落脚的地方，风餐露宿是常态，能有个四面透风的工棚给大家住就算是不错的条件了，绝不可能像现在这样你下班后有家回，有床睡，有爹妈有老婆给你做好饭菜等你吃。总之，可能要吃大家想不到的苦。

听完周正开诚布公的一番话，大家七嘴八舌地说开了：

"反正现在我们大家伙儿在家里闲着也是闲着，没事干就没钱赚。不出去闯一闯试一试，哪里知道能不能找到赚钱的机会呢？"

"人家都说深圳经济特区遍地是黄金，分分钟都有赚钱的机会，如果别人能赚到钱而我们赚不到，只能说明我们没本事，不怪你！"

"我就不相信只有我们行衰运。"

"你既然带领我们大家一起出去找挣钱的门路，没资金、没工程、没收入、没利润，又不是你一个人的事，你一个人的责任。"

"不管大工程小工程，只要我们老老实实地给人家干活儿，把活儿干漂亮了，让人家觉得满意，佩服我们了，我就不相信接不到活儿！"

"工棚我还没有住过呢，四面透风，肯定好舒服，反正我们这里天热，透风才好哩，还不用电风扇，省钱。"

"只要能挣钱娶老婆，住桥洞、睡马路都没有关系，嘻嘻……"

"大家都是兄弟，能挤在一个工棚里睡觉那是缘分，晚上聊聊天儿，讲讲古，谈谈鬼故事，说不定多惬意呢。不过……不过……赖经理他们两口子可不能跟我们挤在一起睡，容易出事……"

"哈哈哈哈……"

在采石场一直被大家叫着"经理"的赖宏亮追着说这话的石匠师傅做势要打。众人笑成一团，乐不可支。

于是，大家商量着先期主要是探路打基础，暂时不必组织太多的人，只确定了以技术骨干为主的二十人的先头部队。

为了显示正规的工作风貌，周正给这个没有正规手续的工程队取名"正鹏建筑工程队"，既是尊用父亲之名，也带入了自己的名字，同时当场宣布自任队长，任命赖宏亮和沈建军任副队长。

队伍组建完毕，周正即回公司，很快就办妥了辞职手续。

此时东江建筑公司的惨状，已经到了巴不得有职工辞职，而且走的人越多越好的地步。很久都没有像样的工程做了，应收的工程款讨不回来，对外欠的材料款和民工工资数额更多，公司领导天天被人跟在屁股后头追债，只求少一个人就少一个发工资的负担。

辞职之后无所羁绊的周正雷厉风行，和赖宏亮夫妻俩一起找到仍然还在石材展厅兢兢业业守店看铺的沈建军，几个人再就组织工程队闯荡深圳经济特区承包工程的计划方案，又从各个方面进行了更深更细的讨论，把各人能想到的问题都提出来，把每人能预想到的困难都摆出来，逐一研究对策和解决思路，不打无准备之仗。

就这样，周正将要带领"正鹏建筑工程队"走进充满机会、充满希望、充满诱惑，也充满着不确定因素的深圳经济特区，去闯，去打拼。

在现实生活中确有这样的情况，往往在大家调侃说笑，七嘴八舌的不经意之间，保不定哪一句就是真理，哪一句可能是预言。那天在采石场，有人随口说了句不怕住桥洞、睡马路的玩笑，虽然不能说他是一语成谶，但是的确是他们刚踏进深圳经济特区就面临的现实。

一脸好奇，两眼放光，十分迷惘但又满怀希望的正鹏建筑工程队的一帮人，一通过布吉边防检查站，踏入深圳经济特区地界，首先遇到的问题便是何处落脚。人生地不熟，两眼一抹黑，而且从这里进入"二线关"的人，基本上都是外地人，每个人都行色匆匆，神色茫然，不可能向这些人打听问路。那么，最简单的方法就是顺着旁边的铁路线走，肯定能走到市区。

好在前行不久时，大家就看到了一片开阔的火车站货场，错综复杂的多条路轨或并行或交错，在十月正午依旧灼热刺目的阳光下，反射出多元图案并伴随着多彩光线的幻影。有一列货车静静地卧在外侧路轨上，另有一列货车正靠在月台卸货，月台上一片繁忙。两个穿着铁路制服、戴着红袖章，正在巡视货场的工人师傅，看到这群扛着行李、顺着路轨走进货场的人，立刻迎上前去阻拦、盘问。也许他们并不是第一次遇到这样的情况，于是不厌其烦地挥舞着双臂给他们指路。在货场工作人员的指引下，周正带着他的人马绕到了货场外边，发现在货场与一处自然村之间，堆放了无数大直径的水泥管，周正告诉大家，这些是市政建设用的地下排水管道。

有几个人便探头探脑地往水泥管里边看，其中一位突然说：

"咦？跟房间差不多哦！这里边肯定比住桥洞、睡马路要舒服多了。"

大家嘻嘻哈哈地攀扶着水泥管应和道：

"哇！是啊，真是啊。"

周正灵机一动，前后左右这么一观察，看出这里只是市政排水管道的储放地，不是施工地，看来还会再堆放一段时间，那么，把这里当作暂时落脚的宿营地应该是个不错的选择，应该也不会有人来赶他们走。大家都是两眼一抹黑，现在要到哪里去并没有目标，而且无论走到哪儿都不可能有现成的免费住宿，更何况旁边就是村子，有村民就好沟通，万一有事，也好求助。

负责工程队伙食的黄亚芬由老公赖宏亮陪着到村里去打听消息，过了一会儿，两口子便满面喜色地返回，开心地告诉大家，这一带叫笋岗，他们找到一户刚盖起了两层楼的村民，新楼旁边有一间废弃还没有拆除的破旧小房子，可以做饭，房东说愿意借用，只是要付点儿租金，并不多。大家一阵欢呼。

周正让大家打开各自的行李，自行去挑选自己觉得合适的水泥管住进去，先原地休息。随后便和沈建军、赖宏亮、黄亚芬一起到房东家查看破旧房屋现场，签合同交租金，然后安排赖宏亮夫妻俩就地住在这小房子里，以方便起早贪黑给大伙儿做饭，同时交给沈建军一些钱，叫他立即去村里的小商店采购柴米油盐菜，并顺便了解了解市场行情，自己则叫上赖永光、赖永辉兄弟俩一起，一路向南，朝着有吊塔的方向打探活路去了。

半个月下来，周正和沈建军、赖宏亮各带两名工友，分三路行动，把罗湖区、上步区大大小小的工地都找遍了，希望能找到什么活路，哪怕能分包一个最累最脏最不赚钱的零碎工程，甚至不惜给其他建筑队帮忙打小工也行，啥都可以，但都没能揽到活儿。只是了解到，从外地四面八方涌进深圳经济特区的各色建筑公司、工程队、包工队和零散民工都在到处抢活儿干，互相压价竞争都难抢到手，哪里可能有这个突然冒出来的正鹏建筑工程队什么事呢？

无奈之下，沈建军忽然想起他的一位堂叔原先是工程兵的副营职干部，集体转业到深圳后改制成立了市政公司，便一路打听找到了远在竹子林一处坡地上的这家公司。有人一听是找"五公司的沈经理"，便带着他顺着坑坑洼洼的红土路，在一片毛毡苫顶、毛竹搭建的工棚间穿行。当见到堂叔时，他正在工棚里跟战友们吆三喝四地打"争上游"呢，一群围观者在乱哄哄地为打牌的人出谋划策。

随着一声"阿叔"的称呼，这位正与战友们打成一片的沈经理看着站在自己身边的沈建军，半天没有回过神来，好不容易才认出是本家侄儿，难以置信地脱口一句：

"你怎么找到我这儿来了？"

在"市政五公司经理室"那四面透风的工棚小隔间里，沈建军的堂叔沈家耀得知堂侄的来意，嘬着牙花子踌躇了半天，才半是解释半是摊牌地跟堂侄儿说道：

"唉！怎么说呢？我们原来可是逢山开隧道、遇水架桥梁的大名鼎鼎的工程兵部队啊，我们现在也是根据中央命令成建制转业到深圳，属于搞特区建设的正规建筑公司啊，但是你也看到了，我们这儿像是有活儿干的样子吗？但凡有任何一个项目工程在施工，他们……咳咳……我们谁还敢在工棚里打牌？谁还有闲心蹲在这儿打牌？你说是吧？你看看我这一摊子，你看看我这个烂摊子，哪像是还有什么能力帮别人找活儿干的国营企业呢？我们集体向市政府打报告，又到市政府去请愿，虽然市领导答应我们会帮助解决，但也要求我们提高在建筑市场的竞争力，尽量自己找饭吃。有那么容易找饭吃的吗？你看看现在社会上的形势，像你们这样随便拉起一帮子民工就杀过来抢饭碗，什么条件都能答应，什么招都使得出来。我们能像你们那么瞎干吗？那不是无组织无纪律无规矩违反原则吗……"沈家耀猛然意识到面前站的是前来求他帮忙的堂侄，不应该用指责的口气说他，便又叹了一口气，"唉！你也看到了，我们也是泥菩萨过河——自身难保呀，我的兵也在等饭吃呢，哪里还能帮得上你们哦。"

沈建军由刚来时一路走过看到的情形，到现在听到的这一番抱怨的话，他认为堂叔说的都是实情，觉得自己的确不应该来为难他。

连续两天的秋雨夹杂着阵风，下得时大时小，湿淋淋的水泥管道则是两头轮换着往里面吹风灌雨，大家的卧具行李都变得潮润甚至湿漉，外面无处去，里边无法躲，只能愁眉苦脸或趴或卧地在阴湿湿的水泥管里发呆。如此天气，导致周正多年前在知青点划船运货时受的创伤第一次复发，腰椎、胸肋和头部都疼痛难忍，是赖宏亮撑着雨伞过来叫他去吃饭时，才发现他已经疼得没办法支撑起身，赶紧叫来工友们把他扶挪出水泥管，抬到厨房去的。大家一致认为不能再让队长住在水泥管里面了，这样下去会造成瘫痪的。于是由赖宏亮、沈建军去跟房东求情，把他们新盖楼房一楼那间干燥的小杂物间，暂时租给周正养身体，按日便宜收租金。

周正在房东的小楼杂物间里躺了五天，外面的雨也整整下了五天，等到天一放晴，自我感觉没有那么难受，可以起来走动了，周正硬是不顾众人劝说，坚持要住回水泥管去。因为，在这个特殊的困难时期，自己绝对不能搞特殊化，这样会给工友们的印象和感觉都不好。更何况，出来已经快一个月了，任何工程都没有，任何收入也没有，反而在不断地支付租金、垫付伙食费，而且此前对工友们也有承诺，即使没有赚钱、发生亏损，也要给他们发基本工资，眼下这第一个月的基本工资就要发放了，未来的前景依旧是不明朗，工程队何时能够赚钱还不得而知，父亲支持的款项是为工程准备的，不能这样坐吃山空。所以，在继续找活儿干的同时，必须细水长流，从长计议，不能乱花。

这次病痛复发，令周正有了更加强烈的紧迫感。

老天不负有心人。这天，身体仍显虚弱的周正又在赖永光、赖永辉兄弟俩的陪同下，从笋岗仓库一直往南走去，一个工地接一个工地，无论大小项目，皆如扫地毯般地进去拉关系、找机会。当路过一处围墙上书写着"深圳经济特区环球贸易大厦项目工地"的入口处时，看到一群人正不停地指指点点，情绪焦虑地讨论着什么。周正他们好奇地凑过去一看，只见围墙内正负零以下的人防工程施工坑已被连续多日未停的大雨灌满，就像一个巨大的游泳池，而从这些人义愤填膺的激烈言辞中得知，为这个地下人防工程做护坡和隔断工程的，本是一个什么地方的县工程队，已经收了工程施工的预付款，也就这几天下雨没见，现在再到工地来找他们，却根本不见踪影，也无法联系上，不仅这一整坑的水没人处理，护坡隔断工程没人做了，还直接影响负责其他环节施工队的打桩和后序工程的进行。

周正明白了原委，不失时机地挤到一位看上去是个负责人的面前，自告奋勇地做了自我介绍，积极表态愿意接手那个未完成的工程。这位负责人就是环球贸易大厦甲方项目部的陈建经理，说来也巧，陈建原来是从惠州地区建设局应聘过来的干部，对东江建筑公司还比较熟悉，而且还认识区伟德经理，既然有这么一层关系，加之周正的诚恳态度，当然有所心动，也想有所照顾。关键是，周正的出现可以解决大厦尽快恢复施工的燃眉之急，不至于让公司领导发现施工单位拿钱跑路是他这个项目部负责人的严重失职问题。于是，陈建撇开那些围着他争吵不休的其他工程承包商，悄悄拉着周正三个人到项目部办公室去具体商议。

最后议定的方案是：由正鹏建筑工程队完成那个县工程队所有承包的工程，包括及时清理这次下雨导致的人防工程施工坑的全部积水；原与那家县工程队签订合同约定的全部工程价款，均有条件地转付给正鹏建筑工程队，但应扣除原已付给县工程队的工程预付款，而且清理地下人防工程积水不再另行追加计算工程款；变更并撤销原合同中关于按期支付工程进度款的条款，先由正鹏建筑工程队自行垫资施工，在积水清理以及所有合同规定的发包工程在规定的时间内完成，于验收合格后若干天内由甲方一次性付清全款，绝不拖欠；由于在场双方你知我知的原因，不签订书面协议，由甲方项目部向正鹏建筑工程队和周正队长个人出具承诺函，并加盖项目部公章。陈建保证，同样具有合同的法律效力。

以上所谓商议的方案，其实都是陈建单方提出，要周正他们必须接受附议的条件。而周正则觉得，在深圳经济特区第一次能够接下这样一个正规的工程，虽然只是项目的局部施工，但也是个大工程，且已超出了他们的预期，施工的人工安排正好适合自己工程队的人员规模，施工的专业要求也正好符合自己工程队的技术条件，简直就是天意呀！但是，若按商议的方案，要在分包的这部分工程完工验收后，才收得到工程款，这样最大的问题就是流动资金存在相当大的困难，看来父亲的事先提醒是对的，仅仅垫资租用抽水机、水泥搅拌机，以及购买水泥、钢筋、石料、红砖等建筑材料都已经捉襟见肘，工友们的工资就暂时没办法兑现了。

但这是一个难得的机会，没有条件创造条件也要上！面对困难克服困难也要干！即使不赚钱也要干！周正相信，他跟工友们把话摊开了说，说清楚眼前暂时的困难，这些兄弟也肯定会跟他同舟共济，共克时艰。只不过，工资是工友们出来打拼的基本动力，工资是工友们干活儿激励的基本保证，依时给工友们发工资更是自己承诺如金、践诺如银的做人原则，这个原则不能违背。

周正只得打电话再次向父亲求援借款。周亚鹏带上支票，第一时间乘坐金鹏客运公司的专线客运大巴从大澳岛赶来。

作为在香港土特产贸易行业颇有名望、多有成就的周亚鹏，在把大儿子周成培养成才，送到英国留学继续深造之后，他剩下的心思就是想方设法尽量补偿自己对留在内地的妻子和两个儿子的亏欠。只是曾小英看来是难以原谅他了，但这两个儿子现在和自己的关系非常融洽，事事处处都会讨教，着实好学上进，奋发有为，而且敢作敢当，令他深感欣慰。也正因为如此，周亚鹏对两个儿子是有求必应，遇难必帮，当然他也会依着儿子们的意思，以投资或者借款的方式随时为他们提供帮助，既能给他们尽心尽力创业、努力赚钱还款的压力，也能避免他们养成吃现成饭的依赖思想，更好地培养他们的事业心、进取心、责任心。

"放心，老豆攒下的这些资产都是给你们这些仔留下的。"周亚鹏坐在大巴上心里这样想着。

周正在东江建筑公司担任兴华电子厂土建工程和装修工程项目经理时所积累的经历和经验，为今天能够独立带队承包环球贸易大厦地下室人防工程创造了条件，而在承包石窝坑采石场期间所积累的人缘和人脉，也为今天大家伙儿能够不讲条件齐心协力地抢工期、拼命干奠定了基础。也算是有所补偿吧，那家跑路的县工程队当时为了给环球贸易大厦项目部展示履约施工的样子，在项目工地的一角，搭建了一排简陋的工棚，还堆放了一部分水泥、石料和盘钢。就这，居然让正鹏建筑工程队的这些人欣喜若狂，毕竟有了像样睡觉的地方，有了可以开工的备料，显得正规了不少。

真正麻烦的是排水清淤。周正租赁了四台大功率抽水机，从四角方位不分昼夜加班加点地抽排水，而此时此地的地下市政排水管网还没有敷设完毕，无法起到城市泄洪作用，一开始还想要钻空子投机取巧，直接就往旁边的公路上排放，但无奈水量太大，引发了司机和行人的投诉，也引来了交警和政府有关部门的整改通知书。好在可以租用几百米加长水管，就能够排入一个稍远处的野水塘解决问题。而排完水后才发现，清淤工程才是真正的考验，淤泥深厚，量大难清，根本不可能是正鹏建筑工程队二十个人能够干得了的，此时民工虽好招，不过这样一来用工成本就会大增，并且耗费时日不短，这是周正完全没有预料到的。但一言既出，驷马难追，胸脯既拍，愿赌服输，还是那句话，即使不赚钱也要干下去！

人在最艰难的时候是最能激发战斗力的。周正、赖宏亮、沈建军把工程队的工友师傅们分成三组，与临时招用的民工们分工配合，通力协作，不分昼夜，争分夺秒，轮流换班，终于抢在大厦项目部限定的时间之前，全面完成了排水清淤任务，使得大厦主体土建的正常施工得以继续顺利进行，令项目部的陈建经理感动不已，令其他后续工程的建筑公司的同行们佩服不已。

于是陈建又决定变更此前商定的并在承诺函中写下的关于不予支付工程进度款的条件，依旧按照原合同的规定，向公司提交请款报告，及时向正鹏建筑工程队支付了第一笔工程进度款。此举，一是可以让公司认为承包地下人防工程的原合同主体仍在正常履约。二是人防工程施工坑灌满雨水这一不可抗力事件，并没有增加施工成本，也没有拖延工程进度，完全是大厦项目部敬业尽职的功劳，应予奖励。三是正鹏建筑工程队不仅在深圳掘得了第一桶金并顺利渡过难关，而且在项目开发商和工程承包商中间赢得了良好声誉。

毫无悬念，双方议定由正鹏建筑工程队接替跑路的某县工程队所承包的全部人防工程，最后也同样保质保量提前竣工，并顺利通过各有关方面组织的分部工程验收。陈建也不食言，严格依照承诺，及时足额付清了全部工程款。这可是真正的血汗钱哪！

周正每每回忆他在深圳成功迈出的这第一步，总是归结为得益于天时地利人和，当然还有人品赢得人心。

经历此役，陈建有心将周正留在环球贸易大厦项目工程里继续合作，于是他提醒周正从长计议，赶紧向工商局申办营业执照。鉴于建筑工程公司法人企业营业执照申请时所需的资质、业绩等审核起来比较复杂，因而他建议周正先办理正鹏建筑工程队非企业法人实体的营业执照，这样就可以刻制公章、开立银行账户，有一个正规合法的身份拉业务、谈合同、签文件，尤为重要的是，可以规规矩矩地公对公收付款，不至于像现在这样要往周正的私人存折里打款，公司财务的付款审批手续很麻烦，每次都要签各种保证书。

"如果不是我掩盖那个县工程队跑路的事实，假装合同还在由原来的工程队正常施工，也因为你们确确实实帮了我大忙，所以我作为项目经理出面催款，出面解释，甚至出面担保，否则，哪有那么容易每次都从公家账上转款到私人存折？"陈建强调道。

领到营业执照的当天，正鹏建筑工程队的工棚里沸腾了！大家都理所当然地认为，他们所有人都有了在深圳经济特区打工的合法身份，他们所有人都成了深圳企业的正式员工，他们临时起意拉起来的正鹏建筑工程队，现在堂堂正正地在经济特区的建筑行业站住脚了！在营业执照上登记为企业负责人的周正，更是为自己这个被政府认可的身份感到兴奋无比。他第一次提出请全体员工聚餐喝酒，就选在蔡屋围的一家专门为工地建筑工人和民工提供宵夜服务的大排档。总共喝了几件啤酒忘记了，另外还喝了几瓶白酒也不知道，小炒加了一盘又一盘，也不清楚到底加了多少盘，很多人都喝醉了，周正和赖宏亮、沈建军一杯接一杯地碰杯祝贺，一遍又一遍地表态激励，喝着喝着，大家就抱头痛哭起来。

有了正式营业执照，有了正规合法身份的周正经理，跟人有样学样地印了名片，并每天都随身携带，营业执照、公章、银行开户卡这"三件宝"随时随地都给人发名片，并会在必要的时候，向对方展示那张用塑料薄膜郑重封套的营业执照。

经由陈建牵线推荐，周正很快就和环球贸易大厦土建工程的一家分包商达成协议，签订了分包工程中的部分工程再分包协议。这位分包商黄老板很会算计，他早已目睹并了解到周正所带领的正鹏建筑工程队诚实肯干，不怕吃苦，活儿也干得漂亮。而周正也了解到这位黄老板把这个再分包工程的价格压得很低，抽水①太狠，且条件苛刻。但话又说回来，这份苛刻的合同至少能让这二十个人在一年内有现成的工程做，有现成的地方住，不用另外挪窝，不用再去求人，更重要的是，可以通过参与这个正规大项目的土建工程，为正鹏建筑工程队的建筑资质、工程业绩打基础，搞积累。

环球贸易大厦提前竣工验收，整体工程质量被评定为"优"，总承包商依据合同约定的条款如愿获得了提前完工奖和评优奖，这里面不能说没有正鹏建筑工程队的功劳汗水。周正也从陈建那里了解到，环球贸易大厦建设单位作为发包方，除了依据合同规定暂扣一年不付的维保金之外，已经足额支付了全部土建工程款。然而，却一直不见黄老板跟自己结算工程尾款，这可是真正体现利润的部分啊，而且就快到年底了，兄弟们都等着发工资、发奖金开开心心地回家过年呢，而这位黄老板却总是找不到人，呼他的 BP 机从来不回电话，找到他们公司的工棚，每次都说黄老板出去谈业务去了。从介绍人陈建那里也得不到黄老板的行踪。

这天早上，焦急万分的周正从陈建口中得到信息，说是市、区建设局的领导会在下午来环球贸易大厦视察工作，并且要召开一场现场座谈会，与工程项目有关的各单位包括发包方、设计单位、总承包商、分包商、建材供应商、设备供应商等单位的负责人都必须到场参加，黄老板应该也会来。

周正提前赶到环球贸易大厦工地去等，去堵人。

活动时间快到了，只见黄老板从一辆旧"的士头"的驾驶

① 广东话，意为吃回扣。

室里出来，挺着肥厚的肚皮，志得意满、满面春风地跟现场认识的人点头握手说笑话。周正找了个机会立刻走到黄老板面前打招呼：

"您好，黄老板！好久没见。"

黄老板见到周正，旋即脸色一变，故作很有威势地冷淡回应：

"哦，是你呀？有什么事吗？"

"哎哎，是这样啊黄老板，就是我们那个尾款……"

"噢，尾款，你说那个尾款啊……你没见我现在忙得很吗？没有时间。再说，嗯嗯，再说。"黄老板应付着就想抽身离开这里。

周正当然不能轻易让他溜掉，紧随其后，口中还不断絮絮叨叨地哀求、说理，甚至还有些着急地阻挡他的去路。恰在此时，一辆面包车停在了旁边，从车上下来几位机关干部模样的人，其中一位就是区伟德，他一下车就看到了有些激动的周正：

"阿正？这不是阿正吗？你怎么会在这里？啥时候来深圳的？"还没等周正回答，转眼又看到了黄老板，"噢？这不是黄老板吗？怎么？你们俩认识？"

黄老板完全没有料到区伟德跟周正这么熟悉，而且是在今天这样的场合，便神色不安地瞟了一眼正要说话的周正，赶紧支支吾吾地抢答道：

"区……区局长啊？您好！您好！是……您来开会呀？我跟阿正……跟周经理一直在搞合作，是好友死党来的，今天正好……正好碰到一起，商量给他结算尾款的事……"

曾经作为国营建筑公司经理，现在又是建设部门的主管领导，区伟德一眼就看出他们俩之间是怎么回事，便朗声道：

"结算工程尾款啊？哈哈，要结就赶紧给人家结了算了，不要拖，不要躲，更不要赖账，明白吗？啊？"将一脸不自在的黄老板盯视了几秒钟，转头和颜悦色地走过去拍拍周正的肩膀："你个叻仔，啥时间从'学习班'出来的？进到深圳经济特区也没说首先来找我报个到，无组织无纪律。怎么，还在东江建筑公司干工程？"

周正低声简要地汇报了区伟德走后东江建筑公司的变化及现状，自己本人的辞职经历和当包工头的过程，以及参与环球贸易大厦工程建设的前因后果，言语间表达了乐观进取的情绪。

区伟德静静地听完，又笑呵呵地拍了拍周正的肩膀：

"好小子，果然没有看错你这个人。好！继续好好干！有空到单位去找我。"说完，还和周正互相交换了名片。

灰溜溜地站在旁边的黄老板见到这一幕，一个劲儿地在心里盘算着，回去就把正鹏建筑工程队的尾款赶紧给结了，同时也琢磨着一定要把周正这个关系给拉过来。

第十一章

母子重逢

也就才过了三年不到的时间，当"深圳市正鹏建筑工程队"这个非企业法人营业执照，变成"深圳市正鹏建筑工程有限责任公司"法人企业营业执照之后，周正开始变得雄心勃勃起来。后来周正则是自己拿自己开涮说："当时可以说是野心勃勃。"他说自己每天都踌躇满志地盯着这张新的营业执照，开始畅想着要在深圳经济特区闯出自己的一片天，创出自己的大品牌，将正鹏建筑工程公司发展成为集团化的建筑企业，至少可以跟外地的华西建筑、江苏一建、达濠建安等一流的大品牌建筑企业参与竞争，一定要在深圳的建筑市场占据半壁江山。而此时的正鹏建筑工程公司，其实在原来建筑工程队的基础上并没有增加多少人，能够配合工程施工的民工倒是不少，并且召之即来，挥之即去，但都是些施工游击队。

在建筑工程队升级成立建筑公司时，周正最初的策划方案本来也是想要成立一家合资经营性质的建筑企业，把父亲周亚鹏拉进来投资入股，参与管理。但从区伟德局长那里得知，现行的港商投资政策对于工程设计、建筑装修之类的企业，尚属于限制港商投资的领域，虽然不属于禁止级别，但是比弟弟周全搞的客货运输行业的合资审批要严得多，相当麻烦，因此只得作罢。最后的股权结构与管理架构是：周正占90%的股权，负责全部注册资金的投入，担任执行董事兼执行总经理；赖宏亮占5%的股权，不承担现金投资义务，担任副总经理兼建设工程部经理；沈建军占5%的股权，不承担现金投资义务，担任副总经理兼业务公关部经理；陈建跳槽过来担任总工程师；赖永光担任项目技术部经理；赖永辉担任质量监督监理部经理。其他主要技术师傅和业务骨干各任部门副职。

虽然按政策规定，周亚鹏没能成为正鹏建筑工程公司的股东，但是儿子的事业还是要操心的。他在帮周正审看公司章程草案时，就着重提醒要设置专门的财会部，要有正规的财务报表、会计账簿、成本核算、走账程序和报账手续，绝不能像现在这样，老板和财务一人兼，眉毛与胡子一把抓，账本没有账本，全凭脑袋记；预算没有预算，全凭想当然；出纳没有出纳，现金流是一笔糊涂账。照此下去，正鹏建筑工程公司就不能算得上是正规的有限责任公司，而且能不能正常经营发展下去，会不会出现财务风险和其他风险，都好难讲。鉴于公司目前资金往来的流量有限，收支借贷的名目简单，费用产生的数额不大，但又是经常需要拿现金去办事，因此，周亚鹏实事求是地向儿子建议，可以先不设立专职会计岗位，公司的月度、季度、年度的做账、报税和财务报告之类的会计专项工作，可以委托给会计师事务所专业处理，每个月也就几百块钱的费用。但是，专职出纳一定要有，而且一定得是你非常信任的人担任出纳。

不过，对这个"你非常信任的人"应该如何进行鉴别，周正则是一头雾水。是依主观感受来鉴别呢，比如于见面之初，一见如故，交往之中相见恨晚而论？还是以客观结果鉴别，比如在相知之后坦诚相待，相交之下坦然相处而论？但这两个设定条件似乎都不是绝对靠谱的标准。若依主观鉴别为标准，往往可能被未来反转的表现和事实后果打脸，这在现实中并非少见；若依客观鉴定为标准，则只能是在你意料之外的后果产生后，再去鉴定某人是不是那个值得信任之人，此时此刻已经毫无意义。所以说，一个人是不是"你非常信任的人"其实是个伪命题，最多也只能是某个"现在进行时"的现时感受，而不应是最后的结果和结论。因为，最终的结论，只能是盖棺论定，而被盖棺论定者，则不能指望其复生。所谓斗米养恩，升米养仇，有些人于利益当前，当面装孙子，翻脸不认人，前面得好处，转身伤恩公，这类故事不在少数。

虽然还年轻，但是曾有过人情冷暖、世态炎凉经历的周正，现在已经对那些像绕口令一般的识人道理，多多少少有了一定的自我认知，虽然他无法判定和选择谁才可能是父亲说的那个真正值得"非常信任的人"，但他至少可以认同和理解父亲所说的"非常信任"，应是自己在一定时期内的感受性辨别和认识性判断。那么，迫在眉睫的事，就是要立马着手凭着自己的直觉判断和理性辨别，来聘请一名非常值得信任的出纳。因为，每当他夹着个小包跟人谈项目、搞宴请、签合同、盖公章，或者收款开收据、付款讨发票，或者是到银行取现金、跟客户拿支票，就非常明显地感觉那些客户或者合作方并没有把他当成一家正规法人公司的总经理，而是一直把他当成一个皮包公司的包工头。这种感觉很不好。

世间人评价一个人的福气之一，就是在想睡觉的时候有人递枕头。

周正看到那些广场、路边的人才招聘橱窗前总是围满了前来求职的人，于是他也打算到市、区的人才招聘中心花上几百元钱，发布招聘启事。恰巧此时已经是综合部负责人的黄亚芬找到他，说是胞妹黄亚蓉从广州的一所财贸中专毕业，想应聘来深圳经济特区的企业工作，她觉得正鹏建筑工程公司发展好，有希望，也需要像她妹妹这样的专才，特别是老板周正为人好，品行好，也必定会带领公司有个大发展，所以就极力推荐妹妹到公司来搞财务，并说自己的妹妹人靓心美，肯定对公司有帮助，肯定对周总有帮助。

周正倒没有去关心这个黄亚蓉是不是人靓心美，只是关心她若是能够胜任公司的财务工作，自己就心满意足了，况且，这是曾经的知青战友、多年的打拼同事、事业搭档的老婆介绍来的亲妹妹，总比花几百元钱去选择招聘素不相识的人要靠谱得多吧。

然而，当黄亚芬把妹妹黄亚蓉带到周正面前的时候，周正心里受到的撞击前所未有。的确，周正现在的年龄在当地已经属于大龄青年了，但他至今还没有谈过恋爱，甚至没有时间去专门考虑个人问题，虽然外婆和妈妈、城里妈妈也都曾经当面直接或者旁敲侧击地提醒过几次，周正却从来没有任何反应和回应。关键是没有遇到令他心动的人，这个话题有啥好谈的呢？

而黄亚蓉的出现，则令周正难以自抑地怦然心动。黄亚蓉那鹅蛋脸型，白皙皮肤，窈窕身段，温婉举止，柔和声调，盈盈笑眉，真是一位典型的客家美女。而当周正从简历中知道她比自己要小好几岁时，他不禁怦然心动就不得不认真对待这位同事的妹妹、前来应聘的黄亚蓉了，只不过当黄亚蓉告诉他说自己是他在西湖小学的小师妹，是校友，甜甜美美地叫他"师兄"时，周正对黄亚蓉的好感有增无减，然而也只敢限于"好感"而已。凭直觉，当即认定她就是父亲所说的那个令自己觉得"非常信任的人"，是公司出纳的不二人选。

在跟黄亚蓉面试交谈之后，周正猛然间意识到，必须考虑自己的终身大事了。

之前的周正，从来不喜欢在那个出租屋的"总经理办公室"待着，从早到晚都是夹着个小皮包在外边乱窜，找项目、碰机会、交朋友、约熟人。平时就常去拜访原来公司的老领导、现在建筑行业的新领导区伟德，这是周正的中心工作之一，正鹏建筑工程队能够比较快地取得建筑公司法人企业营业执照，也跟区副局长的助力相帮是分不开的。当然，区副局长是一个讲原则的人，帮忙归帮忙，但不会违法违规违背政策地给这么个新成立的小建筑公司拉什么大项目，尤其是政府项目、国企项目，那不切实际。但可以力所能及地把一些不大不小的工程介绍给他一直都很欣赏的周正去接，主要都是辖区内集体企业的分包工程，城中村的发包项目之类，且不谋回报，不求感恩。而周正不论工程大小都干得很漂亮，也的确从来都没有让他失望过。公司最近的一个主要项目，就是一家集体所有制企业——乐眠床垫厂扩建工程的围墙和地基工程施工。

但周正一反常态地有好几天都没有去乐眠床垫厂的施工现场了，也没有到其他什么地方去拉关系、跑项目，他每天都在他的总经理办公室和隔壁的财务室之间来回走动，除了移交财务公章、银行票据、报账单据、记账笔记、欠款白条、追款凭证等等这些必办的手续之外，就是跟黄亚蓉交代本公司财务出纳的重点工作和中心任务，以及有一句没一句地向黄亚蓉请教一些财务方面的常识，或者如何避免经济失误之类的话题。其他时间呢，依然是磨磨蹭蹭地留在办公室里与黄亚蓉做些与工作有关或者无关的沟通交流。

这段时间的周正真像是着了魔一般，就是想待在黄亚蓉身边，听到她的声音，看到她的身影，望着她的笑脸，盯着她的眼睛，他说不清这是为什么。而黄亚蓉呢，也特别愿意跟周正交谈，当然，刚到公司，有很多的问题需要了解，有很多的事情需要熟悉，也有很多的情况需要沟通，因而，她总是会拿上一张凭证或者一沓字条到周总的办公室询问讨论，或者是请示一些什么事，有时候去银行办事或取钱，她也很愿意周总主动陪她一同前往。她觉得自己应聘在这么一位年轻能干、笑容可掬、温文尔雅、话语柔和的公司领导手下工作，非常放松自在。"何况周总还是我小学老师的儿子呢。"黄亚蓉这么想着，心里更有亲切感和安全感。

从此之后的周正，不管在项目合同谈妥举行签约的时候，在跟客户对账核数的时候，在收款开票办手续的时候，还是在设宴请客结账的时候，都一定会带上黄亚蓉，并由她来办理与财务、现金有关的具体事务，而平时自己夹着的那个小包，也由黄亚蓉拿在手上，跟在后面，要取什么东西或者是发名片的时候，打个手势，就递过来了。出纳黄亚蓉俨然还兼有总经理秘书和助理的角色，而且很得体、很到位，在不动声色的细微之处，把周正的老板派头逐步凸显出来，并且衬托得恰到好处。而周正自己呢，只要有黄亚蓉伴随在身旁，无论是在什么样的场合，都底气十足，气场十足，应付裕如。假若某次黄亚蓉没能陪同跟随，就好像底气减弱了不少，便似乎表现得信心不足。他觉得自己完全离不开她了。

场面上的领导和客户，社会上的朋友和熟人，突然发现周正现在身边出现了这么一位令人眼前一亮的能干靓女做助手、管财务，顿时艳羡不已，进而就猜测和试探她跟这位年轻帅气的单身领导之间的关系，常常会在酒桌上觥筹交错之间，在歌舞厅交谊联欢之际，甚至会在谈判间隙的轻松之余，拿他们这两个上下级帅哥靓女起哄不停，玩笑不断。难得的是，黄亚蓉大方从容，分寸得当，柔和应对，巧妙化解，大家的好感持续大增，交往的气氛愈发融洽，当然，各方相互之间的合作关系也就不断地巩固和加深。而周正呢，自然非常享受这种起哄的氛围，心里更是希望这玩笑的话题成真。

年底已至，春节将临。

据黄亚蓉在年终财务扎账后的汇报，大大小小的工程应收款都已到账，就只有乐眠床垫厂应在本年度结清的大部分工程款都没有付讫。即使存在乐眠床垫厂的这笔应收款没到账的情况，今年实际进账所产生的经营效益和利润增长，较之往年也是最好的，不仅公司的账面很好看，员工的情绪也很饱满，于是发工资、发奖金、发年货、吃年饭、提前贴上春联放个春节长假。公司也依照章程的规定，按股份比例，三位股东第一次获得了大额分红，皆大欢喜。周正认为，这是因为正鹏建筑工程队升格成为正规的法人公司所带来的运气，更是因为有幸招聘黄亚蓉入职给公司事业所带来的福气，因而，也同样给黄亚蓉发了一份年终奖。而依其他企业的规定和习惯做法，入职未满一年者，是没有资格领取年终奖的。

踌躇满志的周正和同样意气风发的赖宏亮、沈建军、陈建，相约在春节长假期间，大家轮流坐庄，摆宴请酒，趁着在一起把酒言欢的同时，顺便聊聊来年的设想，争取再闹它个开门红！

最觉得高兴的人还有一个，那就是黄亚蓉。她除了在自己父母家里吃除夕的团年饭和大年初一的开年饭之外，无论是周正、沈建军、陈建的宴请，还是她姐夫赖宏亮和姐姐黄亚芬的组局，每次都有她出席的份儿。即使大年初二这天，赖宏亮陪着黄亚芬依风俗习惯回娘家，在按规矩走完拜年程序，在娘家吃了中午饭之后，黄亚蓉就又兴高采烈地跟着姐姐姐夫和周正他们这帮年轻人聚在了一起，因而也就认识了周正的弟弟周全，还有周正在知青点的大哥、大姐——庄建设和冼丽霞夫妻，他们是年前开着金鹏客运公司的一部旧的小巴车，载着曾小英一起回到惠州城的。更令黄亚蓉开心的是，周正的外公外婆家的年饭，周正的城里妈妈家的年饭，自己也都被请去参加了，这是她特别愿意去的，如此一来，这个春节几乎天天都可以跟周正待在一起了，幸福的感觉溢于言表。

　　对第一回上门拜年的黄亚蓉，外公外婆的言语表情、话里话外，都把她当成了未来的外孙媳妇来对待。老两口满意啊，热情有加，手忙脚乱，唯恐招呼不周，外婆一口一个"靓女阿蓉"，一口一个"靓女阿蓉"，疼惜得不得了！而令黄亚蓉意外的是，多年前曾经在西湖小学教过自己，以为对自己不会有什么太多印象的曾小芸老师，居然还记得她当年很多有趣的事情，说她的学习成绩虽然并不算出类拔萃，但是总体表现可以列入品学兼优的行列。而且，明显地，曾老师在曾经的师生关系之下，也矜持地流露出了另一层温情的意思，看来，她也对儿子周正的眼光很是赞许。其实黄亚蓉已经体会到这种颇有深意的情和甜甜的爱，内心也坦然接受。黄亚蓉就是在这次春节欢聚的场合，认识了周正的亲妈，因此也知道了曾小芸老师为什么会是周正的"城里妈妈"。

周正后来给她讲了，自己的亲生父亲和大哥周成怎么偷渡去的香港，父亲现在作为港商回到老家有些小投资，而且在自己和弟弟的成功背后，多多少少都有父亲的身影、父亲的帮助。

对黄亚蓉而言，这是一个令人难忘的春节，她在密集地亲临了这些场合，听到了这些故事之后，逐渐对周正产生了越来越强烈的亲近感，她恨不得每天都跟周正待在一起，跟他的家人们待在一起。她在深圳公司办公室的时候，已经习惯了两人能够天天见面，回到惠州城后有那么几天要帮父母打扫卫生，整理家务，要按年俗准备年货，除夕守夜，仅仅这一点儿时间没有机会见到周正，就有些神不守舍，意乱神迷，在朦朦胧胧的渴望之中，已经意识到自己内心开始蔓延的那种情感，她觉得让人很甜蜜，令人很痴迷，也使人很沉迷。已过了二十岁生日的她，要的就是这个感觉！

于是，当在某一天欢聚吃年饭时，她听说周正将要陪外公外婆、城里妈妈一起跟着妈妈和弟弟回大澳岛，继续过乡下年的时候，就向周正暗示自己也想去，因为她想融入他们。而周正何尝不是与她有同样的感受呢？他只要见到她就会感到舒心与惬意，温暖而幸福，见面后哪怕只是短暂分开，也会感到伤感失落，他当然想请她到大澳岛的家里去看看呀，这样的话，可能……可能意义就不同了呢。

当周正有些不好意思地跟妈妈提出来，说阿蓉想跟他们一起回大澳岛去看看海边岛上过年的景象时，妈妈高兴得满口答应，只说求之不得呀。看得出来，妈妈对黄亚蓉别提有多满意了。

大年初九又称为"上九日"，是继年初七"人日"之后的

"天日"。早餐后，庄建设开着小巴，载着周正的家人再加上冼丽霞和黄亚蓉，一共九个人热热闹闹地驶往大澳岛。外婆在车上发号施令，说抓紧时间争取早点赶到，要抢在吉时燃烛敬香，供斋献花，拜玉皇大帝，求天公赐福，放烟花爆竹，喝客家黄酒，好好过一个"天公生"，要保佑孩子们在这一年不仅事业上风调雨顺，更祈盼他们能早点成家立业。

"阿妈这是急着祈求天公保佑您早一点儿抱曾外孙，早一些四世同堂，尝尝当太婆的滋味吧？"曾小英一边调侃妈妈，一边笑容满面颇有深意地瞅着黄亚蓉。黄亚蓉顿时害羞地低下头来偷偷地瞟了周正一眼，此时周正也满眼期待地盯着她。

回到大澳岛浪沙围村的家，曾小英先在家里的神龛处虔诚恭敬地敬香礼佛，然后和妈妈、家姐在门外院子里摆供桌，上供品，祭天公，拜玉帝。曾小英虽然每逢初一、十五以及纪念佛菩萨的各种日子都吃斋念佛，但她也同样会尊重当地膜拜各路神仙的风俗，定时祭祀拜神，绝不落下。在全体人员依次敬香膜拜苍天后，周正、周全和庄建设又按规矩燃放烟花爆竹来推高气氛。

刘佳于前天已经从湖北老家回到大澳岛，上午也准时赶来周家老屋拜天公，此时正和刚刚认识的黄亚蓉双双躲在一丛美人蕉后面捂住耳朵，紧张而兴奋地看烟花腾空，听爆竹炸响。但明显看得出来，曾小英对待刘佳的态度要冷淡一些，刘佳依然没有意识到。

准备中午过"天公生"的正规酒席，曾小英和妈妈、家姐只有蹲在院子里择菜洗菜淘米打杂的份儿，一切皆由大厨师冼丽霞主理指挥，而庄建设则在厨房里熟练地帮妻子打下手。

庄建设是在担任金鹏客运公司的副总经理兼总调度之后不久，就和在知青点已经建立恋爱关系的冼丽霞结婚成家了。冼丽霞跟庄建设来到大澳岛度蜜月期间，几乎游遍了岛上的角角落落，尤其是那些礁石、沙滩、山嘴、崖壁以及珍珠般撒落在海面的小岛，大澳岛海岸奇绝，风景绮丽，着实叫人惊叹不已。然而她又听周全介绍，岛上的游客现在越来越多，但却依旧旅游无序，游客们各自随心所欲毫无目的地探险寻找刺激，在野海里游泳，在野滩上嬉戏，在野谷内远足，已经出了不少问题。还有最基本的餐饮服务都跟不上去，即使在现今镇政府所在地的观塘街，也几乎没有完全的能力来接待到处乱窜找餐馆的游客，更别说一家比较像样有档次的餐厅了，你想好好招待客人也没有地方可以撑撑面子。于是，在周全的鼓动下，在老公的支持下，冼丽霞便从惠州城那家半死不活的饮食服务公司辞职，在观塘街的热闹地段开了一家"惠客小馆"，就餐环境和菜品质量即刻赢得客人交口称赞，生意异常火爆。所以，像今天这样特殊日子的十人大席面，冼丽霞肯定当仁不让。

无事可做的周正、周全便分别叫上黄亚蓉和刘佳，一路欢跳地往崖角岩上奔去。蓝天如洗，丽日暖阳，海鸥欢鸣，春风和畅。第一次来到大澳岛，第一次登上崖角岩，第一次感受到峭壁凌空，第一次体会到海阔天遥的黄亚蓉，一到岩顶就激动不已，继而便是兴奋得语无伦次，不知道怎样表达自己的感慨。已经和周全来过多次的刘佳，虽然每次来到岩顶都有常来常新的感受，但是今天要显得矜持沉静得多，她一会儿挽着周全的胳膊，一会儿拉着周全的手，用一种也曾有过如此激动无状的过来人的理解态度，满面笑容地看着初来乍到的黄亚蓉一惊一乍的表现，并在对周全亲昵而自然的举止中，总是禁不住流露着内心的温情。她在跟大家聊天儿、说笑时会不经意地抱一抱周全，周全也会时不时搂一搂刘佳，二人对视的眼中毫不掩饰的那炽烈的爱、火热的情，让黄亚蓉非常羡慕，她用期待的眼光偷偷看看周正，而周正这个做哥哥的，好像根本没有注意到弟弟和女朋友的亲热浪漫行止，始终一本正经地眺望着大海。

从崖角岩奔跑而下，走在柔软的沙滩上，四位年轻人不约而同地脱下各自的鞋袜撒起欢儿来。黄亚蓉根本不顾或者是完全不懂海水仍然有些冰凉，提着裤腿光着脚，迎着起伏的海水，追着拍岸的浪花，踏浪戏波，追逐跳跃，一边尖叫一边喊刘佳跟她一块儿玩水，而刘佳挽着周全的胳膊靠在他的肩膀上，笑看着黄亚蓉摇摇头。不一会儿，黄亚蓉的双脚就被冰凉的海水浸泡得发红，周正心疼地把她叫到沙滩干爽处坐下来，仔细用自己的干袜子把她的脚擦干，让她赶紧套上袜子穿上鞋子暖起来。

刘佳拉着周全的手跑了过来，欢快地说道：

"现在退潮了，我们爬过那片礁石去钻崖角洞吧。洞里很漂亮，没有风，很暖和的。"看来他两经常进去。

黄亚蓉好奇心顿起，兴奋地站起身来：

"那太好了！我们去钻洞玩儿吧。"说完，就本能地伸手想去拉周正，随即好像意识到什么，颇有些尴尬地把手停了下来。

周正有些出神地盯着黄亚蓉伸到自己面前却又停住没动的那粉嫩多肉好看的双手，愣了愣，自己站了起来：

"好！钻洞去。"

"走咯！"周全欢叫一声，牵着刘佳的手一路奔去。

周正看出黄亚蓉在攀爬礁石时明显没有经验，生怕她磕着碰着，便鼓起勇气去拉她的手保护她，啊……这是第一次拉起女孩子柔软温润的手，似有一股电流直击丹田，随之心房如触电一般颤抖不停，他有些心慌，但又舍不得丢下这令人心醉的手，无论如何也不能松开。而黄亚蓉在被周正拉手的那一瞬间，顿感脸颊绯红，心儿一阵狂跳，手心开始出汗，呼吸有些不匀，似乎有一种要晕眩的感觉，却又甜蜜得没有了方向感，她要的就是这种眩晕、这种甜蜜，所以，她悄悄用力回应这有力的大手。

等到周正和黄亚蓉手拉着手心照不宣磨磨蹭蹭地钻进崖角洞，稍待眼睛适应洞里的光线，就看到在一处光滑平整的岩石上，周全和刘佳二人正旁若无人地拥吻在一起，幸福而投入地享受着对方的爱抚。周正赶紧拉着黄亚蓉扭身朝向洞外，假装要欣赏那浪头撞击礁石激起的美丽浪花，此时的黄亚蓉似乎无须再去顾及许多，情不自禁地贴紧周正，双手圈住他的腰，又把头温顺地依偎在他的胸前脖颈处。周正也轻轻地揽住了心爱的黄亚蓉。

崖角洞外，一个浪头袭来，被礁石击成冲天的浪花，恰如献给这几位年轻人的灿烂的礼花！

乐眠床垫厂的扩建项目成了烂尾工程。

"乐眠"牌床垫这些年成功畅销，令该厂以村委会成员为主组成的股份公司董事会过于自信，或者他们并没有意识到，在深圳以及在东莞、中山等周边城市，都已经设立了多家外商投资的床垫卧具公司参与竞争，而且设计有创新，材料有改进，技术更先进，同时还有直接进口的具备各种功能要素的床垫卧具在抢占市场。所以，当他们盲目扩建的厂房工程还在继续进行中，原有的厂房生产线就因为订单减少、需求萎缩而逐渐发生开工不足，甚至停机待产的情况，等到半年财报一出来，由全体村民组成的股东大会就知道了床垫厂已出现持续递增性的亏损，而且有不可逆转的趋势。在这种形势下，尚未完工的厂房扩建工程必须停工，各施工单位、设备供销商的工程款、货款也或多或少地被找出各种理由拒绝结算，或者拖欠不付。正鹏建筑工程公司负责扩建厂房基础工程和厂区围墙工程，在去年底就已按时按质按量完工，并通过了相关各方的竣工验收，但由于面子软，好说话，因此成为被拖欠工程款最多的施工单位。

周正在过完春节回到公司后，首要的任务就是和黄亚蓉一起，轮番不断地找乐眠床垫厂讨要工程款，而对方却始终以账上没钱为由而未兑现分文。其间，床垫厂也提出想用一辆五十铃"的士头"皮卡先折抵少量工程款，表示一下诚意，但被周正婉拒了，他主要是怕搞乱账目，把问题复杂化，况且，公司目前也没有必要养一辆车。

还是要感谢区伟德副局长，禁不住老部下周正再三找上门来请求帮助，当然更禁不住老同事曾宪强也来电话相托，作为行业主管部门领导，为辖区内的建筑公司合法利益出面发声，完全说得过去。而作为当地集体企业的乐眠床垫厂，也应该给这位地方政府局级领导应有的面子，况且，一直拖欠这家不大的建筑公司巨额的工程款，从哪个方面找借口也说不通。商量来，争论去，在实在没有办法的情况下，乐眠床垫厂最后提出一个一揽子解决方案：用扩建厂房旁边那块原来拟建员工宿舍的大约 4000 平方米的自有土地，拿来抵清拖欠正鹏建筑工程公司的全部工程款。

周正一时转不过弯来，难以接受这个莫名其妙的解决方案：我要的是钱，我缺的也是钱，把这块地给我，不顶吃又不顶喝，更不能变成现钱，拿在手里还是个累赘，要它干什么？当然得给我真金白银才好。乐眠床垫厂则明确表示：除此之外再没有别的辙，最多再把那辆五十铃"的士头"皮卡免费转让给你们，也算是违约补偿。对此，黄亚蓉用一种不敢自专、但似乎又有想法的语气提醒周总："这块地可以评估列入我们公司的固定资产，也可以向银行抵押贷款，万一不行的话，我们公司盖宿舍给自己住算了，嘻嘻。"

在这五六个月扯皮拉筋的过程中，区伟德已经由区建设局副局长调到市规划国土部门担任正处级干部，开始跟土地规划打交道，掌握了解土地规划政策法规。他听了周正关于乐眠床垫厂抵债方案的设想，以及他不想接受这个方案的理由之后，立即建议他赶紧就这个方案签订协议，并叮嘱周正一定要尽快按程序妥善办理好土地过户登记手续，不要留尾巴，然后再做下一步的打算。

"总之，"区伟德说，"目前在深圳，如果你自己手里能有一块地的话，那可比你银行里的存款有价值得多啊！"

周正听了这番话，心中似有所悟。

在跟乐眠床垫厂签订协议，办理以土地抵债的一系列手续程序的过程中，区伟德所暗示的这块土地的"价值"，似乎在周正的心中越来越清晰，但如何实现其价值还没有最终的把握。

"喂，陈总工，你原来一直是在甲方单位干，又当过环球贸易大厦的项目经理，你对乐眠床垫厂抵债给我们的这块地有什么想法没有？"周正在土地抵债手续全部办完后，特地把总工程师陈建叫到办公室里交换意见，互相摸底。

陈建笑眯眯地说："周总，我感觉你其实已经有了自己的想法。"

"我没有任何想法，我就是想听听你这位专业人士的高见。"

"你没有叫赖副总和沈副总，而是单独把我叫来谈这块地，这就说明你已经有了想法，如果我没猜错的话，应该是个重大决策。"

"哦？神机妙算嘛。那说说看，对这块地会是什么重大决策？"

"自己的地自己盖房子呗。"捧着一本账簿和一叠账单的黄亚蓉正好走进总经理室，随口插了一嘴。

"对！小黄说得有道理，我们可以考虑自己搞房地产开发，这不仅仅是这幅地块的价值增值这么简单，而且是公司转型升级的重大决策。"陈建兴奋地回应道，并向黄亚蓉伸出大拇指。

周正从大班椅上站起身来，对陈建、黄亚蓉欣赏地点点头说：

"陈总工厉害！说对了。但绝不是阿蓉所说的自己盖房子自己住这么个搞法，这样搞只说明你有财务头脑，没有经营头脑。不过我还是得感谢你，那次你给我算经济账时说，这块地可以列入公司的固定资产，可以抵押贷款或者自己盖房子，一下子点醒了我。区局长暗示我土地的特有价值，随后我又专门去找我阿爸请教，他极力鼓动我借这幅地块进军房地产开发市场，说这是深圳将来最火爆、最赚钱的行业。这是个难得的机会，我们为什么就不能搞呢？"

陈建对周正的思路深表同意：

"我也是这么分析的，现在深圳已经全面推行商品房改革，房地产开发前途光明。而且周总你最清楚，我们搞建筑施工赚的都是辛苦钱不说，还总是受制于人，工程投标受制于人，追讨工程款受制于人，施工监理、竣工验收受制于人，甚至施工用的钢材、水泥拿不到批文，开不到后门，还是受制于人。当房地产开发商就不同了，设计发包、工程发包就主动多了，而且还更赚钱。"

说干就干，周正随即召开正鹏建筑工程公司中层以上干部会议，达成一致决定，向集团化、多元化经营方向转型迈进：以抵债土地为依托，成立单项房地产开发公司，进而不断取得开发项目，积累业绩，争取拿下综合开发公司资质；以房地产开发为依托，成立物业管理公司，首先要为自己开发的房地产项目提供物业服务；继续光大"正鹏建筑"施工品牌，做大、做强建筑工程公司。最后一项议程，初步确定了人事调整意向，即周正拟任新设地产公司的董事长，与陈建一起负责筹建房地产公司；沈建军负责筹建物业管理公司并拟任新设物业管理公司总经理；周正继续担任正鹏建筑工程公司执行董事，不再担任总经理，改由赖宏亮担任。

战略发展架构设定，依规定程序按部就班地申办操作。周正考虑到在所有改革决策方案落实之后，整个集团化公司的事情将会更多更杂更忙，何不趁现在的空当把自己跟黄亚蓉的婚姻大事解决了呢？再耽误下去则不知道还要等多久，往后拖未必是好事。于是便逐一征求意见，黄亚蓉当然喜不自禁，求之不得。外公外婆、城里妈妈和妈妈早就在等着这一天呢。得知喜讯的周亚鹏当即给二儿子拿出一大笔钱作为定亲、礼金、迎亲、婚礼之用。

万事俱备，说办就办，就定在国庆节结婚摆酒。

新房当然安置在大澳岛浪沙围村的周家老屋，婚宴酒席包下了冼丽霞在观塘街的整个"惠客小馆"，金鹏客运公司安排的迎亲大巴、中巴，均被布置得焕然一新、披红挂彩，欢天喜地的大阵仗在大澳岛和惠州城之间来回张扬，遇村放鞭炮，逢人撒糖果，沿途路人皆知年轻有为的周正老板新婚之庆不同凡响。

不用说，庄建设大哥是迎亲车队的总调度、喜庆仪式的总策划、婚礼庆典的总指挥。而作为第一次承办大型婚庆宴席的冼丽霞大姐，不仅把"惠客小馆"装扮得五彩缤纷，喜气洋洋，更是把自家的拿手菜、招牌菜、特色菜都搬上婚宴席面，还开动脑筋特制了喜庆意头菜，引进了城里大酒楼的高档新派菜，竭尽所能要让客人对她的"惠客小馆"印象深刻。她知道，这个轰动全岛的婚礼，必将会带动她的这家小餐馆拓展一个新的特色经营业务——婚庆宴。

鞭炮骤响，喜乐声起，迎亲车队按预先掐算之吉时，准点抵达婚礼现场。在一片欢腾热闹的氛围中，忽见一位西装革履、瘦高斯文、举止洋派的青年人略显迟疑地走进人群，四处徘徊张望，在人们疑惑的表情中，他看到了曾小英，略微停顿了一下，便快步走了过去，猛地跪在了铺满红屑的地上，跪在了曾小英面前，大喊一声"阿妈！"便泣不成声。惊异不已的曾小英盯着这位突然出现在眼前的青年人，看看……看看……再好好看看，只见她慢慢举起抖动的双手伸向这青年人英俊的脸颊，抚摸着，轻轻地抚摸着，终于撕心裂肺地叫了一声："我的阿成……"便把他紧紧地搂在怀里，随即又推开来，隔着泪眼看了又看，确认这的确是离开了多年的大儿子，又把他再次搂住，放声悲哭。

刚从迎亲车上下来，正在接受亲朋好友祝福的周正和黄亚蓉，以及正在准备主持婚礼仪式的周全、刘佳，还有已经在餐厅入席休息等待的曾宪强、阮爱珍、曾小芸等人，皆闻声赶来。瞬间便知道是怎么回事的周正和周全立刻跪在大哥身旁，黄亚蓉和刘佳见状，也不由自主地跪了下来。外公外婆更是难以置信地俯身攀扶着大外孙，老泪纵横，喜悦的眼泪感染了喜庆现场，双喜临门哪！

吉时不能错过。在庄建设的催促下，众人进场入席，婚礼庆典按时进行。曾小英一直拉着周成的手不敢松开，生怕手一松开，大儿子又不见了。周成紧紧靠在母亲身边，向妈妈和外公外婆汇报了跟随爸爸偷渡到香港之后的生活，他从香港城市大学毕业即到英国留学，随后就在伦敦的一家建筑设计师事务所工作，事务所的老板这几年一直在关注中国蓬蓬勃勃的改革开放形势和建筑开发市场，近期便把他派回香港协助筹建分所，当然一回香港就想到要回内地来探亲，正好遇上弟弟的大喜日子，爸爸不便前来，就委派自己到场庆贺，并一再叮嘱自己一定要跪拜妈妈和外公外婆。

周成跟妈妈讲："我在英国已经有女朋友，但唔会咁快结婚[①]。"

---

① 广东话，意为但不会那么快结婚。

在彩带飘舞、彩球拱围的婚礼主持台上，周全和刘佳一个用粤语，一个用普通话，很有创意地进行"双语"主持，妙语连珠，配合默契，引得在场嘉宾一阵阵的欢笑，一阵阵的起哄。

周成看着主持的刘佳，询问道：这个讲"国语"的女仔是谁？

姨妈曾小芸介绍说这是阿全的女朋友，"郎才女貌，很登对是不是？"然后又跟妹妹逗趣道，"阿英，几时喝这一对的喜酒呢？"

曾小英不以为意地瞟了一眼主持台上的刘佳，淡淡地应道："嗳滴妹仔我唔中意。"①

---

① 广东话，意为这个姑娘我不喜欢。

第十二章

两情相悦

这几年，周全和刘佳两个人可以说在事业发展上是同声同气，在公司事务上是同心同德，在私下感情上更是心心相印。刘佳作为总经理助理兼财务经理，不仅在财务运作上将金鹏客运公司的岛内环线和长途专线都理得清清楚楚，弄得规规矩矩，而且在一些经营策划、内部管理上也给了周全相当大的帮助，使得主管全面工作的老板周全对她愈发地信任加依赖，令主抓对外业务的庄建设对她由衷地表示赞赏和尊重，公司员工也对这位心目中的"老板娘"众口一词地表达敬佩和服从。

毕竟是从省级旅游专门学校毕业的中专生，刘佳对于旅游这个话题一直都有本能的关注。冼丽霞自从和庄建设结婚之后，即辞职来到大澳岛在观塘街投资经营了这家"惠客小馆"，和老公住在公司租赁的宿舍里，刘佳和这两口子是一墙之隔的邻居，她跟这位冼姐不仅早晚见面，而且还会经常陪同周全或者代表公司到"惠客小馆"招待客户和当地的领导，情如姐妹的两个人时常会在一起聊到这么美的大澳岛不发展旅游简直太浪费了，不发展旅游就不能吸引游客过来，没有游客，包括餐饮业在内的第三产业就不可能带旺，"惠客小馆"想要赚大钱几乎不可能。刘佳也会就此话题在工作之余、约会之中，和周全感叹大澳岛旅游资源丰富，但旅游开发落后。

深圳经济社会的快速发展，本地建设的突飞猛进，市委、市政府开始重视并强调要扶持和促进第三产业在特区内外的布局，充分发掘山、林、湖、海资源，满足海内外投资者和游客对经济特区日益增长的多元化消费需求。周全也已捕捉到这些信息，并且早就对扩大业务范围和经营规模之事动起了心思，金鹏客运公司这几年岛内岛外的营运业务虽然发展得顺风顺水，搞得风生水起，赚得盆满钵满，资金已经没有什么问题，可是只要一琢磨拿这些钱再在岛上投资些啥项目，却始终没有明确的方向，没有成熟的想法。

已经从大澳岛镇政府调到宝安县政府的曾爱华曾经鼓动周全到宝安新城去参与建设投资，但周全自己则只想在大澳岛上搞些名头出来，不想到其他任何地方去，他也因此根据大澳岛镇政府的规划，投标获得了观塘街及其相近几幅地块的开发权，然而目前岛内的商品房几乎没有市场，大家都是自建房，而且越修越好，岛外的人根本不可能来岛上买房子，开发商品房很可能会成为烂尾楼盘，其他项目又无从搞起。所以，这几块地一直就捂在手里没有动。周全在想：自己一无所有的时候，立志创业则敢想敢干，一往无前。现在收入可观手头宽裕之后，再想要闯条新路，反而会瞻前顾后，缺乏魄力，这不会就是人们常说的小富即安，不思进取的毛病吧？

不想安于现状，却又毫无头绪而纠结之时，周全就会心烦意乱地开上那辆破旧的小面包车，约上刘佳在岛上到处瞎跑，说是放松散心，其实可能是茫然无绪的周全在潜意识里，想要满岛去找灵感。

这是个近午时分，周全拉着刘佳差不多瞎跑了一个上午，路过崖角滩时，刘佳忽然来了兴趣，说是想游泳，于是把小面包车停在周全自家门前的院子里，各自在房间换上泳衣就冲下海滩，扑进海里。游着游着，正在悠闲划水的刘佳突然呆呆地盯住崖角洞的方向，久久不动，像是魂儿被勾走了似的。她这异常的神情引起了周全的注意，顺着她的视线看过去，只见那边的礁石上有几个人分工配合，正忙着给一对情侣拍婚纱照呢，一会儿以崖角洞为背景，一会儿又以崖角岩为背景，一会儿再以大海为背景，在海风的吹拂下摆出各种姿势⋯⋯灵感突至的刘佳猛地一回头朝周全看去，周全也正用恍然大悟的兴奋表情看向她，张开嘴刚要说什么，刘佳拍水制止道：

"你先别说，我喊完一二三，然后我们再一起喊出来。一⋯⋯二⋯⋯三⋯⋯"

"婚——纱——摄——影！"两人异口同声地喊完，激动地朝对方游过去，紧紧地抱在了一起，在四目相对那炽热目光的暗示激励下，两人深深地亲吻在一起，相互吸吮着⋯⋯吸吮着⋯⋯海涛无声，海浪无形，海波无力⋯⋯突然之间，刘佳的身体条件反射般的猛地被激灵得一哆嗦，身体一紧，顿时满脸潮红，声音干哑地低声说道：

"哎呀，不行，我要回去冲个凉。"

刘佳不容分说地游回岸上，跑回周全的家，冲进那个简陋的冲凉房就"哗哗哗"地冲起凉来。

紧跟其后的周全刚跑进家门，就听到刘佳在喊：

"阿全，帮我拿块毛巾送进来。"

找出一块干净毛巾送进冲凉房的周全，看到的是一幅令人震撼又叫人窒息的绝美画面，水龙头下面，刘佳那洁白完美的胴体，凸凹有致的身材，紧致无瑕的皮肤，衬着漂亮柔和的脸蛋，在水珠的冲刷下，如浴水芙蓉，似雨中莲花。看到送毛巾进来的周全，刘佳并不回避，而是侧过身来红着脸微笑地望着他。周全即刻被眼前那神秘诱人的风光带吸引，电光雷火般的灼热顿时击穿了他的身体，他急不可耐地扔下毛巾，不顾一切地冲向刘佳，一下子把头发湿漉漉、浑身湿淋淋的她抱了起来，

浪奔浪流

抱进自己的卧室……

　　曾小英今天上午本来是到观塘街的新家监工装修呢，这是阿正和阿全两个儿子凑钱买下的半亩地，起了一座两层半带院子的小楼，现在已经开始装修。做母亲的现在基本没什么事做，新家装修是目前的头等大事，要经常过去看看才行，这可是儿子们置下的产业啊，而且主要是为了尽孝，要把她接到观塘街上来享福，这样的话，每天都可以跟小儿子说说话，到街上去逛一逛，散散心，就不会孤零零一个人待在老屋。但今天过去装修现场一看，只有一名留守的工人在那零打碎敲地修修补补，说是因为修改了设计方案，现在要等新材料运过来，所以暂时停工。

　　曾小英在新家周围走了走，和未来的邻居们打打招呼，说说闲话，便又返回家来，首先看到的是门前停着那部熟悉的小面包车，又见大门敞开，于是笑了笑，快步进门，随之就听见……听见那种声音从周全的卧房里肆无忌惮地传了出来。曾小英一惊，慌不迭地退出家门，假装到院子角落的小菜园里整理、拾掇，但她留心着屋里的动静，就是要留下来看看这姑娘到底是谁。

　　又约莫过了半个时辰，随着一阵欢声笑语，心满意足的周全和刘佳，卿卿我我搂搂抱抱地走了出来。曾小英一眼认出女孩是刘佳，不悦之意立即毫不掩饰地显现在脸上，随即恼怒地扔下手中的小锄头，一言不发，转身离开，向着别处走去。

　　目瞪口呆的一对小情侣还误以为这是妈妈对儿子的所作所为不好意思而难堪躲避呢，殊不知，曾小英是打心眼儿里对广东以外的姑娘来做自己的儿媳妇是极力排斥的，她总是在儿子们面前有意无意地说，如果他们娶个外来媳妇的话，吃，跟自己吃不到一起，说，跟自己说不到一起，风俗规矩也不通，当妈的难受。更要命的是，看望丈母娘还要山长水远地赶去不熟悉的地方受罪，当妈的在这里还是孤苦伶仃，连个可以说心里话的亲家母都没有。

而周全呢，对阿妈的话也就是听听而已，根本就当作耳旁风，既不入耳，也不入脑，更不入心，几乎每天忙完之后，就喜欢跟刘佳在一起腻歪，尤其是在这次初尝禁果之后，两人更是一发而不可收，老屋是不敢去了，那么，就在公司给刘佳租赁的单人宿舍里私会。隔壁的庄建设、冼丽霞夫妻也习惯了这对年轻人激情的一面，明白早晚就是那么回事，还在心里祝福他俩呢。

这次在二儿子周正和黄亚蓉的婚礼上，曾小英听到家姐竟然直接点明说要喝周全和刘佳两个人的喜酒，旁边的人也在起哄应和，看来他们很多人已经认可了这一对。不行！我不能接受，更不会同意！阿正可是给我娶了个本地的媳妇，知根知底，我满意。听大儿子阿成说，他在英国交的女朋友也是香港人，同根同源，多好啊。就是你这个最让妈疼惜的孻仔拉心肝①阿全，居然一丁点儿都不了解阿妈的心思，一丁点儿都不知道心疼阿妈，非要跟那个北方妹仔刘佳交往，那我不管，坚决不行！必须当机立断把他们俩分开！

目标既然明确，方案就得落实。

---

① 广东话，意为家中最受大人宠爱的小儿子。

周全这些日子的头等大事就是尽快让"婚纱摄影"项目落地，他当然首先又是找到父亲去讨主意、求指点。周亚鹏没想到这小儿子的思路又跟自己不谋而合，但他这个做父亲的思考的不仅仅只是搞一个婚纱摄影拍拍照，而是想要在大澳岛设立首家旅游公司，开展环岛休假旅游、探险旅游和各种海上活动项目，当然也包括婚纱摄影，并且就此想法，事先已经对外商投资政策进行了了解和研判，旅游服务不属于港商投资限制或禁止之列，还属于鼓励投资，税收予以优惠的行业。所以，他和周全商量，直接申报成立合资经营的旅游公司，与金鹏客运公司配套并带动其拓展客运旅行业务，将旅游客运业务向广东全省乃至省外延伸。再就是从周全业已标下的几幅地块中选定合适者，建一座星级酒店，为中高端游客提供住宿、餐饮和娱乐服务，这在大澳岛目前也是个空白。当然，第一项要即时考虑开展的业务，就是婚纱摄影，这个搞起来比较简单便捷。最后强调，以上所有需要的现金投资都由周亚鹏负责。

说完这些总体思路，周亚鹏迟疑了片刻，问道：

"阿全，观塘街的新房子现在快装修完了吧？钱够不够？"

"谢谢阿爸！您给的钱连建房带装修都绰绰有余，要是万一不够的话，我和二哥都有能力付，尽管放心。本来早就应该装修完的，后来您建议提高装修档次，更换材料，大哥回来后也到新屋的现场去看了看，又根据土建的现状提了一些改进意见，想尽量让阿妈住得开心，住得体面。所以停了几次工，这些天正在赶工收尾。"

"嗯……我在考虑……当然这个一定要征求你阿妈的意见，千万不能强求。我的意思是呢，浪沙围村的周家老屋是不是可以考虑在你阿妈搬到观塘街新楼之后，作为婚纱摄影的总部基地。如果可以的话，我就叫阿成从香港过来，按照英美风格再参考香港户外婚纱摄影的经验做法，进行必要的设计改造和美化布局，要跟崖角岩、崖角滩和大海、礁石这些周围独特的环境协调起来，打造一个内地少见、深圳领先、全新概念的海滨摄影基地。你说呢？"

周全听了父亲的这个创意，一下子兴奋了起来：

"哎呀！太好了阿爸！我怎么就没有想到利用我们家的房子呢？您这倒是提醒我了，村长莫建明一直在找我回浪沙围村投资，阿妈坚决不同意。这样的话，我们也算是回村投资给了他面子，再就是争取把家里周围的那些荒地买下来，扩大婚纱摄影总部基地的规模范围，建化妆室、休息室、民宿、钟点客房、室内摄影室、室外花园和造型雕塑，餐饮也要配套。"

"我觉得搞一间港式茶餐厅最合适。"周亚鹏插了一嘴，又继续谈想法，"成立合资经营旅游公司之后，我们就可以按规定从香港免税进口最新的摄影录像器材，还可以请香港的摄影师到大澳岛工作，既搞摄影创作，同时又可以培训我们自己的摄影师和当地的摄影爱好者，提供港式婚纱摄影服务，吸引各地的年轻人来这里拍照。"

"哇！这样搞下去的话，说不定刘佳在游泳时突然想到的这个'金点子'将来能开挖出一座金矿呢！"周全内心无比憧憬。

根据父子俩商定的大政方针，周全很快就跟庄建设、刘佳等金鹏客运公司管理班子的成员进行了通报研究，大家又补充了一些细节和想法，然后就紧锣密鼓地根据分工，分头行动。

冼丽霞听说周全父子决定成立合资经营性质的旅游公司，

首先便是在崖角滩搞一处婚纱摄影基地，还要修建星级酒店，知道大澳岛的旅游业要大旺了，餐饮业发财的机会就要来了，兴奋得连"惠客小馆"都顾不上管了，交给餐馆的副经理和主管在店里盯好场子，自己几乎每天都跟着周全、刘佳到周家老屋去踩点、规划，还给从香港赶过来搞设计的周成提建议、出点子。因为她说她一直都觉得周家老屋这个地方开餐厅、酒吧的位置一流，所以在征求了老公的意见之后，已经正式向周全提前申请租用婚纱摄影基地的配套建筑，自己投资开一间港式茶餐厅，兼具酒吧、室外烧烤功能。因此，她有自己对于餐厅外形、色彩、采光、空间，以及客人在室内和露天看海观景的考虑，并把这些想法提供给阿成参考。当然，她也向周全郑重表态，她所提供的餐饮服务一定在硬件上和软件上，样样都符合婚纱摄影基地的管理要求。

　　而曾小英这段时间的头等大事已经不再是观塘街新楼的装修，而是如何拆散阿全跟刘佳这件大事，她觉得这是一个大是大非的原则性问题，比起楼房装修得好或坏那可不知道要重要多少倍呢。房子装修得差了，可以再改，甚至房子没有了还可以再买，但是，如果儿子不听自己的，弄得不像是自己的儿子了，或者跟着媳妇同声同气，那就是救都救不回来的天塌下来的大事啊！所以，她锲而不舍地跟小儿子谈话，声泪俱下地向小儿子摊牌，总之，必须跟那个刘佳分手，而且必须在当地给她找个儿媳妇。甚至有好几次在周家老屋里，不顾他们是在工作，也不顾大儿子周成也在现场，曾小英公开就对刘佳恶言恶语，直接说她不接受刘佳做自己的儿媳妇，叫刘佳不要打她小儿子的主意，必须立刻跟周全分手，不欢迎她到自己的家里来，不要再出现在自己面前。搞得刘佳有好几次都难堪异常，最后是哭着跑开的。

周全对刘佳从偶遇而产生好感和依赖，由欣赏而上升到情感和依恋，因爱情而发生肌肤之亲直至依偎难分，这一路过来，无论从公事到私情都是那么琴瑟和鸣，心声和谐，从没有发生过矛盾甚至都没有闹过别扭，尤其是对自己在事业发展上的启发和帮助，刘佳起到了任何人都没能起到的作用。所以，他认为阿妈太没有道理，这么完美的媳妇到哪里去找呀？于是他和二哥、二嫂、庄建设、冼丽霞等人配合采取了说服、解释、劝慰、促成的策略，最后自己又实施了辩解、抵制、回避和绝不让步的战术，但却都被一一化解，没能收到任何效果。曾小英以不变应万变，坚守初心，岿然不动，最后在双方的拉锯战达到白热化的时候，使出的杀手锏是：如果周全不和刘佳立即分手，她绝不会搬到观塘街的新楼里去住，就一直住在老屋里终老，而且断绝和周全的母子关系，她已经失去了老公，也不怕现在再失去一个儿子！

天啊！所有的人都无所适从了！

公司的发展战略要实施，母亲的极端情绪也需照顾。束手无策的周全在跟所有能讨论这件事的人，包括好朋友还有父亲，商量来论证去的结果，都认为还是让刘佳先避开为宜，由旅游公司筹备小组预先提名刘佳为副总经理，专设一处深圳经济特区办事处，派驻刘佳兼任办事处主任，主要负责在经济特区内的旅游宣传推广活动，提前策划深圳辐射省内省外的旅游线路，条件成熟时，就在经济特区内设立旅游分公司自主开展业务。刘佳是依依不舍地含泪赴任的。

刘佳不再出现在小儿子身边，不再出现在自己眼前，甚至不再出现在大澳岛，大获全胜的曾小英又恢复了往日的慈祥和温情，不仅听从儿子们的安排，顺从地搬到观塘街的新楼里，还认真细致地把老屋的里里外外、角角落落都收拾整理了一遍。居然还破天荒地同意了莫建明的要求，将他的儿子莫怀文、侄儿莫怀安都安排在婚纱摄影基地工作，当治安管理员，毕竟这里是人家管理的地盘啊。周全在心里哭笑不得：阿妈这真可以称得上是重承诺、守信用，还原则性和灵活性相统一啊！

周全自己其实已经意识到，有阿妈在他和刘佳之间划出的这道"银河"，他跟刘佳肯定是不可能再有什么好的结果了，甚至连"鹊桥会"都不可能被容许，因为他太了解阿妈的性格了。然而他又的确不甘心，好几年了，自己跟刘佳的那份情，那份爱，那种体验，那种感受，刻骨铭心，渗透骨髓，一辈子都难以消减，这不仅仅是初恋激情和冲动，也不仅仅是肌肤相亲和感性。所以，这次申报营业执照，确定旅游公司及其下属实体的商号命名时，都没有依旧例带上"鹏"字，而是全都用上了"佳"字：中外合资经营佳境旅游有限责任公司；佳期婚纱摄影基地服务中心。这样至少能让自己觉得也算是对至爱刘佳有个交代，表明心迹。

对此，父亲周亚鹏非常能够理解，也非常心疼这段时间有些失魂落魄的小儿子，他对刘佳很认可，因此觉得他俩很可惜，但他再也不敢逆曾小英的意，再也不能伤曾小英的心，因而也不敢"助纣为虐"帮周全出什么其他的点子，只能劝小儿子走一步看一步，等待反转的希望。不过他倒是顺着周全的小心思提出一个想法：初步上报规划并由阿成所在的香港建筑设计事务所正在做设计草案的星级酒店，建议取名为"全佳大酒店"，巧妙糅进了周全和刘佳两个人的名，商号名称也比较符合设想中的酒店气质和商户气派，以后还可以逐步发展成有社会影响的"全佳"酒店品牌连锁。

不用说，作为刘佳的大姐和密友的冼丽霞，对她与周全竟会做如此安排，感到非常痛心和不忍，但却又无能为力。当她得知旅游公司、摄影基地和一系列将要开发的项目都将以"佳"字命名时，便毫不犹豫地将自己在周家老屋投资的茶餐厅、酒吧名为"佳偶茶餐厅""佳音咖啡酒吧"，并请周成为她在室内布置了各种"佳"字背景，在室外设计了各色"佳"字造型，觉得这样很有意义，也体现了好友情谊。

刘佳绝对没想到自己在周全、在大家的心目中有这样的认同感，居然得到这么高的无价奖赏。她在异常感动的同时，也对曾小英对自己的言行有所释怀。当然，她也知道自己难以放得下周全。

此前，周全也就是在金鹏客运公司"189 专线"开通运营的当天，以及随后偶尔有过那么几次随车考察进了"关内"，走了走大厦林立的街道，逛了逛摩肩接踵的东门，还跟风排队挤上了新落成的国贸大厦顶层的旋转餐厅，360 度全景欣赏了日新月异迅猛发展的特区面貌，引颈眺望了曾经冒险偷渡但却没能成功的香港。此后其他更多的时间，都是扎根大澳岛，埋头大澳岛，一门心思地精心谋划，精打细算如何才能在大澳岛发展得更好。但自从刘佳不得已离开大澳岛进了特区内驻点，周全便隔三岔五地搭上"189 专线"往"关内"跑，一两个月的时间就超过了过去几年进市区的次数。倒也是，热恋中的青年男女绝对是一日不见如隔三秋，更何况这是被人为地硬生生地强行分开的正在兴头上的恋人呢，用刘佳每次都羞红着脸悄声调侃周全的话来讲，叫"小别胜新婚"。如此这般，更是烈火烧不尽，春风吹又生。

　　当然，你可以说周全每次都是假公济私，也可以说他是公私兼顾，毕竟，他还是要关心和跟进佳期旅游公司驻特区办事处的工作的，比如，办事处的办公地点就是他和刘佳一起选定的京鹏大厦，此处紧贴深南东路，靠近东门老街，租金也合适。随后招聘的两名驻点女职员，也是刘佳在征求了周全的意见之后确定的人选，并按规定报告给公司列入员工花名册。而刘佳和两名女职员的宿舍，则是周全敲定下来租用向西村里一栋条件最好、闹中取静的出租屋的一整层。周全发现，向西村位于罗湖中心区，抬头可见国贸大厦，村内的酒楼、茶室、大排档、快餐店和卖杂货的"士多店"密集分布，生意兴隆，夜间更是热闹非凡，港人扎堆，人声鼎沸直到黎明。住在这里不仅生活便利，人气旺盛，而且到京鹏大厦上班，去深运大厦联系客运业务或处理乘客的什么事情都很方便。

　　刘佳走马上任后，便很有仪式感地在租用京鹏大厦的办事处门口挂了三个牌子：中外合资经营佳境旅游有限责任公司驻深圳经济特区办事处、中外合资经营佳境旅游有限责任公司鹏城分公司筹备组、中外合资经营金鹏客运服务有限责任公司业务联络站。这些招牌挂在这儿，也能起到宣传广告作用。她想着既然这是工作，就要为公司、为周全多干点事，更重要的，她要和大澳岛依然联系密切。

这段时间，周全每次都会跟着刘佳不断地去开眼界，刘佳总会在晚饭后带着他到各种娱乐场所去 happy，除了京鹏大厦内的京鹏夜总会是近水楼台之外，前前后后分别还去了附近的金龙玉凤夜总会、富临大酒店的东方驿站、阳光大酒店的芙蓉歌舞厅、深圳大剧院的沙都歌舞厅、上海宾馆的夜上海，甚至还跑去很远的香蜜湖迪士高娱乐城。另外，还到过很多熙熙攘攘的迪厅，吼声震天的卡拉 OK 包房，不同风格，不同装修，不同服务，不同感受。去这些地方，他两多数都会约上周正、赖宏亮、沈建军、陈建，跟他们一起玩、一起嗨，也或者是又被他们三个人分别或共同请出去吃饭喝酒寻开心。

周全一开始纯粹就是看热闹、图新鲜、找刺激、求放松，但慢慢地，他就开始留心每一家都不一样的玩法，留意每一家都不相同的收费，似有悟到刘佳每次都拉着他到这些地方并不纯粹是来玩的。

这天晚上，从春风路的辉煌卡拉 OK 夜总会唱 K、喝酒、蹦迪之后回到出租屋，刘佳没有像往常那样即刻去冲凉，而是从冰箱里拿出两支七喜，递了一支给周全，若有所思地问道：

"阿全，咱们去玩过了这么多的舞厅、夜总会，你有什么想法没有？"

周全脱口而出："我也想开一间夜总会。"

"那么你有没有想过，你如果开一家夜总会，想要确定一个什么样的打法？你看，这么多不同操作方法、不同服务手段、不同营业风格的夜总会，你选择什么样的经营模式呢？"

"我要开就开一家高档的夜总会，在大澳岛一炮打响。"

"具体呢？"

"嗯……还没有仔细想。但我已经想好了，一定要在全佳大酒店里布局配套这个娱乐功能，请我大哥完全按照香港夜总会的风格和档次来设计，场地面积完全可以依需要来规划，按酒店总面积的配比划分娱乐区，总得有跳舞的大厅，有舞台，有吧台，有卡拉 OK 包房吧？灯光设备、音响设备都进口最好的，搞豪华装修。"

"你这些想法都没错，自己建的酒店想怎么设计就可以怎么设计，想怎么装修就可以怎么装修。但我考虑的是，大澳岛属于偏远地区，除了一些游客，不可能像'关内'这样，每晚都有固定常客，每晚都会涌进新客，而且什么品位爱好、什么消费层次的人都有。所以，现在不可能会有驻唱歌手和舞蹈演员过去大澳岛，因为没法跑场，赚不到钱，乐队也一样，这些不是你养不养得起的问题，是大澳岛完全没有这些个条件和气氛，留不住这些人。所以，我的建议就是：主打卡拉 OK，其次是蹦迪。这样的话，不用养歌手，不用养什么舞蹈队，也不用养乐队，更不用操心经常要换什么风格品位的节目，进去玩的人不管会不会唱，会不会跳，都可以进去消费凑热闹。如果这样定位的话呢，就要把主要精力放在音响设备、灯光设备和歌碟曲库方面，再就是服务员的招聘很重要，需要的人数多，培训量也大，其中打碟、放碟、知客这些服务人员是重中之重。"

"亲爱的，我觉得你考虑得真的很对路啊！我也隐隐约约有这个思路，只是还没有来得及去想这么深，也想不了这么专业。灯光音响之类的很好解决，可以随时更新，随时更换，音乐歌碟也随时可以补充，这些对我们来说都很方便。我倒是觉得在你说的服务员招聘和培训之外，最重要的是……是那个……那个陪客人喝酒啊唱歌啊跳舞啊聊天啊这些……这些女孩子必须要有才行啊。"

刘佳闻此言，料事如神地做了个鬼脸，摆出冷笑状咬着下嘴唇斜眼盯了周全几秒钟，调侃道：

"哼哼！你不说，我都知道。没关系，这是现在的一种潮流，也是一种经营手段，别担心，这个问题我帮你解决，办事处设在这里是不能吃闲饭的哦。酒店建好开业之前，你给我一点准备时间，我就在办事处这里搞招聘，要什么人我大把招什么人。确定录用的人选直接用金鹏大巴免费接去大澳岛怎么样？不过，你不要小看这些夜场只是吃喝玩乐，名堂可大了去了！想经营好这个场子，请什么人来管是非常关键的。"

"是啊。在大澳岛还真找不出来管这种场子的人才。"

"据我观察，很多夜场好像场地老板是场地老板，投资老板是投资老板，经营老板是经营老板，管场子的又是一拨人，带不同的人进场服务的其实还不止一个领班，可能各是各的队伍。"

周全似被点醒，点头道：

"我也注意到这个现象，上来给客人介绍服务的一拨又一拨的好像都是由不同的领班领着来的，看上去各自为政，互相竞争，但又配合默契，互不捣乱，这就涉及一个管理问题，不然就乱套了，没法做生意了，搞不好，客人还没闹呢，自己就闹起来了。"

"所以呀周总，这就不应该是你这个大老板应该管和管得了的事情了。当然如果你感兴趣，可以当个夜场老板。但术业有专攻嘛，像这些人的选用、培训、管理，人家有这一行的专人去带队伍，你可以把服务承包给他们，坐收管理费，省心省力又少麻烦事。我可以在这里先物色这方面的高人，之后介绍给你怎么样？"

"娘子高见。佩服！佩服！"周全打心眼儿里佩服刘佳考虑问题太周到了，不由得一阵激动，戏谑一句，情不自禁就亲了过去。

于是，周全回到大澳岛后，把他和刘佳在不同格调的夜总会、歌舞厅来来回回多次的消费体验和考察，以及讨论得出的主要观点思路，再经过与父亲进一步地研究细化，落实在大哥所在建筑设计师事务所的设计理念里和设计图纸上，包括规划设计总图、装修效果图、立面设计图、平面设计图、施工图等，进而是各功能分区美化装饰图和分项装修设计指引，精确标示，精准标注，堪称细致、完美。毕竟年轻人好奇心重又爱玩，周全此时一直关心和重点关注的，就是对夜总会的设计，还会不断冒出点子，提出改进意见。

大哥周成说，阿全对建筑设计还挺有心得的。

周成受英国老板之托，回香港协助筹办建筑设计师事务所驻港分所，成立剪彩的当天，就签订了佳期婚纱摄影基地系列设计合同、全佳大酒店系列设计合同，还有周正所在公司的振鹏公寓设计合同。这几个项目系列设计合同的签订，对周成来说，机缘巧合全部都是三兄弟之间的买卖，而且在正式签约之前都已经技术介入，这些对英国总所的合伙人而言，完全契合了他们志在拓展中国内地房地产开发建设市场的初衷，庆幸决策正确，旗开得胜。而周正和周全两兄弟也正是借大哥周成参与筹建的英国伦敦建筑设计师事务所香港分所开业之际，第一次踏上了香港这块给他们带来骨肉分离和忍辱负重，给他们带来冒险经历和痛苦期待的土地，但他们给香港带来的不是怨恨，而是礼物，是为设立在港岛中环的香港分所开业庆典带来了三大项目设计合同。

庆典的最后一个环节，便是在周成的主持下，周亚鹏、周正、周全父子三人分别与英国总所派驻香港分所担任业务总监的威廉博士签下了一系列设计委托合同书，而后举杯庆贺，议程结束。

毕竟是第一次来香港，周亚鹏安排两个儿子在半岛酒店多住两天，要陪他们在香港多走一走，多看一看，周成也放下事务所的案头工作，履行陪同重要客户访港的任务。周正和周全理所当然地要首先到父亲和大哥所居住的位于九龙塘的家，礼貌地拜见了父亲的现任妻子，也见到同父异母的弟弟和妹妹，得到了热情而周到的接待，并参加了温馨的家宴。兄弟俩环视着父亲由一个逃港者变身为成功商人，经过多年奋斗得来的这处紧凑的小楼和精致的小院，心中感慨万千，只有无言对视。

随后的两天，先是参观了父亲设在尖东深业大厦的总部写字楼，几家分布在港岛、九龙、新界的主要连锁商店，然后父子四人就洒洒脱脱地游览了九龙城寨、尖沙咀、维多利亚港、太平山顶、铜锣湾、浅水湾，居然还兴高采烈地去了海洋公园。但奇怪的是，父亲和大哥始终提都没有提到姑姑，更没有说要带他们兄弟俩到姑姑家去登门拜访。周全知道奶奶就是死在姑姑家里的，但他自打出生都没有见到过奶奶和这位姑姑，所以没有什么特别想法，只是每到一个地方，每走一条街道，周全都会反反复复地在心里说：这就是我曾冒险偷渡过的香港啊！

香港之行，使得兄弟俩多年以来的夙愿得偿，也使他俩更多地见识到外面的世界，建筑造型颠覆认知，乘车渡船文明有序。不过，周正和周全一致认为，香港的楼栋太密了，住房太小了，但令他们印象尤为深刻的是香港地铁，太方便了。

　　"相信深圳肯定也会有地铁的。"兄弟俩异口同声地表示。

第十三章

投资酒店

深圳市政府对于像大澳岛这样属于特区外且相对偏远地区的投资项目、建设项目的审批，相对有所倾斜，有所照顾，政策上也灵活对待，因而办理程序比较简化而且快捷。全佳大酒店周成的设计方案还在进行过程中，立项审批手续就已经下达，"建设规划许可证""工程施工许可证"等相关行政手续随即也都很顺利地办了下来。

不可否认，家族关联企业的好处就是肥水不流外人田。全佳大酒店的全部土建工程、装修工程、环境美化绿化工程，均发包给了由正鹏建筑工程公司更名的正鹏建筑装修设计公司。当然也因为类似的工程施工，在周正一踏入建筑行业就全面系统地接触和参与过，惠州兴华电子厂建设、深圳环球贸易大厦工程，更是从土建到装修都曾跟进工程施工和技术管理，而"正鹏"建筑品牌的质量更是无从指责。不过，佳期婚纱摄影基地的建造、装饰、装潢的特异性、工艺性、艺术性要求比较个性化，专业要求也比较特别，需要准确地把设计方案的设计理念和设计要点落实在建筑实物上。由周成现场考察、技术把关，最后决定由广州的一家艺术装饰工程公司承接佳期婚纱摄影基地的系列工程。

此时的周正，已经是深圳市振鹏地产开发有限公司的董事长兼总经理，在他把正鹏建筑装修设计公司总经理的位子交给赖宏亮之后，几乎把全部精力都集中在了发展朝阳产业，拓展新的业务——房地产开发方面。他目前的第一个开发项目，就是准备在乐眠床垫厂抵债转让的地块上小试牛刀，基于用地面积只有大约 4000 平方米的有限开发空间，初步确定修建振鹏商品公寓。但如何确定公寓的风格、受众、定位、定价等这些因素，则是决定初出茅庐的振鹏地产公司能否在行业内得到认同，能否在社会上引发关注的关键所在。所以，周正反反复复、不厌其烦地跟赖宏亮、沈建军、陈建等人进行市场研判和可行性研究，也不断地跟父亲和大哥讨论设计方案，调整设计细节。但当《大澳岛全佳大酒店建设施工总包合同书》签订下来之后，周正便对振鹏公寓的开发操作和建筑施工按下了暂停键，全力支持正鹏建筑装修设计公司，先把父亲和弟弟投资的这项大酒店工程完成好。他考虑，这正好是个良性循环的大好时机，承建全佳大酒店是赖宏亮正式担任正鹏建筑装修设计公司总经理之后的第一项大工程，可以说是对其综合管理水平和领导能力的考验，而有了工程款收入又可以更从容地用于开发振鹏公寓。

合同责任确定，进场日期敲定，周正还是放心不下，不由自主地又回归到正鹏建筑装修设计公司老板的身份，由赖宏亮开着那辆旧的五十铃"的士头"，一起到处去联系建筑器材和设备租赁公司，挖掘机、打桩机、泥头车、吊塔、升降电梯，一样都不能少，并保证按时进场到位、按时开工。又安排沈建军和陈建根据建材清单，提前分类采购落实，包括各种型号、规格的钢筋、钢材、铝板、配件，指定商标和标号的水泥，还有河沙，但绝不能有海沙。每样货板都要亲自过目，每份货单都要仔细审查，这是周正带领建筑工程队闯荡深圳之后就养成的习惯，更何况，这是周家自己的工程。万事俱备，他便把正鹏建筑装修设计公司的全体员工和一直配合打小工的民工队全部都带到大澳岛安营扎寨，并和老婆黄亚蓉搬进了观塘街的新家，把综合财务室就安置在一楼那间空着的客房里。这样一来，至少有一两年的时间都可以陪伴阿妈天天吃住在一起了。

曾小英别提有多高兴了，熬了这么多年，终于搬到观塘街这处宽敞体面的新楼，两个儿子现在也都回来跟自己住在了一起，二儿媳妇更是一天到晚在这小楼里陪伴自己，大儿子不管是因公因私，总会隔三岔五地从香港回来看望自己，一家人时不时都可以团团圆圆地在家里一起吃餐饭，看着孩子们围绕在自己身旁，饭也吃得香，觉也睡得踏实，每天都由里而外地透露出那么一种苦尽甘来，尽享天伦的幸福感，隔壁邻居也都羡慕不已。这种自我感觉，其实是大部分父母到了一定年纪之后的共同追求或者说是奢望。当然，曾小英的追求还没有完成，还没有兑现，那就是小儿子阿全的婚事，必须在当地尽快找到一个跟自己吃得到一起、说得到一起的儿媳妇，她一定要先把好这一关。真是操不完的心啊！

曾小英找了身在惠州的爸爸妈妈和家姐，还有那些一直保持着联系的其他同学，又托了观塘街的新邻居，再就是一些新结识的老姐妹都帮忙操心。但是，必须坚守一个基本原则：浪沙围村的人或者是浪沙围村介绍的人绝对不在考虑之列。

周全基本上把金鹏客运服务公司的事全部交给了庄建设，把全佳大酒店建筑施工的事委托给了二哥，自己全力以赴操心和忙乎的，则是佳境旅游公司本部，还有下属的全佳大酒店、佳期婚纱摄影基地这几个经营实体需招聘大量的管理人员、行政人员、财会人员、技术人员、服务人员、保安人员、后勤保洁人员等等这些事，人事部的工作量很大，必须在各项目工程施工期间，最迟在竣工验收之前，基本完成员工的招聘工作，然后进入培训，保证摄影基地开张、酒店开业之时，能够全员到岗并合格上岗。

刘佳在深圳经济特区内负责的办事处承担了大量的广告招揽、初试筛选和安排运送工作，大澳岛一时间涌进了众多的青年男女，岛内青年也踊跃报名应聘，金鹏客运公司原来所租用出租屋的办公室没法接待面试，就临时通知应聘者集中在周全董事长位于观塘街新楼的院子里搞复审面试。这下好了，这处僻静的小街巷前所未有地热闹起来，一拨接一拨的男男女女接踵而来，熙熙攘攘，人头攒动，一向清静惯了的左邻右舍都被惊动了，反应快的几家，立刻就在自家门口挂上"惠康士多店""利民杂货店""海岛小吃店""特色早餐店"，以及"空房优惠出租""本楼提供便宜住宿""岛内最廉价出租屋"等各色字体、花样翻新的招牌。邻居们知道，做生意发财的机会来了，而且肯定不会只是暂时的，这架势是有长久的生意可做，这可都是大周老板、小周老板投资带来的机会。

跟着凑热闹的并不限于邻居们，曾小英的热闹凑得也够深入。

一般正常的情况下，人事部的工作人员在院子里按部就班地忙活着分发表格、招聘谈话，曾小英就搬一把椅子坐在一楼的门廊下看热闹，听八卦。当然，她对是不是浪沙围村来应聘的人特别在意，只要被她听见或是看见，就属于她事后跟小儿子提出反对意见的人选之列。不过，她更为用心用情关注的，是那些来应聘的小姑娘，看她们的身材长相，听她们的说话发音，评估想象着哪个适合做她的小儿媳妇。若是出现等待应聘的人员太多，人事部的人手不够的情况，黄亚蓉就会去帮忙，曾小英也就趁机去给二儿媳妇打下手，毕竟是老牌初中毕业生，收收资料归归档，指导应聘人员填填表，对她来说是小儿科。

而帮忙的核心意义还在于，这样就可以近距离地接触、观察心目中的目标对象，或者在收简历材料的时候，特别留意地浏览一下某位姑娘的芳龄、籍贯、家庭关系之类的内容。不过更多的时候则是挑花了眼，看到了后面可心的姑娘，就忘记了前面选定的目标，或者是张冠李戴搞不明白，分不清楚了。

功夫不负有心人。这天曾小英又自告奋勇、一心多用地帮忙招聘，一声本地话"英姨早安"的欢叫，令她不由得眼前一亮，但见面前笑意盈盈地站着一位出水芙蓉般的小姑娘，清汤挂面的一头长发飘逸地披在肩背，清澈见底的一双眼睛率真地望着她，清爽雅净的一袭长裙合体地套在身上，清纯如兰的一张笑脸生动地展示着美丽，"哇！典型的客家小靓女！"曾小英暗中窃喜，情不自禁地在心里赞叹一句，脸上的笑容即刻荡漾开来：

"靓女，你是？"

"英姨，她也是我们浪沙围的人，是我表妹袁真，阿真啊。"

曾小英见阿真旁边冒出来一个插嘴的男仔，疑惑地问：

"那你是？"

"我是阿全的好朋友阿丰，袁海丰，袁正德的仔，您不记得我了？我小时候经常跑到你家去玩呢。"

曾小英定睛辨认片刻：

"真是阿丰来的哦！好多年没见。你怎么突然到这儿来了？"

"我这些年进深圳市内打工去了，听说阿全的生意现在做得越来越大，正在大量招人，我也跑回来应聘，想跟阿全一起混……"

曾小英根本没去听袁海丰的絮叨，而是亲热地拉住袁真的手爱怜地抚摸着：

"哎哟，是阿真啊？我还记得好多年前见过你，那个时候你还是个细路女来的哦，不过小时候就漂亮，长大更漂亮了！"

袁真满脸羞红地柔声说道：

"英姨您说得我都不好意思了。我这几年在广东财经学院读书，这是最后一个学期，学校说可以等国家分配，也可以自己实习找工作。我听说阿全哥在家乡投资，要招人，所以我……"

曾小英急不可耐地插嘴说：

"等什么国家的分配嘛，万一学校给你分配得山长水远那就麻烦了，还是回来好，还是回来好。你是学财经的大学生啊？好！好！就给你阿全哥来管账管钱。你二嫂阿蓉就是在给你二哥阿正管钱，多好哇！"然后不管三七二十一，就大声招呼黄亚蓉，"阿蓉，阿蓉，拿张聘用登记表过来给阿真填，不用再面试了，就这样定了，就说是我选定的。"而那拉着袁真的手却一直都没有舍得松开过。

此时的曾小英已经完全彻底地丢了初心，忘记了她自己定下的"浪沙围村的人或者是浪沙围村介绍的人绝对不在考虑之列"这一基本原则。

袁真就这样糊里糊涂地成为曾小英给小儿子周全选定的女朋友，也就是曾小英给自己选定的小儿媳妇，只不过此时的袁真自己并不知道她心里的小九九而已。

当晚曾小英在和家人们一起吃饭的时候，兴奋地在饭桌上向小儿子宣告，她已经确定了小儿媳妇的人选，简直就是天设的一对，地配的一双，前世的造化，今生的姻缘。

黄亚蓉也很认可地应和道:"嗯,不错。"

周全听说是袁真,袁海丰的表妹,想了一会儿才想起来:

"哎呀,阿妈!那个阿真在我眼里从来都是个小跟屁虫,小不点儿的妹仔,怎么可能是我的女朋友呢?没感觉!"

"没感觉?切!你是没看到阿真现在的样子,大美女来的你知不知道?你阿妈我看了都有感觉,你一个男仔会没有感觉?跟你那个什么佳佳比起来,简直要好到天上去了。还没感觉?冇品。哼!"

"阿真她现在就是再美,在我心里也只是个小妹仔,怎么可能有其他感觉呢?"

"阿真现在可是大学毕业生,人家对你有没有感觉我还不敢说呢,你还够胆说对人家没感觉?"

周全一听,扑哧一笑:

"那不好咯?她对我没感觉不是正好?"

曾小英把筷子一顿:

"我不跟你扯什么感觉不感觉,反正我已经决定招聘她做你公司的会计,就让她先帮你管账管钱,换其他任何人我都不答应。就这么定了!哼!"

周全赶紧嬉皮笑脸地往母亲碗里夹菜,哄着说:

"阿妈,只要是您决定的就作数,放心,就招聘她到公司财务部管账管钱行了吧?反正现在也需要人。"

周全倒是很快就见到了阿妈说的现在任谁见到都会心动有感觉的袁真,的确也在心里感叹"女大十八变,越变越好看",但依旧认为她还是那个从小跟在他们后面跑着哭闹、撒娇的小妹仔。而袁真见到周全果然如小时候一般兴奋地尖叫一声："阿全哥！"依旧如常地冲上来摇着他的手臂撒娇，一双清澈漂亮的美目散发着光芒。

周全因为听到母亲已经对他跟袁真之间有那么一个关系定位，心里"有鬼"，表情有些僵硬地忸怩应付。

领着表妹过来见周全的袁海丰，则满脸崇拜地瞧着这位生意越做越大的发小，只知道傻乐。

周全很忙，的确是很忙！投资建造这么大的一座综合性高档酒店，设计修改、现场调整、设备进场、建材验收、督促工程进度、隐蔽工程检查、分部工程验收、后续工程推进、各个环节协调等等事项都得亲自参与，几乎每天都要到项目工地上盯着。虽然是自家二哥负责的建筑公司施工，他也不能马虎。虽然还有自家甲方安排的驻工地代表，他也不敢疏忽。每次见到父亲、大哥、二哥，主要话题就是讨论酒店工程，甚至争论不同的想法，时常还显得有些过度紧张和焦虑。这都可以理解，毕竟年纪轻轻就承担主导起投资这个大项目，而且方方面面都是未曾涉足过的新领域，不绷紧神经才怪。所以他没有时间叙旧，没有空闲聊天儿，而是很迅速果断地交代袁海丰和袁真，先参加人事部对于新聘员工的综合培训和对口培训，袁真在培训之外可以去他二嫂黄亚蓉处实习帮忙，熟悉财务实操，各人的具体岗位会在培训结束认定合格后安排落实。说完，就拿上安全帽，开上那辆旧的小面包车，匆匆赶往工地去了。

忙主体土建，忙外立面装修，忙内部装饰，忙不同功能区的特色装潢，忙设备调试，忙试业准备，忙人事安排，忙餐饮定位……忙！忙！忙！忙得周全几乎有一年时间都没有去"关内"，也没能跟刘佳见面，只能相互打电话沟通情况，而且通电话的频率越来越低，间隔的时间越来越长。因此，刘佳和周全的通话内容和语气语调也逐渐地显得公事公办，更像仅仅是副总经理向董事长汇报工作，而不像是一对亲密爱人。但她的确信守承诺，而且做到了兼任驻深圳经济特区办事处主任应当履行的职责，首先顺利地取得了佳境旅游公司鹏城分公司的营业执照，并试水了几单在深圳的小型考察参观性旅游，策划了珠三角美食旅游线路，起步不错，效果尚佳。其次是适时配合全佳大酒店的工程进展，很用心地给周全最关心的夜总会物色推荐了两名美女管理人，一位是深南东路远东俱乐部的总经理助理高雅，一位是三九大酒店月光娱乐城的 VIP 客户经理王虹。当然她也了解到这个行业的惯例，高雅和王虹不一定是她俩的真名。

　　周全是在全佳大酒店全新宽敞的办公室里接待并面试了高雅和王虹。佳境旅游公司和金鹏客运公司在全佳大酒店建成之后，占用了其中一层规划出来的行政楼层，办公环境和规模都很像样子。

　　首先来见周全的是高雅，她带着一副常年养成的某种职业微笑，迈着一种经过训练的舞蹈演员的步伐，充满自信地走进了董事长办公室。但见高雅将并不浓密的头发绾在脑后，衬托出巴掌大小脸和修长脖颈，将并不丰满的胸脯挺得高高的，尽量展示她身材挺拔的特点，紧身的套装衣裙穿出了迷你裙的效果，以使她那挺直的大长腿引人注目。坐在大班桌后面的周全被她这种先声夺人的见面风格给吸引住了，他还真没有在大天白日如此近距离地单独会见如此风格的女子呢。基于手头的简历资料，高雅曾就读于西北某师范学院的艺术大专班，毕业后即来到深圳闯荡，先后在多家大酒店、歌舞厅、夜总会、俱乐部打工，从服务员、前台经理、楼面经理、部门经理，最后做到了远东俱乐部的总经理助理的职位，这个职业经历很符合全佳大酒店夜总会总经理的岗位要求，也符合周全心目中的专业管理人选的要求。"但她看上去不像是简历上所填的'未婚'啊？"周全一边悄悄打量一边在心里嘀咕着。

根据周全的谈话意图和提问要求，高雅胸有成竹，语调铿锵地发表了她可以引进什么样的服务员团队，如何管理好迪斯科舞厅，如何服务好卡拉 OK 包房，如何留住回头客，如何设计酒水果盘套餐推广计划，提高经营效益，并提出她有能力每隔一段时间，就可以请"关内"有名的乐队和舞蹈队来全佳大酒店夜总会表演造势。

在高雅之后进来面试的王虹，看上去性格温婉随意，皮肤健康洁净，比高雅稍矮些的一米六三的个头在欧式连衣裙的包裹下，显得身材丰盈，体态轻盈，四肢匀称。她语调轻柔，话说到高兴时，会红着脸捂嘴轻笑。周全觉得跟王虹谈话相对要轻松一些，因此就一边听她说话一边拿起她的简历浏览：西南某大学中文系的毕业生，曾被分配回老家当了一年多的中学老师，后毅然决然地辞职到广州找机会，又被朋友拉到深圳闯世界，有过公司总经理秘书、歌舞厅主管、娱乐城 VIP 客户经理的从业经历。嗯，这个条件也不错。但周全又留意到，王虹在招聘登记表"婚姻状况"一栏是空着的。

对全佳大酒店夜总会的管理思路，王虹和高雅两个人基本上是大同小异，所谓异者，是王虹在宏观管理方面的考虑要弱一些，但对微观服务细节考虑得很周全，尤其强调了夜总会的管理和安全必须跟酒店的保安工作配合到位。她明确地说自己没有能力请"关内"有名气的乐队和舞蹈队来大澳岛，但若全佳大酒店和夜总会的名头打出去了，生意好了，自然很容易邀请过来，甚至会主动过来。"到哪儿他们都是要赚钱的嘛。"王虹总结道。

周全在对高雅和王虹分别面试完之后，又例牌似的分别带高雅、王虹到设在酒店裙楼三楼的夜总会，请她俩各自对场地、设备、布景、色调、隔音效果、功能分区、服务员小费、洗手间管理、酒水饮料的配比和定价等提出改进意见。两人各有侧重，但都很内行。

经过全面衡量，周全决定任命高雅为全佳大酒店所属的宝岛夜总会的总经理，抓全面管理工作。王虹担任宝岛夜总会的副总经理，协助高雅工作并主要分管卡拉 OK 包房的服务和客源。

在公司人事部报来签字的《聘用合同书》和所附身份证复印件上，周全这才注意到，高雅的真名是叫高秀枝，王虹的实名是王川红，于是哑然失笑地嘀咕道："呵呵，真有意思。看来我在市内那些夜总会收到的一堆名片，上面没有一个人的名字是真的。"

全佳大酒店客房、餐饮、夜总会同时试业。

根据港方股东周亚鹏从香港派来的酒店总经理麦家杰的策划案，试业开始的五天，酒店客房四折推出，中餐厅和宝岛夜总会全线五折优惠"益街坊"，夜总会的迪斯科舞厅和卡拉 OK 包房更是增加了指定品牌啤酒免费任饮的超值优惠。首批入住的外地游客除了白天尽享山海美景之外，晚上无处可游，自然都乐意泡在这装修豪华的夜总会里低价消费，岛内的居民也闻讯从四面八方蜂拥而至，大多数人是想来这岛上第一家由港商投资的星级酒店看稀奇，凑热闹，体验一下从没见识过的高档享受。中餐厅前，人们排着长队等着前面的食客吃完走人，直到晚上十一点打烊，餐桌翻台率很高。夜总会更是人满为患，挤在门口，只要有人离开腾出位置，即刻就有后来者填补，直到凌晨两点停止营业，还有人不愿离去。

袁海丰被公司聘任为全佳大酒店的保安部经理，他很满意也很尽责，这些天白天晚上都忙得够呛。

周全虽然身兼佳境旅游公司和金鹏客运公司的董事长，但他更是一个年轻人，并且是个对新生事物好奇，爱玩而有活力的年轻人。因此，他在试业期间乃是带着一股激情关注着夜总会的，每天晚上都在夜总会那间固定使用的卡拉OK包房里，分别和父亲、大哥、二哥、麦家杰、赖宏亮、沈建军、陈建，当然有时候还有二嫂黄亚蓉和袁真，以及其他几位中高层管理人员，优先试唱、试玩，享受和品鉴投资成功的果实，他们在包房里喝酒、唱歌，不谈工作，纯粹放松。状若亲姐妹的高雅和王虹，每天晚上都会过来打几次招呼，每次敬敬酒，陪唱两首歌，然后又出去忙去了。

试业的第三天晚上过了十点，周全和前两天一样，趁着大家喝得正嗨，唱得正欢，悄悄走出包房去巡场转一转，听听消费者有什么意见，或者是发现有什么不足需要改进之处。走在走廊，听到各个包房传出来又吼又叫，五音不全，走腔跑调的唱K声，觉得特别好玩。这里的绝大部分人从来都不会唱歌，更没有当着众人的面唱过歌，但在这种氛围中，趁着酒兴开始吼，敢于发声，相信会越唱越好。迪斯科大厅里更是闹腾得无以复加，一部分人跟随迪斯科音乐在舞池里胡摇乱摆，毫无章法，用群魔乱舞形容都不为过。更多的人没有勇气在大庭广众之下跳舞现眼，或坐在卡座，或围坐小桌，相互大喊大叫地"聊天儿"。也有人一边狂灌免费的啤酒豪气冲天，一边抠完脚丫子又用手抓起花生米、鱿鱼丝、腰果、开心果之类的小食，津津有味地品尝着。总之，座无虚席的舞厅给人一种鼎沸盈天的感觉。周全知道，这是岛上的百姓乡亲们开心极致的表现，是把他这个酒店当成了他们自己的家。所以，他照例逐台走过去倒杯啤酒礼敬，表达欢迎之意，遇到熟人还要聊上几句或者斗斗酒。

　　不过他也注意到，王虹一直带着几位美女公关在很敬业地逐台敬酒、发名片、拉关系。有人从不同位置此起彼伏地大喊："靓女过这边来！""靓女，这边有人找你喝酒！"王虹都一一清脆作答："来啦！来啦！马上来！"

　　没见到高雅。周全潜意识里想找找高雅在哪里，除了前天晚上的试业典礼，她在台上容光焕发地讲话，随后下来跟着公司领导很是举止张扬地应酬了一圈，昨晚十点之后出来巡场好像就没有见到她，说是她拉来的美女公关团队还没有到位，感到有些丢面子。周全不动声色地扫视了两圈，最后发现辨识度很高的高雅就在舞台侧边的走道里挺立着，似乎在用一种蔑视、厌恶、傲然且不耐烦的神情注视着舞厅里这些举止无状，没见过世面的岛民众人。

　　也许站在暗处冷眼旁观的高雅生性敏感，她好像突然感觉到正在跟场上的乡亲们打成一片的周全董事长，似乎不经意地已经注意到她站的这个位置，便于秒变之间换了一副面孔和神情，闪身入场，一阵风似的走到周全正在应酬的这张台，情绪高昂地叫了一声"董事长您在呢"，然后满面春风地轻贴周全的身体，轻挽周全的手臂，有意无意地反过来主导着他逐台敬酒，但必定是避开王虹她们所在的位置。每到一处，高雅都像做广告似的用清脆悦耳的动听嗓音说：

"欢迎你们！欢迎大家！这是我们酒店的大老板周董事长，我是这里的总经理高雅。来，我和董事长敬各位老板一杯，请以后多多捧场！多多捧场！欢迎欢迎！"

周全在心里说："不愧是艺术专业出身的，演得真好。"

不过，夜场就需要这样的人。

大澳岛恰如一块未被开发的处女地，一旦有人耕种，便即时焕发出盎然春意，一旦有人投入，就瞬间报之以满腔激情。全佳大酒店的开业，宝岛夜总会的开张，婚纱摄影基地打造的几个拍摄点相继面世，不仅搅动得全岛生机勃发，还吸引着深圳其他地区甚至外地的游客与投资者，青年男女们更是蜂拥而至。情侣，在这里留下海誓山盟，恩爱倩影；游客，在这里追梦面朝大海，春暖花开。人气旺就会带来生意旺，生意旺更加吸引人气旺，生意火爆的宝岛夜总会在高雅和王虹各自带来的美女公关团队之外，又吸引了更多的女孩子前来应聘公关。没有固定工资，靠服务收取小费，不签聘用合同，靠感觉随时走人，是个来去自由的岗位，这样一来，有些年轻的观光客就留下来应聘，变身为公关的服务员；有些随性的应聘者干一阵也就离开，变成了兼职的观光客。人员不断流动，增加血液循环，更新新鲜血液，夜总会的客人们发现，每次来夜总会都有新面孔的女孩子，就更愿意多来消费猎奇。而无论是公司、酒店还是夜总会，几乎不承担劳资关系的责任义务，但必定要求高雅和王虹随时关照驻场分管的公关经理，把各自手下的人管好。

用周全二十多年后还在跟朋友无比感慨的话来说，就是"从来没有见过这么多漂亮的女孩子，每天都眼花缭乱。知道吗？全国各地来的美女都有啊！"所以，周全每天无论里里外外地处理两家公司以及酒店、婚纱摄影基地的各类事务有多忙，有多杂，有多烦人，一到晚上，照样会精神抖擞地出现在宝岛夜总会。卡拉 OK 包房紧张的时候，他就坐在迪斯科舞厅的卡座里。当然，这也是他工作的一部分，除了跟有关部门、重要客户拉关系以外，还经常会约上几位公司班子成员、中高层管理人员，喝酒放松，顺便谈些事情。高雅和王虹也会不时过来敬敬酒或者请示什么事情。

这个时候的高雅大都很会来事，常常选在人多的时候，故意亲昵地贴上周全，挽着他的胳膊，还要跟他喝交杯酒，当旁边的人起哄时，她都会作势瞪着圆溜溜的眼睛娇嗔道：

"怎么啦？没见过？一个未娶，一个未嫁，你情我愿，你们瞎起什么哄啊？"

而且每次来到卡拉 OK 包房，她都一定要跟周全合唱《纤夫的爱》《夫妻双双把家还》，并故意改歌词来挑逗周全，再就是用她那不咸不淡的粤语跟周全合唱《相思风雨中》。而周全最喜爱唱的歌，则是电视连续剧《上海滩》的同名主题曲：

浪奔 浪流

万里涛涛江水永不休

淘尽了 世间事

混作滔滔一片潮流

是喜 是愁

浪里分不清欢笑悲忧

成功 失败

浪里看不出有未有

爱你恨你 问君知否

似大江一发不收

转千弯 转千滩

亦未平复此中争斗

又有喜 又有愁

就算分不清欢笑悲忧

仍愿翻 百千浪

在我心中起伏够

…………

周全觉得这首歌特能在自己心里产生共鸣。

这样的忙碌状态和工作模式，使周全更没有时间进"关内"了，也有更长时间没有见到刘佳了，甚至打电话的次数都大大减少，尤其是原来两个人喜欢在晚上卿卿我我地通个电话，腻歪个没完，但自从宝岛夜总会开业之后，周全好像就再也没有在晚上打电话过去给刘佳。不过他通过财务报表和其他相关材料，得以跟进刘佳负责的办事处和旅游分公司的运作情况，对她单打独斗创下了令公司满意的业绩依然相当佩服。

这天晚上，赖宏亮带着几个包工头和民工队头头一定要请周全在酒店中餐厅吃饭，包工头和民工队头头个个都赔着笑脸，战战兢兢，毕恭毕敬，每次必定站起身来给"大老板董事长"敬酒，每次必定很实诚地扬起脖子就把一杯洋酒灌下去。饭后"直落"的节目，当然是订下周全最喜欢的那间卡拉OK包房，在你推我让地挑选了几位公关小姐后，独唱、合唱又吼开了，啤酒、红酒又喝开了，骰子、色盅又玩开了。周全又在用他那字正腔圆的粤语，声情并茂地唱着《上海滩》，此时茶几上的"大哥大"铃声响起，不去理它，继续唱完了这首歌，于是在场的不管听还是没听的人都立刻仪式化、礼节性地鼓掌叫好，并一起起立干杯。

"大哥大"铃声再次响起，接起来一听，是刘佳，周全赶紧走出包房，穿过舞厅，找了个僻静的楼梯口通话。

刘佳听出周全是在夜总会，便公事公办直截了当地告诉他，她已打算跳槽去加盟新粤秀旅行社。

"去新粤秀？不是跟在我们公司一样吗？也还是去做旅游嘛。"

"是的。我是去承包他们在深圳的一个营业部。"

"承包一个营业部？那……那你完全可以承包我们的分公司嘛，又是你一手创办的，有什么承包条件尽管提。"

"哦，那是不一样的。新粤秀是省级名牌旅行社，各方面都成熟、齐备，布点也广，线路也多，导游队伍也相对比较专业，不像我们只是一家新成立的名不见经传的小公司，连品牌导游都没有，小打小闹地搞搞大澳岛的一亩三分地还可以，往外拓展很艰难。"

周全沉吟了一会儿，说："是的，现在旅游市场的竞争的确很激烈，很艰难。那你就不一定非要搞旅游嘛，要么……要么你回来大澳岛？这里有很多事情可以做，我这里摊子铺大了，也很需要人。干脆回来吧，回来做怎么样？位置你选。"

对方沉默了一阵子，幽幽地问："你说我还能回去吗？"

"嗨！你说的是这个呀。那是我妈的偏见，老人来的嘛，你不要太在意，我来做我妈的工作。况且我妈也不可能决定我们俩的事情，只要我们俩……"

刘佳打断了他的话："这样的话，我们两个这辈子谁也别想过得自在。而且我也仔细考虑权衡过了，这里毕竟是深圳，'关内'机会更多，天地更广，我不想失去自己更多的发展机会，也不想影响你……"

周全举着"大哥大"似听非听地愣在那里，刘佳何时挂断的电话也不清楚。他早就感觉，刘佳斯文美丽的外表之下，有着果决而坚毅的性格，她决定了的事几乎很难改变，即使一时实现不了的，也会坚持到有最后的结果。唉！还是遂她意吧。而且周全心里也明白，虽然刘佳并没有在电话里明确提出两人断绝恋爱关系，但是当下的环境氛围和社会风气，给年轻人的见识多、机会多、选择多，诱惑也多，分开就意味着分手，离开就意味着离别，再见就意味着不见，更何况自己跟刘佳有一年多快两年连面都没见呢，即便是夫妻，这么个分居法也可能没戏啦。

心情沮丧的周全没精打采地往回走，忽然间听到前面某处角落里传出带有哭腔的说话声，有些像是高雅的声音，便立刻警醒地打起精神，停住了脚步没再往前走去。

"……老公……老公你听我说……你听我说嘛，我怎么可能不管你跟儿子呢……喂、喂……你听我说好不好嘛，我怎么是只顾自己快活呢？你……你说说看，我如果还窝在远东俱乐部，不应聘到大澳岛来曲线救国，我就没办法当上总经理，收入差一大截呢。你以为我喜欢来这个荒岛上啊……谁说我不爱你？谁说我不爱这个家了吗？老公……老公别胡思乱想好不好……你老婆我其实有那方面的洁癖，绝对洁身自爱好不好？你原来听到的那些都是流言蜚语，我最后不都离开那些地方不干了吗？什么？远东？远东俱乐部那个也是有人造谣。但不管是不是真的，我现在不是又离开了吗……这里呀？我是越离越远了，但这里的老总是个土生土长的小屁孩儿，还没结婚呢，也没见过什么世面，其他人都是岛上没开化的土老帽。你到底有什么不放心的呀？老公……老公，真的别胡思乱想好不好？谁也占不了你老婆我的便宜……"

"唉！人生如戏，个个都在演戏呀！"周全苦笑着轻轻摇头，在心里感叹道。他不便再听下去了，蹑手蹑脚地退回原路，顺着楼梯走到酒店一楼大堂，再乘电梯到三楼的夜总会，回到包房。

一看周全走进包房，刚才还是了无生气的一帮人立刻欢腾起来，又是举杯敬酒，又是欢迎周老板"再高歌一曲"。赖宏亮不失时机地拿出一沓清款报告，请周总抽空尽快核对结清尾款，因为包工头们要尽快清场撤场，民工们都等着领钱寄回家，而振鹏公寓现在计划逆势上马，已然开工，也等着钱支付工程进度款呢。

赖宏亮正在向周全递着单据，说着付款的事呢，满面春风的高雅推门而入，亮着银铃般的嗓子说道：

"怎么啦？怎么啦？怎么都不喝酒呢？吃素来啦？来来来，你们喝酒，我再与我男朋友周总合唱一首《夫妻双双把家还》。"

…………

其实赖宏亮这次带领着包工头和民工头来请周全吃饭的事，周正事前并不知道，他还曾跟赖宏亮商量说，工程尾款不要催得太急，酒店、夜总会都刚刚开业，流动资金需求量大，可能会有暂时的周转不灵，之前支付的工程款和公司现存的自有资金，完全可以应付振鹏公寓项目开工建设。但是赖宏亮自己有些急，想尽快拿到钱，落袋为安，所以就串联几个还剩少许尾款的包工头和民工头一起请周全吃饭，实为催款。而周全自己并不认为他们这是鸿门宴，一方面，快过年了，这些工程尾款确实应该支付，哪怕酒店的现金流有些紧张。另一方面，绝对不能影响二哥振鹏公寓的开发，因为二哥就是为优先酒店的建设施工，而把自己的开发项目耽误下来了。

半年之前，全佳大酒店的主体工程在通过竣工验收后，正鹏建筑装修设计公司的大部分员工撤回市里，周正想趁着该酒店项目实战结束的热度，把按了暂停键的振鹏公寓重新启动上马，施工队伍立刻进场动工。但赖宏亮极力反对，提出再缓一缓，看看形势再定，理由是：现在整个深圳经济特区的经济形势不太乐观，发展前景并不明朗，房地产市场低迷，在这个时候投资开发地产项目，肯定赚不到钱，甚至不排除竹篮打水一场空，不仅得不偿失，还会前功尽弃，以前赚的一些钱，攒的一点儿家底，都可能打水漂。所以，等经济形势好转了，房地产市场活跃了，再想办法贷款或者让其他包工队垫资开工，既不用掏自己的钱开发，还能够稳赚。而赖宏亮真实想法是，把全佳大酒店工程赚的利润先分红装进自己腰包再说，建公寓就得学习某些房地产公司空手套白狼的搞法，自己掏什么钱呢？

周正认为这样做的风险很大，万一贷不到款又没人愿意垫资，岂不是让公司开发的首个项目就成了烂尾楼？负面影响会很大。更何况，守着一块空地，捧着一张空执照，迟迟没有产品推向社会，哪有颜面说自己是房地产公司？因而坚持春节后马上开工。为此，两个人第一次发生了激烈争执。

当周正听说赖宏亮又背着自己找弟弟周全催款，两人再次发生更激烈的争执，赖宏亮说自己是正鹏建筑装修设计公司的总经理，有权去催款，而周正的这个搞法是家族企业的通病，不懂法还没有法律意识。以往百依百顺、言听计从的赖宏亮，之所以现在敢这么跟周正说话，敢在一定程度上我行我素，主要是现在的身份关系变了，周正虽然是老板，是董事长，但是他还是我赖宏亮老婆的妹夫呢。

这样一来，原本一对情同手足、携手创业的难兄难弟，自从多了那么一层连襟关系之后，反倒弄出了很多磕磕碰碰的事情来。这两回接连发生的激烈争吵，导致两个人第一次在过年的时候没有相互拜年，也没有在一起喝酒吃年饭。

第十四章

春风秋雨

陈建风风火火地闯了进来，从手中的一厚沓《深圳特区报》中抽出一份，往周正面前的小茶桌上一丢，兴奋得有些异常地说：

"老板，快看！快看！好消息！好消息！真的是好消息！"

周正此时在振鹏公寓项目工地一角的简易工棚里，正和一家房地产代理中介一男一女两位年轻人，一边喝茶一边在讨论策划售楼方案、营销策略、销售价格，猛然被一贯举止沉稳的陈建的这个举动搞得有些诧异，疑惑地扫了他一眼，拿起那份报纸随口问道：

"干什么呀？抢人家报摊了？"

"头版头条——《东方风来满眼春》，看正文，往下看，仔细看。"陈建急不可耐地引导着周正读报，也给了那男青年一份。

戴着眼镜的男青年接过报纸快速浏览，刚看了一会儿，就一边猛拍大腿一边嘀咕着：

"我就说嘛，我就说嘛，大家早都传开了，就是没有看到新闻报道，有些人还说是谣传呢。好！好！这个报道给力，深圳有希望了！我们也有信心了！看来我们不用考虑离开深圳回原单位了……"最后一句话似乎是对那位女青年讲的，同时又好像有点激动得眼眶泛潮，随之取下眼镜用纸巾擦了擦，重新戴上，仰头吐出一口长长的闷气，感慨地吟出一句，"东方风来满眼春，潮起正是扬帆时呀！"

周正已经匆匆读了个大概，看来也被调动起了情绪，闻言，非常激动地拍了一下男青年：

"好！就冲着你读报纸读出了这么个诗意，我们之间的合作关系就这么敲定了。这个报道真的是太及时了！太及时了！我们刚刚决定要策划卖房，《深圳特区报》就开始吹进军号了，好意头啊！陈总工，你说是不是个好意头？哎，对了！去把赖总叫来一起研究卖房的事。"接着又对两位男女青年说，"看来我们刚才对房地产市场的分析预判过于悲观了，房价的计算定位也有问题。来，我们重新开始。"

振鹏公寓各房型的销售之火爆，用一抢而空来形容也不为过。振鹏地产公司在深圳首战告捷，一炮打响，一夜走红，这一令人振奋的销售业绩和利润绩效是整个公司事先都没有预计到的，更是极力反对者赖宏亮没能预料到的。有了可观收入，就要向同行看齐，周正当然首先是要激励员工，根据绩效发奖金，并分档次适当提高了工资待遇，同时进行自我形象包装，改善公司领导福利，按照当时一些房地产公司和建筑公司老板跑工地的"标配"，一口气买了三辆三菱越野车，只是略有型号和排气量的差别，自己一辆，赖宏亮和沈建军各一辆。周正始终因为城里爸爸的车祸意外所造成的心理阴影，坚决不学开车，自聘专职司机。原来那辆六成新的抵债五十铃"的士头"皮卡，配给了陈建。本来其他几个人都鼓动周正买一部奔驰威水威水，但他想了想，暂时没有考虑。

经此一役，公司上下的上班风气和精神面貌焕然一新。赖宏亮在不得不佩服周正有魄力，有决断，决策正确，并暗暗责备自己当时看问题太肤浅，并且有一些小肚鸡肠的同时，也佩服周正确实是吉人自有天相，总能撞到点子上，是个有福气的人。

周正也认为自己这次纯粹是撞在点子上了，他要感谢国家对改革开放政策新一轮的推动，他要感谢深圳再次掀起又一波经济腾飞的春潮，同时他也不否认自己的确是个有福之人，因为当他的第一个房地产开发项目振鹏公寓捷报频传的时候，太太黄亚蓉也给他带来了传宗接代的喜讯，为他产下了双胞胎，而且是龙凤胎啊！这下周正激动得已经不仅仅是深深感谢了，而是深怀感恩了！他感恩这个具有历史意义的春天赐福于他，他说他这是托《深圳特区报》那篇具有划时代意义的报道之福。所以，他把提前几分钟先行降临于世的儿子，也就是双胞胎哥哥取名叫周东风，女儿的芳名则为周东芳。

　　这下好了！刚刚先后退休的曾宪强、阮爱珍居然已经在享四世同堂的福了，并且很快就会有第四代叫老两口"太公""太婆"了呀。得到喜讯的曾小英和家姐曾小芸更是开心得无以复加，难以言说，这么算来，她们两姐妹同时第一次当奶奶，同时都是龙凤胎的奶奶，并且同时会被孙子和孙女一起叫她们奶奶，哦！天哪！这种福气可不是很多人可以享受得到的哦。

　　作为亲妈的曾小英，在双胞胎孙子孙女出生之后，其自豪感和权威感更上一层楼，这种自豪感和权威感绝不是来源于这几个做了什么老板的儿子，而是直接源于自己有了孙子孙女。她精神百倍指挥若定地安排在黄亚蓉出院当日的某个时辰，要周正派专车亲自到市内去接母子三人回到大澳岛观塘街的小楼小院里来坐月子，又邀请家姐请几天假，陪同退休了的父母都从惠州城过来住在一起，陪伴坐月子的黄亚蓉。这样一来，黄亚蓉除了外公外婆之外，还有两个婆婆伺候她坐月子，温馨热闹，福气满满啊！

　　阮爱珍与两个女儿每天生活的核心要务，就是从早到晚不厌其烦地讨论研究并操作实施，给外孙媳妇黄亚蓉天天不带重样地安排喝山药排骨汤、油麻鸡汤、鱼头汤、墨鱼干炖骨头汤等等各种利于新妈下奶益仔的汤水，吃猪脚姜、黄酒鸡、娘酒鸡、咸鸭蛋蒸鱼、鱼肉粥等等各种利于新妈身体恢复健康的美食，随时又有红枣莲子羹、银耳羹、桂圆粥、蜂蜜糊、黑芝麻糊等等各种利于提高新妈精神状态的甜品，此外还有各种时令水果保障供应，自不待言。

感念苍天，感激流泪的周亚鹏通过大儿子周成，不断地给孙子孙女送来进口奶粉还有各种婴儿用品。曾小英知道这些东西是谁买的，但她没有说什么，觉得这些都是那个人应该做的。

袁真闻讯来探望坐月子的黄亚蓉和双胞胎宝宝，看到这样一个被人环绕伺候的场面，不时都有一道接一道吃不完的美食美点，羡慕得不行。曾小英给袁真盛来甜品，一边慈爱地催促她和黄亚蓉多吃两碗，一边疼爱地盯着袁真目不转睛。

曾小芸见状笑眯眯地问袁真道：

"阿真啊，什么时候也能让我们这样来伺候你呀？"

袁真的脸顿时羞得通红，但看得出来，心里是甜滋滋的。

为庆贺周东风和周东芳满月而举行的"弥月宴"，在全佳大酒店中餐厅的龙凤大厅里隆重举行。来宾如织，贵客如云，既有周家族人、黄家亲戚，也有当地领导、同行伙伴，还有同学老友、公司同仁，无论是受邀入席者，还是闻讯庆贺者，都有一份应有的回礼。刘佳自然也受周全之邀来到了喜庆现场，送上红包，这是她时隔差不多三年，第一次回到她的初恋之地大澳岛，但却是以新粤秀旅游公司罗湖口岸营业部承包人的身份出现的，当她看到大澳岛在这短短的时间内所发生的变化和进展，其中经周全之手做出的贡献最大，尤其是建造了一个这么有气派、有档次的星级大酒店，她为他感到骄傲，也为自己没有看错人而感到欣慰。依照礼节，刘佳也同时拜见了周全的长辈们，当然包括早已认识的"英姨"。

被刘佳亲热地叫着"英姨"的曾小英，对自己早已淡忘的刘佳突然又回到了大澳岛，并且是容光焕发而礼貌淡定地出现在自己面前，原本松弛下来的那根抗拒之弦立刻绷紧了，即刻便对刘佳有了爱搭不理的冷淡态度，拒人千里的对立情绪。是的，曾小英本来早已计划妥当，是要利用今天二儿子周正双胞胎子女的"弥月宴"来为小儿子的婚事定调的，她的不懈努力已经初见曙光，她的择媳目标基本大功告成，还需要巩固阵地，扩大战果，最好就在今天的大庭广众之下造成既成事实，绝不可以发生外来干扰，更不可以出现节外生枝，如果让自己从来都没有认可的小儿子这位前女友什么佳佳跑来搅了局，如果让完全不明真相的阿真了解到还有那么一档子乱七八糟的事，那可真就乱了套了。必须提高警惕，寸土必争，严防死守，保卫即将丰收的胜利果实。

大敌当前，她决定先打阵地战，布局界限分明；再打阻击战，拒敌于家门之外。

第一招，曾小英堂而皇之地把袁真直接安排在周家家人这一桌"主人席"，而且是紧贴周全而坐，这个关系定位，让任何人看到都会心知肚明。而袁真那羞涩紧张而兴奋喜悦的表情，也让大家对她的身份认同八九不离十了。曾小英整场的表现，都是刻意集中精力地展示她和袁真的特殊感情和特殊关系，其实是演示给刘佳看的，这更让在座的每一位亲朋宾客都一致认为，这种婆媳关系已经确定，就只差再等喝下一场喜酒呢。

第二招，作为亲生奶奶，于正式开宴之前，曾小英在代表周家长辈上台致辞发言，为双胞胎孙子孙女祝福祈愿时，三言两句过后就开始不加掩饰地夹带私货，几乎完全变成了逼婚宣言，首先就是直言不讳地向众人宣布她自己对知根知底的同村晚辈靓女袁真的喜爱和认可，而不是什么其他地方的女仔。其次，更是直截了当地向周全宣告她这个做妈的也跟大家一样，等着喝他跟袁真的喜酒，并且已经都等不及了。引得众人一哄而起地朝向主人席坐着的周全、袁真鼓掌欢呼，起哄要再讨喜酒喝。

不知所措的周全在羞红了笑脸的袁真小手拉扯的暗示下，木头人似的站立起来，跟着袁真有样学样地朝向各方来宾鞠躬作揖。此时此刻，给人的错觉似乎是，周东风和周东芳的"弥月宴"变成了周全和袁真的"婚庆喜宴"。曾小英庆幸自己的目的达到了。

刘佳在此次回大澳岛之前就已经预料到，此行虽然不可能是"鸿门宴"，最多也就是在见到曾小英时可能会不太自在，但绝没有想到会是这样有意针对自己的如此难堪场面。好在她早已理性地认清了形势，好不容易从与周全的感情泥淖中脱身出来，再也不去想什么做周全的太太、周家的儿媳妇这回事，接受周全的邀请赴宴，也是因为曾经的情感和现在的情谊，来到宴会现场与周全见面，两个人也都正常、淡定。但是，曾小英从头到尾的做法，其针对性和羞辱性太过明显，完全让人无法接受。坐立不安的刘佳实在顾不上基本礼貌，趁着众人齐声起哄之际，悄悄地离开了宴会厅，独自打车，径自返回深圳市区。

此后几年，周全和刘佳只是偶有通话，但没有再见面。再往后，就彻底断绝了联系。

障碍排除，条件成熟，万事俱备，只欠东风。曾小英要趁热打铁把她一直都在操心的儿子们的终身大事全部办完，不能耽搁。

大儿子此前已经在英国登记完婚，并回到香港举办了婚礼盛宴，邀请男女双方的家人亲友出席，曾小英尤其是在亲家公亲家母的恭请之列，这是大儿子周成的特地安排，他特别想趁这个机会请妈妈过香港去住一段时间，一是让母亲看看新鲜开开眼界，二是让自己陪陪母亲尽尽孝道。但曾小英只是委派周正和周全去香港出席他们大哥周成的婚礼，并拿出自己的私房钱给从未谋面的大儿媳妇送了一份厚礼，而自己则坚决不过去香港，不管会不会见到那个人，她也绝对不会去那个让她家破人散、令人断肠的地方，所以，就连有什么人在她面前提起"香港"这两个字，都是忌讳。曾小英的确是个非常讲原则的人，比如她一辈子都坚持没有到香港去走走、看看，并且再没去过海南岛，也不要别人在她面前提"海南"两个字，那是因为海南岛这个地方让她有了甜蜜得筋酥骨软的开始，也就有了让她心碎得痛彻心扉的结果。

曾小英已经请什么人掐算过了，属马的周全在当年猴年结婚办喜事简直就是六合天意，意味着马上封侯（猴），此后必定一帆风顺，事事如意。因此，她不容置疑地与周全"商量"决定，跟袁真的结婚典礼就定在国庆节这一天，通知老大周成也带着新媳妇过来老家，跟弟弟合并举行典礼，也就是要在她的面前再举办一次婚礼。兄弟俩同时在这个全民放假、举国同庆的吉日举行婚礼，沾光添福，最有意义了！她要的就是这个面子。

能够和自己打小就爱慕崇拜的阿全哥结婚，袁真甭提有多愿意了。作为在省城上了大学，长了知识、见了世面、开了眼界的袁真，依其温婉靓丽的外形，沉静谦和的气质，在大学期间曾被不少师兄和男同学追求，但她从未动心，更未接纳。自从回到老家大澳岛，她看到小时候的偶像阿全哥越来越成熟，越来越帅气，越来越受推崇，越来越有成就，早就芳心萌生，春心萌动。每次周家的长辈们逗她、试探她，她心里都感到很甜蜜。差不多 22 岁的大姑娘了，按岛上当地老辈人的习俗眼光，已经是大龄女青年了，她可不想再等了，想早些介入阿全哥的生活，终身陪伴他。

"原来自己不要学校分配，坚持回到大澳岛来工作，是不是在潜意识里早就想要嫁给阿全哥当老婆啊？真不害臊！"袁真最近常常会在夜深人静的时候深挖内心，自我剖析，臊得自己脸发烫。

通过这一年来的工作交流，日常交往，偶尔交心，周全对这位越来越漂亮、越来越有气质的邻家小妹同样也是越来越有感觉，情感也处于不断地升华和质变之中，至少目前在自己周围还没有发现比袁真妹妹更优秀、更合适的人选。而他对刘佳的爱，肯定不可能有结果了，也不可能再回头了。这当然不排除母亲和其他长辈的诱导和施压。自己的年龄也不小了，个人的终身大事总是要解决的，这样就不再有后顾之忧，家庭之虞，就可以心无旁骛，轻装前进，全心全意地做生意，干事业，谋发展。"好，就听阿妈的安排吧，跟阿真结婚！"周全下定了决心，不再想别的。

婚礼的第二天，依然是国庆假期，周全和袁真商定放松三天去度蜜月，地方就选在深圳华侨城，计划去好好逛逛锦绣中华和民俗文化村，享受美食，拍照留念，放飞自我，这可是他俩早有耳闻，但一直想去而没有机会去的特色景点。周全决定就近入住深圳湾大酒店，而不是住在有着更多高档星级酒店和热闹夜市、消费场所的罗湖成熟商业区，这也是周全有意无意的安排，合理的理由是：五星级的深圳湾大酒店环境幽静，格调新异，功能齐全，中西餐饮各具特色，而且酒店顶部的"船吧"更是引人入胜，也算是通过亲身体验来改进全佳大酒店管理与服务的一个学习机会吧。况且，这里紧邻锦绣中华和民俗文化村，并且从这里乘中巴去蛇口的海上世界也方便。但内在的原因是：住在罗湖，保不定在什么时间、什么地点就会撞见刘佳，一定得避开。

锦绣中华是微缩景区，游客进去之后，就好像是进入英国作家乔纳森·斯威夫特的《格列佛游记》中所描写的大人国与小人国，踏足其中，置身其间，一切皆在半日游之内，便可直观地了解祖国的地理特征和大好河山。尤其对于从没有出过广东的这对小夫妻，青藏高原的巍巍雪山和西藏拉萨的布达拉宫，首都北京雄伟的天安门和皇家园林颐和园，承德避暑山庄和塞外辽阔的草原，巍巍秦岭和六朝古都西安，横跨南北的武汉长江大桥和黄鹤楼，等等。那令人眼花缭乱的各地名胜，在移步换景、转身俯瞰之间，只觉得目不暇接，美不胜收。袁真惊叹声不绝，周全感叹声不止，哪里都需要拍照，哪里都值得留影，好在准备的胶卷相当充足，可满满记录两个人的爱，能细细捕捉两个人的情。

民俗文化村又是一种风格，大体上是一比一的各民族风格的特色建筑，让人们无论是走进新疆的巴扎、陕北的窑洞、云南的寨子、广西的木楼、四川的古镇、贵州的村落、福建的围屋、广东的碉楼、湘西的吊脚楼等处，还是驻足观看各地各民族风俗民情展示，歌舞文化表演，恰如实景再现，更若身临其境，关键是在这里有来自各地各民族的"驻村演员"，可以交流了解各地风土人情、风俗习惯，令人大长见识。周全和袁真在跟他们交谈过程中还得知，民俗文化村西边正在紧张施工的工地，那又是一处把世界各地的著名景观集中建造的大型主题公园，已经被批准命名为"世界之窗"。民俗文化村的工作人员还告诉他俩，"世界之窗"为了提前造势，早在立项开建之初就通过报纸、电视向世界宣传它的一句精彩口号：给我一天时间，还你一个世界。

听到这些介绍，袁真就开始愣愣地发呆了，她先是朝向正在施工的"世界之窗"方向看了很久，又回过身来不停地打量着民俗文化村里那些在不同风格建筑物前面嘻嘻哈哈拍照的人，尤其痴痴地关注那些在摄影师指导下拍婚纱照的情侣。

周全此次蜜月之行给自己的定位是：主要负责跟拍、陪拍，要把新娘子袁真的各种神态、各种姿态都当作倩影拍摄存照。所以，袁真发呆出神，他还以为这是在摆造型，于是紧抓拍，慢聚焦，却并不知道亲爱的此时此刻在琢磨什么。

"哎……哎！阿全，我忽然受到启发，有了一个主意。你买下来的那几块地不是基本上都连成一片的吗？面积也不算小，而且你不是一直都在琢磨开发什么项目吗？我刚刚想到，是不是就学这个'民俗村'和旁边的'世界之窗'，开发一个专业摄影小镇呢？跟现在的佳期婚纱摄影基地配套，但又不是只搞婚纱摄影……"

"等等，等等。我来说，把我们那几块地连成一片，统一规划，作为影视拍摄小镇来打造，不搞一般的旅游售票，主要配套我们已有的佳期婚纱摄影基地，更多地引进专业摄影工作室进驻，还要能够吸引内地和香港的影视公司，甚至国外的影视公司来拍电影，拍电视连续剧，拍广告片。我们负责提供餐饮、住宿、场地、安保、交通、化妆辅助、拍摄辅助，搞一条龙服务。"周全惊喜地瞪大眼睛，急不可耐地打断袁真的话，一口气说出自己的想法。

"怎么我就提了这么一嘴，你就能说出这么多的想法，反应得这么快？难道你就是我肚子里的蛔虫？"袁真觉得很奇怪。

周全有些得意地说："其实我的脑袋里早就闪过这些念头，但就是没能理出个头绪，不成熟，没敢提出来，没承想我们两口子真是心有灵犀一点通啊！看来我们俩通过结这个婚，度这个蜜月，居然就把这个大问题给解决了。还真如我妈说的，娶你做老婆是天意啊！"说完，不管三七二十一，不管旁边有没有人，也不管袁真还要说什么，上去就一个熊抱，堵住她的嘴就一顿乱啃。

初尝婚姻甜蜜的袁真顿时被老公的激情冲动弄得心跳神迷，胸中如小鹿乱撞，情不自禁地贴身回应，启唇回吻。新婚夫妻，干柴烈火，一点就着，自然而然。

好在来到民俗文化村里游览和拍照的青年男女，常常都会有这样控制不住的情感表达，司空见惯，理解万岁，无人惊诧，没人指责。所以，周全对袁真当众突如其来的腻歪举动，反而赢来了周围游客和工作人员友好、宽容的掌声，居然还有口哨声——善意的。

周全后来在总结自己的事业人生时，得出了这样一个结论：像刘佳、袁真这些聪慧的女孩子，特别富于形象思维，而且还是跳跃性思维，往往会在不经意之间，异趣灵感爆发，奇思妙想突至，因而也总在客观效果上帮到自己。

毛泽东在他一首气势磅礴的词中表达过："一万年太久，只争朝夕。"周全也许没有读过伟人的这首词，或许当年只是作为初中课文读过之后并没有背下来，更没有深刻领会或有所感触，但他和二哥周正的性格脾气是一样的，只要有什么事情觉得是应该做的，必须做的，定下来之后就开干！没有那么多叽叽歪歪讨论来论证去的无聊过程。这也许就是这一代人在经历过那么多年无聊的岁月和荒唐的时光之后，虽然没有去好好上学，认真读书，但"时不我待"的朴素道理与紧迫感却是太明白不过了，遇上了这样的好时代，实在不忍心再去浪费青春，荒废人生。

度蜜月的最后一天，小两口去蛇口游览海上世界和女娲补天雕塑，特地在"时间就是金钱，效率就是生命"宣传标语栏前面留下了珍贵的合影。袁真骄傲地说，这是她的本家老革命袁庚先生提出的口号，太有说服力了。周全觉得这口号最大的特点是：意思直白明确，表达简洁明了，世人都懂，简直喊到了他的心坎里。

国庆节后，蜜月归来，他即与父亲和大哥商议如何规划影视主题小镇事宜，这一项目的大方向得到了一致赞同。最后决定继续委托大哥周成所在的英国建筑设计师香港事务所来做设计方案。小镇开发的基本思路是：一部分为古典欧陆风格与现代北美特色的建筑造型与街道景观；一部分为经典岭南风貌与客家特点的古镇风情和乡村景象。如此，周成所在的这间中西合璧的建筑设计事务所皆可胜任。初步的设计草图出来，果然引人入胜，效果甚佳。

　　至于小镇的名称，周全的提议是：鉴于该影视主题小镇是佳境旅游公司的组成部分，还是继续以"佳"字系列取名为宜，建议定名为"佳园影视主题小镇"，可以简称佳园小镇。无论是来拍婚纱照、拍电影、拍广告的人，都可以从字面、从谐音，从寓意、从衍生，理解到"上佳圆满"的好意头。其实，周全在内心深处，还是放不下初恋刘佳，坚持用"佳"字来纪念刘佳的最初的创意贡献和无私的爱情奉献，这样自己心里会平衡些。袁真后来慢慢也了解到佳境、佳期、佳园、全佳之深意，包括冼丽霞大姐佳偶茶餐厅、佳音咖啡吧连锁店名称的来历，还赞不绝口地支持说"这'佳'字系列名称取得不错"。这种行事作风，是大多数广东女孩做妻子的风格。

　　佳园小镇的规划投资建设，是个大手笔，将分三期工程开建，计划完工一期就开放一期，边建设边运营，总建设周期预计在三年以上，远远超过全佳大酒店及其配套项目的规模和投资。周全因此而再次全身心投入，全方位出击，几乎极少再到酒店的宝岛夜总会去"嗨"了，甚至没有时间在酒店露面或者过问酒店的事，酒店的客房、中西餐、夜总会、会议和旅游接待等全部业务都全盘托付给港方总经理麦家杰全权打理，因为他相信父亲推荐安排的人选，也相信麦先生的职业素养和专业水平。而酒店的夜总会这特殊的一摊，情同姐妹的高雅和王虹两个人的协同管理和公关能力也是不容置疑的，她们俩也一定会服从麦总的调度和安排，重要问题会及时汇报。

虽然，周全间或也曾偶有耳闻王虹玩忽职守，发生过多起卡拉 OK 包房消费者逃单，造成公司损失的传闻，这的确都是王虹分工主管业务上的失职。但他顾不上去管，认为这样的事王虹自己就能善后，高雅能够协调解决，麦家杰也会妥善处理。问题怕就怕在没能发现或者视而不见，能被发现并提出来的问题就不是问题，就一定能够想办法解决。周全完全信奉的是疑人不用，用人不疑。

佳园小镇第一期的"欧陆古典风"按计划顺利完工，完全达到设计效果，现场令人惊艳。竣工庆典活动结束后，移师到全佳大酒店中餐厅举行庆功晚宴，周全当即就发现，有近一年没见的王虹虽然化着浓妆，但是依然显得面容憔悴，身形消瘦，情绪低落，风采尽失，似乎总有要找他说什么事，而欲言又止的意思。但现场宾客太多，往来嘈杂，当地的镇、街道领导和乡村干部也不少，需要前后招呼，左右应酬，所以也没顾上多想。酒足饭饱之余，照例会有一部分人要转场到夜总会继续消遣，周全当然要陪他们一同前去放松，况且已有差不多一年都没有来这里唱歌了，功夫都废了，需要再练练嗓子，找找过去的感觉。没想到他刚陪着主要的客人进到那间最喜欢的包房，王虹就跟了进来，直截了当地请他出去一下，说有事情需要向董事长当面汇报。周全意识到不会是一般的事情。

被一路沉默的王虹引导到酒店大门外广场的一角，往日丰满圆润的王虹便抖动着显见窄瘦的双肩委屈地哭了起来。周全一时不知所措，想安慰她，又不知道从何安慰起，想询问是怎么回事，又感觉这里面必有隐情会倾诉，让她先发泄发泄也好，没有必要多此一问。于是，他就默默地静立在侧。等到哭够了的王虹抬起那张梨花带雨，弄花了妆容的脸，周全才及时地递过去一包纸巾表示关心：

"都遇到了些什么事情？看来受的委屈不小啊。说说吧。"

在王虹啜泣哽咽的不连贯的讲述中，周全听明白了意思。这一年多的时间，不知道见了什么鬼，几乎每个月都会在她分管的卡拉 OK 包房业务中发生一两起逃单事件，而每次逃单事件发生时，要么是高雅找她去商量事情而不在管理现场，要么是麦家杰总经理通知她去处理事情而没在现场跟进，要么就是撞到她偶尔有其他事临时离开。此外，这些逃单的人还有其他瞒天过海的手法抹去埋单的情况，而且每次逃单的消费额都是比较高的。当然，也有现场服务员和保安人员告诉她，有很多次都看到高雅总经理亲自护送这些逃单的人离开夜总会，或者跟现场服务人员说这些账单先放着，到时候由她来处理。对这些说辞，高雅在跟王虹对质时绝不认账，辩解说这些人都是王虹的客户，而她根本就不认识，每回都以为这些客人已经埋单或签单走人，或者是在王虹那儿记账。她是作为王虹的好姐妹，对卡拉 OK 包房的客人表示客气与尊重，礼送一下而已。

没有证据，无法对证，但毕竟发生了一系列逃单事件，就得按公司的规章制度追究管理责任，按酒店的奖惩规则予以处理，扣罚当月工资奖金，并应补足逃单实际损失。这还不算，高雅又有意无意地把王虹的这些"无能劣迹"到处宣扬，趁机挖走了王虹辛苦培植的 VIP 客户，又把王虹公关团队的搭档们强行划归她的另一个好姐妹阿艳统一管理。而这些，麦家杰都不问青红皂白地支持高雅。

因此，王虹自认交友不慎，遇人不淑，识人不善，在自认倒霉的同时感到心力交瘁，觉得已经没有再在这里待下去的必要了，所以专门来找董事长当面提出离职。但要还她一个清白。

周全并没有听王虹的一面之词，但他觉得王虹和高雅都是经他直接面试确定的人选，不应该会看走眼，而且通过日常接触观察和实际工作考察，感觉王虹比高雅要更为质朴一些，怎么这一年多的时间就发生这么大的变化，连续出现这么多失职失察的行为呢？还都集中在王虹一个人身上，并导致了经济损失的后果，当事人却又觉得很委屈、很冤枉，以离职走人来证明自己的清白。看来这不是件小事，不应该放任不管。于是他先安抚王虹冷静下来，当即给麦家杰打电话，通知他和高雅到董事长办公室来研究事情。

麦家杰和高雅在王虹问题的认定和处理上，立场高度一致：首先，原来对王虹扣工资、罚款、赔偿经济损失的处罚有事实依据，做的是正确的，维护了酒店和公司的权益。其次，以王虹的现实案例来不断地教育警示全体员工是很有必要的，而王虹没能力、没威望，的确已经不适宜再担任宝岛夜总会副总经理这个职务，应当及时撤换，但是否应直接解约辞退，则由公司领导决定。

高雅更是尖声厉气地对周全说：

"我本来跟王虹的个人感情很深，可以说是情同姐妹，她比我小一点儿，我一直把她当亲妹妹看待。但我慢慢发现，她的能力太差了，而且人品也不咋地，一天到晚就知道跟那些 VIP 客户靠搞暧昧来拉关系，甚至不惜损害公司的利益来稳定这种关系，按规定的权限已经签单打折、送果盘、送酒水还不说，还教唆那些人逃单，既造成酒店的经营损失，还造成管理上的混乱，直接影响酒店名声，这就太过分了！不严格按章处理我都没法管了。"

高雅边说边看向麦家杰，似在让他支持和声援自己的说法。

戴着金丝眼镜，习惯穿着三件套西装的麦家杰始终保持着职业性的谦卑笑容，微微拱着背，伸着细长的脖子看着高雅，并不时轻轻点头，表示赞同。看到高雅最后似乎瞪他一眼暗示他说话，便赶紧用他那并不太顺溜的普通话，夹杂着粤语和英语单词跟周全汇报：

"董事长，是这个样子的，那个王虹的几单 case 呢，我们都做了跟进调查，每一次逃单的数额都有 record，前因后果呢，这个……那些个服务员和保安的说法都不一样，王虹自己也坚决不承认，但事实摆在这里，In fact，这样的事情不是一次两次发生的了。既然是她负责管理这一摊业务呢，当然就要承担这个责任啦。所以，我也认为王虹小姐不适合再担任这个……宝岛夜总会的副总经理。"

"她真的不适合担任这个职务！再这样下去的话，我的……哦，你的宝岛夜总会就没法开下去了。"高雅对着周全又强调了一句。

"那你们的意见是什么呢？"周全以很冷静的语调问道。

麦家杰望向高雅："高总，请把你的意见跟董事长汇报一下。"

高雅用她那有点急不可耐的语调说：

"周总，这样啊，我站在酒店和夜总会的角度，站在公司的角度，也站在一个领导负责任的角度认真考虑过了：一、夜总会的副总经理必须撤换，这样才能有新人更好地配合我的工作，把夜总会的业绩搞得更好，我有这个信心。二、我建议把王虹辞退或者是调离，不能再待在这里，一颗老鼠屎能坏了一锅汤，而且她的影响力毕竟还有，如果继续留下来，新副总就不能很好地开展工作，我这个当姐的碍于面子也没法协调。"

周全完全明白她的意思，只是始终注意地看着麦家杰：

"麦先生，你是酒店的总经理，对夜总会新副总的人选有考虑吗？"他还是相信父亲推荐来的港方总经理的判断和选择。

麦家杰似乎并无主张，本能地望向高雅。

高雅瞪了麦家杰一眼，迟疑了一下，回答道：

"董事长，是这样，我和麦总都慎重研究过了，觉得公关部经理阿艳可以胜任，她不仅人长得漂亮，而且能力强，脑筋活，办法多，每个月的业绩大家有目共睹，好多回头客其实都是冲着她来的，而且在她手里从来没有发生过逃单现象，客人反而还心甘情愿地多付小费。这才是我们夜总会需要的人才。"

麦家杰又是点头认同。

既然那边是王虹明确提出辞职不想再委屈自己，这边是高雅坚决提出更换副总经理不想再跟王虹搭档合作，问题集中起来了，那么就集中解决吧。当即便让高雅通知那个阿艳到办公室来做个面谈，或者直接就是面试。

高雅通过对讲机呼叫阿艳，那边传过来嘻哈喧闹的嘈杂声和尖厉刺耳的回复声。不一会儿，阿艳重重地敲门而入，但见她浓妆艳抹，湿汗津津，厚重的粉底也难以掩盖浮肿的脸蛋。奇装短裙，衣口很低，紧身的服饰也无法约束松弛的胸脯。周全一眼看过去，居然有少许反胃的感觉，问了几句话，就判断出这是个没有上过几天学就出来混世界的人，说起话来鬼话连篇，没头没尾，叽叽喳喳，嘻嘻哈哈，中间还毫无顾忌地打断周全的话，通过对讲机又喊又叫地交代通话的小妹要盯紧什么人埋单，能多算的都加上去，小费要想办法让他们多付。"不要想着给这些鬼人省钱！"每次喊完，就又盯着周全傻笑，似乎并不知道这位老板找自己来有什么事，并且还有些心不在焉，摆出随时要赶回夜场去盯摊子劝酒数钱的架势。

周全看着阿艳在想，夜场用人还的确需要这样的人，只要有业绩、能创收就行，跟自己的直观感受和主观好恶真没有太大的关系。

第十五章

福兮祸兮

自从振鹏地产公司的振鹏公寓成功开发销售之后，这四年多的时间，说长不长，说短不短，但周正有时候觉得度日如年，有时候又觉得是一眨眼的工夫，时光过得飞快，这几年，可以说是把酸甜苦辣咸都尝遍了，确实一言难尽。那些有资质、有背景的大型房地产公司，资金雄厚，贷款渠道畅通，甚至还被银行追着求着放贷，尤其是人家地块储量充足，开发节奏收放自如，销售定价也可以很任性，不行的话，干脆卖地变现盈利。但如果是像振鹏这样在行业内不起眼、规模小且又属于民企的房地产公司，则很难有资格和能力参与政府有偿转让土地的拍卖竞投，大多只能够打打擦边球，见缝插针地要么和一些城中村的股份公司打游击，谈合作，要么给那些想要套现的房地产公司当接盘侠，收烂尾楼，而且谈判地位难以对等，合作方式也较为被动，既没有固定的模板和模式，也没有确定的标价和标准，无论对方是条件相对公平抑或是相当苛刻，自己都没有话事权，若是觉得不会亏损还值得干的话，也只得心不甘情不愿地被动接受。但有得干总比没得干要好，有得赚总比没得赚要好。

　　振鹏地产公司作为一家由个体工程建筑队白手起家的民企小地产公司，深知自己的定位和能量，只要是能够跟任何一幅待开发的地块沾上边就是谢天谢地了，若能千辛万苦地把什么地块谈下来那就更是烧高香了。但即使佛菩萨保佑拿到地，也并非万事大吉，如果遇到资金短缺，急需融资的卡脖子环节，平时那些逢请必到，饮酒必醉，有求定然在饭桌上拍胸脯打包票的银行行长、经理，此时则怎么联系都联系不上了，即使求上银行的门，偶然撞见了面，那么，"贷款额度已满""贷款政策有限""贷款资格不具备"或者"贷款风险审查过不了关"等,各种理由那都是现成的,或者干脆断然予以拒绝。

好在这些年有父亲在香港的资产做后盾,能够提供一定的资金保障,但也只能是量入为出,量力而行,有多少自有资金,才敢干多大的项目。再加上赖宏亮负责的正鹏建筑装修设计公司一直在承建周全的佳园影视主题小镇的工程,资金的周转循环还算是良性的。果然是应了老祖宗说的"打虎亲兄弟,上阵父子兵"那句老话。

当然,赖宏亮每次对于从自己话事①的建筑公司账上划钱给地产公司搞开发这件事,总有些叽叽歪歪不情愿。

大体上可以这么说,这些年来,振鹏地产公司是在搞房地产的同行业中,罕见的属于不向银行贷款,或者不是主要靠银行贷款而生存下来的一家民企,因而,也是罕见的属于从来不欠银行账款,从来不欠他人借款,从不拖欠员工工资而发展起来的一家民企,稳扎稳打,稳做稳赚,稳步经营,稳定平衡,振鹏地产公司就像老板周正稳健的性格一样,一路稳稳走来。因此,也就必然地不可能像很多房地产公司那样暴起或者暴跌。

振鹏地产公司在振鹏公寓项目之后,这两年先是跟一家城中村集体所有制的股份公司合作开发了一处小规模的住宅楼盘振鹏雅筑,无论是规模总量,还是销售单价,虽然没有像别的地产商那样大赚特赚,但是也比较理想,公司账目中首次出现了数以亿计的往来数额和大笔利润存款,因而也就能够让周正下决心要对外树立振鹏地产公司应有的派头,于是在环球贸

---

① 广东话,意为决定,做主。

易大厦租下了整整一层，以作为人员规模不断扩大和内设部门不断完善的振鹏地产公司、正鹏建筑装修设计公司和朋家物业管理公司的办公场所，成为周正谋划开始走公司集团化发展路线的雏形。而且不管怎么说，这座环球贸易大厦从地基地库到主体土建和装修工程，毕竟曾经倾注了周正、赖宏亮、沈建军等几位难兄难弟的心血汗水，当然也有当年还是甲方项目经理陈建的功劳。重要的意义还在于，这里，是他们闯入深圳建筑市场有幸捞得第一桶金的福地，更是现任振鹏地产公司总工程师的陈建的老东家。在这里办公，有感情，有熟人，更有精神依归。

振鹏雅筑的销售尘埃落定，周正根据区伟德提供的信息，很快又顺风顺水地先后谈妥了两个项目，先是受让某房地产公司急于变现的一块两万平方米的住宅用地，开发围合式小高层商品住宅，跟风随俗地取名为振鹏豪庭，眼下已经封顶，已经申请"销售许可证"。另一个更大的振鹏山庄项目也已完成地基工程。

此时此刻，又恰逢香港即将回归的重大历史时刻，深圳的各行各业都呈现出一派热气腾腾的蓬勃景象。

周正预感到，这又是一个难得的历史机遇，深港两地的交流往来，必定因为"一国两制"的实施出现一个新的高潮，开放搞活的经济形势，必然会在香港胜利回归之后出现一波新的高峰，房地产市场也一定会乘势而上，攀爬到一个新的价格高地，这对房地产开发商来讲是个好事。正如报纸上登的那样：香港回归，增长了全面底气；经济发展，提高了生活心气；社会和谐，推进了文明风气；国泰民安，带来了幸福运气；祖国腾飞，呈现了祥和瑞气。他从自家父兄和众多亲朋的经历又想到，香港回归，将不再因此而有偷渡叛国这一说，也将不再因而重演妻离子散那一幕，国家的命运必然决定着家庭的命运，国家的发展必定影响着个人的发展。任谁也逃脱不了这个社会定律。

周正认为自己总是能在关键的节骨眼儿上，非常有幸地不断遇到贵人，撞上吉时。所以，他要求公司也要向深圳其他的企事业单位学习，积极融入庆祝香港回归这一全民狂欢活动之中，并在万民欢送驻港部队进驻香港这一历史性时刻，组织公司全体员工参与其中，表达欢庆之情，宣泄激动之情，若能借此机会打出公司名头，树立公司形象，那就再好不过了。因此，他把这次组织活动的任务交代给了总经理助理成雁飞，让她策划组织，同时拟出一句简洁明快并让人记忆深刻的宣传振鹏地产公司的响亮口号，再制成十几块醒目的夜光牌，以便在6月30日香港回归前夜，加入市民自发欢庆游行的队伍里，适时夸张地展示出来，不仅可以造势，而且还可以起到广告宣传作用。

他跟成雁飞说："你想想看啊，到了那天晚上，除了我们无法申请进入的庆祝会场和欢送现场，深南大道和一些主要干道、广场，肯定是人山人海，场面热烈，热闹非凡，也不排除会有各大电视台甚至还有香港的电视台在各处流动抓拍，这是个绝好的机会，如果有幸被这些电视台拍到，并作为新闻在电视里放出来，不知道要比我们自己花钱拍广告的效果要好上多少倍呢。"

成雁飞马上跟公司办公室共同策划，预定于6月30日下午4点就组织部分员工出发，先行抢占深南大道和红岭路相交处的深圳大剧院前广场的醒目位置，那里必定会出现万人汇聚、群情激昂、世人瞩目的壮观场面。随之很快拟出一句简单醒目好记、叫人印象深刻的公司宣传口号"振鹏地产，深圳典范"，交给周正审定。

周正和赖宏亮、沈建军、陈建碰头一议，都认为口号响亮，提气提神，大为赞赏，一致通过。

至今尚未成家的陈建由衷地赞叹道：

"成助理真是个美女加才女呀！"

周正于是得意地自我标榜：我看人是不是总是看得那么准？

周正一眼看上成雁飞，硬把她挖到公司来，的确是慧眼识珠。

那是在振鹏雅筑开始发售之前，首先须办妥相关产权的初始登记，但出地一方的城中村股份合作公司的地块资料和有关手续，要么不全，要么不规范，要么就根本提供不了。当时在房屋产权登记中心负责收件初审的成雁飞，一次次地标注提醒振鹏地产公司的办事人员，材料又一次次地因为不符合要求而被打回。眼看耽误了销售计划，影响了资金回笼，而且对于那些私下提前悄悄优惠购买"楼花"的朋友也不好交代，周正急得像热锅上的蚂蚁，不得已，只好亲自前往产权登记中心拜访求教加求情。

成雁飞见是这家公司的老板亲自登门求教，自然是礼貌而客气地予以接待，特地安排在一间小小的会客室里，耐心详细地解读了政策规定和程序要求，明确点出，这些都是在与城中村股份公司合作开发谈判中经常忽视和疏漏的东西，但却是属于政府在登记程序中必须提供存档的资料和手续。同时，成雁飞也不客气地指出，这些也都是很多中小型房地产公司容易犯的错误，认为只要是地，不问其他，见地就抢，有地就上，于是就把前期的必要性工作和前提性手续都忽略了，等到办证的时候就傻了眼，误了事，有的反而要多补多缴一些费用。这都是有些房地产公司在开发经营活动中不懂法、不规范、不合规而引发的问题、造成的损失。

成雁飞不厌其烦地强调解释，无论是合作开发还是独立开发的地块，未经产权登记部门确认其房地产权利，没有通过初始登记领取房地产权利证书体现的土地使用权，以及对建筑物、附着物的所有权进行必要登记，也就是说，如果没有先行取得大产权证，就不可能由购房者依法申请其所购房屋对原属开发企业的房产办理转移登记，就没法领取其个人名下的"房屋所有权证"。到办不了证的时候，可就会诉讼缠身，麻烦更多。

周正对成雁飞这姑娘心服口服。

而涉及房地产初始登记方面的问题，更多是出地合作方应当履行的责任和义务，好在当时签订《合作建房协议》时，里面无关痛痒地提到过这么一嘴：出地的甲方有义务配合出资开发之乙方办理产权登记及其他相关手续。当然，房屋若是无法销售办证，也同样牵扯到股份合作公司的利益分配。所以，在成雁飞的具体指导下，股份合作公司也目的明确地积极行动起来，该补手续的补手续，该出证明的出证明，该盖章的配合盖章，需要缴费的自然是振鹏地产公司负担。最后总算是圆满解决，皆大欢喜。

在这个过程中，周正考虑到随着公司不断发展壮大，特别需要像成雁飞这样学法律、懂操作、有经验的人来为公司堵塞漏洞，防范风险，健全制度，强调规矩，并且，他对成雁飞这位有一定工作经验，冷静而理性的姑娘尤为认可。于是，他借登记程序业已得以推进，以及登记程序顺利完成应予答谢等等各种理由和机会，多次地把成雁飞请出来吃饭，从开始试探到最后游说，极力鼓动成雁飞"下海"到振鹏地产公司来给自己帮忙，并答应给予她一定的发展平台和应有的职位待遇。

　　成雁飞也知道，这几年很多在政府事业单位任职的人"下海"经商，自己所在的产权登记中心也有不少同事陆续跳槽到一些公司去了，听说职务和待遇都不错，但她只是当作新闻听听而已，自己并没有动这方面的心思，也许走的人多，腾出的职位就多呢。不过，最终却没能扛住周正三番五次地诚心相邀，再三再四地封官许愿，想想自己现在还只是这家事业单位一个普通的办事员，丢掉现在这个饭碗也没有什么好可惜的。加之在不同场合的几次接触，的确对这位周董事长兼总经理颇有好感，对振鹏地产公司的发展风格也颇为认同，于是就有些心动，进而就有所行动，终于成为振鹏地产公司的一员。

　　确如周正所料，也如人们所期待的那样，香港回归对深圳产生的积极影响，可以说体现在各行各业各个方面，对振鹏地产公司而言，最能感受到的就是房地产市场热度的升温，当然也就推高了振鹏豪庭的销售价格。这在归功于国家大势、经济走势之外，成雁飞的功绩也不能抹杀，她不仅对于土地房屋产权登记方面的法律精神、行政程序、政策规定了然于胸，而且对于房产销售方案的策划，售楼现场的布置，以及销售签约的

浪奔浪流

接待洽谈、优惠条件、付款方案、按揭指引、合同签订、备案资料、定金或首付款的支付，以及律师见证等方面的安排都内行严谨，整套操作如流水线作业一般，一环扣一环，井井有条，售楼人员因职责分明而得以各司其职，井然有序。因而，签约率提高，销售率提升，与此相应，产权登记周期也大大缩短，无论卖方、买方，还是按揭银行，皆大欢喜。振鹏地产公司再获丰收。当然，借香港回归的东风，也迎来了房地产市场"金九银十"的一波高潮。

　　成雁飞用实际行动和工作成效，进一步证明了周正"看人总是看得那么准"的自夸。这也让建筑专业科班出身的陈建对成雁飞更加刮目相看，渐生爱慕之情，这当然首先是因为专业人看专业人，一般都会从敬佩到敬重开始，进而发展相互间的情谊。其次是因为未婚男看未婚女，往往会从暗恋向爱恋推进，从而演绎相互间的爱情。陈建和成雁飞两人的关系均符合以上感情递进两段论定律。

　　用成雁飞的说法，她主动而心甘情愿地进入第一段的情谊之中，主要是被文质彬彬的陈建那种谨慎而执着、严格而敬业的风格特质吸引，这很符合自己学法律的审美观，而且，法律这种工具性的知识若是能与建筑工程、房地产开发这些实用性的学科结合运用，必定会在未来的工作中如虎添翼，如鱼得水。所以，在振鹏地产公司能有陈总工程师这位专业型的领导经常给以业务指点是很有必要的。因而，跟陈总工程师多加强工作联系、多增进同事情谊、多学习一些专业知识，那是很有必要的。

　　至于两个人最后是如何进入情感之关键性第二阶段的，什么时候展开的二人情史？是被陈建"挖坑设陷"，还是成雁飞"误入歧途"？是成雁飞不由自主，还是陈建攻势过猛？成雁飞貌似委屈地说："总之自己是被动的！等最后意识到这种情况时，已经回不了头了。"

周正对于陈建这个书呆子居然能够果断出手，迅速拿下理性、干练、法律科班出身的成雁飞，一时还难以置信。曾经，他和赖宏亮、沈建军一起，甚至动员了各自的太太为陈建的终身大事操心，但完全是热脸贴在冷屁股上，白忙乎了一两年，陈建连个基本反应都没有，根本就不理这个茬儿，搞得他们几位甚至怀疑他有生理上的难言之隐。当最终证实陈建和成雁飞两个人确实是那么回事之后，周正、赖宏亮和沈建军都不由得同声感叹：

"闷头鸡，啄白米。这个书呆子可一点儿都不呆啊！"

周正自然是乐见其成，而且还想尽快促成这桩婚姻呢，这样的话，只要生米一旦煮成熟饭，陈建和成雁飞这小两口那可就一心一意地绑在振鹏地产公司这辆战车上了，那可就是双赢和多赢的一盘棋呀。一方面，技术专家型的陈建本已属于大龄青年了，赶快成家就会更加专心立业，全心全意地扑在公司业务发展上。另一方面，管理专才型的成雁飞若被陈建拴住芳心，就一定会沉下心稳住神，夫唱妇随地尽心尽力为公司谋发展。从这两方面来看，对公司来讲都是大好事。再一方面，广东传统性的家族企业之思维习惯，也使得周正很愿意看到在自己的公司里，能够多一些像陈建和成雁飞这样专业、能干、忠诚的夫妻，或者是父子、兄弟、姐妹为自己的公司做贡献，认为这很有一种稳定的家的感觉，员工有归属感，公司也不必经常在选人用人问题上折腾来又折腾去。

元旦后的一天，周正把陈建和成雁飞请到自己的办公室，在讨论研究完毕振鹏豪庭上半年入伙的计划安排，以及交楼细节之后，接下来就很随意地问起他俩打算在什么时候请大家喝喜酒办喜事。

陈建幸福地望着成雁飞：

"我听她的。"

成雁飞还没有从讨论公事的思路中跳出来，一时没有反应过来，随口应付了一句：

"嗯？喝谁的喜酒？我们公司谁要办喜事？我怎么不知道？"

周正以为成雁飞并不想与陈建结婚，以"不知道"来绕弯子，故意打岔，心里就有些犯嘀咕，便追问了一句：

"难道你们俩不想……那个……啥？"

陈建也以为成雁飞并没有要和自己结婚的意思，有些难堪。

迅即理解到意思的成雁飞脸一红，瞟了一眼不知所措的陈建：

"哎呀！董事长，本来在谈公事呢，怎么忽然就扯到我们私事这个话题嘛，搞得人家措手不及。在公司不好谈私事的。"

周正释然，半调侃半认真地说道：

"在我的公司，在我的办公室，我谈你们的事，就是谈公司的事。你们俩都是公司重要岗位的领导，都是对公司做出重大贡献的干部，你们的喜事就是公司的喜事，你们的婚姻大事就是公司的发展大事。干脆点说吧，打算什么时候办，准备怎样办？我赞助。"

缓过神，放下心来的陈建还是那句话：

"我听她的。"

成雁飞娇嗔地瞪了陈建一眼，对周正说：

"现在到了年底，公司的事情越来越多，明年开年的事还没有研究完呢，哪有时间考虑这事？我们不急，缓缓再说。再说了，我跟陈建也需要相互之间再进一步考察了解，千万不能看走眼、认错人，上了贼船可就跳不下来了。周总您说是吧？"

"我们陈总工那是一个随便看一眼都能看透的人，还需要再看？难道还想再用显微镜扫描着看？真是的。我跟你嫂子要是像你这样考察来了解去，估计现在都还没有结婚，哪还会有双胞胎呢？说老实话，这个陈建书呆子啊，这辈子好像就是在等你。之前，我跟赖总、沈总，还有你的几个嫂子都忙活着为他介绍了多少对象，人家一概不理，一个也不见。但见到你之后，好家伙，一声不吭，像狼一样地就扑上去了。我的个天哪！"

"真的？"成雁飞似被感动，忽闪着亮晶晶的双眼，不由自主地就要向陈建靠近过去，似乎又忽然意识到这是在董事长面前不宜造次，便忍住没有表示进一步的亲昵，旋即调整姿态，说道，"那好吧，那我跟陈建再商量商量吧。既然公司已经确定振鹏豪庭'五一'入伙，那么，尾盘销售、入伙办证文件之类的还有不少事情呢，我看就等过了五一劳动节，我们请大家喝喜酒。"

陈建欣喜地点点头表示服从，但弱弱地冒出一句：

"偷心贼不是贼，这个贼船可以放心上去。"

成雁飞咬着嘴唇，伸手过去偷偷地狠狠拧了他一把。

周正见状笑笑，大手一挥：

"还商量什么呀商量？我看不用等到'五一'之后了，你们两个马上就结婚。刚好我在让财务部测算给大家发年终奖，你们俩不会少，用这笔奖金办婚礼、度蜜月绰绰有余，也算是为振鹏豪庭的开发销售画上圆满的句号。等你们度蜜月回来，公司搞个庆祝活动，让大家都找个机会、找个借口欢聚喜庆，双喜临门，多好啊！"

面露喜色的陈建和成雁飞还没来得及接话，就听到几下敲门声，只见赖宏亮带着一位高大白胖、头发油亮、戴着黑框眼镜的中年男子走了进来，颇有得色地向周正引见道：

"周总，这是我的朋友，是我们楼上的京贸进出口公司的牛大江总经理，特地来拜访你。"又对牛大江介绍说，"这就是我们董事长兼总经理周正，周总。"

周正赶紧从大班椅上站起身来，绕过办公桌，迎上前去，双手握住牛大江的手，一边亲热地摇着一边爽朗地说道：

"见过，见过，在电梯里见过。牛总你好啊！欢迎光临。"随即，便介绍陈建、成雁飞与其相互认识。

赖宏亮又对周正说：

"今天牛总过来，是给我们带来了一个好项目。"

周正一听，更加高兴：

"哦？那太感谢了！来来来，快请坐，快请坐。正好我们公司的陈总工和成助理都在，一起听听牛总给我们带来的好消息先。"

成雁飞即刻用内线电话通知办公室送热茶过来。

牛大江一脸官式笑容，派头十足地坐在大沙发上，很放松地扫视了一下周正办公室的环境，又逐个与在座的每一位微笑对视点头，然后直视周正，满口京腔地讲了起来：

"您周总那我可是早有耳闻哪，说是咱们所在的这座环球贸易大厦就是您给建起来的，这施工质量的确令人信服啊，完全可以作为宣传振鹏地产公司的实物广告嘛。也就是因为这，我对您周总有信任感、有信赖感啊，而且我们两家公司既没有利益冲突，又是上下楼的邻居关系，所以，我就想把我非常要好的朋友——非常超值的房地产项目介绍给您来做。当然，我也听说咱振鹏地产公司好几个项目都干得很成功，效益也非常可观，这也是我考虑把朋友的这块地推荐给您的一个重要因素。说老实话呢，如果我的这家进出口公司有房地产开发资格的话，我可能就舍不得介绍给别人喽，自己就干上了。总之一句话吧，那个项目简直就是一块肥肉啊！"

成雁飞微笑着奉上香茗，牛大江接过来点头致意，继续介绍：

"项目土地的所有者是一位台商，严格来说呢，是一对台商父女，但在大陆的生意主要是这位漂亮能干的女儿说了算，哈哈，用你们广东话来说，是女儿'话事'。公司名称是'台湾日月潭美津食品有限公司'，这位台商女老板叫赖美菁……"

"哎哟，有缘。你看这还是我的本家呀！"赖宏亮夸张地笑着插了一嘴。周正则盯着牛大江，认真地倾听下文。

"哈哈，真是啊，赖总。"牛大江顺口应声，接着说，"您的这位本家赖美菁啊，生意做得大，活动能量很大，摊子也铺得大，她的这家台湾美津食品公司在咱们的好几个省份都有投资建厂，有的地方是设立独资厂，有的地方是设立合资厂，每个投资的地方都得到当地政府的大力支持，并且都无一例外地会给她划拨一块很大的建设用地，而且位置都很好。据我所知，她在广东也在好几个市县有投资项目。我今天过来介绍的这块项目用地呢，位置上虽然属于惠州地盘，但是紧贴着咱们深圳地界，有区位优势，有交通优势，还有价格优势，当然也就有开发优势，可以说是得天独厚。"

趁着牛大江喝茶润喉的机会，成雁飞得空发话了：

"牛总，听您介绍的这位台湾美津食品公司女老板投资获得的地块，应该都属于工业用地呀？而我们振鹏地产公司目前不搞厂房工业区开发，只搞商品房的项目开发，需要的是住宅用地或者是商住综合用地。再就是我想请教您，这位美女赖老板基于建厂投资而获得的土地，到底是属于当地政府划拨用地还是有偿转让土地？"

口含香茗的牛大江一听成雁飞此问，略略怔了一怔，随后将口中的茶水徐徐咽下，把茶杯缓缓放回茶几上，对成雁飞竖起大拇指：

"成助理果真是专业啊！我呢，不是搞房地产的，不像您这么内行，也搞不太懂这么多复杂的规矩，但据我所知，赖小姐在福建、山东、海南、湖南等省都拿到很多地，她也都是拿她的这些地跟人合作成功的，也就是说，很多房地产开发商都是从她手里拿到这些地赚了大钱的，而他们呢，确实个个都把这位赖小姐当菩萨一样供着。当然，具体到咱们说的这幅地块是什么样的操作模式，我会根据赖小姐的意见办，如果你们感兴趣的话，再具体谈。不过，我的经验是：事在人为，任何不可能的事都可以通过关系操作成功。"

"是的，是的。我听说在我们深圳就有把工业用地通过关系运作，最后转变为住宅用地的例子。"赖宏亮抢先表态。

"我在产权登记中心怎么不知道有这样的案例呀？"成雁飞笑着看了赖宏亮一眼，然后对周正说，"变更土地用途和用地性质，其实就是改变了土地规划，一是必须首先要得到政府的批准，这个难度比较大；二是要补地价，每幅地块的地价都不一样，但都不会是个小数目；三是这家台商美津食品公司是否具备随意转让原本是建厂用地的资格，这是合法性的前提⋯⋯"

赖宏亮打断成雁飞的普法分析：

"要是都像你说的这样，干什么都强调合法呀合规呀，那我们公司任何事都干不成了，那些大老板也成不了大老板了。既然牛总给我们介绍人家赖小姐在其他地方都有成功的经验，我就不相信到我们这儿就干不成了，更何况这块地还是在我们老家惠州呢，大把关系可以用。不就是去找人托关系办个变更土地用途的手续吗？什么叫公关？这就是公关嘛。"

牛大江见状，笑着缓缓站起身来说道：

"这样吧，这些问题你们公司内部具体讨论吧，我就不在这儿掺和了，得赶紧回宿舍收拾行李准备回北京过年咯，已经有小半年儿没有见到老婆孩子啦，哈哈。嗯⋯⋯周总，这样吧，如果贵公司确有意愿呢，咱们再继续往下接触沟通，需要什么信息、文件，我让赖小姐过完年赶紧都准备好送来。"

周正也立即起身对牛大江说：

"牛总，非常感谢！真的非常感谢！我对您介绍的这个项目还是比较感兴趣的，等您从北京回来，找个时间我请您喝酒，再具体聊聊。如果方便的话，最好能见见赖小姐。好，祝您一路平安！"

牛大江未置可否。一群人将其送到电梯口，握手告别。

周正回过身来，一边往办公室走一边对各位说道：

"成助理提出的好几个问题都很有针对性，的确需要重视。赖总的想法也不是说行不通。我们大家都仔细琢磨琢磨，看看进一步了解的情况，再考虑怎么办。谈项目嘛，就是慢慢来的事，不可能一下子就能搞定的。心急吃不了热豆腐。而且我们手头的振鹏山庄也够我们忙几年的，不急。"

陈建和成雁飞听从周正董事长的建议，利用过年各自回家探亲团聚的机会，先搞了个订婚仪式，男女双方的家庭分头把婚期、婚礼议定妥当。过完年一回到深圳，二人交办好手头工作，交代好后续业务，照完结婚照，办妥结婚证，选定吉日，先赶去陈建的老家惠东县一个滨海渔村举行婚礼，又回到成雁飞的老家长沙岳麓山下大摆喜宴。既定结婚仪式履行完毕，夫妻二人旋即按预定计划飞去上海虹桥，展开了春光无限的江南蜜月之旅：上海流光溢彩的浦江外滩；杭州流传千古的西湖名胜；苏州咫尺乾坤的古典园林；无锡包孕吴越的浩瀚太湖……一路新奇惊喜不断，一路甜蜜自不待言。

而牛大江总经理春节前的专程拜访和介绍推荐，确实没有跟周正他们打诳语，也并非只是到振鹏地产公司去扯扯咸淡。过完年的三月和四月，他的女秘书就给周正办公室陆续送来了台湾美津食品公司的一些土地资料和用地证明文件副本，让他们先行研究，并说可以带振鹏地产公司的人到项目土地现场去看看，也可以到当地政府的土地管理部门去查证了解真伪。

京贸进出口公司说起来是搞进出口生意的，但自从在深圳经济特区从事经营业务这么多年来，这家公司实实在在地进口过什么具体的货物，真真切切地出口过什么实际的商品，谁也不知道，谁也没看见，熟悉这家公司的人更多知道的是，其业务重心主要在于给他人介绍生意、推介项目、搞批文、弄指标。无论是新闻纸紧俏的时候，马口铁断货的时候，还是螺纹钢难搞的时候，或者是倒卖电器、煤炭、玉米饲料最赚钱的时候，这位牛总都敢拍着胸脯对人说，绝对能搞到批文、指标和相关手续。至于成功的概率有多大，外人并不清楚。不可否认的是，只要是社会上把什么东西炒得火热，只要是市场上把什么商品弄成短缺，此时便是京贸进出口公司的业务最火爆的时刻，也是牛大江总经理最活跃的高光时刻。由此说来，牛大江给振鹏地产公司介绍一个台商的厂房用地项目就不足为奇了，不费吹灰掸尘之力，甚至可以说他只是友情客串，顺手捎带，挣上一丁点儿介绍费，玩玩儿而已。

所以，赖宏亮这段时间总是在周正面前把牛大江可以"通天"的能量，吹得神乎其神。

但是，对于周正多次保证绝不会干出撇开中间介绍人这种不仁不义的事，意思也就是表明绝不会少牛总一分钱的介绍费的前提下，一再提出希望能够见上台商女老板赖美菁一面，以便尽快敲定项目合作事宜的要求，牛大江却并没有遂其所愿。

现在不可能见到赖美菁，的确是有原因的。

牛大江为了显示他跟这位美女台商关系非同寻常，同时也为了表明他自己是个很讲义气的人，对振鹏地产公司真的很实在，在后来某一次的推杯换盏之中，酒酣半醉之间，似乎不得不勉为其难地向周正他们透露了自己跟赖美菁的"隐私"。

牛大江说，他不仅仅是京贸进出口公司的总经理，还是在香港设立的京港商贸有限责任公司的总经理，因此也就能够在香港与台湾的不少生意人多有接触，同时也多次有机会赴台湾考察做生意，因而也就认识了在台湾和大陆两地颇为活跃的赖美菁。

"典型的台湾美女啊！言行举止简直就是活脱脱的台湾电视剧中的弱女子，清纯温顺，柔情似水，只可能人负她，不可能她负人，是让人看了第一眼就没办法忘记，只想要舍弃一切保护她的那种感觉。所以，能有这样的女人成为红颜知己，此生足矣！"

牛大江感叹一声，举杯和周正、赖宏亮、沈建军他们碰了一下，豪气万丈地一饮而尽，接着说下去：

"只可惜这个赖美菁嫁了个台湾当地的人渣老公，这就叫红颜薄命知道吧？她这个人渣老公呢，利用他老婆主要在忙大陆的生意，又利用他老岳父身体不好，委托他打理台湾公司产业的机会，玩婚外情，转移资金，侵吞财产。是赖美菁让我帮她看账的时候偶然发现的蛛丝马迹，再往下一深究，嗨哟，可不得了啊，烂账一大堆！于是，这位赖小姐就在台湾当地的法院打离婚官司，判离了。还是不解恨，又再告她这个前老公诈骗罪呀侵占罪呀啥的，倒是把她这个前老公给送进了监狱，但她自己也是急于求成，用力过猛，听说是其中有一份什么证据是假证、伪证，反过来自己又因为伪造证据罪被判刑几个月，好像缓刑一年、两年吧？还是我在台湾帮她请的律师呢。所以，她现在行动不自由，在台湾还有其他一些乱七八糟的头头尾尾，一时半会儿真还过不来。知道了吗各位？来，干！"

牛大江又是豪情万丈地跟各位逐一碰杯，一饮而尽。

"在闹出这么一堆破事儿之前呢，赖美菁这姑娘每回过来深圳，基本都是住在我的宿舍里，她在外面住酒店不放心，胆儿小着呢。我那个所谓青梅竹马的东北老婆呢一直在北京，打死都不来深圳，说瞧不上深圳这个小渔村。哼！看来也是个迟早要离的主。嗨！扯远了，扯远了哈弟兄们，言归正传。这赖小姐也到过咱们环球贸易大厦好几次呢，你们也可能在大厦里碰到过但不认识。所以，她目前在内地和香港的一些事情，都是委托我在帮她打理。给你们推荐的这块地呢，我已经让她单独给我出具授权委托书，签上名盖上章，这两天就会有人从台湾把委托手续送过来，由我代表赖小姐，代表美津食品公司跟你们振鹏地产公司具体谈判签约。"

说完，牛大江谁也不看，自顾自干了一杯，似训导，似提醒：

"我觉得吧，做生意，搞项目，就是一发现机会就得抓住，绝不能左顾右盼，否则，稍纵即逝，土地资源有限，同行竞争激烈啊。跟你们说句老实话吧，这块地此前本来是跟一家基金公司签了合同搞合作开发的，但这公司不怎么靠谱，赖小姐一定要开掉他们，说是必须找一家有实力、有诚信的地产公司合作，因而也就被其他几家大的房地产公司盯上了，都在派人跟我接触。但是，跟谁谈，不跟谁谈，主动权现在是在我的手里，你们明白了吧？"

陈建和成雁飞经过热热闹闹的婚礼，恩恩爱爱的蜜月，二十几天后心满意足地从华东旅游归来，发现一个最大的变化或者说重大事项，就是振鹏地产公司已经同台湾美津食品公司签订了协议，开始了合作。奇怪的是，这份协议居然还是个三方协议，名称为《土地开发权益转让协议书》，振鹏地产公司受让的是一家名为美特币投资咨询顾问公司原与台湾美津食品公司合作开发所约定之土地中的全部权益，当然包括相关义务，亦即振鹏地产公司取美特币公司而代之，与台湾美津食品公司进行土地开发合作。

而且此项目的办事效率之高还在于，协议签订的第三天，也就是陈建、成雁飞夫妇蜜月归来的前一天，协议约定的四亿五千万元人民币订金——请注意，不是合同法定义和用语上的"定金"——就从正鹏建筑装修设计公司账上一次性支付出去了。

作为学法律的成雁飞首先认为这很草率，随即觉得很奇怪，于是要来了全套协议资料审核，除了土地来源、土地权属、土地证明等一系列文件之外，台湾美津食品公司和赖美菁小姐给牛大江谈判签约的授权委托书有签名有盖章，形式要件皆具备；权利义务、履约保证、违约责任等实质要件也完备；美特币公司的营业执照和原与台湾美津食品公司的合作开发合同书副本并看不出什么问题，权益转让确有依据；虽然四亿五千万元订金既不是支付给土地所有人台湾美津食品公司或者赖美菁，也不是支付给权益出让人美特币公司，而是约定支付给一家与三方合同无关的港台贸易商行有限公司，但确实有台湾美津食品公司和美特币公司签字盖章的《指定收款确认书》，同样看不出什么破绽，审不出什么毛病。况且木已成舟。

成雁飞对一直盯着自己翻查材料的赖宏亮，半真半假地笑着说：

"赖总对咱们周总每次的付款要求都是能拖就拖，能少付就少付，这次给台湾美女付款可是少有的爽快呀。"

赖宏亮好像被成雁飞似是无心的一句说笑击中了软肋，有些尴尬，瞄了瞄在场的周正，有些不高兴地应付道：

"我是公司的老人，当然是站在我们整个集团利益的立场着想啦，有地拿，有活儿干，就得赶紧把它抢下来，生米煮成熟饭，免得节外生枝，对我们大家都有好处嘛，这有什么奇怪的？"

成雁飞猛然意识到，不能跟这些公司的创始人说话太随便，于是回到原来的话题，小心翼翼地提醒周正道：

"光从现行手头资料的表面来看，确实看不出什么问题，但我总是隐隐约约有些担心，还是怕有什么问题……"

"有什么问题？看不出问题还硬要说有问题？学了点法律就疑神疑鬼，自以为高明。你结婚度蜜月之前提出的疑问，我们不是都查清楚了吗？都落实了吗？有问题吗？没有你在场审查把关，我们不也同样把项目谈下来了，把合同签下来了吗？有问题吗？不仅没有任何毛病，而且还很顺利。我告诉你，我们为公司打天下的时候，你在哪儿？我们不是照样把公司发展成现在这个样子吗？难道离了你这个杀猪佬，我们就会连毛吃猪？哼！就知道耍嘴皮子，不知道天高地厚！"赖宏亮看不惯成雁飞一副专业严谨的样子，有些气急败坏地摆出老资格，不等她说完，就插嘴给予一顿训斥。

周正立刻出声制止："宏亮，不要太过分了！"但成雁飞的心已经被深深地伤害了，她悟出，这是人家的公司，自己永远也不可能成为人家公司的"自己人"，何必去操那么多的心呢？

第十六章

千禧之喜

这些年来，如果仅就业务经营拓展的空间和领域而言，周全相对于他的二哥周正来说，还是比较单纯和顺畅的，基本可以说是不用求人。一方面，他把自己所有的精力、物力、财力和人力都集中在大澳岛，虽说小时候在浪沙围大队，严格来说就只是在浪沙围的第三小队，受到过难以忍受的歧视和欺辱，但在大澳岛的其他地方，特别是在镇政府所在地的观塘街，现在却是人缘极佳，如鱼得水，从当地领导到一般老百姓都认可他，尊重他。另一方面，他在父亲的指点和帮助下，看准方向，提前策划，早早布局，不断地选准目标投资办实业，持续中标地方政府和村集体的转让土地，而且在战略发展考量上，基本是集中连片的地块，所以，非常利于整体经营规划。用周全的话说，国家形势好的话，自己精力好的话，十几二十年都不用发愁，更何况是自己开发自己经营。

眼下，周全是大澳岛土生土长的首富，也是镇政府扶持的重点、宣传的对象、骄傲的资本，因此，对周全在大澳岛的一切开发、建设、经营和运作计划方案，镇政府都会在审批上开绿灯，在政策上给倾斜。当然，周全自己也严格要求公司和下属员工，都必须在法律法规的红线范围内活动，用好用足政策红利。因而，其所投资的各家公司及其经营实体，都连续获得深圳市"重合同守信用"的光荣称号，金色匾牌挂在各公司和实体经营地点最醒目的地方。

周全后来每每回忆时总会讲道，自己能够顺畅、省心、不受干扰而全身心地忙公司的事，最大的功劳还在于自己德高望重的母亲。

给人感觉权威性越来越高的曾小英，其实每天大多数的时间基本待在自家的别墅院子里，只不过会很有规律地到时间就走出门去散散步，找要好的街坊邻居聊聊天、喝喝茶。但是，她跟当地大多数的老人家不同，没有聚众打牌的习惯，这可能是少女时上学，知青时工作，随后是生娃、务农，再后来就是长期受到排斥，一直傲然独处的缘故，所以她不会打牌也对打牌毫无感觉，毫无兴趣。和人聊过天、喝完茶，她就会沿着固定的路线慢慢步行到小儿子的全佳大酒店，静静悄悄地绕行一周，再顺原路慢慢径直走回家去。除了遇到打招呼问候的人，不再主动跟人去谈天说地。

现在这段时间呢，巡视工作量加大了，步行的时间也增加了。因为，小儿子投资的佳园影视主题小镇这个大工程已经上马开建，曾小英要走过去看看。但她不能进到工地里面去，知道那样会不安全，也不方便，她只想要远远地看着，有机器轰鸣，有吊车转动，有泥头车进出，有工程队施工，她就放心了。有一次，戴着安全帽、开着越野车的周全，偶然看到母亲在离工地不远的路边朝着工地眺望，赶紧跳下车跑向母亲，说请她上车到工地现场去兜一圈，看一看。但曾小英拒绝了，说自己只是偶尔散步路过而已，就不进去添乱了，不能影响他的工作。

随后又有很多次，周全开车路过，都看到母亲站在同一个地方朝工地眺望，他没有再去惊动母亲，但眼眶却湿润了。

曾小英时时刻刻都在为儿子们操心。然而，大儿子的大部分时间在香港，即使回到大澳岛来，也主要是和小儿子看图纸、谈图纸。她不懂，也插不上嘴，但听着也热闹啊。二儿子几乎完全扎根在深圳市内，忙着跑项目、建房子，除了几个主要节日和她的生日回来，也是来去匆匆，倒是会跟她汇报不少情况，但是她只能听听而已，看不到人呀。小儿子本人天天都在眼前，小儿子做的事情也都在跟前，能实实在在地看得见，当然就放心了。不过，讲原则的曾小英有两个基本原则毫不动摇：一是绝不"八卦"，绝不过问和插手儿子们的公事，虽然她想知道，也想看到。二是绝对要过问有哪个乡亲或者"亲戚"找儿子们，其实主要是找小儿子周全借钱这样的事，尤其是浪沙围第三小队的人借钱，绝对不同意！这些人来借钱，不是公事，是私事，一定得过问，一定要把关。因为她清楚，全岛的人都在传播，说曾小英的三个儿子和逃港的老公都是赚大钱的人，找他们借点钱不是理所当然吗？只是，周亚鹏很少在大澳岛公开露面，大儿子周成和二儿子周正打小就离开了大澳岛，关系不熟络，不好意思去借，所以都盯上了个个认识、人人了解的在本地赚钱的"土豪"周全。你不借？哼！那你得给我们说出个一二三来。

周全"哈哈哈"地把这事儿当了一辈子的笑话来说："任何私人找我借钱，我根本不需要跟他说出个什么一二三，我只说出一个理由就搞定，那就是你跟我妈去说，这是她老人家管的事，她老人家说借，你就直接去找我老婆阿真划账就行了，完全没有必要来找我。这样，既给我挡了一堆又一堆这样的烂事，我也基本上不会得罪不该得罪的人。嘿！我妈就是厉害，该借给什么人，不该借给什么人，一看一个准，从来没有出过一单错，她把自己做人的原则也向那些不知所谓的人亮明了。借到钱的人既感念我妈的恩德，也敬畏我妈的权威，全部都有借有还。而借不到钱的人则忌惮我妈的决绝，也不好意思再来碰钉子。这样一来，我是不是就可以心无旁骛很松快地搞自己的事情呀？"

但是，有这么一个人，周全必须跟他搞好关系，甚至还得在一定程度上巴结他。但这个人的事，却不能跟母亲说，即使说了，估计她老人家现在也不好怎么反对。

这个人就是原来的浪沙围大队第三小队的民兵排长、队长，后来的浪沙围村村主任，再后来又是大澳岛的乡长助理，在大澳岛改"乡"为"镇"后，现任副镇长的莫建明。目前他手握实权，分管全岛的治安、海防、打私、市场管理等，当然也就进一步具体分管到酒店、餐饮、商铺、卡拉 OK 夜场等这些颇有油水的场所。于是，莫建明也就理所当然地每晚都要到全岛最豪华、最高档、最热闹、美女最多的宝岛夜总会去"现场办公"，他说这是他的主要工作内容之一，在八小时工作时间之外同样是全身心地投入，"全心全意为人民服务嘛"。

而在确定镇领导的责任分工的当天，莫副镇长作为一个很讲规矩、很讲程序、很有透明度的人，立刻就通知了在此前分工尚未对上口的周全，意在"勿谓言之不预也"。

在大澳岛上土生土长、人情通透的周全，能够在这么多年成为岛上的首富而屹立不倒，当然有他为人处世的过人之处。于私，过往的恩怨可以先深埋在心底；于公，现实的利益应始终摆在首位。所以，当他一收到莫建明的"安民告示"，即时就热情洋溢地诚邀这位主管领导莫副镇长莅临公司指导工作，并让行政办公室煞有介事地拟报一份工作行程表，先安排到佳园影视小镇项目工地视察并予指导，再到全佳大酒店巡察并做指示，随后是在大酒店三楼的海岛佳肴中餐大酒楼的大包房深入沟通。工作餐时间到了，周全交代酒店总经理麦家杰让高雅叫几个美女前来作陪，边吃边进行工作座谈。

高雅刚开始见到莫建明那一副猥琐土包子的模样，不知道这又是何方前来蹭吃蹭喝的土地神，就在神情上有些瞧不起的意思，还不断闪出一瞥蔑视的眼神。但见到大老板周全董事长特别少有地摆出了一副毕恭毕敬的态度，又慢慢听明白了相关介绍，原来这是个本地成长起来的手握实权的副镇长，现职分工就包括管着自己负责的宝岛夜总会，若巴结好了，他是自己的"保护神"；关系搞不好，那他就是自己的"克星"。随即，画风突变，高雅在酒桌上的主攻对象就只有莫建明一个人，"帅哥"一声一声嗲嗲地叫着，"洋酒"一杯一杯爽爽地干着，在眉来眼去之中，在众人起哄之下，两人洒脱大方地两臂穿插相交、四目激情相对，干了一杯"交杯酒"。

高雅的姐妹们不放过她，齐声娇喊："中交杯！""中交杯！"

高雅毫不推辞，甚至有些迫不及待地拉起莫建明，贴身相拥，玉臂交颈，美美地缓缓地扬脖再干下了这杯"中交杯"。

喝完酒，两人还舍不得互相离身，旁若无人地搂住对方的腰，噘起双唇，鬼马作势地虚吻一下对方。于是又掀起一阵欢呼的热浪，姐妹们又是疯狂地大喊"大交杯！大交杯！"。

她们所起哄的"大交杯"在众目睽睽之下实在做不出来，毕竟，两个人是初次见面嘛，不能太过了。于是，高雅和莫建明这才依依不舍地慢慢轻轻地滑开紧牵的双手，回到各自的座位上去。

周全一直乐呵呵地看着这两个人的表演，心想："这个高雅真能搞气氛，她若是不在夜场里干，真是屈才了。"

宴罢，情绪更加高涨，到夜总会现场调研是必不可少的重要环节，高雅特地把莫副镇长和其他随员分开安排到不同的卡拉OK包厢。

周全暂时先留在酒楼里和麦家杰沟通了一些关于酒店、酒楼、夜总会最近一个时期的管理状况、财务情况和人事问题，然后就赶去陪莫建明K歌，绝对不好怠慢了领导。当他走到那间指定的包厢门口时，并没有注意到阿艳正从走廊的另一头惊慌失措地摆着手跑过来，意在阻拦他，就旁若无人哈哈大笑着推门而入，只见包厢内仅有莫建明和高雅紧紧地搂在一起，啃在一起，在高雅哼哼唧唧的呻吟中，莫建明的手不知道放在什么地方。

周全吓了一跳，本能地说了句："对不起！对不起！"迅即退出去，拉上门，并对气喘吁吁赶到门口的阿艳示意：守在门口。

自从莫建明做了副镇长，并且几乎每天晚上都要光顾宝岛夜总会以来，宝岛夜总会的人气更加旺了，生意更加好了，营收更加多了。这是因为，虽然莫建明几乎每晚都把周全原来最中意的专属包厢给霸占了，而且一切消费还都是免费的，但是他会把镇上公款接待的餐饮娱乐活动都安排到全佳大酒店来"直落"，这些开支一分钱都不会少。而岛上其他的那些老板、商户，得知莫副镇长每晚在宝岛夜总会基本固定的落脚点之后，便也有事没事都跑到宝岛夜总会来消费喝酒唱K，以便随时找个机会去跟莫建明敬酒套近乎、拉关系，或者顺便谈交易、提要求。而莫建明也真把这里当成了他现场办公的理想之地，当然也是感情寄托之地。

不过在客观效果上，也正是因为有这位抓岛内治安的镇领导每晚坐镇宝岛夜总会，那些平常会来骚扰捣乱的痞子、混混，甚至带有黑社会性质的团伙，也很识时务地转移阵地，在这里销声匿迹了。

基于此，高雅就因势利导地向周全董事长和酒店的麦家杰总经理提出，把莫建明的儿子莫怀文调任酒店的安保部经理，把莫建明的侄儿莫怀安调到酒店所属海岛佳肴中餐大酒楼担任采购主管。

周全和麦家杰从整个公司和酒店经营之利的角度，无论是考虑到人脉资源，还是背景靠山，当然愿意做这个顺水人情。而莫怀文、莫怀安两个人从那个寂寞而没有什么油水的佳期婚纱摄影基地的治安员，一步步熬着正副小组长、正副小队长的位置，突然噌噌噌地一下子就调到大酒店待遇丰厚、油水很足的关键岗位，当然是喜不自禁，乐不可支，于是他们也就常常会在莫建明面前说酒店的好话，主要是说高雅的好话。而莫建明也明白是高雅出的力，自然也会投桃报李，无论是拓展客户上的支持，还是精神寂寞时的安慰。

宝岛夜总会生意上的爆火，人气上的爆满，效益上的暴增，都令高雅自信心爆棚。她在某次恩爱满足之后，就娇喘吁吁地赖在莫建明的怀里，以撒娇的方式跟他提出要求，请他出面帮忙配合，向周全建议提拔自己担任全佳大酒店的副总经理，继续兼任夜总会总经理，并且就只想分管餐饮和夜总会这两大块业务，理由是：麦家杰总经理毕竟是人生地不熟的香港人，又太过于拘谨、教条、古板和装腔作势，在应付岛上各级领导和各色人等方面，一直显得难以适应，水土不服，力不从心，因而也在总体上表现得能力不足，确实需要增加一个拿得起、放得下、打得开局面、撑得了场面的人。从这些诸多因素考虑人选，当然非我高雅莫属。

美人所求，当仁不让。莫建明根本不把那个香港来的麦家杰放在眼里，一而再，再而三地直接找到周全，单刀直入地提出为了贵酒店的发展，建议提拔高雅担任全佳大酒店副总经理兼宝岛夜总会总经理。虽然说法是商量式的，语气是请教式的，用词是委婉式的，建议是参考式的，但态度是坚定式的。无论周全是以股东会、董事会、管理班子会的程序来搪塞，还是以经历、资历、履历等专业资质当说辞，都无法说服莫建明收回建议。作为行业主管副镇长，莫建明似乎有着一种不达目的决不罢休的意思。

与之相配合，高雅也利用这么多年已经抓住麦家杰孤身一人的生活软肋，"求"其帮忙在周全董事长面前美言，提议让她做他的副手，助其一臂之力，这样她将会在各方面配合得更好。同时又不失时机地找到周全董事长毛遂自荐，说是只有这样配对搭档，才利于共同推高酒店全面的经营管理业绩。

面对如此多管齐下，密集进攻的态势，周全不得不从各方面利弊进行权衡，最终算是勉为其难地做出了遂高雅所愿的任命。当然，周全一开始并不认为就这么一个权宜性的任命，一个配合性的职位，有可能被高雅搞出什么幺蛾子来。

获得提拔重用的高雅，激情高昂，对工作更加投入，可以说是夜以继日，事必躬亲。本来就很少回深圳市区家里的她，更是几乎不离酒店半步了，真的给人以大龄未嫁单身女高管的印象。

宝岛夜总会，这可是高雅作为开朝元老，一手一脚打拼出来的，现在的管理局面，已经由对自己心生崇拜、言听计从的铁杆闺蜜阿艳当副手，抓具体工作。还有对自己心怀感恩、唯命是从的莫怀文做安保部经理，管场子。如此一来，基本上就不用自己太过于操心夜场这一摊子事了。那么，新业务、新领域、新尝试，当然就是要把控住中餐酒楼，其中的关键人物，一个是由自己亲自提议安排的采购主管莫怀安，这是一个需要尽心培养的人，另一个乃是早就有目的有计划不断拉近关系的大厨阿满，这是一个需要试探考察的人。

新官上任三把火。高雅履新之后的重点工作，就是不停地召集阿满和莫怀安研究论证餐饮物料的采买与成本，厨房菜肴的出品与价格，分析评价各个供货渠道的诚信度与可靠性，各类食材配料的品质与实惠。高雅跟周全和麦家杰汇报说：海鲜、肉类、酒类、饮料、米面以及各种佐辅配料，都必须重新招标筛选，挖掘更新渠道，以激发供货商的良性竞争，而海鲜是重中之重，并要以此为契机，堵塞拿货拿佣金的漏洞，杜绝送货送回扣的陋习。

作为大老板的周全当然全力支持高雅的改革新举措。

对全佳大酒店的具体经营管理事务，周全本来就对父亲从香港选派来的麦家杰这位总经理无条件地信任有加，现在对毛遂自荐、活力四射，看上去很有闯劲的新任副总经理高雅也是满怀期望。所以，自己不必再操酒店的心。当前的主要精力和重点目标是，聚精会神，心无旁骛，全力攻坚，精心谋划，必须为即将到来的千禧年献上一份厚礼，那就是佳园影视主题小镇的全面竣工验收，正式投入运营！

这段时间以来，香港多家电视台和影视公司都已经陆陆续续地在跟周全接触，洽谈拍片场地合作意向。随即，很多原来只能在影视剧里见到的香港大腕明星、歌坛巨星，也络绎不绝地出现在佳园小镇考察现场，熟悉环境，这让原来偏远闭塞的大澳岛持续不断地引起了人们的关注与期待，这个先声夺人的效果，使得尚未正式开园的佳园影视小镇名声在外，成功在望。周全踌躇满志。

这是一个冬日暖阳的下午，跟各部门负责人开会研究部署，最终确定"我们来了——佳园嘉年华　新景新千禧"元旦迎新烟花晚会的方案，最终敲定接待安排内地和港澳台影视明星、海内外媒体的具体细节之后，周全回到小镇项目工地角落那处充当指挥部的临时办公室里休息。正在自顾喝茶放松之际，一位一身牛仔服的中年男子径自走了进来，直截了当地问道：

"请问你就是周老板吧？"

周全抬眼瞟了来人一眼，未做任何表示。

中年男子也不在意，一屁股就坐在茶台旁边的凳子上：

"周老板，我是这么多年来一直在给你们酒店中餐厅供应海鲜的阿才，今天冒昧来找你周老板，是下了决心来向你反映情况的。但是，我还是要先跟你确认一下，你们酒店是不是换了一拨采购人员？是不是由一个新来的很漂亮的女经理在负责管这一摊子事？"

周全一听，跟高雅有关？事儿来得这么快？那倒是要听听。于是他不动声色地冲了一杯功夫茶摆过去，做了个"请"的手势。

"谢谢！你们酒店原来的那拨采购人员，一直都是按百分之十五的比例向我拿回扣，这事你做老板的可能也知道，行业惯例嘛，也符合规矩。而我呢，也一直都按质按量供货，从来没有发生过问题，也算是你周老板照顾我生意，赚了些喝粥的钱，我心里很感激。"阿才呷口茶，接着说，"但前些时候接到你们酒店的通知，说是要对所有的供货商重新招标筛选。这也没有什么问题，我就用我的供货质量跟价格说话嘛。但你们这次来跟我谈的人却只向我提出了一个要求，就是回扣要从百分之十五提高到百分之二十。"

阿才说到这里停下来，瞪着眼睛看周全的反应，发现这位周老板依然不动声色，只是又给他递过一杯茶。

"周老板，我不知道这是不是你的意思，但我还是要请你了解，百分之十五的回扣已经是行业规矩里最高的了，人家一般百分之十都到顶了，但我为了能跟你们酒店长期固定做生意，哪怕是赚少些，有时候还亏一些，也要做下去，而且我还必须保证品质。但你现在一下子把回扣提到这么高，那谁还干得下去？除非以次充好，短斤少两，最后还不是害了你自己的酒店吗？所以我想来想去，觉得这不应该是你周老板做出的决定，肯定是这些新的采购人员背着你搞出来的。所以我才冒昧过来直接找你反映情况。"

周全既不做回应，也没有注视来人，他始终好像都在全神贯注地烧水、洗杯、泡茶、倒茶、喝茶。此刻只是又递给来人一杯茶。

阿才摸不准是什么意思，拿出一支中华烟双手递出，看周全摆摆手表示不会，便自己点上。两人呆坐无语。

抽完一支烟的阿才感觉有些手足无措，犹豫了片刻，站起身想走，又有些不甘心：

"周老板，你别怪我多嘴，以后我就是不能再跟你们酒店做生意了，也无所谓，但我还是想提醒一下，你就是要换采购人员，也不要让男女朋友搭档给你搞采购嘛，他们联起手来不是害死你？"

这句话令周全脱口而出地惊问：

"哪两个是男女朋友？"

阿才一听周老板有回应了，重又坐下来回答道：

"就是你们那个很漂亮的女的采购负责人，姓……姓……姓高吧好像，对。她说她是酒店新来管采购的副总经理，一个多月前跟你们中餐厅的那个大厨阿满，一起去跟我谈的回扣的事……"

"你怎么知道高总跟阿满是男女朋友？"

"那天谈完回扣的事，我虽然不高兴，也不可能同意这么高的回扣，但是我还是想搞好关系，还是希望争取有机会继续往下做生意，就请他们俩在我朋友开的望海楼酒楼吃中午饭，还喝了几杯。吃完饭，我有事先走了。听我朋友说，他们俩就在楼上的客房开了一间钟点房休息。本来钟点房也就两个小时，但他们休息了三个多小时才退房。我朋友看他们俩是我请的客人，就没有加收房钱。"

"我不相信，阿满是有家室的人哦。高总是酒店副总，有必要跟个乡下有老婆的厨房大佬搞成这种关系吗？"

"哎呀，周老板！其实你是知道的啦，后厨大佬这个位置是很重要的，采买、入货、验货，过手都沾油啊。如果这个阿满不配合，你们这个高总想顺顺当当地捞回扣是搞不成事情的……"

这个海鲜佬阿才是何时离开的，周全并没有留意，他在发呆：这都是些什么乱七八糟的狗血闹剧？可是，又不能说仅仅是狗血那么简单。他早就看出来了，这位一天到晚端着架子，总是一副谁也瞧不起，似乎很清高的高雅是有野心的，有野心当然也不是什么坏事，但现在居然又跟油腻邋遢的阿满搞到了一起？难道为了歪门邪道的一点儿利益，就已经到了用身体与阿满交换条件的地步？刚上任就这么明目张胆、肆无忌惮地联手搞回扣，难道是有什么让她无所顾忌的靠山？或者还有更大的阴谋？看来，同意提拔高雅做酒店的副总经理是个失误，甚至可能还是个重大失误。

为了不跟各级官方和港澳地区都可能要举办的迎接新世纪、奋进新千年的庆祝活动相冲突，成雁飞率领的策划团队研究决定，把佳园影视主题小镇开放日暨千禧年庆祝晚会"我们来了——佳园嘉年华　新景新千禧"定在 1999 年 12 月 28 日举行，"要久久久，要爱爱发"，好意头！而在这一天，正好又可以顺便沾上八天前澳门回归的盛事喜运，提前邀请的一些内地和港澳台的明星、名人和头面人物也都腾出了档期，可以前来捧场致贺。

当然，一直作为背后的投资人、支持者，父亲周亚鹏肯定要来，况且，今天到场的不少港澳明星大腕、头面人物都是他出面协调诚邀的呢。大哥周成偕家人、亲朋和参与佳园影视主题小镇设计事务的同事包括威廉先生，专程从香港赶来参加这一盛大活动。二哥周正更不用说，把振鹏集团各公司、各部门中层以上的管理人员，浩浩荡荡地都带到大澳岛的佳园影视主题小镇现场来了。大哥、二哥除了是佳园影视主题小镇自始至终密不可分的项目合作人之外，听说在今天的晚会上，大哥和二哥还会分别为晚会献上节目呢。只是现在保密。

曾小英知道周亚鹏今天会到晚会现场，他也应该要到晚会现场，不到不合适。所以她只说自己留在屋里看家，就不去凑这个热闹了，而且她说她不愿凑什么热闹，喜欢清静。

新落成的佳园影视主题小镇，在喜迎千禧年晚会的当日白天，就开启全面向公众开放的活动，不仅引起岛内众多来看西洋景的当地人，成群结队蜂拥而至，而且也吸引了深圳市内、惠州和其他地方的游客，或组团而来或结伴参观。与深圳华侨城的"世界之窗"有所不同的是，佳园影视主题小镇的规划布局、建筑外形、结构气派、装饰细节、道路点缀、市井气息等，无论是西洋风格、东洋风情，还是岭南风韵、客家风骨，全都是以拍摄影视剧为目的的，既有特定集中布景的效果，又完全可以让人有以假乱真之叹、身临其境之感。人们都带着惊喜的表情，发出惊叹的声音，在每处自认为值得留念的地方，或独拍，或合照，或自定某个角色，或设计某种场景，自导、自演、自拍，玩得不亦乐乎。人声鼎沸，欢腾洋溢。

很多人都在想，保不定以后在哪一部影视剧里能看到自己拍的同一背景呢，到时候还可以跟人去吹吹牛。

夜晚华灯闪烁，彩带飞舞，五彩缤纷，流光溢彩。

"我们来了——佳园嘉年华　新景新千禧"晚会设在佳园影视主题小镇的中心广场，舞台背景是一座高大的典型的哥特式建筑，外立面线条精美，造型复杂多变，在不同光线、不同色彩、不同角度的灯光照射下，显得颇有气势，甚为壮观。与父亲周亚鹏一道陪同着重要人物和主要客人，坐在最前排的周全，感到很有成就感。他的踌躇满志，不仅在于这些年倾注全部心血打造建成的这座影视主题小镇，更在于这座小镇今天开放伊始的轰动效果就已经预示了它的成功！

晚会按照事前精心策划编排的节目单，环环相扣，精彩进行。听着歌星演唱的一首首动听的歌曲，看着演员献上的一场场曼妙的舞蹈，周全觉得，他最喜欢、最感动的节目，是大哥、二哥分别为这场晚会精心准备的原创歌曲和原创诗朗诵。

在香港长大，又赴英国留学的周成心里最清楚，为什么弟弟特别喜欢香港电视连续剧《上海滩》的主题歌，而且每次卡拉 OK 必唱，并且唱得声情并茂，好像就在唱两位弟弟自己。于是他暗暗就有了个心愿，多次找到目前在香港娱乐圈填词作曲方面崭露头角的中学同学，为他提供创意思路，请他专为今天的晚会，专为自己在内地的两个弟弟创作一首歌，指定歌名就叫《浪奔浪流》：

浪奔 浪流

生活踏浪而来

总有酸甜苦辣愁

浪奔 浪流

人生搏浪进击

勇敢者挺立潮头

低头看

眼前是无尽的潮涌

抬头望

头上是翱翔的海鸥

有高扬的风帆

孤舟远航何所惧

有定向的舵手

劈波斩浪何所忧

挺起胸

奋力前行莫停留

浪奔 浪流

生活踏浪而来

总有酸甜苦辣愁

浪奔 浪流

人生搏浪进击

勇敢者挺立潮头

朝前看

远方是导航的灯塔

向上望

天上是明亮的北斗

有心中的梦想

征程漫漫不迷航

有坚定的信念

波峰浪谷不屈服

挺起胸

奋力前行莫停留

而那位用十足港味的普通话演唱者，则是香港近期刚出道不久，尚名不见经传的年轻歌手，其情感充沛、情绪张扬的演绎，配之以气势恢宏的大乐队伴奏，深深撼动了所有在场观众的心，也硬生生地把周家父子四人听得热泪盈眶。这首歌，自此成了周家父子不断独自哼唱，或者聚会合唱的专享励志歌曲。

周全虽然打小就知道二哥的学习成绩很好，尤其是语文水平和写作能力在当时的同龄人中是出类拔萃的，但是没想到这么多年过去了，每天只晓得跟土地房屋钢筋水泥打交道的二哥，这文学底子竟然还没丢，创作激情还藏在心中，居然悄悄地专门为晚会创作了一首长诗。周正有些不好意思地跟弟弟说：自己现在只能说是半个大老粗，当年在被诬陷受审查进公司"学习班"失去自由的一年多时间里，无所事事的他读了不少闲书，偶尔也练练笔、写写诗，发泄发泄。这些年来，在深圳经历得越多，感受就越深。今晚献上的节目，是他和赖宏亮、沈建军、陈建、成雁飞、杨帆一起，你凑一句，我凑一句，凑了很长时间才凑起一堆不成诗的句子，最后由前不久从湖北省话剧团辞职应聘到公司来的办公室主任杨帆润色定稿，《你是世界地图上的一个小点——献给千禧年的深圳》属于集体创作，但是，的确是自己，也是所有人真情实感的朴素表达。

舞台上，以《春天的故事》主旋律为音乐背景，成雁飞和杨帆声情并茂、激情洋溢地送上了声音与诗意的礼赞：

　　你，只是世界地图上的一个小点，
　　千年以来，
　　你面朝着浩瀚无垠的南海，

但却是那样的闭塞和无奈。

你，只是世界地图上的一个小点，

百年以来，

你紧邻着东方之珠的香港，

但却是如此的贫穷和衰败。

你，只是世界地图上的一个小点，

世世代代，

背靠着并不高峻的山脉，

但却好像难以逾越文明的障碍。

你，只是世界地图上的一个小点，

祖祖辈辈，

靠山吃山，靠海吃海，

但却永远摆脱不掉落后的阴霾。

是的，你只是世界地图上的一个小点，

而一位巨人却洞察风云变幻的世界，

以他那求实的智慧和伟大的气概，

在南海之滨举重若轻地画了一个圈。

从此，

你便撩开了惊世骇俗的迷人面纱，

从此，

你就开启了翻天覆地的伟大时代。

蛇口半岛第一声开山的炮声，

不仅仅是招商引资的礼炮，

还是中国人宣示改革开放的胸怀。

时间就是金钱，效率就是生命，
不仅仅是一句简单的口号，
还是深圳人立志改天换地的豪迈。

是的，你只是世界地图上的一个小点，
却在一瞬间成为全国人民关注的焦点，
成千上万的工程兵往这里集结，
四面八方的建设者朝这里涌来，
天南地北的思想火花在这里碰撞，
五洲四海的先进科技为这里添彩，
海外的华侨向这里汇聚了爱国激情，
港澳台同胞向这里倾注了家乡情怀。
于是，
你就成为改革开放的前沿。
于是，
你就成为中国特色的承载。

是的，你依然只是世界地图上的一个小点，
但是今非昔比啊，人们不得不由衷感叹！
二十年，
这里不仅有科技领先的大企业、研究院……
还有大众喜爱接地气的大排档、烧烤摊……
二十年，
这里不仅有精英荟萃的教授、专家、院士……
还有体力劳动者建筑工、清洁工、服务员……

二十年，

这里不仅有创新谋划，长远布局，

还有多元包容，立体发展。

二十年，

特区人不仅仰望星空把世界潮流追赶，

更是在脚踏实地为国家建设挥汗。

迎来辉煌新时代的深圳啊，

你不仅仅是世界地图上的一个小点，

你，已经成为世界各国瞩目的焦点。

一诗诵罢，余音绕梁，掌声雷动，经久不息。

第十七章

恩怨交织

经过了时间洗礼的千禧年阳光，更加灿烂无私地照耀着这颗蓝色星球的万物生灵，滋润着大地万象更新。2000年豪迈起步。

然而，并不是所有承受着阳光雨露的物种都是人畜无害的，并不是所有享受过惠德恩泽的众生都是懂得感恩的。所谓台风可以预告，人心难以预料。让人们看不见、摸不着、猜不透的灵魂，也并非像一眼可见的肉体那样，能够道法自然，吐故纳新，新陈代谢，自我净化，反而可能是固守本性，放纵本我，避善趋恶，突破底线。

大年初五的中午，当周全满心惊异、满脸诧异，从家里正在接待客人拜年的家宴上，火急火燎地赶到酒店大堂的时候，值班经理袁海丰紧急电话中所描述的高雅副总经理在大堂的地板上撒泼打滚的景象倒是没有看到，但依然看见披头散发、衣裙不整的高雅一副不依不饶的模样，平日里硬撑出来的高贵优雅的姿态荡然无存，正死死地揪住麦家杰脖子上那条已被拉扯成麻花状的领带。麦家杰此刻的形象则是西装口袋被扯破，衬衣纽扣被绷掉，金丝眼镜被打落在地上，还被踩碎了一个镜片。麦家杰自己更是一副灰头土脸、生不如死的神情。袁海丰呆立在侧，显得手足无措。

旁边一个微胖白净的中年女人，一迭声地在用香港话冲着高雅质问："你系咩人？你到底系咩人啊？"

但这位香港女人被阿艳和另外一个同样没有回老家过年，留在夜总会值班的女孩子死死拉住，没法冲过去为麦家杰解围。

"这是在干什么？这是在干什么？啊？像什么样子你们？大过年的在大庭广众丢人现眼！还搞到酒店大堂来了！你们到

底想干什么？啊？"周全怒不可遏地大声呵斥，随即快步走过去有些粗暴地推开阿艳和另一位女孩子，然后颇带歉意地低声对香港女人安慰道："麦太，对唔住，真系对唔住。冇咩事吧？来，坐下休息先。"

转脸严肃地走到麦家杰和高雅身旁，先是扫了一眼狼狈的麦家杰，然后紧紧盯住已经有些尴尬的高雅，片刻之后，方沉声发问：

"到底是怎么回事？嗯？有话慢慢说，需要搞成这个样子吗？"

高雅似乎很不情愿地松开揪在手里的领带，咬着牙，狠狠地瞪了瞪麦家杰，又冷峻地偏头扫了麦太一眼，但并没有说话。

周全见状，感觉事出有因，立即命令阿艳先把高雅扶到楼上的卡拉OK包厢去休息，并弄点东西给她喝，自己等会儿就过去。随后与袁海丰一起，照看着情绪低落、步履蹒跚的麦家杰和激愤难平的麦太，到大堂旁边的西餐厅卡座位上坐下休息，缓缓神再说。

站在那整理了一下思路，看到气呼呼地为老公整理衣服、领带的麦太在现场，不大好问什么话，说什么话，周全决定先去找高雅了解一下事情的原委。

沿着卡拉OK包厢区那长长走廊铺着的厚厚的地毯，左右每个房间的房门均打开着在透气，但没有灯光，安静异常。当然，这春节期间的中午时分也不可能有唱K的客人，只有前面那间自己原来最中意的包厢亮着灯，高雅她们在那儿。周全皱着眉头慢慢走过去。

"来，姐，先给你冲一杯热可可，喝下去舒服些。你还想吃点啥？"周全听得出来，包厢里传出的是阿艳关切的声音。

"谢谢阿艳。啥都不想吃，气都气饱了。"紧接着传来高雅愤愤然的声音。

接着就听到阿艳压低嗓门儿关心地警告道：

"姐，不是我说你，你这么个闹法，不怕在酒店里把你自己的名声给闹坏了？还有哦，传到姐夫耳朵里可不得了啊。你胆子也太大了。"

"什么他妈姐夫姐夫的？他是个什么玩意儿，我怕他？他他妈的这么多年玩儿了多少女孩子？换一家酒店当总经理就换一批小情人，以为我不知道？他还有脸说我？他还敢说我？"

听到这里，周全惊诧无比地停住了脚步，站下来听。他不是为了窥探隐私而偷听，只是忽然觉得这比当面询问了解，更能知道真相。

"但毕竟是在过年嘛，还有外甥在家，没必要现在跑来闹的。"

"他还知道他有个儿子？我呸！他妈的除了除夕像吊死鬼似的应付着跟我们吃了顿年夜饭，当天晚上就说自己是酒店老总，需要节日值班，就好几天再也没有见到他了。其实我他妈知道他在哪儿，知道跟哪个狐狸精在一起。"

"姐，要我说，那你就应该打上门去，找那个狐狸精算账，拍下证据，大不了告你老公婚内出轨，跟他离婚，你肯定占上风。哎？我都奇了怪了，我们好多姐妹都说，姐夫……噢，你老公从长相到个头都配不上你，你怎么就嫁给他了呢？还不如离了算了。"

"离婚，嘿嘿，离婚？我那个死鬼老公巴不得离婚呢。老早之前，他就怀疑我在外面、在单位如何如何，所以他一直都在找借口想跟我离婚，这样就可以名正言顺地跟其他狐狸精在一起了。唉！阿艳，我都不好意思给你说呀，我们过了至少有十年的无性婚姻了，无性婚姻你懂不懂？"高雅抽张纸巾，擤擤鼻子，说，"他妈的！一开始我是想过跟他离婚，但一直下不了决心，关键是碰不到真心愿意跟我结婚的人，都他妈是提了裤子不认人的狗杂种。现在我高不成低不就，就更没法离了。我离了，反而成全了这个王八蛋！不过，他瞎搞，那我也瞎搞。他在外面鬼混不回家，我他妈也离家出走。"

"那既然是这样，你何必还要跟麦总闹成这样呢？你应该对麦总更好更温柔才行啊？让他对你死心塌地，而不是讨厌你知道吧。姐你这样闹，不是把他往外推吗？"

沉默片刻，高雅降低了声调，但听得出来是咬牙切齿：

"阿艳，实话告诉你吧，这些年我看到任何一对狗男女在一起甜甜蜜蜜恩恩爱爱，我就嫉妒，就特别不爽，就恨得心里痒痒的，更不要说这个占我便宜的狗东西麦家杰了，他个大骗子说他如何如何爱我，说跟他香港的老婆如何如何感情不好，就只差拜拜了。我今天下狠心把儿子扔在家里不管不顾，本来是专门赶过来想要好好陪他在酒店过年的，没想到一回到酒店，就看到他老婆竟然过来跟他一起在这里过年，两口子还手牵着手，说说笑笑地准备出去逛，气就不打一处来。所以，我就顾不得那么多了……"

周全不想再听下去了，起码已经知道了问题的根源所在，只是他怎么也没有想到，就在自己的眼皮子底下，就在自己的酒店，发生了这么多乱七八糟的事情，王虹的事也好，阿满的事也好，还有让自己最窝心的采购拿回扣的事，更是有外人闯上门告状才知道底细，现在又闹出这么个丑闻，而且直接涉及父亲从香港选派来的最值得信任的温文儒雅的麦先生……真不知道还有哪些尚未暴露出来的鬼事儿呢，简直都快烂到底了。而且现在看来，这一大堆鬼事好像其他所有人都知道，只有自己不知道而已。

周全一脸凝重地回到一楼西餐厅，麦太见到他就站起来说：

"周先生，我跟我家麦生商量决定了，麦生不能在你这里继续做嘢了，辞工，返香港。"

还没有完全缓过劲来，面色依然灰暗的麦家杰顺从地点点头。

周全未置可否，他让尽职尽责地守护在旁边的袁海丰把麦太礼送回房间休息，他要从麦家杰口中进一步了解些情况，好好谈谈。

麦家杰很感谢周全董事长考虑周全，安排太太离开了现场。

从麦家杰还算坦诚的讲述中得知，麦家杰来酒店工作后很敬业，极少回香港与老婆孩子见面团聚，时间长了，自己自然也想到要学学其他香港老板们传授的经验，在这里找个内地的女孩做临时情人，而自己最初想要选择的目标是温柔老实听话就成。但高雅却很有手段，目的很明确，不但把自己管理下的夜总会的女孩子控制得死死的，甚至早就把手伸到了酒店和中餐厅的女服务员中间，只要她觉察或者仅仅是感觉麦家杰可能对哪个女孩有兴趣，就立刻似明似暗地在这个女孩面前表现出跟麦总的关系非同一般，或者有意无意地调侃麦总的女朋友都排上长队了，而且档次品位都不一般，忙不过来，轮不上普通女孩的，以此让那些女孩子知难而退。如果这样还是达不到效果，高雅就会直截了当地跟这个女孩造谣威胁说，麦总已经"有人"了，不可能真心对你感兴趣，要有自知之明，莫不知天高地厚地搞出事来。

本来已经知道高雅既有家庭又有儿子，也知道她老公是自己从事酒店管理的同行，所以一开始对高雅根本没有产生过兴趣，甚至对她矫揉造作的做派有些反感的麦家杰，在高雅围堵封锁、断绝后路、坚壁清野的布局成功之后，又禁不住高雅在不同场合不断地撩拨、挑逗，甚至深夜下班后，还要在路过他的宿舍时表示异乎寻常的关心，或者开露骨的玩笑。于是，他就想：不就是临时凑对儿，互相解渴吗？又不是真的谈恋爱结婚，何必那么认真呢？就这样，便把心思转到了高雅身上。高雅是在多次惹火而又不让他轻易得手之后，好像是很"被动"地才跟麦家杰在一起的。

从此之后的每个晚上，高雅自己的宿舍几乎都是空着的，令麦家杰惊讶的是，高雅居然是那么饥渴。当然，代价就是除了填补她的灵魂空虚，满足她的生理欲望之外，还有配合满足她的权力和金钱方面的野心。王虹被挤走，阿艳顶上位，担任酒店副总经理，主导酒店的一切采购业务而猛拿回扣等等，都是自己在成为高雅的裙下之臣以后，不得不放任她谋划指挥的后果。麦家杰深知自己身陷肉欲却被架空，既无可奈何，也无所作为，只能听之任之，放任自流，唯一能做的，就是祈祷他参与的阴谋和他们俩的丑事，不要被老婆知道，更不要被周老板发现。

怎么也没有想到的是，这次安排太太专程从香港过来酒店陪自己过年，居然被突然回到酒店的高雅撞上了，这女人当即歇斯底里地爆发，一发而不可收拾，闹出这么个结局。掩盖是掩盖不下去了，想要再在酒店里待下去也肯定不太好意思了，不仅是麦太坚决不让他继续留在内地，麦家杰也认为自己不仅没脸面，而且不称职，所以应当引咎辞职。

突如其来发生的闹剧，突如其来提出的辞职，周全决定认真考虑考虑，仔细权衡权衡。虽经几次婉言相劝，谈话挽留，麦家杰请辞的态度反而越来越坚决，麦太更是不回香港，守着老公寸步不离，说是直到周老板批准辞职，将麦家杰带回香港为止。

所谓好事不出门，坏事传千里。麦家杰与高雅的故事，很快就在酒店、在岛上、在各色人等中传得沸沸扬扬，而且不乏添油加醋、添枝加叶的极端香艳的情节、极其销魂的画面，活色生香，活灵活现。周全觉得再这样拖延下去不解决也不是办法，既影响酒店的形象，也影响麦家杰的正常工作，最后受影响的是酒店，是周全自己。在征求父亲的意见时，周亚鹏对于自己推荐的职业总经理闹出这样的事情和后果，也说不出什么来，而就其对麦家杰夫妇的了解，建议周全还是批准麦家杰辞职，以便让酒店管理尽快走上正轨。

以周全最初的冲动，本想抓住此事，趁此机会，干脆将高雅一并炒鱿鱼，让她卷铺盖走人。任谁也没有想到的是，还只是在心里揣摩，尚未付诸行动呢，莫建明副镇长却预先找上门来了，为高雅说话，替高雅说情，拍桌打凳地怒骂香港佬害了这么一个纯真优秀的女人，酒店必须为高雅主持公道，否则，镇政府就很难在各方面支持周老板了。而高雅呢，好像反而把这件丑闻变成了为自己加分的资本，明明在春节后的淡季，每天反常地涌来很多人喝酒唱 K，聚餐吃饭，大多都是八卦心态，猎奇心理，目的都是为了仔细看看这个风流女人，一睹芳姿，幻化臆想，最好是找机会搭搭话，过过嘴巴瘾。高雅自己呢，反而以歪就歪地高调在各包房、各餐桌的客人之间，招摇过市，穿梭周旋。

宝岛夜总会每天每月的营收额，目前相对于整个酒店的客房、餐饮，总的来说是遥遥领先的，而且从开业之始到现在，这么多年都一直是在高雅的掌管把控之下，所有的员工都是她的人或者是最后不得不变成了她的人，所有的客人大多也都是给她面子，冲着她来的，除了她，目前还没有现成的人选能够把这个夜场玩儿得转。而作为宝岛夜总会副总经理的阿艳也只是高雅的木偶傀儡，属于麻绳穿豆腐——提不起来的蠢女人，完全不可能有能力和水平独当一面。高雅深知这个现实，所以她认为自己就是这里的"皇太后"，不仅这个夜场离不开她，她还要让整个酒店，让整个集团都离不开她。

周全也分析认识到这个现实，但他同时也担心——其实是已经意识到，麦家杰辞职之后，高雅定然会野心膨胀，更加肆无忌惮地进而掌控整个酒店，要让包括周全在内的任何人介入不了，做到针扎不进，水泼不进。所以，这个人不能留。但不得不考虑的是，莫建明这位主管副镇长的面子一定得给，夜场的正常经营也不能受影响，最稳妥的办法，只有尽快招聘进来一位酒店的总经理，重新进行分工，制衡高雅的权力和影响力。

周全一直以来的行事准则和处事原则，乃是奉行和气生财，和为贵，和则利，尽量不与任何人发生矛盾，因而他也不想紧随着酒店总经理的辞职，又炒掉酒店的副总经理，把大家的关系搞得那么紧张，把动静搞得那么大，在社会上搞得沸沸扬扬的很不好。他在内心仍然一厢情愿地希望，春节期间的那场闹剧，只是麦家杰和高雅之间的男女私情，不涉及酒店，不涉及工作，不会危及酒店的经营发展。然而，他那不会自欺欺人的直觉和理智，使他觉得采购拿提成、吃回扣的事不能再放任下去了，这是个触碰红线、突破底线的根本性问题，必须彻查，从根子上解决。

恰好，现在是春节后跳槽的活跃期，因此也是招聘的黄金期。

周全先与父亲周亚鹏议定了酒店选聘新的总经理的基本原则，随之与集团办公室主任、人事总监、法律顾问一干人等，从全国众多的应聘者中筛选、面试、谈条件，综合权衡，全面评价，最终选定了从广州一家外资酒店跳槽寻找发展机会的副总经理林振辉，此人四十多岁，年富力强，经验丰富，气质颇佳，从学历、履历、资历来看，皆符合酒店聘用总经理的总体要求。

不过，在确定聘任林振辉为酒店总经理的同时，也任命了打小知根知底、诚恳踏实，可以工作连轴转、昼夜不休的原酒店安保部经理、大堂经理袁海丰为总经理助理，文件表明的职责是协助总经理、副总经理开展工作，实际袁海丰名正言顺地上任后，不仅仅只是某个人某个职位的助理，也不是只协助某一个人工作。

对袁海丰作为总经理助理的职务任命和工作职责的安排表

述，是建立在林振辉到任后，重新进行新的工作分工基础上的，也是经过深思熟虑策划的结果。所谓新的分工，其重点"变化"是在酒店采购方面，应该说，意图非常明确。此前，高雅把采购权从总经理麦家杰手里连哄带骗加色诱地抢了过去，这次则要还回到总经理手里，但不是全部还，而是分摊，即：总经理、副总经理共同负责并管理好酒店的采购工作，属于集体负责制。这种撒胡椒面、摊煎饼式分工的理想愿望是：酒店的采购权不能垄断在某个人手里，正副总经理必须互相牵制，互相制衡，这样也不至于得罪已经把采购权独霸在手中的高雅，而且通过袁海丰这位总助的制衡缓冲，这位本地人的眼线关系，可以在对正副总经理"协助襄理"的同时，客观上起到必要的监督和制约作用。

新的人事安排和分工方案，本欲通过分权，达到防止或减少采购吃回扣而损害酒店和客人利益的目的。但周全最终没能下决心彻底切断高雅与采购的关联，而且原有主要采购渠道基本还是固定不变的，直接参与采购的人员也还是那几个人，没有做出任何调整。这个没有狠下心来彻底解决问题的所谓新的工作分工，其所导致的后果，使得周全事后总是追悔莫及地反思："本来是个很好的人事调整的机会，搞来搞去，搞成了一个'爬到山腰摔断腿——半途而废'的结果，这事也让我懂得了什么叫姑息养奸，什么是当断则断，不受其乱；当断不断，必受其难。"

新的总经理到任半年过去了，周全和集团公司其他的一些高管都明显感觉，林振辉在竞聘时表明的改革设想和管理目标基本没有实现，顾客对于中西餐饮的出品问题投诉越来越多，酒店员工消极怠工精神涣散的现象日趋严重，而且不同岗位的员工还形成了时常凑在一起私下议论是非的现象。大家在表面上的恭恭敬敬之外，绝大部分的中高层干部和部门主管根本就不听从林振辉的指令，不服从林振辉的管理，不向这位总经理作任何工作汇报，尤其在每日早会、周例会和其他工作会议上，林振辉说东，大家说西，林振辉说干，大家说难。不消说，林振辉完全被架空了，无法有所作为。

一身兼任着集团公司董事长和酒店董事长的周全再次找林振辉谈话，请他就酒店依然没能改进的现状做解释。林振辉面有难色，吞吞吐吐地说不出个所以然，也没办法说明澄清，他甚至想破釜沉舟，向董事长提出辞职的请求。但想到自己签的聘用合同还在履约期内，如果提前解约，则须支付数额不低的违约金，就暂时没有提出辞职。

反倒是周全直截了当的问话给林振辉解了围：

"林总，那就请你直接回答我，就在你刚应聘到酒店不久的那一段时间，高副总是不是有好几次在半夜三更到过你宿舍？是公事还是私事？如果是跟酒店无关的私事呢，你就不用解释，也不用做任何回答，算是我冒犯了你的个人隐私。"

林振辉惊讶地瞪着周全，像是在看一个不可思议的陌生人，但同时，他好像也因为周全的问话松了一口气。既然董事长已经知道了一些情况，事情反而好说了。

原来，在林振辉取代辞职返港的麦家杰应聘担任全佳大酒店的总经理后，高雅并没有感到有什么压力和不同，她先是看到林振辉待人友善，且长相不俗，男人味十足，心里就已经有了那种抑制不住的想法。再看到林振辉也搬进了麦家杰原来的宿舍，仍然在自己宿舍的旁边，更有了近水楼台、志在必得的信心，她坚信自己必定会把这位新的总经理一举拿下，让他臣服，让他听话。一方面，她对自己的姿色和手段颇为自信；另一方面，她认为这些在酒店里混高管的臭男人和自己的老公都是一路货，没有不沾腥的猫，况且，这个林振辉身强力壮，单身在此，哪能耐得住寂寞？哪能顶得住诱惑？于是，她故技重施，旧戏重演，以工作之名，常伴左右，以搭档之便，举止亲昵，以邻居之利，嘘寒问暖。林振辉当然因此对这位年轻漂亮的酒店元老、风情万种的副手搭档、善解人意的工作伙伴颇有好感，坦诚相待，热情有加。

　　于是，高雅在认为时机业已成熟的情况下，于一个夜场打烊之后万籁俱寂的后半夜，特地选了一件透明性感的睡裙，裹住特意洗得香喷喷的胴体，敲响了林振辉宿舍的房门，不由分说地抱住了披着睡袍睡眼惺忪前来开门的林振辉。面对突如其来如此开放大胆的高雅，毫无精神准备的林振辉顿时措手不及，因猝不及防而无法适应这种搞法。毕竟，自己对高雅原本丝毫没有这一方面的想法，也不怎么了解她的为人、性格和其他方面，虽然送上门来，也不敢造次。越被高雅急不可耐地撩拨要做那事，越发紧张得进入不了状态。折腾一阵子无果，高雅失望而归。

　　但高雅在第二天像是啥事也没发生似的，与林振辉坦然相对，自然交流。倒是林振辉反而有些走神，总在回味那体温、那手感。

　　专家说，月圆月缺，不仅影响着大海的潮起潮落，还影响着人们生理上的潮汐起伏。这是几天后的一个明月高悬海空之上的后半夜，安详温柔的月光透过高大的椰子树照抚着安谧宁静的酒店宿舍楼，高雅身着更简便、更方便的丝绸短睡袍，浑身散发着诱人的香水味，刻意整成披头散发状，再次敲开了林振辉的宿舍门……不用说，这回的操作肯定是成功了，高雅也肯定是满足了。因而高雅也就想当然地认为，这种事情的成功，乃是其他所有事情的成功之母。于是，她就按照收编麦家杰的步骤在林振辉身上复制：首先，有了身体之欢，就是她的裙下之臣，高雅对林振辉就不必再装出恭敬礼貌的样子了，而是要指手画脚地左右他、指点他；其次，单独或者是带着采购经理莫怀安、厨房大佬阿满，到林振辉办公室汇报酒店采购事项，其实就是通报有关提成、回扣的"规矩"；再次，所有供应商分别在高雅的引见下，拜见新任总经理，实际也是当面锣对面鼓地敲定提成、回扣事宜，以此彰显这种操作的"合法性"。

浪奔浪流
350

　　当这些有计划、有步骤的一系列"递进性"动作操作下来，高雅和阿满、莫怀安一致认定，林振辉既没有提出异议，也没有表示反对，更没有任何有针对性的动作，看来是愿意跟他们一起同舟共济，通力合作的。如此，则放下一万个心，该怎么干还是怎么干。其他有任何不合作、不兑现的供应商，立刻换掉，没什么情面好讲。

　　吃了定心丸的高雅，为了进一步巩固统一战线，第 N 次在后半夜敲开了林振辉的门，这次既是送人，也是送钱。在展示自己之前，先向林振辉展示的是十沓新崭崭的人民币——十万元，并像是恩赐臣下似的，轻佻而得意地盯着林振辉，说以后还有，啥都有。

　　林振辉这下可是真慌了。说老实话，林振辉还是有事业追求的人，他跳槽应聘，确实是为了更好地历练自己，谋求更大的发展上升空间，而不是要搞这些小动作。更何况，他之前在广州就是跟曾经就职的酒店那些搞回扣的人不合作，而屡遭排挤，他对这些人深恶痛绝。没想到在这里又遇到了，难道自己逃不出这个魔咒？周全董事长给的薪酬待遇很不错，许诺的条件也很有激励性，而且对自己完全信任、十分尊重，绝对不能干出这些对不起董事长，对不起酒店的事！跟这个高雅在生活作风上控制不住沾点腥，没有影响工作，没有影响公司，自己心里还能原谅自己。但拿这钱，就违背了自己做人的根本原则，并且是违法犯罪。

林振辉决心既定，便把高雅连人带钱"礼送"回她自己的房间，并回身把房门锁死，任高雅怎么再敲也不开门，并且，从此没有再让高雅踏进自己的宿舍。只不过，他并没有将此事向董事长汇报，也没有跟任何人讲，而与高雅在工作上的合作，表面上不受影响。

但大感失望、恼羞成怒、睚眦必报的高雅则开始了报复，她通过威逼利诱、监视警告、软硬兼施的各种手段，从上到下离间、隔开各部门干部、员工与林振辉的关系，包括工作关系，将其架空，徒有其职，无法开展任何工作，以至于搞成现在这个局面。

这些基本情况之大概，跟总经理助理袁海丰跟踪报告的情形大致吻合，只不过房间里发生的细节，送钱的情节，袁海丰并不知晓，周全更不知道。但从林振辉被架空、被排挤的现状来看，其拒收钱、不合作的陈述，确属事实。周全庆幸没有看错林振辉。

自以为得计的高雅等人，更加毫无顾忌、肆无忌惮地拿提成、吃回扣，操控所有物料的进货价，以次充好，餐饮出品质量日渐降低，不断发生客人投诉事件。而其争权夺利，虚报账目，愈演愈烈，愈发嚣张。袁海丰毕竟是本地人，他逐个找各路供应商了解核对相关问题，大部分忍无可忍的供应商和曾经的供应商，揭发了高雅、阿满、莫怀安等人得寸进尺，欺人太甚的行径，并写下书面材料，列出书面清单，甚至还有人提供了相关凭证。

面对写字台上厚厚的一摞书面材料、数字清单和账目凭证，周全相当震惊，异常愤怒，也非常自责。总以为酒店按部就班，照章经营，正常管理就行了，不会有什么太大的问题，所以这些年把精力都放在了佳园影视主题小镇的建设发展上，几乎完全没有怎么去过问酒店这一摊子事，没想到居然接二连三地闹出这么多丑事出来，简直就是乌烟瘴气，群魔乱舞。自己贯彻用人不疑的宗旨，施行管理放权、无为而治的措施，反而被别有用心者误解为年轻的董事长力有不逮，精力不够，顾不过来，于是一手遮天，暗箱操作，拉帮结派，营私舞弊，如此这般蹬鼻子上脸，其实就是给脸不要脸。

周全决定不能再放任迁就，不必再照顾情面，必须当机立断地清除害群之马，方能治贪止乱，正本清源。随即依据公司章程并按照公司法的规定，提出议案，分别提请召开临时董事会会议和临时股东会会议，先后形成了董事会决议和股东会决议，决定免除高雅担任的全佳大酒店副总经理职务。据此再行召开公司管理层领导班子会议，做出决定：一、不再聘用高雅

（本名高秀枝）担任宝岛夜总会的总经理；二、解除全佳大酒店与高雅之间的劳动合同关系；三、解除全佳大酒店与大厨冼阿满之间的劳动合同关系；四、撤销阿艳（本名朱丽艳）在宝岛夜总会的副总经理职务；五、撤销莫怀安酒店采购主管职务，转任酒店的保洁主管。第五项决定其实是对莫怀安调岗留用，平级调整，工资待遇不变。很明显，已经给了主管副镇长莫建明很大的面子了。

然而相关文件还没有下达，莫建明就不知道从哪个渠道听到了风声，非常及时地"屈尊"赶到酒店说是拜会周全董事长。可真谓江湖老到，老奸巨猾。他并没有替自己的侄儿莫怀安说情，毕竟是职位平调，不能太明显地干预人家公司的内部管理，况且自己的儿子还在继续担任宝岛夜总会的安保部经理嘛。他是来为高雅说情的，当然是很委婉、很含蓄地聊到高雅这位令他甚为欣赏的美女，理应更受重用方能实现她的价值。周全当然也是很策略、很婉转地谈及高雅这位本已大受重用的干部，却干了一系列叫人无法接受的事。

两个人品茗畅叙，但都在耍太极、摸底牌。

莫建明起身离开时，依然假装不知道炒掉高雅的决定，话中有话地说，为了酒店的长远利益，高雅应作为难得的人才予以重用。

周全于情于理于法于规都绝不为之所动，让行政部门及时下达了正式书面文件，并要求人事部门雷厉风行，马上办妥所有的手续。他已经想好了取代高雅在宝岛夜总会总经理职务的人选——王虹。周全觉得当时被高雅挖坑设套，经不住怂恿而开掉王虹，自己颇有助纣为虐的意味，现在打算诚请她回来算是作为补偿。

　　莫建明又是第一时间赶到了周全的办公室，显得有些气急败坏。他不再虚与委蛇，不再装腔作势，直接就是赤膊上阵地为高雅鸣冤叫屈，讨要公平，置应有的领导干部形象于不顾，置基本的来访礼节礼貌于不顾，粗鲁地拍着茶桌怒斥周全，把奉在他面前的热茶都拍落在地板上，茶杯应声而碎，茶汁横流。

　　周全不知道莫建明和高雅到底是什么铁杆关系，完全没有想到这位副镇长居然对一家私企依法依规处理自己的员工会有这么大的反应。但他依然秉持应有的待客之道，温和而耐心地给莫副镇长解释公司处理高雅的基本理由和依据。当然，他最终并没有讲出更多细节，也没有出示相关证据，认为这一方面涉及高雅的隐私和名声，再一方面这属于公司的内部事务，也算是商业秘密。

　　莫建明面对周全言辞柔和但绝不让步的态度，恼羞成怒，拍台起身，威胁了一句"我劝你不要给自己找麻烦"，扬长而去。

　　周全还在分析会遇到什么麻烦呢，第一个来找麻烦的就是高雅。

　　高雅应该是在得到莫建明无功而返的消息后，决定自己亲自上阵来闹的。她旋风般地冲进周全的办公室，依然留有余地地叫了声"周总"，质问为什么要无来由地撤她的职，炒她的鱿鱼，她自己以酒店为家，有家不回，辛辛苦苦、勤勤恳恳、没日没夜地操劳，所做出的贡献有目共睹，没有功劳也有苦劳，为什么这样绝情？说着说着，就被自己感动得泪流满面。

　　周全温和以对，耐心地解释这些决定在程序上、在依据上甚至在证据上都是没有瑕疵的，而且公司的决策层和管理层都做到了仁至义尽，留有余地，没有除名，没有开除，而只是按正常情况免职跟解除劳动关系，这样的话，对她到其他地方去应聘求职没有太大的影响，而且依她的能力，到其他企业就职肯定比在这座小庙会有更大的发展空间，也更能实现她的理想抱负。

高雅听到周全毫无回旋余地的说辞，知道绝无转圜的可能了，便一下子蹦了起来，厉声尖叫："姓周的！你他妈的凭什么开除我？做你的大头梦吧！你们他妈的想得美！我要告你们！"

周全一听，这不知好歹的高雅居然出言不逊，大爆粗口，顿时火起，拍案怒斥："高雅你给我听着，先不说你干的一堆的龌龊事，也不说你跟麦生那么个闹法给公司造成的恶劣影响，就说你三番五次半夜三更去给林振辉贿赂十万块钱的事，够不够开除你的条件？要不要叫林振辉来跟你对质？还有，你自己好好看看……"周全把办公台上一大摞材料往高雅面前的茶几上一掼，"你们肆无忌惮地朝供应商勒索回扣的人证、物证都在，要不要我们向公安局报案？你还要告我们，到时候谁告谁还不一定哪。自己好好想想吧！"

高雅那没有多少肉的脸，由红变青，由青变黄，由黄变得煞白，同样少肉而没有血色的手在颤抖，顿显无神的双眼茫然失措地盯着摊在茶几上的一堆材料，少顷，似乎是对着空气，气急败坏地喊了一声"你们等着吧"，便踉踉跄跄地冲出周全的办公室，当天离职手续都没有办，也没有搞财务结算，就离开了大澳岛。

阿艳免职就免职，本来她对这个什么副总经理职务也无所谓，依旧我行我素地留在夜总会，拿小费挣钱吃饭。

并没有等太久，忽然就有税务所上门封账核查，说是有人举报，全佳大酒店客房、餐饮、夜总会等，多年来存在做假账、偷税、漏税、逃税等大量问题。作为大澳岛上的纳税大户，这是此前从来没有的事。慎重起见，周全派出集团公司财务总监，也是自己的太太袁真，率领几位财务骨干与酒店财务人员一起，全面配合税务审查。最后并没有查出什么明显问题，但税务所还是不分青红皂白地罚款几百万元，并且跟酒店说："配合配合，不然不好交差。"

酒店告到上级税务机关，上级派员复查后，责令税务所退还罚款。有人便传话说："退这笔钱没问题，但谁能保证以后没有其他事呢？"

周全想了想，忍了。

随之而来的是，国土规划执法大队发来通知，说是有多人举报，全佳大酒店存在严重的违建情况，必须配合接受调查，并将面临着巨额罚款及相关处罚。酒店立刻翻箱倒柜地找出全部报建资料、验收资料，又请赖宏亮带着工程师急赴大澳岛，提供建筑施工中的工程资料，包括各种现场签证。经核实，均有主管部门批准，有调整设计确认，有联合竣工验收，有建筑档案备案。但最后依然被处以巨额罚款。理由是，酒店主体建筑天台上搭建的用于普通员工的轮换值班宿舍当属违建，附属构筑物也有一些地方不符合建筑规划设计批准的尺寸面积，应该超了差不多一百平方米。

周全想了想，认了。

与之相应的，是文化执法大队和综合管理治安小队，会毫无征兆地随时在某个晚上，声称接到酒店和夜总会涉黄、涉黑、涉赌、涉毒的报案，突然就冲了进来，在酒店各楼层各个角落进行各种方式的检查、搜查，查验什么身份证、结婚证，询问各种让人觉得无厘头的问题，搞得人们无法安心消费享受，无法尽兴唱歌跳舞，无法安然入睡。渐渐地，对全佳大酒店，对宝岛夜总会的各种不利传言被散播了出去。首当其冲的，是一直以来营收情况相当可观的宝岛夜总会，现在却是几乎到了场面冷清的地步，有时竟然整个晚上都没有一位客人。那些公关小姐完全受不了随时而来的检查、盘问，也不能接受没有生意的现状，在阿艳的带领下，全部撤离。

周全一再想，这样下去的确不是办法呀。三天两头地跑来检查，隔三岔五地这么折腾，任谁也没法承受，哪个还干得下去呢？于是，他决定去找莫建明求情，出面帮忙解决这个问题，毕竟他是抓这一方面工作的镇领导，毕竟他的儿子莫怀文和侄儿莫怀安都还是酒店的员工嘛。打电话到镇政府一询问，回答说莫副镇长近期高血压病犯了，去到市内的一家医院住院治疗调理，近日不会回来上班。

恰巧被请来佳园影视主题小镇指导工作的北京电影学院一位教授要赶早班机返京，凌晨四点半出发，周全亲自礼送教授赶去深圳宝安国际机场。握别客人，天蒙蒙亮，周全便让司机开往市内莫建明住院的那家有名的民营医院，只身带上探视礼物，找到顶层那间豪华病房。

前来应声开门的，竟然是穿着睡裙、披头散发、口含牙刷的高雅。她一眼看见门外站着的是……是周全董事长，顿时惊讶得瞪大了眼睛，随即满脸通红，但很快就控制住神情，一言不发地转身走进里面的套房，也就是卧室的盥洗室。周全进也不是，不进也不是，异常尴尬地杵在门口，进退两难。

不一会儿，穿着病服的莫建明满脸冰霜地从里间走了出来，看也没看周全一眼，冷冰冰地嘟哝一句：

"嗯？这么早啊？怎么找到这儿来了？进来坐吧。"

相当难为情的周全迟迟疑疑地走到沙发旁边，还没有落座，高雅已经在里间换好了衣裙走出来，谁也没理，径自离去，并咣的一声，负气地把门带上。

周全一切都明白了，觉得完全没有必要再跟莫建明说其他任何求情帮忙的话，只是假称赶早进市区办事，顺便抽空来看望莫镇长，希望他安心养病，早日康复。搁下礼物就赶紧走人。

在回程的车上，闭目养神的周全一路都在思考，近年来，这种让客人们花费很大、小费不少的夜总会玩法，目前已经表现出渐渐不受欢迎，慢慢淡下来的势头，而夜总会里养着一帮花枝招展、浓妆艳抹的公关小姐的确容易惹是生非。争风吃醋、打架斗殴，多半都是因她们而起，地痞、流氓争地盘"管场子"收保护费，也是冲着她们而来。所以，干脆就学习深圳市内现在刚刚兴起的新的娱乐场所的打法，那就是直接把宝岛夜总会改为量贩式 KTV，所有客人皆自愿充值办会员卡，自助服务，自点自唱，自娱自乐，自定时间，临时有事可以按呼唤铃找服务员，而且按照白天和晚上不同的时间段，分别定价收费，酒品、饮料、水果、小吃等，采用超市自选模式，简单，轻松，用工少，成本低，消费自主，账目清晰，客人自主，心里自在，既没有怨言，也没有额外负担。

想好了新的经营思路，心里暗暗庆幸，好在还没来得及把王虹请回来。关键是，看你莫建明还能找酒店、找客人什么麻烦。

决心既定，周全顿感轻松，旋即却又忽然羡慕起二哥周正来了：还是搞房地产开发好哇，建成一个小区，卖掉一批房子，你情我愿，收钱走人，不留首尾，干脆利索，哪会像我这样一直守着运输公司、旅游公司、婚纱摄影基地、酒店餐饮、夜场舞厅、影视主题小镇这么好几摊子事，总会被人打主意惹出那么多的麻烦来呢？

第十八章

新的希望

周正当然并不认为自己有多么顺，但也从来没有去想自己会有什么大的麻烦，这么多年来，有项目就认认真真地做，没有项目就去找地，去谈，谈成了就签合同，签了合同就按规定付款，从来不欠。资金紧张的话，就正正规规地去申请银行贷款，但不央求人，万一贷不下来，就找互相信任的朋友去借，但无论是向银行贷款还是向朋友借钱，利息按时付，本金到期还，从来不欠。周正的性格从来如此，不愿意欠任何人的情，更不愿意看人家的脸色行事，干自己的活儿量力而行，花自己的钱量入为出，这在房地产同行里面算是比较少见的发展路径。所以说，振鹏地产公司这么些年走下来，规模始终不大，好像从来都没有同时重叠开发两个以上的项目。

到目前为止，振鹏公寓、振鹏雅居、振鹏豪庭的物业管理，都由沈建军担任总经理的朋家物业管理公司在正常提供物业服务，除了个别业主比较挑剔，或者总要找出一些事儿来折腾之外，沈建军都还能对付得下来，运作得很平稳。眼下正在顺利推进的振鹏山庄，至少还有两三年的开发期。而那块与台湾美津食品公司已签订合同，并按合同文本中不能更改的用语支付了"订金"的项目土地，据京贸进出口公司牛大江总经理自己通报的跟进情况，一直说美女老板赖美菁在台湾遇到了一点儿麻烦，不过都不是什么大不了的麻烦，只是非常缠人、耗时，处理完了很快就会过来深圳，进行实质性推进。并说，反正她的地在那儿摆着呢，煮熟的鸭子还能飞跑咯？迟早的事，急什么吗？

周正想想也是，便是一副稳坐钓鱼船的架势。

然而，任谁也没有预料到，忽然在某天下午，环球贸易大厦的保安室给振鹏地产公司的总助成雁飞和办公室分别打来了紧急电话，告知大厦楼下涌来一两百号人，说是来找振鹏地产公司讨债要钱的，要他们赶紧安排公司领导一级的人下去处理，否则，局面会失控。成雁飞从办公室的窗户往下一看，我的天哪！果然人头攒动，人声鼎沸，振鹏地产公司可是从来还没有遇到过这样的群体事件啊！但在没有搞清楚是什么事情之前，还是不要报警为好。于是，她赶紧用内线电话跟周正董事长简单说了一下，请他先在办公室里等情况汇报，然后就带着办公室主任和公司法务人员匆匆下楼。

楼下群情激愤，嚷嚷着叫振鹏地产公司偿还他们的血汗钱，有些人还举着"偿还血汗钱"之类的条幅，摆出想要冲进大厦的架势。大厦的保安人员严阵以待地挡在大门前的台阶上，一个保安队长模样的人在声嘶力竭地叫大家不要冲动，振鹏地产公司的负责人马上就过来。

成雁飞的出现，让闹哄哄的人群稍许安静了一下，就又吵嚷起来，完全听不清都在喊些什么，而且越吵越激动。

成雁飞张开双手使劲打手势，让大家先听她说：

"各位，各位！喂！各位请听我说，我是振鹏地产公司的总经理助理，是负责下来解决事情的。你们这么闹，这样喊，谁也不知道你们都在说些什么。我也不知道你们来找振鹏地产公司到底是什么事儿。我可以负责任地告诉大家，买地付款，建房卖楼，收款交房，按时给业主办房产证，这些是我们公司的业务，而且我们每件事都按规矩、按规定办妥了，没有留下任何残局，没有发生任何纠纷，更没有欠任何人的钱。所以，各位突然冒出来讨债，我们的确不知道到底是怎么回事。但是大家既然来了，就肯定是真的有事，那如果有问题我们就解决问题，你们这么多人在这里又喊又叫，不可能解决问题。而且这栋大楼里不只是我们一家公司在这里办公，不能影响其他单位的正常工作……我的意见……喂！大家不要吵，请听我说，我的意见是，请大家推举三位代表，跟我们到楼上的会议室具体谈怎么样？"

很多人都想要当代表到楼上去谈判，毕竟涉及不同人的利益，最后确定了十位代表。其他人可以在楼下静等，也可以先行离开。

到了会议室，这些代表一是拿出了振鹏地产公司与台湾美津食品公司、美特币公司三方签订的土地权益转让协议复印件，二是拿出了他们各人与美特币公司签订的高息保本的基金投资合同，其中的条款内容明确表述，基金投资保赚不亏，按时支付，其保证条件就是，以美特币公司所享有的台湾美津食品公司转让的土地权益，包括项目开发权益为担保。既然现在振鹏地产公司受让了美特币公司的全部土地相关权益，那么也就依法依约受让承担了美特币公司对所有投资者按照合同约定还本付息分红的责任和义务，是实实在在的债务人。

谈判代表们告诉成雁飞，楼下这些在现场的投资者并不是全部，他们刚才一起到美特币公司要求兑现投资回报时，美特币公司就让他们找振鹏地产公司还本、分红、付高息，并给每位投资者都提供了三方合同复印件，说这就是依据。

随后来到会场跟投资者谈判代表见面的周正猛然醒悟：成雁飞的担心果然应验了。

无可奈何之下，只得一方面给谈判代表们介绍和解答当时签订合同的前前后后，来龙去脉，以及签约目的只是拿地搞房地产开发，而与什么基金投资没有丝毫的关系，同时也叫来财务人员出示了公司已经支付四亿五千万元订金的凭证。另一方面，便是赶紧安排秘书通知赖宏亮到楼上的京贸进出口公司，请牛大江总经理下来跟这些投资者代表做解释，做证明。

赖宏亮很快就从楼上下来了，说是牛大江到香港出差去了，何时返回深圳则不得而知。

一群人在这里吵吵嚷嚷到了天黑，依旧没有结果，也不可能有什么结果。周正决定，由成雁飞与办公室主任、公司法务人员一起，跟投资者代表于明天上午到美特币公司搞三方会商，澄清事实真相，实事求是地解决问题。筋疲力尽的投资者代表也觉得，振鹏地产公司董事长的这个诚实态度和务实建议，比较实事求是，比较客观靠谱，至少是个解决问题的办法，因而得以散去。

第二天早上一上班，成雁飞他们就按时到了美特币公司的办公室，包括昨天谈判代表在内的上百位投资者早已或蹲或站，吵吵嚷嚷地拥围在那里。但是，已经过了十点钟，依然没有人来开门上班，有人跑到所在大厦物业管理处一问，说是这家公司的小老板昨天晚上搬走了一些电脑和其他物品，既没有说是否继续租用，也没有说其他的什么情况。满心疑惑并且愤怒的投资者忍耐不住了，砸开了美特币公司的玻璃大门冲了进去。这是个二百来平方米的房间，十几个开放式卡座台面上，已经没有任何东西，里面两小隔间"总经理室"和"财务室"则是一片狼藉。很明显，美特币公司老板跑路了。

义愤填膺的投资者们彻底明白上当受骗，便把怒火集中在了美特币公司，打砸完毕，仍在激愤之中完全顾不上成雁飞这几个人，蜂拥奔去公安局报案。成雁飞则感到大事不妙，赶紧回到公司向周正汇报了美特币公司老板关门跑路的重大变故，并立刻提醒说，台湾美津食品公司的土地权益转让可能也是个骗局，或者至少可能存在不确定因素，赶紧商议对策。

一脸惊愕的周正立刻打内部电话叫来了最了解全面情况，并与牛大江最熟悉的赖宏亮一起研究到底怎么办。

当时参与谈判签约的周正和赖宏亮一阵分析，得出的结论是：虽然至今尚未见到这位台湾的美女老板赖小姐，但是，这幅土地是真实存在的；土地使用登记手续也是查证确实的；赖小姐和台湾美津食品公司给牛大江授权委托的签字盖章手续都全；三方协议和指定付款说明函中，台湾美津食品公司的盖章与委托书一致；等等。因此，振鹏地产公司的土地权益和合同利益不会受影响。这些受骗的投资者去公安局报案，也对他们搞清事实真相，理顺土地权属有帮助。

成雁飞总感到事情没那么简单，觉得这两个人更像是在自我安慰。在真相尚未水落石出之前，浪涛定会一波接一波地汹涌而至。

第二天下午，几名警察突然出现在振鹏地产公司，首先直冲财务部，出具查封账册及保险柜的证明，出具冻结银行账户的证明，最后火速在财务部办公室门上贴了封条。周正的太太，也就是公司财务总监黄亚蓉惊慌失措地赶到老公办公室通风报信，办案警察也尾随而至，在公事公办地询问周正的姓名、性别、年龄、住址、职务、政治面貌等之后，通报其公司及其本人作为公司法定代表人涉嫌参与美特币金融诈骗一案，必须配合公安机关调查，现须查封他名下的 S 级奔驰轿车一辆，并特别告知：其他用于生产经营和工程的车辆暂不查封。

周正在相关手续上签字的时候还在想：这辆奔驰车可不是自己买的，是弟弟周全为庆贺佳园影视主题小镇开业和庆祝迎接千禧年，送给他的千禧礼物。正考虑着是不是要跟这些警察解释解释，带队办案的警察又出示证明并宣布：周正还得跟他们走一趟，去配合调查。

黄亚蓉一听，声音都变调了：

"警……警察同志，凭什么要……要抓我老公呀？我们只是买他们的地，而且已经付了好……好几亿的订金呢，直到现在，他们说的什么鬼美女……美女老板也没见到，手续也没有办下来。我们也是受害者呀，怎么可能跟他们这些人去搞……搞诈骗吗？"

"请你搞清楚，我们不是在抓人，我们是依法传讯周正去配合调查，这是每个公民依法应尽的义务。况且根据我们掌握的基本情况，振鹏地产公司和周正先生的确跟美特币涉嫌诈骗案有牵连，必须接受讯问，配合调查，我们一定会在法定时间内让他回家。但是，如果的确涉及犯罪，我们该抓还是得抓。请你不要干扰办案。"

周正朝妻子轻轻摆摆手，意思让她尽管放心。签好字，站起身，对说话的警察做了个"走吧"的手势。

几个星期下来，公安机关也确实没有对周正采取任何强制措施，只是让他随传随到，前前后后不知道做了多少遍的讯问笔录，不知道说了多少遍的重复表述。从账上付出了四亿五千万元订金的正鹏建筑装修设计公司跟振鹏地产公司一样，所有的会计账册、记账凭证，都被查了个底朝天。不消说，赖宏亮作为土地项目的牵线推荐人，需要配合公安机关调查的问题更多，需要做笔录的次数也更多。

只是，在这期间，据说牛大江一直待在香港，没有回内地。

庆幸的是，公安机关经过缜密侦办和认真排查，对美特币公司基金诈骗案的基本结论是：没有任何证据证明振鹏地产公司与该案有参与和牵连，周正、赖宏亮个人也没有任何事实上的牵连及行为上的参与。于是，该解封的解封，该解冻的解冻，该发还的发还，公司各方面的经营管理活动恢复正常。

但随即而来的消息则更具有爆炸性：牛大江从香港逃往美国，从此失联。楼上的京贸进出口公司已经乱套。

这个消息非同小可！周正和赖宏亮彻底蒙圈了！

当时所签三方合同所指向的那块闲置的荒地倒是还在，但合同一方的美特币公司及其相关人员涉嫌诈骗已被立案，有关人员也在通缉之中；而合同中实实在在出地一方的台湾美津食品公司美女老板本尊，自始至终从没露面，谁也从来没见过她；土地项目的牵线介绍并操盘签约的关键人物牛大江，居然在关键时刻潜逃失联，不能不说潜逃与这块地有关。问题相当严重！性质相当恶劣！

振鹏地产公司不断开会研究，然而不能坐而论道，必须有所行动，于是决定起诉台湾美津食品公司切实履行三方合同约定的土地权属变更和项目开发义务，当然，美特币公司也列为被告之一，如此，既当机立断地从法律上解决问题，也从性质上与美特币诈骗案切割关系，不留尾巴。

法院大概对台湾美津食品公司和美特币公司采取的是公告送达程序，振鹏地产公司在令人不解的很长时间之后才收到台湾美津食品公司的书面答辩状，内容很简单：台湾美津食品公司从未与任何公司或任何人签订过涉案地块的相关合同协议；台湾美津食品公司及公司的任何人均未就涉案地块事宜向任何人出具过授权委托手续；台湾美津食品公司从未就涉案地块收取过任何公司或个人的任何款项，更未就原告的所谓订金支付指定过任何收款单位和账号。因此，应依法驳回原告振鹏地产公司的诉讼请求。

对这样的答辩，振鹏地产公司一头雾水，认为这绝不可能。

开庭时，美特币公司再经合法公告的开庭传唤，没人到庭，当然也没有答辩。台湾美津食品公司的两位代理律师很沉着地坐在对面的被告席位上，一副胜券在握的样子。果不其然，仅进入质证程序，就已显示振鹏地产公司的败局已定。台湾美津食品公司的代理律师在理直气壮地否认其当事人的盖章及其赖美菁女士的签名为真的同时，当庭提供了一系列协议文件的签名盖章原件，还有留存于工商局登记注册之用的签名盖章文本，均与三方合同、授权委托书和指定付款函的签名盖章存在明显差异。而且，根据事前的调查取证，所谓四亿五千万元订金的收款人根本就不是真实存在的。

振鹏地产公司的代理人成雁飞和公司法务人员顿时就乱了阵脚，除了翻来覆去就事论事地讲述事情经过和故事情节之外，无法确切回答法庭提问，也无法提出反驳理由和抗辩证据，甚至无法证明是否见过台湾美津食品公司的相关人员，无法说出赖美菁女士长什么样。

台湾美津食品公司的代理律师在辩论阶段的慷慨陈词之后，又分别向法庭和原告提交了其法定代表人赖美菁的书面陈述，题目是《一个台湾弱女子的无奈控诉》，长达数页的内容，真是字字血，声声泪。基本内容是：她赖美菁是一个生长在台湾，养在深闺，没有怎么与外界社会接触的单纯善良、天真无邪的柔弱女子，依仗自己在台湾比较雄厚的家族产业和父亲的支持，满腔热忱地来到大陆好几个省份搞投资。不承想，青梅竹马的台湾老公趁其忙于大陆事业、父亲患病之机转移家产，侵吞资产，与人重婚，虽然受到法律追究，锒铛入狱，但所造成的伤害后果无法衡量。而自己在大陆这些年，又总是遇人不淑，老是被人骗财骗色，直到结识了一位自称高干子弟的人。这位高干子弟信誓旦旦地说是可以帮助她，呵护她，自己也的确见识到该高干子弟的能量，便委身于他。然而，他却在一幅土地的转让操作中，鲸吞十多亿元的差价后消失了。而在大陆举目无亲的自己，于孤独无助之中，在欲哭无泪之时，经朋友介绍，又认识了北京官商牛大江，两年交往下来，自己以为找到了真正的靠山，两人甚至已经到了谈婚论嫁的地步，却被牛大江与人联手设套，在两幅土地的处理上，私刻公章，假冒签名，又骗走了超过十亿元的款项，然后玩消失。文末呐喊：欺负单纯无知的弱女子，天理难容！

这份不惜极尽夸张用语自曝隐私的控诉，行文颇为奇特，虽然无论所述内容是真是假，皆与案件的审理认定没有什么太大的关系。但是这些控诉的确又能够在故事情节上、叙事渲染上影响到合议庭成员，使他们在心理天平上产生一定的倾斜。法官也是人嘛。问题还在于：一、这些印章和签名，仅只通过直观的对比，就能看出明显差异，况且，随后委托司法鉴定已确定为假；二、确实没有证据证明那笔四亿五千万元订金是支付给任一被告的；三、被"指定"收款的那家企业，经向工商登记机关核查，根本就不存在，金额已被分批转走，账号已经销户，留的人名估计也是假的；四、作为一笔数额特别巨大的款项，支付之前却不做任何调查核准工作，草率行事；等等。这一切匪夷所思的行为过程和行为结果，很难不让人联想到是欺诈行为或参与诈骗。当然，也不排除是被骗，中了人家的仙人跳。但本案作为一宗民商事诉讼，不告不理，原告振鹏地产公司提出的诉讼请求当予驳回。

振鹏地产公司当然觉得很冤，肯定要上诉。

又是在每个环节都需要经过公告送达的冗长而繁复的程序后，又经过了一年多怀着侥幸心理的焦急期待之后，结果并不出人意料，二审法院裁定驳回上诉，维持原判。振鹏地产公司再次败诉。

虽然无可奈何，但是依然觉得不服，实在是太冤了！讨论再三，争吵无数，周正采纳成雁飞的意见，继续向最高法院申请再审。同时也认识到，专业的事一定得由专业的人来做，同意花钱外聘有一定名望和水准的律师来全权代理，规范操作，成雁飞和公司法务人员全力配合协助，希望能够通过最后一搏，力挽狂澜，转败为胜。

得知情况后的现任市规划国土局的区伟德副局长，极力向周正推荐了一位名叫卫京韬的律师，介绍这位从北京来到深圳的律师，已经在深圳执业二十多年，尤为擅长处理与房地产和建筑工程相关的法律事务，而且专治疑难杂症，特别是能够出奇制胜地打赢官司，把很多同行认为不可能办好、不可能胜诉的案子接下来之后，完胜交差。甚至把一些完全败诉的案件也彻底翻了过来。周正他们一听，正需要这样的律师呢。约见一聊，非常认可。

卫京韬律师听完振鹏地产公司相关人员对于案涉地块所有情况的介绍描述之后，又把全部案件材料都仔细研究了两遍，他忽然对赖美菁的控诉书非常感兴趣，斟字酌句地拜读再三，于是跟周正和成雁飞他们分析道："从赖美菁声泪俱下'控诉'中欲盖弥彰的表达，恰恰证明这位台湾美女老板不仅知道三方合同的事，并且还肯定参与了设计欺诈振鹏地产公司的活动，她即使不是主谋也是共谋，所以，她其实在不经意间流露出振鹏地产公司所付的订金就是她的钱。至于这四亿五千万元是赖美菁与牛大江、美特币的老板分赃之后贼喊捉贼呢，还是真的只进入牛大江的个人口袋，不得而知。即使知道也没有证据，没有证据就没有意义。因而，这个问题并不重要。但重要的是，她的'控诉'反过来提醒了我们，既然她在几个省份都有投资拿地，这当然都必然会不断地用印章，不断地要签名；既然她说她跟不少的男人都是因为合作倒腾土地而上当受骗，这些所谓'上当受骗'的活动也都要用到印章，也要签名；还既然，她说她的公司在大陆打了不少官司，这更要用印章、用签名；又既然，她深情地说到跟牛大江是谈婚论嫁的密切关系，而这位牛大江又'冒用'的是她的签名和公司印章在处理与振鹏地产公司的这块地，那么，这么多的'既然'，反而有可能就是她的漏洞。"

看到在场的周正、成雁飞他们一头雾水的表情，卫京韬律师说：

"其实很简单，当然也很复杂。所谓简单，就是只查一件事：印章和签名。所谓复杂，是因为咱们得撒开网到赖美菁投资的省市找相关人、找有关部门核查，具体做起来会很复杂，工作量也很大，或许很多会是无效劳动。但是，只要我们找到台湾美津食品公司和赖美菁在任何一个'既然'环节中使用过涉案证据中的印章和签名，基本上就能够翻案。但行动起来可能非常艰难，说大海捞针也不为过，要去查他们在所有地方投资拿地的申报手续材料，要去调他们每个官司的诉讼档案材料，不会很顺利，但我认为必须做。只有这样，才有可能推翻司法鉴定报告中的结论，推翻判决的事实认定。"

成雁飞恍然大悟，随即又提供了一个细节：

"法庭委托司法鉴定的检材很单一，就只有被告提供的答辩状和所附证据的签名盖印，以及赖美菁控诉书的签名这些有限的送检材料。"

"这就对了。司法鉴定检材有限，说明我们寻找案件突破口的可能就是无限的，看来这个取证方向是正确的，而且这是唯一的突破口，必须干。我的意见是先近后远，先易后难。首先到涉案地块的土地局去查档。"卫京韬律师做出决定。

也许真是天意。首先就近在涉案地块所在地的土地分局存档案卷中，便赫然发现台湾美津食品公司与相关政府部门、村委会的协议原件所盖印章与签名，同振鹏地产公司据以起诉的一系列证据上的印章与签名完全一致。真可谓是踏破铁鞋无觅处，得来全不费工夫。

仅此，便可得出一个简单的逻辑结论：赖美菁应该是早有预谋地在大陆刻制了不同的公司印章，并且自己还练习了不同的签名字体，有计划地在不同的情况下分别使用，必要时再拿另外的盖章印模，用另一种签名字体予以否认。然而，也会有乱了阵脚露出马脚的时候，也有慌了手脚露了破绽的地方。俗话说得好：是谎言，总有一天会被揭穿；是圈套，总有可能会被解开。

这一重要而关键性证据的取得，令周正他们欢欣鼓舞，大有真理在手的自信，胜利在望的信心，依法向最高法院申请再审。

深居简出的曾小英，不知道是从什么渠道听到了二儿子和小儿子在近期都遇到了不少的麻烦，于是她突然决定，要为小儿子周全四十周岁庆生，摆生日宴"冲喜"。时间：生日的当天中午设午宴；地方就定在周家老屋；参加人数：不要太多，热闹就好。不过也说了，谁参加谁不能参加，得由她把关。

曾小英说要审查把关的人，其实就指一个人——周亚鹏，肯定不能让儿子把他请来参加这场庆生宴。虽然这是在他周家老屋，虽然随着年纪越来越大，自己对于他的怨恨也基本释然，但是想想小儿子出生的时候，他在哪里？他干什么去了？真是不想则罢，越想越恨！如果让他来参加，这就不可能是"冲喜"了，反而会进一步"结仇"。当然，周亚鹏也有自知之明，不敢出面，但私底下送给小儿子一块价值不菲的名表作为生日礼物则是理所当然的啦。

大儿子周成被伦敦建筑设计师事务所总部抽调回英国，临时参与其他国家的一个项目设计，一个月前就和香港媳妇一起回英国伦敦自己的小家庭去了，说是要在一年后才能回香港，因而没法参加弟弟的生日宴。所以，周成没有出现则不是因为审查不过关不准他出席。当年弟弟出生时，他是属于被他父亲强行带走偷渡的，是被迫的、被动的，不是共犯，甚至不是胁从犯，这个界限要划清。

二儿子周正和媳妇黄亚蓉，小儿子周全和媳妇袁真，毫无疑问必须接受母亲的安排决定，一定要到庆生现场接受"冲喜"。至于那些孙子辈的，周正的一双儿女周东风、周东芳，目前都是初三的学生，并且马上很快，仅仅一个月后，就要参加残酷的中考。而寿星周全唯一的儿子周东元，下周就要参加小升初的考试，也紧张得不行。孩子们很长时间以来，已经没有了周末，没有了假期，什么过生日，参加生日宴，门儿都没有！学校不同意！老师不答应！当然，孩子们现在也没有吹蜡烛、吃蛋糕的心思。

赖宏亮和黄亚芬则考虑得很长远，早已把一双儿女送到澳大利亚亲戚家里托管去了，不用说，肯定是没有让他们回国的打算了。所以，一边递上礼物，一边奉上红包的这两口子一脸幸福地抱怨说："唉呀！千祈莫讲我们两个后半辈子指望着子女享福哦，想都别想，谁也靠不住啊！只能指望我们两口子相依为命，相伴到老，只能指望着我们这些兄弟姐妹患难与共，相守终身，满足啦！"

沈建军的上海太太陪着在香港出生的女儿，一直在香港生活、上学，基本不回内地，沈建军每个周末都会到香港与妻子、女儿团圆。所以，今天是他一个人出席发小好友弟弟的庆生宴并不奇怪。

庄建设和冼丽霞的女儿女婿是在深圳大学毕业之后就结婚成家了，在南山科技园创业，搞得风生水起、事业有成，起早贪黑一直无法遏制地忙着搞钱、搞钱！小两口只有逢年过节才会来到大澳岛看望爸爸妈妈，并总是邀请爸爸妈妈到深圳市内去住一段时间，报恩补偿儿女之情。但庄建设、冼丽霞都还有自己的事业：金鹏客运公司一直都依赖庄建设担任总经理管理掌控，他不能辜负老板周全一辈子的信任和委托，丝毫不敢掉以轻心，哪有时间？佳偶茶餐厅和佳音咖啡吧连锁店让冼丽霞更是忙得连节假日都没得休息，也不想休息，作为总老板的她，正野心勃勃地计划在省城广州开设连锁店呢，哪有时间？

　　当庄建设在周家老屋这间被称为"佳偶茶餐厅旗舰店"里，忙前忙后地协助老婆冼丽霞打理整个生日宴的菜品安排、酒水安排、席面安排、服务员调度的时候，当其他几个人的老婆即黄亚芬、黄亚蓉、袁真都在周家老屋的客厅里围着自动麻将机陪着曾小英聊天儿打麻将的时候，只有陈建的老婆成雁飞带着刚会走路的儿子，围着周家老屋玩耍，边练习走路，边教他说话，边看西洋景。

　　周家老屋的周边这一片，是佳期婚纱摄影基地首开主打的拍摄景点，有老屋，有田园，有青山，有峭崖，有沙滩，有大海，有礁石，有浪花，实为婚纱摄影的理想之地。周成在设计构思这处婚纱摄影点的时候，可以说是倾注了足够的心血，更应该说，他是对自己少时生活过的家倾注了无限的情感。在草坪、鲜花、绿树、翠竹之中，错落有致、密疏有序地布置着红色爱心、金色之吻、佳字造型、鲜花拱门、玫瑰秋千、小桥流水、连心锁链、婚庆布景，同时又分功能区搭建了不同风格造型的建筑物和构筑物背景，为婚纱摄影的男男女女和游客们所配套的，并根据冼丽霞建议修建的佳偶茶餐厅及其露天咖啡吧，都与岛上传统民居的周家老屋不违和。

　　周家老屋的整体结构和外形风格基本予以保留，但周成结合了历史上客家大宅、特色民居和国外农村房屋可供借鉴的外观特点，做了非常醒目的装饰；原来的堂屋则经高档红木装修，整成高端大气的客厅；内部则把原有的卧室分隔为民宿客房，提供住宿或钟点房服务；旁边的那间小厨房，则改建成了豪华套房兼婚纱更衣室。此时，赖宏亮、沈建军、陈建、赖永光、赖永辉、林振辉，还有其他几位闻讯而来的周全手下的高管，凑起里外三桌牌局，正在这处套房里打"麻雀"或者打"拖拉机"呢。

　　从来不会打麻将，也不会玩扑克，对此类游戏丝毫不感兴趣，完全没有赌性，而且也不抽烟的老板，在当时还真是很少见的。但周正和周全就是这样的人。兄弟俩看看大家或是玩得正嗨，或是忙得正欢，便不约而同地慢慢朝着崖角岩走去。

　　"嗨！如果不是阿妈突然提出来说要给我过四十周岁的生日，我都忘记自己的年龄了。想想也就是一眨眼的时间。阿妈老是说当年我在惠州医院出生的那一天，台风来袭，狂风暴雨，炸雷不断，感觉那是老天爷趁着风趁着雨，是很嫌弃地把我给扔下来的。被扔到这世界上只是一晃，还没有晃出个啥名堂来哩，我都已经四十了。唉！时间过得真是快呀！"周全站在崖角岩顶部的平台上，看着灿烂阳光照耀下平静浩瀚的蔚蓝海面，感叹起来。

　　周正因为当知青时受的那次伤，不宜久站，他此刻坐在一处岩石上休息，也随着弟弟的眼光望向海面，回应道：

　　"你出生那天，我就在外公外婆家里，记得很清楚，那场台风真的是好犀利啊，够吓人的！不过四十年后的这个时间，今天的天气还真是不错的啦，应该算是老天爷赐给你过生日的礼物吧。"

周全还沉浸在对自己年纪的感慨之中，并没有去议论天气：

"二哥，人们都说四十不惑。但我最近却总是感到困惑，你说我们刚开始创业的时候吧，小打小闹，没什么钱，没什么能力，也没什么名气，但真心帮忙扶持的人还不少，员工很齐心，也都愿意跟我们一起吃苦打拼，至少当时没有什么人故意跟你捣乱，也没有什么人一天到晚地琢磨你、算计你。没想到现在越做越大了，给员工的福利条件越来越好的时候，反而有不少的人都想来打你的主意，社会上有，当领导的有，连自己的员工，尤其是被重用的员工都要想方设法地钻空子、提条件、大捞特捞、损公肥私。人心啊，真是搞不明白，不能去细想，越想越烦人。"

"阿全，我跟你一样，有时也不得不想这些问题。我虽然比你大几岁，但我现在也还是处在四十不惑的年龄段，不过我想的是，刚创业的时候要什么没什么，值得人家打你的主意吗？挤不出啥油水，打你的主意不值得，很多人可能连正眼都不看你。现在就不同了，树大招风，引人注目，而且树林子大了，什么鸟都来了，你有大把东西给人家坑，还有大把机会给人家坑，一坑就坑个准，不坑白不坑。这是不是就是中国老百姓常常说的'出头的椽子先烂''枪打出头鸟''人怕出名猪怕壮'的道理？是不是还有些像鲁迅小说《狂人日记》里说的那样，先把你养得白白胖胖的再杀了吃？"

"唉！二哥你说的倒是这个道理啊。想想我们刚开始干的那个时候，真的是意气风发，无所顾忌，勇往直前。现在呢，反而瞻前顾后，畏首畏尾，左右逢源都搞唔掂①，这个也想来切一块肥肉，那个也想来切一块肥肉，阴谋阳谋一起上，而且这些来割肥肉的人，谁也搞不清他们谁跟谁是什么关系，得罪其中一个就得罪了一连串的人。即使是你敬重的人也好，重用的人也好，关系好的人也好，搞不清楚他们到底在想什么，到底会搞出什么事来……真烦啊！"

"嗨！你烦心的那些事跟我遇到的麻烦一比，只能算作小鬼捣乱，小钱作乱。由于我的一个不尊重专业人员、不尊重专业意见的失误，当然，这完全是我个人的问题，怨不得别人，一单就被人家骗走了四亿五千万元，就连赖宏亮这个把一块铜板看得比天大，公司内部转账都不情不愿的人，当时都急不可耐地给对方转款付订金，生怕人家不收这笔钱，真正是被人卖了还帮人数钱。好在最后请到了一位有经验的厉害律师，算是有了一定的转机，只是打官司的程序太复杂了，拖的时间也太长了，把人的耐性都给磨没了。"

周全听到这些话，立刻走过来坐在二哥身旁，关切地问道：

"你被骗那笔钱明显就是合同欺诈嘛！新证据不是都已经找到了吗？这又是一年多的时间都过去了，怎么还没有结果出来呢？太拖时间了吧？你说会不会又有其他的什么说法？又搞出其他的名堂出来？听说这位台湾美女老板很有路子哦。"

"前两天刚得到卫律师的消息，说是最高法已经裁定发回重审了，这是个重大转机啊！这样一来，应该说胜诉的希望很大！不过我一直都很奇怪，这个赖美菁打着到大陆来投资的旗号，在

---

① 广东话，意为事情没有得到妥善解决。

好几个省去圈地、卖地、骗钱，听说她搞出一单事就赚一大笔钱，就换个更厉害的男人结一次婚，而她自己的钱并没有怎么实际投进来，连厂房也没有建几间，到底在生产什么食品，搞出了什么产品，更是见都没见到，反过来倒是赚了大陆不少的钱，骗了大陆不少的企业。我们这一次，估计这个美女骗子没戏了，我倒想看看她还有什么招数。我相信法律总是公正的。"

"好啊，二哥，这可是个特大喜讯啊！胜利在望，胜利在望，等会儿我们多喝两杯预祝胜利。只要有公正的法律保驾护航，社会发展就有希望，我们做生意赚钱也有盼头。二哥，你还记不记得有个什么吕中校发表了一篇《深圳，你被谁抛弃》的文章嘛，后来听说我们深圳的市领导从善如流，听进去了，政策调整了不少，改善了不少。所以，你发现没有，现在整个深圳的投资环境、发展形势越来越好了？反正我觉得是越来越有信心了、越来越有希望了，现在正琢磨再搞些什么新的投资呢，不然对不起阿妈给我操心过四十岁生日啊！"周全又像是感慨又像是表决心。

周正听了弟弟的话，开心得咧嘴笑了。他伸了伸懒腰，运了运气，站起身来，走到崖壁边，双手撑着腰，望向深邃无垠的大海：

"我在市里听说，今年政府的工作重点是建设和谐社会、法治社会，市委、市政府还会有一系列突破性的改革开放措施，咱们深圳又会迎来一波提质增效的大发展，其实这些内容都已经开始在报纸电视上宣传造势了，你应该也都知道了。现在，再加上我自己这个受骗的案件又有了胜诉翻盘的希望，所以，我也在打算加快振鹏山庄的开发进度，同时准备扩大投资领域，进军商业地产市场，投资建设大型商超和写字楼，应该正是时候。"

周全也起身站在了二哥身边，一边听着二哥的感慨议论，一边深表同意地不断点头，随之忍不住面露喜色地说：

"我也得到一个消息，莫建明被很多人实名举报到纪委，而且听说在浪沙围大队的时候就有违法乱纪的事情，升官到乡镇之后更是肆无忌惮，这些人实在是忍无可忍了才一定要告倒他。说是纪委已经派人下来开始调查了。我倒是没有举报他，但如果是纪委的同志需要我配合，我一定会如实反映。说老实话，只要没有那些乱七八糟的人和事折腾我们，我们肯定会越干越好，对得起国家。"

"这个人？哼！不提这个人渣了。干好我们自己的事情，继续加油！"周正拍了一下弟弟的肩膀，并顺势搂住了他。

一时不再说话的兄弟俩在丽日阳光下一同微眯着双眼，眺望着蔚蓝的海面，看向大海深处。远处，一艘远洋巨轮满载着集装箱驶向远海，驶向太平洋；另一艘大型油轮正在驶近，驶向深圳的某个港口。

崖下，有人在大声地朝他们喊：

"周总……周总……开宴啦……"

2023 年小雪初稿

2024 年元宵二稿

2024 年小满定稿